Gustav Regler

Die Saat

Zu diesem Buch

1493: Die elsässischen Bauern verschwören sich gegen die drückende Herrschaft der Fürsten. Ihr Geheimbund nennt sich »Bundschuh«, nach der kreuzweise geschnürten Fußbekleidung. Doch die Mitglieder werden verraten und hingerichtet. Joß Fritz, einem Schwarzwälder Bauern, gelingt die Flucht. Mit seiner unterm Wams versteckten Bauernfahne taucht er immer wieder auf, wo die Bauern sich erheben, und wird zur Legende.

»Der Roman nimmt sich, mit klugem Takt, nicht den eigentlichen Bauernkrieg zum Gegenstand. Er siedelt vielmehr poetisch exakte Gesichte in Dämmerungen an, in der knappen Vorzeit des Bundschuhs, nimmt als Held Joß Fritz, den unbeschriebenen Bauernführer. Der Dichter hat dadurch wünschenswerte Freiheit, ohne sie missbrauchen zu können, ohne aber auch ein Ausmaler, Restaurator, Essay-Bedenker ›historisch unbekannter‹ Einzelheiten zu sein.« *Ernst Bloch*

Der Autor

Gustav Regler, geboren 1898, war Schriftsteller, Lehrer und Journalist. Er kämpfte als Soldat im Ersten Weltkrieg, gegen den Anschluss des Saarlandes an NS-Deutschland und im Spanischen Bürgerkrieg. Regler starb 1963 auf einer Indienreise.

Mehr über Buch und Autor auf *www.unionsverlag.com*

Gustav Regler

Die Saat

Roman aus dem Bauernkrieg

Unionsverlag

Dieser Roman erschien erstmals
1936 im Querido Verlag, Amsterdam.
Die vorliegende Ausgabe fußt auf der Werkausgabe
Gustav Regler des Stroemfeld Verlags.

Im Internet
Aktuelle Informationen,
Dokumente, Materialien
www.unionsverlag.com

Unionsverlag Taschenbuch 630
Mit freundlicher Genehmigung des
Stroemfeld Verlags, Frankfurt am Main/Basel

Rieterstrasse 18, CH-8027 Zürich
Telefon +41 44 283 20 00, Fax +41 44 283 20 01
mail@unionsverlag.ch

Reihengestaltung: Heinz Unternährer
Umschlaggestaltung: Martina Heuer, Zürich
Umschlagbild: Holzschnitt aus: Pamphilus Gegenbach,
Der Bundtschu, Basel 1514, © bpk
Druck und Bindung: CPI – Clausen & Bosse, Leck
ISBN 978-3-293-20630-4

Inhalt

Der letzte Schuss

Ihr habt gar bald erwecket
Ein Aufruhr in dem Land
Doch nit so bald verdecket
Als ihrs beweget hant.

Vers eines Bauernfeinds,
um 1490.

»Nein, ich will deinen Kelch nicht trinken!«

Joß Fritz rief laut in die Landschaft, und wenn ein Kumpan neben ihm gegangen wäre – Joß lief aber allein und mit Zornesfalten auf der Stirn – so wäre der Begleiter wohl schwer an diesem hellen Tag auf den Gedanken gekommen, daß der in Rittertracht daherstampfende Joß sich mit einem imaginären himmlischen Partner, etwa einem Engel zanke, der dem modischen fahrenden Herrn mit einem unangenehmen Trunk zusetze. Denn Joß starrte im Laufen auf die Heerstraße bei seinem Ausruf und stieß mit den gespornten Stiefeln Steinchen vor sich her.

Er unterließ es auch nach diesem einmaligen plötzlichen Protest weiter Streit zu pflegen mit dem unsichtbaren Mundschenk, ja es schien, als habe das eigene Wort ihn geweckt und führe ihn auf die Erde zurück, die er durchlaufen, ohne ihr auch nur einen Blick zu gönnen.

Er hielt im Gehen an und wandte sich nach allen Seiten um. Er sah in der Tiefe der fruchtbaren Ebene vor sich lange Pappelreihen, aber es waren nicht mehr die Pappeln des Niederrheins, an dessen Ufern die Bauern sich freimachen wollten: an solche Pappeln, dachte er und sah schnell in die andere Richtung, hängen sie jetzt Menschen wie Würste. Den Horizont zur Rechten säumten in würdiger Schönheit die welligen Ketten der Vogesenberge. Aber Joß sah nur die Burgen, die unberührt in den weißen Himmel sich hoben. Wir wollten euch stürmen. Umwerfen wollten wir euch.

Rauchfahnen – wo sind sie? Kopfschüttelnd setzte er sich nieder.

Vor seinen Füßen zitterte eine Wiese mit tausend Blumenköpfen: satte Dotterblumen, ordentlich frisiertes Tausendschön, kameradschaftlich aneinandergedrängt die zerbrechlichen Anemonen. Joß griff in das warme Gras:

das wuchs! das lebte! und Thomas war tot.

Zwischen Ackerrand und Wiese blühte Schlehdorn. Umhaucht von zartem Weiß die schwarzen Äste. Jubelnder Ausbruch aus harten Dornen. Und Meiners Hans der Baumstarke, wo war Meiners?

Aus dem dichten Wiesengrund stieg eine Lerche. Joß folgte ihr, wie sie sich singend emporwarf in den blauen Abgrund des Himmels. Mit Eisen an den Füßen, mit Eisen an den Händen sitzt Meiners im Dunkel des Stadtturms von Schlettstadt. Morgen wollen sie ihn köpfen.

Die Lerche sang in der Luft. Meiners hat noch diesen einen Tag. Und noch die eine Nacht. Und der Vogel badet in der hellen Sonne, in Luft und glücklicher Freiheit. Joß Fritz sah wieder hinauf; er verwünschte plötzlich die Lerche.

Alles schien nur ein höhnisches Lied, ihn mehr noch zu quälen. Er verwünschte die Wiese, die selig in der Helligkeit knisterte, verwünschte des Schlehdorns harmloses Blühen und der Bienen buhlerisches Taumeln von Honigkelch zu Honigkelch. Er verwünschte die Pappeln, die unbeweglich in den Linien der Landschaft brannten, er verwünschte die Weinberghügel, die sich in wohligen Kurven der Sonne entgegen hielten.

Das buhlt und glüht, schluckt und giert, kocht im Saft und dampft vor Leben! Und liegt an den Wegen, liegt unter dem Himmel, macht die Beine breit und die Arme, macht die Blüten auf und wiegt sich im Halm – als gäbe es uns nicht mehr, als sei unser Sturm über das Land nur ein Mitternachtsspuk gewesen und alles was wir Wahres gepredigt ein

Lallen von Irren. Unsere Fahne Teufelsschreck, unsere Sturmglocke Höllenlärm?

Joß stampfte in die weiche Erde. Und der Bauer vielleicht glücklicher ohne uns? Der Bauer im Saft wie die Wiesen, wenn wir nicht gewesen? Der Bauer sommerliche Pracht und herbstliche Fülle, wenn wir nicht gekommen? Wir die Hetzer in friedlichen Tälern. Wir die Schlangen in den harmlosen Paradiesen des Elsässer Landes. Wir schuld allein, daß auf den Wegen zwischen Straßburg und Schlettstadt jetzt Leichen liegen im Morgentau. Wir schuld allein, daß Halswirbel knacken unter dem zischenden Schwert des Henkers. Wir schuld allein, daß ruhige Bauern mit Ratten den Sumpf der Verließe teilen. Ich höre euch schon: »Strahlte nicht das Land am Unterrhein wie heute, lachte nicht immer der Sommer, blühte nicht Gras, Blume und Baum – für alle, wenn nicht die verdammten Hetzer sich eingeschlichen hätten in die Heimat?«

Joß Fritz zog höhnisch den heißen Duft der Wiesen in die Lungen. Zum Teufel mit der Pracht der Natur! »Hure!« sagte er laut. Möchtest mich am Ende noch niederziehen in dein Bett, daß ich an die Brust schlüge: hat alles keinen Zweck; war alles ein Irrtum; geht doch alles seinen Weg, der vorgezeichnet ist. Ja, ich kenne deine Sprüche: der Stärkere siegt, nur das Schwache verschlingt der Sturm!

Joß öffnete sein Wams und fühlte das Fahnentuch, das er an der Brust versteckt trug. Stolz machte es ihn für einen Augenblick und ließ ihn dann noch tiefer zurückfallen in seine Trauer. Der Aufstand war niedergeschlagen. Aufgebäumt zur gefährlichen Welle hatte sich die Flut der Empörung abdämmen lassen, und alles verfiel nun blutig im Schlamm des Hochgerichts.

Joß Fritz schrie in die Landschaft, die Bilder drängten zu dicht: jetzt kamen die Freunde. »Meiners,« schrie er.

Meiners, du wartest vielleicht, daß ich dich herausholen lasse? Denkst ähnlich wie Oberlin, der nach dem Feldweg hinuntersah, Ausschau nach mir hielt und hoffte, hoffte, bis sie ihm das Rad in die Schenkel schlugen. Denkst böse an mich wie Pfeiffer, der mich verflucht hat, als sie ihn pfählten bei Mühlhausen. Ich kann nicht helfen, Freunde, hört doch! Ich kann nicht mehr, seit ich Kieselbeck am Stadttor von Colmar sah!

Joß Fritz bemerkte nicht, daß einige hundert Meter von seinem Sitz ein Zug Reisige des Wegs kam, müde verzweifelte Bauern an Stricken neben den Pferden schleppend. Das Getrappel der Hufe war schon verhallt, der Zug verschwunden in einer Wolke von Staub, er saß noch da, und vor ihm war nur der Kopf von Kieselbeck, wie er am Stadttor hing unter der Sonnenuhr: ausgerissen die Zunge, leer die Augenhöhlen, glatt durchgeschnitten der Knochen der Nase. Mein Gott, der Abt von Colmar hatte Phantasie zeigen wollen. Kieselbeck, der beste der Werber, der witzigste! Hast nie dumm geschwätzt oder übergescheit. Deine Zunge war nicht wie ein Uhrrädchen, das immer schnurren kann, hängt man nur Gewichte dran. Rausgeholt haben sie dir die Zunge, Kaspar; schon davon müßtest du ja gestorben sein. Hing sie doch fest am Herzen, an deinem warmen Herzen, Kieselbeck. Wer kann an deine Stelle treten, Freund? Warum nehmen sie die besten?

Fritz ließ die Arme kraftlos sinken und spürte wieder das Fahnentuch. Einen Augenblick kam ihm die törichte, hilflose Idee, das Tuch herauszureißen. Fahnen verstecken sich nicht, dachte er, Fahnen wehen offen. Fahnen sinken beim Sturm in sterbenden Händen, wenn sie nicht vorwärtsziehen, Fahnen, dachte er und lockerte das Tuch, stehen hoch. Der Bundschuh stand hoch über vielen Haufen, über tausend Bauernsensen – wo ist der Bundschuh jetzt?

Ohne es zu merken aber hatte er die Hände schon wieder aus dem Wams gezogen. Im Hemd steckt der Bundschuh, auf einem traurigen welken Herzen liegt er. Laß ihn stecken, Joß Fritz! Gib schon zu, daß der Bundschuh sich nicht zeigen kann. Steck ihn weg, die Vögel werden ihn verraten, wenn du ihn entfaltest. Die letzten Bauern am Weg werden sich bekreuzigen. Die Sonne, Joß Fritz, wird sich in seinen Goldfäden spiegeln und die Büttel rufen!

Da brach nun zuviel über ihn herein. Die teilnahmslose Blüte des Landes ringsum, der Aufmarsch der toten Freunde, die sinnlos gewordene Blutfahne – Joß stöhnte, denn nun kam, ätzender Tropfen in so große Wunde, der Zweifel noch dazu, der Zweifel von Joß an sich selbst.

Er neigte den Rumpf nach vorne und bedeckte den Kopf mit den Flügeln seines Mantels. Wohltuend war das Dunkel seinen gequälten Augen. Aber er fand keine Ruhe. Zurück ging er die hundert Wege der letzten Jahre, verhielt in allen Dörfern, stand, Joß Fritz der Geschlagene vor Joß Fritz dem Werbenden und fragte ihn bissig über sein Tun. Er hörte sich sprechen, hörte den Spott seiner Sprüche, die Reden, die er gehalten. Schauerlich klang ihre Siegesgewißheit an diesem Tag, der überall in den Dörfern erfüllt war vom Wehgeschrei der Gefolterten, vom Todesgebrüll der Gepfählten und Gevierteilten. Aufstiegen wieder die Gesichter der Freunde, aufleuchteten die Augen, die er erhitzt. Erloschen sind sie – betrog ich sie alle? Ich hätte noch warten müssen, jetzt fluchen sie – ja, ich weiß, sie fluchen mir alle, wenn sie niederknien und der Henker den Hals ihnen niederdrückt zum beißenden Schlag!

Eine Hand legte sich auf seine Schulter. Eine schwere, aber nicht brutale Hand. Er blieb unbewegt unter seinem Mantel wie ein überraschtes Tier. Jetzt haben sie auch mich, dachte er, da sprach eine weibliche Stimme:

»Loset, was ist nun ihr Wesen?«

Langsam hob er den Kopf aus seiner Verhüllung. Das Blut strömte wieder zum Herzen. »Wir können von Herren und Pfaffen nicht genesen,« antwortete er und sah nun die Frau an, die hinter ihm im hellen Tag stand. Die Sonne lag breit auf dem gesunden Gesicht der Frau, ihre Brust ließ ein befriedigtes Stöhnen durch die Zähne. »Ich bin die Bäuerin Knittel,« sagte sie. »Seid Ihr – Joß Fritz?«

An diesem gleichen kummervollen Gründonnerstag empfing in Innsbruck der junge König Maximilian seinen bretonischen Gesandten und bisherigen Hofmeister bei Maximilians zweitem Gemahl, der Herzogin von Bretagne.

Auf einem Umweg, fast schimpflich von grinsenden französischen Reitern geleitet war Wolfgang von Polheim in Mecheln angekommen und von dort, Angst im Herzen, den Rhein hinab und durch die bayrischen Lande nach Tirol gelangt. Mehrere Tage hatten die Hofräte gezögert, ihn zu melden. Sollte man nicht erst eine gute Stunde der jungen Majestät abwarten? Aber sie mußte in jedem Fall zu einer bösen werden, wenn nur der Name des Gesandten gerufen würde.

Das Gefolge solle sich zurückziehen, befahl der König und stand von seinem Sessel auf, um mit blassem Gesicht die Bücklinge der Schranzen und den Gruß der jungen Edelleute anzunehmen. Der Gesandte zitterte. Mit Neid sah er die bunte Schar sich entfernen. Lieber zehnmal in die Schlacht als eine solche Stunde, dachte er, da rief ihn der König an:

»Sie haben sich eine Rede zurechtgelegt auf dem weiten Weg, ich will sie nicht hören. Sie antworten jetzt nur meinen Fragen!«

Wolfgang von Polheim verbeugte sich.

»Die Ehe von Anna von Bretagne mit dem – anderen wurde an welchem Tag vollzogen?«

»Vor etwa vier Monaten, Sire.«

»Antworten Sie genauer!«

»Am 6. Dezember.«

»Die Verlobung?«

»Am 19. November.«

»Wann war der Vertrag mit dem anderen unterzeichnet worden?«

»Majestät sprechen vom Ehevertrag?«

»Nein, sondern von dem Vertrag, den Sie hätten ausnutzen sollen.«

»Er wurde unterschrieben am 15. November 1491.«

»Vier Tage nur?« Der König stutzte. »Und die Königin unterschrieb den Frieden, weil sie zu mir, ihrem rechtmäßigen Gemahl außer Landes ziehen wollte? Ist das Wahrheit?«

»Wie Majestät es sagen. Das Land hatte sie überschwemmen lassen gegen den französischen Bedränger. Die englischen Hilfsschiffe hatte sie verweigert. Sie wartete. Zwölf Monate ertrug sie die Belagerung von Rennes. Die Truppen meuterten schon, auch die deutschen, wie ich zu unserer Schande –.«

»Sprechen Sie nicht von Schande! Anna von Bretagne wartete auf mich?«

»Wir alle warteten. Inzwischen arbeitete das Gold des Franzosen. Der Oheim der Fürstin, der Prinz von Orange, war gewonnen, die Söldner zogen die Aufruhrtrommel rührend durch die Straßen, Gerüchte über Eure Majestät wurden ausgestreut –«

Maximilian, der in eigenen Gedanken abgeirrt war, horchte auf: »Welche Gerüchte?«

»Meine Ergebenheit erwürgt mich, wenn ich sie wiederhole.«

»Eure Ergebenheit werdet Ihr künftig und bei besseren Gelegenheiten als bisher bekunden können. Heute habt Ihr nur zu sprechen.«

Der Gesandte verneigte sich unter dem böse hingeworfenen Wort des Königs. Ich habe nichts mehr zu verlieren, dachte er. Meine Laufbahn an seinem Hof ist zu Ende. Ich werde mich auf meine Burg verkriechen können, Bauern kann ich schinden. An die Wege werde ich mich legen und

Packwagen auflauern. So soll er den Stachel zurückbehalten, wenn er an mich denkt.

Er sah die höhnischen Gesichter wieder, mit denen man ihn in den Niederlanden empfangen, er hörte die Spottreden seiner Gastgeber auf dem weiten Weg.

»Majestät,« sagte er, »zwingen mich, die Sprache des Diplomaten aufzugeben.«

Die Ihr schlecht genug gesprochen habt, dachte Maximilian, aber er schwieg, denn seine Neugier war schon größer als sein Zorn auf den unfähigen Gesandten.

»Man sagte, daß Ihr ländergierig seid. Daß Ihr auch bei Anna nur an die Bretagne gedacht und nicht an die Fürstin. Daß Ihr ganz Europa in die Tasche stecken wollt. Daß Ihr mit Eurer Tochter Margarete die Hände nach Frankreich ausstrecken wolltet. Ein Leben an Eurer Seite sei ein Witwenleben. All Eure Unternehmungen seien der Irrsinn eines Gezeichneten. Ihr hättet die Gicht und wärt bald ein toter Mann.«

Der Gesandte hatte mit einem trotzigen Hochmut seinen Skandalbericht hervorgestoßen, nun sah er, daß das Gesicht des Königs sich aufheiterte.

»Habt Ihr noch mehr?« rief Maximilian und lachte bereits.

»Ich hatte genug zu tun, um gegen diese Schauermärchen zu arbeiten,« entgegnete der Gesandte, dem das Lachen seines Herrn Mißtrauen und Hoffnung zugleich einflößte.

»So geht jetzt,« sagte der König, »und ruht Euch von der schweren Arbeit aus. Wir rufen Euch zur gegebenen Stunde wieder.«

Noch lange als der Gesandte gegangen war, blieb das Lächeln auf dem verwegenen Gesicht des Königs. Er strich sich den scharfen Buckel seiner Nase, in den halb herabgezogenen Augenlidern saß der Hohn. Plötzlich verfinsterte er sich. Das Beilager des Franzosen fiel ihm ein. Er sah ihn an der Tafel unter seinen Großen, Anna ihm zur Seite. Wie er den Becher hebt und lacht. Wie alle nun an den Habsburger denken, dem man die Braut weggenommen. Wie sie saufen und grinsen. Wie sie auf die weiße Brust der kindlichen Anna stieren. Er sah das Zimmer, in das der Franzose seine Beute führte. Ich bin nur ländergierig. Er aber entkleidet meine Königin. Küßt ihren Hals, faßt ihre Schultern, er denkt an mich, während sie stöhnend sich an ihn klammert. Und das Reich lacht über den Hahnrei im Hermelin.

Maximilian lief ans Fenster, Zorn verschleierte seine Augen. Er sah nicht den Schnee der Bergriesen, die schroff über die Stadt hinauswuchsen, die kindliche Braut, die für ihn ihr Land überschwemmt hatte, sah er vor sich. Sie wäre Marias würdige Nachfolgerin gewesen. Er riß das Fenster auf. Der Föhn wehte ihn an. Jetzt sind wir Todfeinde, Karl von Frankreich.

Als die Bäuerin Knittel Joß Fritz in seinen Mantel geklumpt hatte sitzen sehen, war sie jäh erschrocken. Sie erkannte das Kleid, das man ihr beschrieben. Ihr erster mütterlicher Gedanke ließ sie fürchten, der Rebell sei verwundet. Er saß so gleichgültig gegenüber jeder Gefahr im freien Feld, daß nur ein tödlicher Schmerz ihm in den Gliedern stecken konnte. Aber beim Nähergehen kam ihr eine Ahnung, daß ein ganz anderer Schmerz ihn da kauern ließ. Sie war nicht unvorbereitet. Ein aufregender Vormittag lag hinter ihr.

In der Frühe war sie mit den aufständischen Bauern vor Schlettstadt gezogen. Sie war keine Fußgängerin mehr, sechs Kinder zehrten, aber diese Stunde gab nocheinmal große Kraft. Und da waren kurz vor ihnen die Stadttore zugedonnert, sie hatten die Malereien über dem Bogen angestarrt, und als die ersten Schüsse krachten, war ihnen erschienen, als verlachte sie der mächtige Christophorus über der Sonnenuhr.

Sie waren zurückgestürmt in den Hohlweg bei der Meierei; als pfiffen immer noch Kugeln über sie, liefen sie geduckt; die Meierei war leer, nur die Wache empfing sie, die sie ausgestellt. In den Lüften aber hatten die Glocken angefangen zu läuten. Viele Glocken. Die Bäuerin hatte nicht begriffen, wie es stand, bis Veltin sagte: »Nun müssen wir jemand zu Joß schicken.«

Es war ein harter Weg geworden. Sie hatte zweimal im letzten Augenblick sich noch in die Weinberge flüchten können; durch den Morgen fegten schon die Reiter des Bischofs. Im Schweiß dampfend war sie an dieser Wiese angekommen. Nun stand sie und berichtete, daß die Bauern von Dambach an einem anderen Ort versammelt seien und Joß dort erwarteten.

Joß Fritz rieb sich die Stirn. Wie Fetzen von Wolken hing es vor seinen Augen. Aber schon begann er zu fragen: wieviele da seien, ob sie Waffen hätten, ob sie wüßten, wie die Lage sei, ob Veltin die Bäuerin geschickt.

Er möge kommen, erwiderte die Frau und schnitt alle Reden ab. »Wir haben noch einen schweren Weg,« sagte sie ernst.

Sie gingen durch den strahlenden Tag. Ein Kruzifix ragte über einen blühenden Busch an einer Wegscheide; welke Anemonen lagen vor dem hölzernen Marterbild. Sie verneigten sich beide und gingen den Weg nach rechts. Plötzlich riß ihn die Bäuerin zu Boden. Er stolperte in Hecken, spürte Stacheln in seine Backen eindringen und hörte bald darauf schon das Schlagen von Hufen. Sie lagen dicht nebeneinander, sahen sich, angespannt lauschend in die Augen, der Tod war über ihnen. Die Reiter schienen anzuhalten. Ihre Stimmen waren ganz nah: »Ich sagte dir, du täuschst dich.«

»Ich hätte geschworen. Nun, dann weiter zum Gericht! Wie gern hätt ich mal einen selber gespießt.«

Mehr als ein langer Bericht enthüllte die kurze Unterhaltung. Schwer atmend blieben die beiden am Boden liegen;

Joß setzte sich als erster auf; das ganze Elend brach wieder über ihn. Warum rufen sie mich noch, dachte er, da stieß ihn die Bäuerin. »Sie sind weg,« sagte sie und ging schon aus der Hecke. Er folgte.

Sie schlüpften in einen Hain, durch dessen lockere Baumreihen die Giebel von Häusern schimmerten. Plötzlich griff sie in seinen Arm: »Wartet hier,« sagte sie leise und schlich davon.

Er trat ins Unterholz und hockte sich nieder. Nach einer guten Weile kam die Frau zurück und bedeutete ihm, vorsichtig zu folgen.

An den Waldrand stieß eine Stallung, deren Tor geöffnet war. Sie huschten hinein. Langsam erst gewöhnten sich die Augen an das Dämmerlicht, aber die Ohren hatten ernstere Beschäftigung inzwischen: aus nicht allzu weiter Entfernung, doch außerhalb des Raumes noch, hörte man schrille Menschenschreie, denen langhingezogenes Wimmern nachzog. Joß stand aufmerksam, mit gestocktem Atem und lauschte. Wieder kam ein grelles Brüllen, von so hilflosem Weinen abgelöst, daß Joß Tränen in den Augen spürte, ohne zu wissen, wie berechtigt sie hervorstürzten. Er suchte die Frau und erblickte sie, Zeichen machend, über sich auf der Tenne.

Eilig kletterte er hinauf, staakte durch das Heu und tastete an der hölzernen Giebelwand nach einem Fenster.

Er war dicht bei dem Ort, von wo die Schreie kamen. Nur die Wand vor seinen erregten Händen trennte ihn von dem grausigen Schauplatz, dessen Schrecken er ahnte. Er fand mit Heu vermischten Lehm zwischen den Planken und begann ihn loszubröckeln. Licht fiel ein, die Sicht wurde frei, aber je mehr er beim Loskratzen hinsah, desto zögernder vergrößerte er das Loch, ja gegen Ende hielt er an und setzte ein zu großes Stück wieder an seinen Platz zurück.

Es war, wie er geahnt: man richtete Bauern in der Tiefe. Hinter einem Tisch, der mitten auf den Hof gestellt war, saßen die Richter; anscheinend ein schnell zusammengerufenes

Tribunal, denn sie trugen nicht einmal die Abzeichen richterlicher Gewalt. Nur der Grundherr, neben ihrem Tisch auf geschmücktem Pferd sich schaukelnd, hatte die silberne Kette der Gerichtsbarkeit umgehängt. Mit geilen Fingern spielte er damit, während er über die Landsknechte sah, die Joß neben ihm erblickte, stur die Gesichter, die langen Lanzen lasch in den Händen haltend. Volk hielt sich in einiger Entfernung. Handwerker, auch Bürger besserer Kleidung. Joß drehte den Kopf nach allen Seiten. Noch war das Wimmern in der Luft, aber man sah keinen Gefolterten. Auch der Platz dicht vor dem Tisch war leer, man schien eine Pause zu machen.

Joß grübelte noch, in höchster Erregung, welche Marter man den Bauern wohl bereite, da sah er, daß alles sich nach der Straße herumwandte, die in das Viereck der Höfe einmündete, wo das Malefizgericht tagte.

Der Platz vor dem Tisch wurde größer gemacht. Joß sah nur das Drehen der Köpfe und das Zurückweichen der Füße. Es war, als bauten sie blitzschnell ein Schafott mit ihrem bereitwilligen Freilassen des Raums. Dann stolperte ein Bauer auf den Platz. Das Opfer war angekommen.

Sein Wams war zerrissen unter den Griffen der Landsknechte, die ihn im Keller des brennenden Nonnenstifts gefunden, unter dem offenen Spund eines Fasses, das neben ihm verströmte. Er hatte geschlafen, betäubt von dem Wein, und war auch die Gasse herunter nicht ganz aufgewacht, so roh sie ihn stießen. Nun stand er schwankend in dem Halbkreis der Menschen, rülpste und stierte in die Augen seiner Richter.

Die amtierenden Bürger betrachteten ihn verächtlich; der Grundherr aber lachte: ob er wisse, was er als nächstes in den Hals bekomme?

Der Betrunkene suchte im umnebelten Hirn vergeblich zu ergründen, was geschah. Die Seligkeit des Rauschs war noch in ihm. Er hob die Hand und tippte vergnügt auf jeden der Herumstehenden, auf den Profos, der sein Schwert noch nicht wieder abgewischt – glitzernd trocknete Blut an der Schneide – auf die Handwerker, die sich zunickten, als wollten sie sagen: so und nicht anders war das ganze Pack. Aber sie schwiegen in der Nähe des hohen Herrn, der ja wohl bald diesem Menschenschwein zum Aufwachen verhelfen würde.

Da sang der Bauer; von Schluckstößen unterbrochen sang er ein unflätiges Vaterunser: »Papst Vater unsinnig,« gröhlte er, »der du bist zu Rom, vertilget werde dein hochfertiger süntlicher Nam, verbrennet werde dein Reich.«

Echt war das Entsetzen der Bürger, aber der Bauer, im Glück seines Rauschs, genoß nicht den Schrecken der Gesichter, sondern nur die Bosheit seines Spottgedichts, das ihm sehr geläufig schien, denn ohne Unterbrechung schloß er jetzt: »Auch führe uns nimmer in des Bannes Simonei, sondern erlös uns, Gott, aus der Pfaffen Büberei! Amen.«

Viel weiter kam er nicht. »Amen,« sagte oben in seinem Versteck noch der Joß, doch er sah, wie der Grundherr mit den Richtern ein Zeichen des Einvernehmens wechselte und einen Wink an den Profos gab, der schnell hinter den Bauern trat mit seinem Schwert. Joß hatte die ganze Runde betrachtet. Ihre billige Entrüstung über den Betrunkenen machte ihn schwach vor Wut, aber dann überlegte er, wie leicht die Rebellion der Bauern versacken konnte. Der da hatte sich selbst ertränkt in Wein. Rache macht kopflos, schloß er, während der Bauer noch selig gröhlte. Er betrachtete ihn nachdenklich, da blitzte in der Sonne der Stahl.

Joß griff sich entsetzt in die Augen. Unten löste ein mekkerndes Lachen den schroff abgerissenen Gesang ab.

Vornüber stürzte der Bauer. Eine Sekunde hielt sich der Kopf noch in dem Blutkranz, der aus dem Hals quoll, dann neigte sich der Rumpf und schüttelte den Schädel dicht vor den Tisch auf die Erde.

Durch den stehenden Bauern hatte der Profos seinen

furchtbaren Strich gezogen. Gierig hatten Richter, Bürger und auch der Grundherr dem Trunkenen ins Gesicht geblickt, ob er nach dem plötzlichen Hieb nicht doch eine gräßliche Überraschung im Gesicht erkennen ließe. Nun schlug mit dumpfem Ton auch der Körper auf den Boden, und sie sahen, daß aus der Riesenwunde des Halses nicht nur die Adern in roten Strahlen sich ausleerten – ruckweise schoß aus überfülltem Magen auch noch der weiße Wein in die schreckliche Lache. Joß sah wieder hinunter. Der Profos wischte sein Schwert durch das Gras, griff nach dem Kopf, dessen Mund noch stand, wie das Lied ihn geöffnet, und warf ihn über den Platz zu den übrigen Leichen. Dann beugte er sich zu dem sickernden Rumpf und untersuchte die Taschen. Mit einem Fußtritt beendete er die Nachprüfung. Er hatte nichts gefunden. Zufrieden bemerkte es Joß. Warum bin ich zufrieden, dachte er dann, warum sollte er nichts in den Taschen haben?

Die Gasse herab trabte ein Reitertrupp. Zwischen den Pferden, angebunden an die Sättel lief ein gutes Dutzend Bauern. Es geht weiter, dachte Joß, es sind lauter Unbekannte. Er suchte sein Herzklopfen vor sich selbst zu verspotten: stickige Luft hier drinnen, draußen ist sie besser.

Der Trupp kam näher. Sich tüchtig zu zeigen vor dem Grundherrn und dem Gericht spornten die Reiter die Gäule und schlugen mit den Lanzen auf die Köpfe der Bauern. Aus der Staubwolke zwischen den Pferden stieg Geschrei auf. Ein Pferd bäumte und ging auf einen Gefangenen nieder. Die Soldaten kümmerten sich nicht darum, sprengten vor das Tribunal, den schwergetroffenen Bauern am straffen Strick mit den anderen über den Boden schleifend. Kurz vor dem Tisch hielt die Mannschaft an, grüßte mit erhobenen Lanzen und warf die vom Sattel gelösten Stricke dem Profosen zu.

Grau vom Staub, verschwitzt die Haare, zitternd in den Knien vor Übermüdung stand die Koppel der Bauern vor dem Tribunal. Der Führer des Reiterfähnleins meldete und schwenkte dabei den Hut: die achtzehn seien beim Plündern gefaßt worden, einer gar beim Nötigen eines Mädchens, und auch die Kirche habe in Brand gestanden. Joß bröckelte das Loch größer, durch das er gesehen, und legte das Ohr an die Öffnung.

Dem Verhör wollte er folgen, die Fragen der Richter hören, mehr noch die Antworten der Bauern. Da sah er wieder die Frau neben sich. Weit aufgerissen waren ihre Augen. Sie kniete im Heu, zu Joß gewandt; über der ängstlich atmenden Brust hielt sie die zitternde Bitte der Finger, blaß stand ihr volles Gesicht im Dämmer, wie ein trauriger Mond.

Lüge sei die Anklage, beteuerte unten eine Stimme; im Kampf habe man sie gefangen, mit der Sense in der Hand. Joß hörte es, die Ohren an die Wand gepreßt; er spürte die Freude, die aufkam in ihm, aber nun sprach plötzlich auch die Frau: »Wollen wir nicht weitergehen? – Sie warten,« fügte sie hinzu, als wolle sie erinnern, wie sehr die Bauern Treue um Treue verdienten.

Er sah nur ihren Blick, in dem das Entsetzen über das Gericht dort unten war, er hörte nicht, was sie sprach, denn er war ganz mit seinen Gedanken in der Tiefe, er entfernte auch das Ohr nicht von der Wand.

»Wir haben nichts anderes getan,« rief es aus der Tiefe, »denn was unsere Ritter haben getan: Sie wöllen keine Herren mehr haben.« Joß war betroffen: die Bauern erinnerten sich in dieser Stunde der aufständischen Ritter? Soviel Gewicht legten sie auf das gute Zeugnis, das der niedere Adel ihrer Rebellion durch seine Teilnahme ausstellte? Gut zu wissen, dachte Joß, da war die Frau durch das Heu dicht an ihn herangekrochen. Groß standen ihre grauen Augen vor seinem nachdenklichen Gesicht: »Hast du wirklich die Fahne bei dir?« fragte sie unvermittelt. Er sah ihre fraulich vollen Lippen, das harte Gesicht, das sich in der Frage verschönte, sah die hochgezogenen Lider, die vibrierenden Sterne der Augen, er hörte die Ehrfurcht ihrer Frage, er verstand nicht bis zum Letzten, was sie wollte, geteilt wie er war in sein Horchen an der Wand und ihren Anblick. Doch er hörte, daß sie von der Fahne sprach, und lächelte.

Gepreßt an der Holzwand verharrend nestelte er an seinem Wams und riß einen Spalt auf, um am auflebenden Blick der Frau zu erkennen, daß das Tuch sichtbar geworden war. Nun lächelten sie beide, lächelten, als könne nichts mehr geschehen, was zu mächtig sei, da schlug von draußen an das Ohr von Joß eine dunkle Stimme: »Das Beil für alle achtzehn,« verkündete die Stimme.

Joß überraschte sich dabei, daß er nach der Hand der Frau griff; er hielt sie umschlossen, als sei sie die letzte Rettung, er mußte sich noch dichter an die Wand pressen und dachte schon, daß die Planken niederfielen; ja, so mußte es sein, dachte er: die Wand mußte in die Tiefe poltern und er hier oben im Hellen sitzen vor dem Gericht, vor dem Grundherrn, vor den Bauern. Alle Augen sind auf ihn gerichtet, alle heben die Hände, nun greifen sie sein Leben. Wie alt bin ich, dachte er blitzschnell. 1493, 1458, 35 Jahre. Ostern 1493 mit 35 Jahren am Halse hingerichtet.

Die Frau neben ihm nahm leise die Hand aus seiner Faust: »Dann ruf ich sie,« sagte sie und stellte sich auf.

Er verstand nicht, was damit gesagt sein sollte, er sah, wie sie zum Tennenrand stapfte, nach den Leiterspitzen griff und in der Tiefe verschwand. Hatte sie den ersten Schlag des Beiles gehört? Joß fuhr zusammen, ganz seiner Feigheit hingegeben; angenehm war ihm das Dunkel, tröstlich die harte Wand, die seine Finger nachprüften, bis die Krauter um ihn sich hoben in einem überraschenden Windzug. Licht flatterte in die Ecke, wo Joß saß, eine Tür schlug, Joß war gequält von mißtrauischen Gedanken, aber stärker zerfetzten ihn die Geräusche des Hofs. Er hörte wieder hinaus. Dumpfe klatschende Schläge. Er beugte sich an die Planke.

Vor dem Tisch sah er, in den Griffen eines Landsknechts, einen einzelnen Mann. Der hatte die Hand wie zum Schwur gehoben, Joß bemerkte, daß er zu dem Grundherrn sich wandte.

Unrecht, sagte der Mann, geschehe ihm, dem Bäcker Michael Wendelin; er lade den Grafen ein ins Tal Josaphat, da solle er ihm Antwort geben, warum er, Michael Wendelin, diesen Tod verschuldet habe.

Joß fühlte beschämt vor dieser starken Stimme seine eigene Schwäche. Nichts sei geschehen, fuhr der Mann fort, das nicht die Propheten billigten. Göttliches Recht stellten die Bauern wieder her.

Joß starrte in großer Überraschung hinunter: da war sie wieder, die Stimme des Bundschuhs, die Stimme des Rechts, evangelisch der Ton, stark wie Jerichos Posaunen. Das klang hinüber über den Graben des Todes, das hörte sich lauter an als Pfaffenlüge und Richterspruch, das war heiliges Rebellenwort, nicht zu beugender Trotz. In die Schlucht jenseits des Lebens lud der Bäcker seinen Henker, im Herzen sicher, daß jener kommen müsse, daß das Recht noch lebe, wenn der zerhauene Leib auch längst vermodert. Joß krallte die Nägel in sein Wams. Hinabspringen und ihn im letzten Augenblick die Fahne küssen lassen? Ihn umarmen und ihm sagen, daß er wirklich dabei sein werde, wenn die neuen Haufen marschierten zum letzten Sieg?

Joß' Hände tasteten an sein Wams, aus dem das Fahnentuch hing, drunten rief die feierliche Stimme: »Hat nicht Christus durch sein heilig Blut frei gemacht alle Kreatur? Von wem und von wannen dann empfingst du das Recht, Gottesknechte zu richten?« Stille folgte dem Ruf. Joß, hingekauert in das Heu, lauschte, welche Antwort käme. Aber ein Schrei und ein dumpfer Schlag waren die nächsten Geräusche. Erschrocken stieß Joß die Stirn wieder an die Planken und äugte hindurch. Der Michael Wendelin stand noch lebend vor dem Gericht. Joß zitterte: hilflos irrten seine Gedanken, plötzlich betete er: bleib nicht stumm, Himmel, reiß jetzt die Tore auf! Schlaft nicht, ihr Reiter, wenn ein Knecht euch ruft! Schützt das Geschmeiß nicht, das die Erde befleckt! Fallt den Bütteln in die Arme und schlagt ihnen das Beil aus den Händen!

Ein neuer Schrei heulte aus der Mordecke durch die Planken: »Nicht mit dem Beil,« brüllte als schauerliches Echo des Todesschlags eine zweite Stimme. »Nehmt, ich flehe euch an, das Schwert.«

Joß fühlte die Ohnmacht seines Gebets. Man tötete weiter, die Engel blieben aus. Höhnisch verzog sich sein Mund: Habt recht, ich hätte es zu besorgen, ich! Zwanzig Arkebusiere – brauchte es mehr? Brauchte es dann euch? Ich brauchte nicht mehr. Zwanzig zielsichere Männer, hier aus der Scheune brechend, entschieden das Gericht.

Langsam fingerte er an seiner Handwaffe.

Zwanzig Mann, murmelte er, und stieß die Pistole an die Planken; jetzt ist nur Jammern und Tod, auf Jahre nur Zagheit und Angst. Er sah an der Wand hinauf. Joß, such dir die zwanzig Mann! Noch ist es nicht zu spät, du findest sie; denn eh sie sich schlachten lassen, kämpfen doch lieber die letzten Bauern.

Er schüttelte wütend den Kopf: »Wer spricht denn hier?« sagte er laut und glaubte die Stimme zum Schweigen bringen zu können, aber sie blieb da:

oder willst du heulend nachgeben? Langsam wieder das Spionieren anfangen? Jeden Einzelnen beschnüffeln? Schwätzen! Sie glauben dir doch nicht mehr, niemals mehr, wenn du diesmal nicht kämpfst.

»Wer spricht, frage ich?« rief Joß, »wer redet von kommenden Kämpfen?« Er horchte ernsthaft in die Stille. »Was soll diese Dorfschlacht?« Er rief laut, fast unvorsichtig laut, denn unten war es sehr ruhig geworden. Doch die Stimme verstummte nicht:

es ist wohl nicht viel vernichtet, wenn ein Feiger vernichtet ist, der seine Leute im Stich läßt? Weniger geht kaputt, als was da unten mit einem einzigen Hieb zusammenfällt. Mehr geht kaputt, wenn es nicht fällt. Stirb, wenn du nichts wagen willst, denn du bist ja schon gestorben. Oder geh, geh sofort und hol dir die zwanzig Mann! Nur durch sie kannst du wieder etwas werden.

Joß kratzte mit der Pistole an der dunklen Wand. Er beugte sich der Stimme. Zwanzig Mann, murmelte er. Vielleicht wär's genug mit einem einzigen Schuß. Er fühlte den kalten Lauf der Waffe in seiner Hand.

Ein einziger Schuß. Wenn er wie Feuer vom Himmel fiele in dieses eine Gesicht? Eine Kugel, eine einzige?

Er legte das Gesicht an die Öffnung der Wand. Er sah nun wirklich den adligen Herrn. Einen Schritt hatte dieser sein Pferd nach vorn gelenkt zu dem Bäcker. Ernst war sein Gesicht. Joß bemerkte es: der Adlige biß aufgeregt an seinen Lippen. Stand das Dunkel des jenseitigen Tals plötzlich auf vor dem Bauernschlächter? Zitterte der hohe Richter vor der Schwelle, die zu übertreten auch ihm nicht erspart blieb?

Joß sah, wie der Grundherr den Mund öffnete, und spannte den Hahn seiner Waffe.

»Nun denn,« so hörte er den Adligen sagen, und die Stimme war zögernd und nachgiebig, »so werde ich denn erscheinen und euch gerecht sein im Tal Josaphat.«

Joß ließ die Waffe sinken, das Pulver rieselte ins Heu. Bekannt hatte sich der Mann zum erneuten Gericht. Angeklagter Gottes war er damit geworden, unverletzlich und der höchsten Macht vorbehalten bis zum neuen Urteil. Joß sah, wie auch der Bäcker befriedigt nickte. Schon griff die Pfote des Henkers ihm an den Hals, um ihn abzuschleppen in den Hintergrund, aber der Bäcker richtete sich ein letztes Mal auf und fragte stolz: »Und Ihr werdet Antwort geben an meinem Tod und dem aller Bauern hier?«

Das war zuviel. Der Adlige spürte, daß er zuviel dem eigenen Schrecken nachgegeben, vielleicht auch wehrte er sich gegen den allgemeinen Glauben. Sein Gesicht schwoll rot, seine rechte Hand riß heftig an der Richterkette, und er schrie, während der Profos sein Schwert in langem Zug aus der Scheide hob: »Ich sagte es. Und damit genug des Geschwätzes.«

Der Profos stieß den Bäcker in die Knie, hielt aber an, als der Graf noch ein Nachwort rief: »Geht also voraus, Michael Wendelin. Ich komme später nach!..« Das Pferd wieherte in die Rede hinein. »Laßt Euch die Zeit aber nicht lang werden,« höhnte der Mann. »Ich habe noch viel zu tun hier.«

Wer von uns, der dieses Wort in der Chronik fand, erkannte nicht sogleich, daß hier nicht nur der Hochmut sprach, sondern ebensoviel auch die Angst. Nichts anderes wünschte der feudale Herr, als daß der Henkerschlag die bedrohliche Unterhaltung beenden möchte, daß das fließende Blut die gespenstische Welt verscheuche, daß mit dem Kopf des Anklägers auch die Anklage fallen möge. Joß aber fand in der erbarmungslosen Antwort sein volles Gefühl der Rache wieder.

Das freche Wort gab ihm alle Rechte zurück. Dieser Hinweis auf das Warten genügte. Der Adlige hatte sich des Schutzes begeben, ein nur vor Gott dem Herrn Angeklagter zu sein.

Joß ließ wieder Pulver auf die Zündpfanne rieseln und schob den Pistolenlauf durch die Planke. Mit ruhigem Auge visierte er und drückte ab. Es war ihm, als hätte sein Herz selbst die Kugel aus gespanntem Muskel abgefeuert; er fühlte den Schlag in der Brust.

Wie ein Anfang dünkte ihn der Schuß, der sein Ende werden mußte. Der Feuerschein des Pulvers gab Licht in das Dunkel, das wie Wahnsinnsnacht zu dicht schon gerückt war. Mit dem Fall des Schlächters im Hof war Fritz wieder Joß Fritz, der Revolutionär des Heilands, oder wenigstens fühlte er sich so. Jüngster Führer der Bauern, Adjutant des Rebellen Veltin, dem Leben zurückgegeben, als der Tod am nächsten war. Aufgewacht, als er einen anderen schlafen schickte. Reingewaschen durch einen Mord. Ganz unsicher des Erfolgs, aber wie geläutert in einem Feuer, das dauerte. Nie – sagte er später – habe er sich so sauber gefühlt wie in diesem Augenblick, da er den Hahn knacken hörte und die Kugel losjagte, als er sich selber vergaß und sich dabei fand.

Er riß die Waffe aus dem Loch und steckte eine neue Kugel in den Lauf. Sollten sie kommen! Er wandte sich um zu der Leiter, die zur Tenne führte. Der Adlige war immerhin nicht der einzige, der mitgehen würde, wenn Joß nun doch fortgehen mußte.

Aber niemand kam. Erstaunt sah Joß, daß eine dicke Rauchsäule aufstieg aus der Tiefe des Stalls, Funken mit sich tragend aus knisternder, unsichtbarer Brandstelle. Von draußen aber erscholl lautes Getöse. »Feurio,« schrien Stimmen durcheinander, Pferdehufe hämmerten den Boden, ein Heer schien zu brüllen, und das Wiehern der Pferde hörte sich an wie ängstliches Lachen von Riesen.

Joß begriff nichts mehr. Er sah durch die Planken, durch die er eben den Tod gejagt hatte, und sah in eine völlig veränderte Szene: der Adlige lag mit zerschmettertem Gesicht am Boden, Rauchwolken zogen über ihn, eine Blutlache netzte die Erde neben seinem Kopf. Ein Pferd sprang über ihn hinweg, mehrere Tiere folgten, von panischem Schrecken gestoßen. Joß drehte sich wieder um zu der dichter und dichter aufsteigenden und nun von hohen Flammen begleiteten Rauchsäule in der Mitte der Scheune. Jetzt erst wurde er die Hitze gewahr, die ihm schon die Schweißtropfen aus der Stirn trieb. Er faßte an die feuchten Haare, gewiß nun, daß er fiebere.

Als er sich dann hochriß – schon fraß der Rauch an seiner Lunge – über die Tenne in das aufstiebende Feuer sprang, das unbekannte Hand gelegt hatte, und sich durch den weißen Qualm vortastete zu der nach dem Wald führenden Türöffnung, wich die Beklemmung.

Segnend kam frische Luft in seine Lungen, und nach

weiteren Minuten, als er mit neu erwachter Vorsicht um die Wand der Scheune an den Gerichtsplatz vorgeschlichen war, beschenkte ihn der helle Tag mit einer so sachlichen Erklärung dessen, was geschehen war, daß niemand rascher als er zurückgegeben wurde der Wirklichkeit des elsässischen Dorfs und dem Kampf, der neu zu ordnen war.

Alle vier Höfe brannten lichterloh. Joß stand an der offenen Ecke des glühenden Karrees und sah verwundert wie ein Erwachender in das Flammenmeer und seine Rauchbrandung, die in dicken Stößen aus den zerfressenen Dächern, aus den glühenden Kaminen und schon aus den Fenstern durchbrach, sich niederwälzte zum Platz, in dem immer noch wie gespenstische Schatten Pferde herumliefen, aber wenig Menschen. Joß mühte sich, die weiße Wand zu durchstoßen, er hörte durch den Qualm Schlagen von Waffen, Kampfgeschrei abziehender Menschen. Nur das aber konnte er vorläufig feststellen: das Gericht war vertrieben, umgestürzt lag sein Tisch, tot nicht nur der Adlige, den Joß eben vor seinen Füßen fand, sondern geschlagen auch sein Troß.

Da lagen drei Landsknechte, hier der Profos mit breiter Wunde quer durchs Gesicht und stumm; Joß wollte sich niederbeugen, aber da kam durch die beizenden Wolken eine Gestalt auf ihn zu, die er freudig erkannte.

»Veltin,« rief er. »Ihr wart es also.«

»Ja,« sagte der Mann, »wir haben ein bißchen dreingeschlagen.« Sie vergaßen fast den Rauch und sein Gift.

Die Dächer barsten hinter ihnen, die Balken glosten, Flammen fuhren überraschend aus niedergesunkenen Wänden, Veltin sagte, es sei gut, daß ihn die Bäuerin Knittel noch am selben Platz getroffen. Eine ehrliche Haut sei das. Vor einer halben Stunde sei sie zurückgekehrt in den Steinbruch und habe die Nachricht gebracht, Joß habe in der Waldschlucht auf die Bauern gewartet und sei jetzt dicht bei den Feinden, so dicht, daß man ihn schon herausholen müßte mit dem Spieß in der Hand. »Wir haben jemand mit ihr vorausgeschickt, um zu zündeln. Auf das Feuerzeichen hin kamen wir dann alle. Und da sind wir.«

Joß fand ganz zur Erde zurück. Er wartet auf ein Wort, das ihn stärkt, dachte er und sah an Veltin vorbei. Er will noch nicht glauben, was wirklich geschah.

Viele Bauern stolperten durch den Rauch heran. Als sie hörten, daß Joß da sei, eilten sie herbei, ehrliche Freude in den schmutzigen Gesichtern. Er griff ihre Hände, Tränen stiegen ihm in die Augen, er sah, wie sie sich anstießen, und wurde traurig. Gewiß, da standen Bauern mit Sensen und Pistolen und Büchsen, knieten nicht vor dem Henker. Gewiß, da lag der Graf und seine Mordknechte neben ihm. Zerstoben der gräßliche Spuk. Gewiß, die da wartend ihn umringten, waren die besten und würden weiterziehen auf das einfachste Zeichen hin. Aber war es nicht ein Marsch in den sicheren Tod? Sie wußten nicht, wie es rings im Land aussah. Hätte man ihnen diesen Schluck sinnloser Hoffnung überhaupt reichen dürfen? Joß trat durch sie hindurch in den Hof zurück. Nur schnelles Handeln konnte aus diesem Überfall machen, was er einzig noch werden konnte: eine Erinnerung, die weiterlebte und Mut gab auch in der Verbannung.

»Nehmt Schaufeln,« bat Joß plötzlich. Er hatte die stillen Körper am Boden wieder bemerkt.

Sie gruben in der Mitte des Platzes, über dem sich der Rauch endlich lichtete, eine weite Grube. Einzeln wurden die Rümpfe der Gerichteten hineingelegt; sorgfältig achteten die Bauern, daß jedem der Kopf beigegeben wurde. So kräftig sie zugreifen mußten, um die schweren Körper hochzuheben, so zärtlich blieb doch die langsame Geste, mit der sie die Toten dann niederlegten in das Grab. Einigen versuchten sie die Stricke zu lösen, von den im Kreuz gebundenen Händen, ungefesselt sollten die Freunde in der Erde liegen; erschreckt gewahrten sie dabei, daß die ineinandergekrampften Fäuste nicht mehr zu lösen waren. Der Todeskrampf hatte die Hände steinern ineinandergeschlossen.

Sie legten sie auf den Rücken. Mit den an den Hals gelehnten Köpfen und den nach hinten gehaltenen Armen schienen die Toten sich an den Himmel zu wenden, trotzig und Gericht fordernd von dem, dessen Reich sie verteidigt bis zu diesem Ende. War nicht so ihr Glaube gewesen?

Als alle hinabgesenkt waren – auch Michael Wendelin war dabei – umstanden die Bauern stumm die Grube. Alle sahen auf Joß. Sie warteten, daß er das Gebet spreche. Joß trat an den Rand und sprang hinab zu den Männern, die er nicht gekannt. Ein einziger schien ihm vertraut. Die fünfzig Mann über ihm drängten nach vorn, zu sehen, was er beginne.

Joß riß das Barett herunter, da entblößten sie oben alle die Köpfe. Dann kam stark und feierlich aus der Grube Jossens Gebet, und als es beendet, sahen sie, daß er das Wams aufriß und die Fahne hervorzog.

Zu jedem Mund beugte er sich nieder und drückte Madonna und Bundschuh an die kalten blutigen Lippen. Der letzte, zu dem er trat, war der Bäcker Michael Wendelin. Er berührte das Gesicht des Toten länger mit dem Tuch und ließ es dann ganz niedergleiten auf den Kopf.

»Pflanz' das Banner auf,« rief er laut, »wenn du ihn triffst im Tal, wo die Sonne stillstehen wird in der Stunde deines Gerichts. Zeig ihm, daß der Bundschuh mit dir ging auch ins Schattenreich. Und sag dem Richter, daß wir einen neuen Bundschuh haben werden und daß wir nicht weichen und sollte es ein ganzes Jahrzehnt uns kosten.« Joß schwieg. Die Bauern über ihm verstanden langsam, daß die Rede nicht nur dem Toten galt. Es war also doch zu Ende. Schrecken wollte sie befallen, aber Jossens Gegenwart hielt ihre Herzen mit eisernem Reifen zusammen.

»Der Kampf wird nie enden,« sagte unten Joß. »Diesmal war die Ernte noch nicht reif. Aber wir kommen wieder, Michael Wendelin. So vergiß nicht das Losungswort!« Die stummen Bauern oben atmeten schwer. Sie sahen Joß niederknien bei dem abgeschlagenen Kopf, die Fahne lüften und in das Ohr des Toten hineinflüstern. Und obschon sie oben nichts hören konnten, verstanden sie, daß er ein neues, geheimes Kampfwort dem Bäcker mit auf den Weg gab.

Dann kletterte er aus der Grube, Blut war auf den Aufschlägen seines Mantels, an den schmalen Händen und auch an der rechten Wange. Die Bauern drängten sich um ihn, schwere dunkle Fragen in den einfältigen Augen. Und Joß zögerte nicht mehr, ihnen die volle Wahrheit aufzuladen:

niedergeschlagen noch vor dem richtigen Ausbruch sei der Aufstand. Schlettstadt, wie sie selber wüßten, aber auch Kolmar, Mühlhausen uneinnehmbar bewacht. Alarmiert seien die Haufen aller Grundherren, bis Straßburg hinauf alle Straßen beritten vom Troß des Bischofs. Dieses Dorf hier sei wie eine Insel, die aufgetaucht sei mitten im Sturm; abgeworfen habe sie das feindliche Geschmeiß, aber sie müsse versinken, eh die Sonne sich neige, und es gelte, daß alle sich retteten. »Deckt die Erde über sie!« befahl er. Sie griffen nach den Schaufeln. Die Schollen schlugen dumpf auf die toten Leiber. Manchmal fiel ein Kopf zur Seite, als lege er sich nun erst endgültig zur Ruhe. Dann waren alle Körper bedeckt, nur der Kopf von Michael Wendelin nicht, auf dem die Fahne lag. Wie nach einer stummen Vereinbarung schonten die Bauern das bemalte Symbol. Immer höher hinauf stieg die Erde, unberührt von den dunklen Brocken blieb das Tuch. Ein Schacht entstand, als schütze den Kopf ein Brunnenreif. Joß wurde heftig gepackt von den Gefühlen, die die Freunde verrieten; er sah hinab zu dem Banner: da lächelte sie nocheinmal hinauf, die himmlische Frau, die ihnen voranziehen sollte von Stadt zu Stadt, blau wie die Bergseen ihr Gewand, weiß wie Pfirsichblüte das Gesicht, und unter ihr stand in Einfalt der plumpe Bauernschuh. Kräftig die Sohle, im Winde wehend das lange Schnürband, fast selbst eine Fahne. Gewiß, über hundert Straßen sollte der Bundschuh ziehen mit der Mutter des Herrn, Burgen brechend, verrottete Klöster ausräuchernd – aber wo, wo waren die Haufen? Joß entriß dem nächststehenden Bauern die Schaufel, stach in die Erde – kein Selbstbetrug mehr! Er warf den Klumpen mitten auf die Madonna; die Scholle zerfloß rieselnd und den Kopf Wendelins nachformend über das geliebte Tuch. Einen Augenblick stutzten sie alle.

Veltin schrie, die Schaufeln standen still; das wahre Begräbnis begann: die Hoffnung auf morgen wurde zugedeckt, verschüttet das Bild, das in bessere Zukunft führen sollte. Joß schaufelte, als gelte es eine Schande wegzuräumen und ruhte nicht, bis das Loch auch über dem Bundschuh gefüllt war und die letzte Scholle dem Erdboden gleichkam. Er warf die Schaufel weg, sprang mit beiden Stiefeln auf das Grab und stampfte den weichen Boden fest. Anhaltend sah er in die Gesichter der Bauern.

Niedergebrannt wie die schwarzen Häuser links und rechts waren da die Hoffnungen. Ein letztes Mal lüge ich noch, dachte Joß und hob den Blick über sie hinweg in ein fernes Land. Er sah durch das Pferch der verbrannten Höfe hinter den Bauern die weite Ebene. Er suchte nach Worten. Es ist alles zu Ende. Sie sind verloren, es ist ein Gewitter voller Unglück. Ich muß sie betrügen – warum hetzt man mich aus einer Wirrnis in die andere?

Im Hintergrund wieherte ein Pferd, bäumte auf, Joß sah es: ich werde fliehen auf ihm, dachte er. Ich bin ein Schurke, wenn ich sie allein lasse, dachte er. Was haben sie von meinem Tod, dachte er. Warum rede ich nicht? Es geht um mehr als sie, dachte er und hatte Tränen der Wut in den Augen. Es ist alles umsonst, dachte er noch und begann zu reden:

»Es ist kein Grund zum Verzweifeln,« sagte er und fühlte in leiblichem Schmerz die Bitterkeit des verlogenen Trostes. »Wer zurückgehen kann in sein Dorf, soll es nocheinmal abwägen und dann zurückgehen. (Man wird ihn erschlagen wie einen tollen Hund, wenn man erfährt, wo er war). Der Bundschuh braucht ihn bald wieder und wird's ihm lohnen. Die, deren Häuser in Asche liegen wie diese« –

er zeigte in die Runde – »sollen nicht zurück; sie sollen wissen, daß man nicht in verbrannten Acker sät. Anderes Land wartet auf sie. Gottes Land. Mögen sie es denn nicht abmessen mit Meilensteinen! Mögen sie gute Arbeit leisten! Unsere Pflüge müssen tief schneiden, damit kostbar die Frucht ist, wenn wir sie endlich mähen. (In Wahrheit werden sie sterben am giftigen Brot der Verbannung). Geht auf die Straßen, im Gewand des Herrn, der auch nichts als ein Pilger war, geht als Bettler, Hausierer, Wundarzt, Marktschreier – nehmt euch dort aus den Häusern alte Kleider, einen Gewürzkasten, eine Spieluhr (Joß sah sie vor sich stehen mit den Schaufeln und Sensen, Dornschlegeln und fast überkam ihn jetzt schon der Wahnsinn seiner Vorschläge) geht,« sagte er und hob die Arme, daß sein seidener Mantel glänzte im vornehmen Fall der Falten, »geht als fahrende Ritter, wenn euch die Geste steht und ihr die Feinde zu täuschen versteht! Geht in hundert Verkleidungen, jede ist gut, wenn sie euch schützt vor Verfolgung! Denn wie uns die letzte Stunde gezeigt hat, was unsere Arme vermögen, so habt ihr nun zu zeigen, wie tödlich die Schlinge unserer Schläue auch sein kann. Sprecht also die Sprache des Sklaven, der sicher ist, daß die Todesstunde seines Herrn nicht mehr fern ist. (O Schmerz der Lüge!) Trauert nicht um den Acker, den ihr verlort, klagt nicht um Weib und Kind, die ihr laßt, tausendfach wird euch das Leid vergolten werden. Geht auseinander, geht schnell, jeder auf seine Art, jeder auf seiner Straße und vergeßt nicht: keiner bleibt Herr, der heute sich noch so nennt« – Joß schob mit weiter Geste die Bauern auseinander und zeigte durch die entstandene Gasse auf den verbluteten Grafen – »sie werden fallen wie er, drei für einen. (Und vorher wird eine ganze Generation verbluten). Durch euch werden sie sterben, die ihr mit höherem Auftrag belehnt seid. (Merken sie, wie hohl das ist?) Vergeßt es nicht: kein Irdischer rief uns, kein Irdischer befiehlt uns, kein Irdischer schickt uns jetzt noch einmal in die Lande. (In den Tod, o mein Gott, oder in die

Verbannung!) Hintersassen sind wir des himmlischen Burgherrn. Leibeigene einzig des Heilands. Vaganten auf den Wegen der Revolution. Hörig nur der einen Grundherrin, die Gehorsam verdient: der Freiheit.«

Joß brach ab. Noch eine Minute länger und er wäre ausgebrochen in ein wahnwitziges, seinen Schmerz verratendes Gelächter. Die ergebenen Tieraugen der Bauern, Veltins unglücklich zuckender Mund, der Brandgeruch über dem Grab, und aus der Ferne – hörte man es nicht schon, das harte Pferdegetrappel der nahenden Rachehaufen? Er fühlte, wie sein Fuß in den lockeren Boden des Grabes einsank. Er hatte plötzlich Sehnsucht nach dem Tod. Wenn sie ihn doch zusammenschlügen, warum hatten sie dieses Vertrauen in ihn?

Er griff nach dem Arm eines Bauern, hob ihm die Pistole hoch. Der Mann betrachtet ihn fragend, aber da endete die ganze Szene. Denn von hinten brachte Veltin jetzt das Pferd.

Ohne Widerspruch machten die Bauern Platz, die Zunächststehenden sogar hatten Joß schon an den Beinen gegriffen und warfen ihn in den Sattel. Er faßte die Zügel, ohne es zu wollen, denn das Pferd sprang, als wolle es ihm helfen, aus dem Ring seiner Gedanken herauszukommen, mit mächtigem Satz nach vorn und galoppierte, die Mähne werfend und Schaum über die Bauern verschleudernd, in die Dorfstraße hinein. Der Teufel schickt es, dachte Joß und gab grausam stark die Sporen. Warum will ich wirklich nicht zurück, dachte er und schlug die Eisen in den Bauch des Tiers, als könne er sich damit selber treffen.

Hinter ihm ertönte Veltins Stimme. Joß konnte sich nicht mehr umwenden. »Nimm den Weg rechts von Dambach, er ist noch frei!«

Heiß schoß ihm eine Blutwelle ins Gesicht. Das Pferd donnerte die Straße durch die Weinberge hinab. Ich werde niemals wieder zu ihnen können. Dort geht der Weg nach Dambach.

Er wendete nach rechts und fühlte, wie seine schweißigen Hände am Riemen ausglitten. Ihr Blut klebt schon an meinen Händen.

Er stieß die Sporen in die Flanken des Pferds, das nun gehorchte. Oder klebt es an deinen Händen, Gott der Fürsten?

Die Abkehr des Besiegten

Caressez un paysan, il vous piquera;
Piquez un paysan, il vous caressera.

Feudales französisches Proverb.

Die nächsten Tage eines eiligen Ritts durch die oberrheinische Ebene änderten nicht viel an Jossens Verwirrung. Er erfuhr, daß noch Grund genug bestand, sich nicht ohne Vorsicht zu bewegen. In Wirtschaften erzählte man von den Schlettstädter Boten, die durch die Dörfer geeilt waren, um nach Flüchtlingen des gemeingefährlichen Aufstands zu suchen. Namenslisten waren angeschlagen am Haus der Schultheiße. Joß fand seinen Namen nicht darunter. Er ritt ohne zu rasten, die Steine der Straßen sprühten unter den Hufen, in welche Freiheit raste Joß? Die Landschaft verlor die Konturen wie seine Gedanken. Nach langer Hetzerei sah er querfeldein einen Greis als Zugtier vor einen Pflug gespannt. Schmachvoll war das Bild. Das schimmernde weiße Haar hing nieder von geneigtem Kopf. Langsam kam der Alte vorwärts, mußte den ganzen Körper schräg gegen die Schnur werfen, um das Eisen weiterzubewegen. Endlich hatte er sich bis zum Straßengraben durchgeschleppt, wo Joß angehalten hatte, als sei ihm jemand in die Zügel gefallen. Der Greis hob den schwitzenden Kopf zu Joß, aber er hob ihn um jenen rührenden Grad zu hoch, der Blinden eigen ist. Joß sah nun das weiße Gerinnsel in den Augen. »Ist bald Vesper, Klaus?« fragte der Alte. Was unterscheidet ihn vom Tier, dachte Joß und konnte den Blick nicht losreißen von dem hoffnungslosen Bild; auch als er dem tänzelnden Pferd nachgab und es weitertraben ließ, hielt er den Kopf noch nach hinten zu der Gruppe gewandt, deren Elend so gespenstisch in der taghellen sonnetrunkenen Landschaft stand. Im Westen schwang der Gebirgsrücken und trug Burg um Burg über das geknechtete Land. Fahnen auf den Zinnen meldeten stolz die Anwesenheit von Gästen. In den Wäldern – hörte man es nicht bis hierher? – jubelte das Halali der Jäger. Hörte man es wirklich nicht? Joß hörte den Blinden sprechen: »Ist bald Vesper, Klaus?«

Er traf ein dörfliches Hochgericht. Weit in die Häuserreihe hinein gellte der Schrei eines Delinquenten. Das Pferd scheute, Joß mußte anhalten. Nichts besonderes geschehe, belehrte man ihn. Ein Bauer habe die rechte Hand verscherzt, der Profos habe sie eben abgehackt, das sei der Schrei gewesen.

Womit er sie verscherzt, fragte Joß. Die Bauern schwiegen. Dann kam ein Amtsdiener mit Henkergerät und erklärte gewichtig, Joß für einen Herrn ansehend: die Frevlerhand sei so kühn gewesen, zu wildern.

Ein Bauer protestierte: der Hirsch sei in die Äcker eingebrochen, der Hirsch habe gewildert.

Er wollte noch mehr sagen, aber plötzlich sah er auf den Kasten in der Hand des Henkerbeamten und drehte sich um.

Joß fühlte, wie sich ein heißer Ring schmerzhaft um seine eigenen Pulse legte. Er raste aus dem Dorf hinaus. Zwei Stunden noch war der Schrei in seinen Ohren.

Aber sein Zorn brach erst später aus:

In einer Schenke, wo er rastete und dem Pferd Futter vorwerfen ließ, fand er in eine Ecke gedrückt drei Menschen, ein junges Paar und einen alten Bauern. Sie hatten Jossens Gruß nicht erwidert. Das Mädchen schaute nieder in seinen Schoß, der Alte und der Junge griffen nach langen Pausen zu dem gemeinsamen Krug und tranken. Plötzlich schob der Junge dem Mädchen das Getränk zu, er sagte nichts, sie wehrte ab, bedeckte das Gesicht mit den Händen, ihre Schultern zuckten, dünnes Weinen zitterte durch die Wirtsstube. Der Junge stampfte mit dem Stiefel auf den Boden, dünner noch wurde das Weinen, gepreßt von zweifacher Angst. Nach einer Weile versickerte das traurige Geräusch. Dann sei es wohl Zeit zu gehen, meinte der Alte; die beiden Jungen standen auf. Joß musterte ihre Gestalten: es konnten Geschwister sein, gesunde, mittelgroße, blutjunge Leute, beide dunkel im Haar und den Augen. Sie verabschiedeten sich nicht von dem Alten, der noch bei dem Krug blieb; ohne ein Wort verließen sie langsamen Schrittes die Stube.

Zurück blieb eine Stille, in der wieder das Weinen wach wurde; aus allen Ecken schien es zu quillen, als läge auf dem großen Tisch in der Mitte ein Leichnam, der Totenklage forderte. Joß ertrug die schwere Last der Luft nicht mehr, er fragte hinüber zu dem Alten, was denn diese Jugend so bedrücken könne. Der trank sofort seinen Krug leer und erhob sich. Joß vertrat ihm den Weg. Er sah in mausgraue, harte Augen. Er wollte das Zeichen des Bundschuhs machen, aber die Hand ging nicht mehr hoch. Niemand doch, sagte da der Alte, habe sich aufgelehnt. Das Mädchen folge ja dem Brauch. Aber daß es ins Herz schneide, käme wohl vor, läge auch in der Familie. Und man solle dem Bauern wenigstens das Recht lassen, mit seinem Weh allein zu sein.

Er ging an Joß vorbei, der betroffen zurückgetreten war und sich zornig verfärbte. Wie eine Ohrfeige empfand er die Zurückweisung des Bauern. Er wollte nicht bedenken, daß jener nur dem vornehmen Kleid gegenüber sich abgegrenzt. Schon verdrehte er das Wort des Alten: man nahm niemand ernst, der nicht zum Bauern gehörig? War das die neue Weisheit der Geschlagenen: der Bauer braucht nur den Bauern?

Er steigerte sich in seinem Trotz: ich habe Steine gelesen hinter dem Pflug wie ihr! Ich habe Schweine getrieben, die Kuh gemelkt, den Hopfen gerissen wie ihr. Nehmt ihr mein Kleid mir übel, weil es sauber ist?

Können Kleider so sehr die Haut bedecken, daß dem, der in der Haut steckt, eines Tages das Kleid näher scheint als die Haut? Verkleinern wir Joß nicht! Denn sein Toben ist nicht

Angst, wieder niedersteigen zu müssen in die Tiefe, die er verließ. Nicht die Blässe der Feigheit scheint ihn zu zeichnen, vielmehr das Rot der Scham: er spürt, daß er von den Bauern weggeht, er weiß, daß er flieht – wie aber anders sich wehren gegen soviele mahnende Gestalten an allen Wegrändern? Wer schickt die Vögel nach, daß sie über ihm höhnend krächzen, wer jagt ihn an Hochgerichten vorbei und immer wieder vor die Bauern? »Allein wollt ihr bleiben?« sagte er. »So bleibt allein, ich belästige euch nicht mehr!«

Er stand in der Wirtsstube bitter und giftig in seiner zerstörenden Geringschätzung. Vor dem Fenster ging der Kopf des grauen Bauern vorbei. Bin ich denn schuld, daß ihr nicht dicht halten könnt und euch selber ausliefert?

Ärmer noch wurden seine Argumente, klein wurde Joß: Mit welchem Weh denn wollt ihr allein sein? Ich soll nicht wissen, was die zwei jungen Leute gequält hat? das schert mich nicht? Dummköpfe, ich weiß es ohne euch, ich sehe euch ins Eingeweide und wenn ihr sämtliche Hände davor haltet.

Plötzlich hatte er begriffen, was die zwei Menschen so verzweifelt gemacht hatte.

Das Mädchen hatte am Vormittag den Burschen geehelicht; für die kommende Nacht hatte sie nun hinaufzusteigen zur Burg; bis vors Falltor durfte ihr Mann sie begleiten; in einer Stunde konnten sie beide oben sein; in zwei Stunden lag sie im Bett des Grundherrn, zitternd, blutübergossen das junge Gesicht, die Tränen in Angst zurückdämmend in die zugeschnürte Kehle; ohne Hemd möge sie sich gefälligst in die Kissen setzen, würde ihr die Zofe sagen und sie vor das Prunkbett führen. Schweinisches Recht, nun nahm sich's der Grundherr. Frühlingstribut, – wenn's ihm gefiel, würde er ihn im Sommer wieder verlangen. Dem Bauern die Brache, dem Fürsten die jungfräuliche Parzelle! Auf einem Boden, wo ein schnelles Vergnügen zu pflücken war, ging sogar der Feudale ans Kolonisieren; hier lohnte es ihm, urbar zu machen, und er machte ein Gesetz um dies sein Arbeitsgehege. Welch ein Raum für die Gesetze! Bis ins Bett der Liebe reichten die Bodenrechte der Herrschenden.

»Dies eine Mal erntet er nicht nur, diesmal pflügt er sogar vorher.« Joß grinste und wurde frivoler noch. Das Mädchen hatte geweint? Woher weiß sie denn, welch ein Feuerchen sie brennen wird? Hat sie schon mal gekostet? Joß überließ sich seiner bösen Verachtung. Es war ihm Wohltat, die zu beschimpfen, denen er bis gestern gedient. Frei wollte er werden von seiner Liebe. Und er spuckte darauf.

Er stellte sich ans Fenster und sah auf den Hof hinaus. Ein Hund lief schnüffelnd um die Planken der Scheune.

Joß lachte kurz; seine Lippen waren niedergezogen, als schmerze ihn der eigene Spott. Und das nennt ihr Weh? grollte er. Damit wollt ihr allein sein? Weh tut's mir, mir, daß ihr freiwillig euch auf den Weg macht. Weh tut's mir, mir, daß ihr die Bullen noch füttert, die euch die Bräute bespringen. Weh tut's mir, mir, daß ihr ihnen solch fröhlich Lanzenstechen niemals verderbt. Oder hat eine eurer Jungfrauen einem schon mal die Mahlzeit versalzen? Wo bleibt die Fama, daß ein Herr, als er sein wohlfeiles Hühnchen schlekken wollte, plötzlich ein Bauernmesser in der Gurgel spürte? Joß verließ schnell die Stube und ging zu seinem Pferd. Jammert nicht! knurrte er, ganz besessen von seinem Zorn. Solang ihr sie noch herumstochern laßt in euren wärmsten Nestern, solang ihr's traurig findet und nicht anders, solang ihr meint, das sei ein Gesetz für ewig und sei in den Sternen vorgeschrieben – Joß schwang sich in den Sattel – so lang hilft euch kein Hund von eurer Schmach.

Er sah in der Tiefe der Landstraße den Alten gehen. Das weiße Haar schimmerte durch den herabfallenden Abend.

Er will allein sein mit seinem Weh?

Joß schlug auf das Pferd: »Ich möchte es auch,« sagte er.

»Ich will heraus aus diesem Land,« schrieb Maximilians Tochter aus dem französischen Meaux, »und sollte ich im bloßen Hemd herausgehen.«

Als der König den Brief erhielt, soll er das Schwert gezogen haben und im Stall des Schlosses von Freiburg – er war auf der Reise nach dem Elsaß – eine halbe Stunde herumgelaufen sein, daß es schon lächerlich sich ansah; die nackte Klinge, die er da in dem Gang zwischen den Pferdeboxen hin- und hertrug, gab zu sehr den Eindruck bloßgelegter Ohnmacht.

»Alles gibst du heraus,« hörte man ihn schnauben. »Weder das Mädchen, noch Anna behältst du.« Er sprach mit dem Franzosenkönig, der ihm die Herzogin von Bretagne, wie wir bereits wissen, weggenommen und seine Braut, Maximilians Tochter Margarete verstoßen. Nun enthüllte der Brief noch ein Neues; der französische Herr hatte keine Lust, Margaretes Mitgift ebenfalls aufzugeben. Die Franche Comté, das Artois und die Pikardie waren zu fette Bissen. Der Brief der Gedemütigten kündigte an: Karl habe sich entschlossen, Margarete im Land zu behalten und zu Gunsten des französischen Hauses zu verheiraten.

»Du kannst nicht alles mit mir anfangen,« keuchte Maximilian. Er lief immer noch herum. Der Krieg stand fest für ihn seit dieser Botschaft.

Er hielt endlich an und befahl die Pferde vorzuführen. Die Stallmeister stürzten in die Boxen und lösten die Zügel der Tiere aus den Eisenringen.

»Ein Schlachtpferd soll es sein,« schrie Maximilian und trat einem Knecht gegen die Schienbeine.

Er kennt sich nicht mehr, dachte der Stallmeister van Aert und eilte sich, einen schweren Wallach aus dem Verschlag zu ziehen.

»Ich will eine Stute,« nörgelte der Fürst. »Sie soll Anna heißen, verstehst du? Anna gegen Karl,« schrie er.

In dieses Herumbrüllen trat ein zweiter Meldegänger. Er

kam aus dem kaiserlichen Ensisheim. Er meldete eine Bauernverschwörung, die einem Bundschuh nicht unähnlich gewesen sei und über ganz Elsaß sich habe ausdehnen wollen. Die Flamme sei durch die Wachsamkeit der Behörden rechtzeitig ausgetreten worden. Ein Edler sei bei einem heimtükkischen Überfall ums Leben gekommen. Majestät möge die Erlaubnis zur Verfolgung der Flüchtigen auch für die Reichsstädte und den Sundgau geben.

»Zur Verfolgung?« rief die junge Majestät. »Zum Stäupen! Zum Vierteilen, zum Pfählen, zum Brennen und Augenausstechen! An der Grenze der Freigrafschaft? Wissen Sie, wer dahinter steckt, van Aert? Er steckt dahinter, keiner als er!«

Er war dicht an den Stallmeister herangetreten, seine Augen zeigten das Weiße unter den Lidern. »Er stiehlt Königinnen, steckt zweimal Mitgiften ein, betrügt den Papst, hetzt in Geldern, wiegelt in meinen Niederlanden, besticht Lothringen und macht nun auch noch meine Grenzbauern rebellisch.«

Er drehte sich um: » Wir gehen heute nicht auf die Jagd. Wir reisen.«

Joß saß im Frauenhaus von Basel.

Um ihn lärmte in der Naivität ungehemmter Lüsternheit das Treiben der Gäste. Er saß auf einer Galerie, ein blondes geschminktes Bademädchen fingerte an seinem Bart und, noch zurückhaltend, um die geschäftliche Verhandlung mit dem Werber nicht zu stören, hauchte sie nur kleine prikkelnde Küsse in das ihr zugekehrte Ohr des Verschwörers. Unter ihrer Loge hüpften durch das viereckige, gekachelte Badebecken, das die ganze Breite des Erdgeschosses einnahm, entkleidete Mädchen; Wasser verspritzend und mit Gekreisch herumstolpernd gaben sie vor, sich zu ängstigen vor den ebenfalls nackten Männern, die sie zu greifen suchten.

Der Werber sprach von Karl dem Achten, der endlich sich auch zum Türkenkrieg aufraffe. Seine Stimme klang verlogen; während er prahlerisch sprach, prüften seine Augen unsicher den interessiert sich umschauenden Joß; zögernd berichtete er von der Kreuzfahrt nach dem Balkan; er warb für den Franzosen; nur im Frauenhaus konnte er es wagen; die Mädchen hielten dicht. Der Werber streichelte über seine Ringe, noch unklar welche Melodie er singen sollte. Dann entschloß er sich, da Joß mit keinem Einwand verriet, daß er den Phrasen des Kreuzzugs mißtraute, zu einem schwärmerischen Geschwätz: das heilige Grab malte er an den Horizont, der Franzmann werde es eher erreichen als der Kaiser, dessen Wien bedroht sei; Kamele mit Beute beladen ließ er vorbeiziehen und Städte, deren Schönheit eben nur der Soldat erlebe, der dazu noch vergleichen könne, ob die blaue Bucht von Neapel oder die Zedern des Libanon, die Schlösser Burgunds oder das Rhonetal unter dem Papstpalast, Mailands Marmorpracht oder Kretas Tempel den Vorrang verdienten.

Aufdringlich schmeichelte die Stimme des Werbers, die Hand des Mädchens glitt seidig um Jossens Nacken; gemischt mit Essenzen und den Dünsten aufgeregter Leiber schlug eine betäubende heiße Luftwolke aus der Tiefe herauf.

Joß sah in die kleinen Wellen des Badewassers, ein Frauenleib tauchte am Rand des Beckens unter; übermütig ließ das Weib den Rücken hochstehen, überperlt von Tropfen ragten für Sekunden die Kugeln des Hinterteils aus dem Wasser, eine helle abgerundete Insel der Lust. Hexenspuk, dachte Joß, das hier oder das andere. Eins von beiden.

Lachen quirlte von unten, ein Mandolinenspieler zitterte bunte Akkorde durch das Schwätzen und Kichern.

»Ihr fangt mich nicht.«

»Meine Lanze reicht weit genug.«

Mit prallem Glied verfolgte ein Rothaariger ein Mädchen durch die ganze Badestube.

Erinnerung schüttelte Joß wie ein plötzlicher Fieberschauer:

Während Bauern fiebernd in dunklen Löchern verbundene Handstümpfe an die Zähne pressen. Während Vögel die kalten Augen aus abgeschlagenen Köpfen picken. Während jene Bäuerin – wie hieß sie noch? – blutend sich windet unter den Schenkeln des zehnten Profosknechts. Während Höfe brennen und Kinder hungernd in verlassenen Katen wimmern. Wissen sie hier denn nichts davon?

Unten trat ein Junker aus einer Kabine. Vorsichtig streifte er die modischen Schuhe an den Rand des Beckens; spitzig wie Schnabeltiere standen sie brokatverziert neben dem nackten Fant, der die Pelzmütze auf dem Kopf ließ, als er unterstützt von einem badenden Mädchen nun ins Wasser stieg. Sie wissen nichts davon, dachte Joß, es kommt nicht bis hinter ihre Stadtmauern. Es ist eine andere Welt, eine von zehn. Oder es gibt zwanzig. Dreißig. Ich lebte in einer einzigen. Es ist Zeit, daß ich in die anderen komme.

Er nickte dem neuen Gedanken zu. Man macht sich freiwillig arm. Und ist niemals Sieger. Oder kann man besiegen, wen man nicht kennt?

Aus dem Badezuber stieg bewunderndes Lamentieren. Der elegante Fant stemmte eine der Frauen mit einem Arm in die Luft.

Joß sah die in Ritterspielen wohlgeübten Muskeln des gutgenährten, affigen Burschen. Sie haben Kräfte, die man ihnen abnehmen muß. Lüste, die man ihnen nicht lassen darf. Waffen, die wir nie beachtet. Was heißt übrigens ›wir‹?

Unten tobten die nassen Spiele in immer neuen Variationen. Joß sog den Gifttrunk der Luft genießerisch in sich. Schon wunderte er sich, daß er auch jetzt an die Bauern denken mußte. Durfte er sie nicht für eine Stunde vergessen? Er neigte sich vor, als bäte er jemand um Nachsicht.

Als das Mädchen auf den Wink des Werbers, der vor dem nachdenklichen Joß nicht mehr auf schnelles Gelingen rechnete, den Grübelnden am Arm zog und in ihr Zimmer einlud, folgte er ohne zu zögern. Sie hatte nicht viel Gewandung abzulegen und war fast ebenso rasch auch fertig mit seiner Entkleidung, die er mit Lachen, gemischt aus Erstaunen und Trunkenheit geschehen ließ. Da sie ihn niederzog zu ihrem geöffneten Mund an die im Dämmer blinkende Helligkeit ihrer Glieder, – sie selbst aber wunderte sich, wie ungewohnt stark ihr nicht leicht zu erregendes Herz klopfte – da sagte er plötzlich und berührte nur leise ihre zitternden Brüste: ob sie wisse, daß gestern der Herr ausgebrochen sei aus seinem Grab, damit heute in allen Dörfern die Fastnachtshühner, die Ostereier und die Blutlämmer zu hunderten an die Pfarrhaustüren und die Klosterpforten getragen würden. Joß starrte bei dieser Rede gegen die Decke und rührte sich nicht.

Die Frau verstand weder sein frommes erstes Wort, noch seine zynische Nachrede. Sie horchte nur gespannter auf, als er mit monotoner Stimme weitersprach: solange die Armen alles bereitwillig heranschleppten und ihre Blutsauger fütterten, nütze es nicht, wenn man auch noch sovielen Grafen mit Kugeln das Maul stopfe. Er sprach plötzlich so leise, wie er dachte. Er hatte dabei den einen Arm erhoben und bewegte die Finger, als wenn er eine Pistole abfeuere.

Ihr aber schien es nun, daß er einen Mord beichten wolle; undeutlich ahnte sie, daß ihn Bilder blutiger Erinnerung plagten. Daß er vom allgemeinen Elend der Menschen sprach, überhörte sie, die sich in diesem Hause gewöhnt hatte, nur die eine, spezielle Art menschlicher Not zu beachten. Aber das Bild des Hochgerichts zu verscheuchen, das den seltsamen Kunden zu ängstigen schien, gebot ihr die berufliche Pflicht.

Sie griff nach seiner Schulter, aber da sie ihn an sich ziehen wollte, schlug der Vorhang des Zimmers auf, ein Mann sprang an das Fußende des Bettes, griff nach dem Schwertgehänge von Joß und trat drohend an die Türöffnung zurück.

»Anziehen!« befahl er.

Joß gehorchte langsam. Er drehte dem Mädchen dabei den Rücken, hörte plötzlich aber, daß sie weinte. Heuchlerin, dachte er, wieviel zahlen sie dir für deine Gimpelfalle?

Zu seinem Erstaunen gab ihm der Mann dann seinen Schwertgürtel zurück. Joß sah ihn jetzt näher an. Fuchsrote Haare quollen wild unter dem Barett heraus, grell leuchteten trotz des halbdunklen Zimmers die Farben seines Wamses. Das eine Auge schien dem Mann ausgeschlagen, es trug einen schwarzen Bindendeckel. Joß dachte nicht an Flucht.

Er war überzeugt, daß vor der Tür die anderen Häscher warteten. »Ich bin fertig,« sagte er mit hörbarem Stolz.

Auf der Straße war niemand. Der Rothaarige griff ihn unter den Arm, seine Stimme war mit einem Mal freundlich verändert: »Tempora mutantur,« sagte er, indem er Joß weiterschob. »Im alten Rom stürzten sich die geschlagenen Feldherren ins Schwert.« Sie waren an der Ecke der Hurengasse angelangt. »Et nos mutamur cum illis,« fuhr der Mann fort, »heutigen Tages stürzen sie sich in die Scheide.«

Joß folgte ohne Widerstand. Die lateinische Rede verblüffte ihn, der ganze Überfall war doppeldeutig. Konnte er nicht diesen Arm abschütteln und dem Häscher mit dem Schwert zu Leib gehen?

»Noch zehn Küsse mehr und einmal noch in den Venusberg eingestiegen, und Ihr hättet das Mädchen nicht mehr zu zahlen brauchen,« sagte der Mann, immer lachend und stieß Joß jetzt in den Korridor eines Hauses, dessen vergitterte Tür er eilig verriegelte. Joß war nicht mehr sicher, daß er einem Lockvogel ins Garn gegangen sei. Er stand in dem dunklen Gang, spürte die feuchte Wand hinter sich an den Händen und grübelte, woher ihn der Mann kennen konnte.

St, machte da der andere und riß ihn an das Türfenster

heran, durch dessen dichtes Eisennetz man das trübe Licht der Hurengasse sah. Nun aber polterte mit mattblinkenden Helmen die Scharwache vorbei. Zehn Mann mit Speeren und Fackeln in den Händen, ein kurzer lärmender Spuk, der wahrhaftig ins Frauenhaus einzudringen schien. Man hörte das Klappern der Stiefel schon nicht mehr. »Und nun nach hinten in den Hof aus der Reichweite heraus,« sagte der Mann, der wie in einer Art Triumph Joß zugelächelt hatte und ihn nun weiter in den Korridor hineinstieß.

Der Hof, der sich dann öffnete, hatte wirklich einen Ausgang zur anderen Seite des Häuserblocks. Joß sah das Aushängeschild einer Wirtschaft. Der Rothaarige bemerkte den Blick: »Das dürfte die schlechteste Plauderstube sein, hier waren sie noch nicht.«

Joß ahnte die Gefahr, die um ihn war, aber mehr noch erregte ihn der geheimnisvolle Begleiter, dessen Absichten nicht klar waren und der in diesen Hauslöchern Bescheid wußte, als sei er der Patron des ganzen Viertels. Wenn er durch irgend eine Gasse vorausging und ein Lied pfiff, dann aber schnell Joß winkte, zum Zeichen, daß die Luft rein sei, befiel Joß ein schmerzliches Gefühl der Freude. Zum ersten Mal seit der Flucht verließ ihn das trockene würgende Alleinsein. Der Fremde, den er immer noch nicht verstand, hatte mit seinem blinden schwarzen Auge die Komik des Geschlagenen und durch seinen Eifer, mit dem er den Führer durch die krummen Gassen machte, etwas vom geheimen Liebesboten. Standen sie wieder in einem Hausflur und draußen fegten die Stadtboten mit gezückten Schwertern vorüber, dann hatte Joß Lust, den Rothaarigen an den Schultern zu packen und ihn zu küssen.

Im Weiterlaufen kam ihm dann wieder das Mißtrauen. Er dachte an die Zote, womit der Mann ihn begrüßt. Woher kannte er Joß? Übrigens kannte er Joß schlecht. Ich war kein Feldherr, ein kleiner Werber war ich, ein Anfänger, ein Stümper, Veltin war der Mann; was war ich anders als ein

Warner, ein Feuerhorn? Die Bauern hielten mich für mehr. Hat er von dort seine Weisheit?

Joß blieb stehen mitten auf der Straße, er wollte nicht mehr weitergehen. Aber da zeigte der merkwürdige Führer auf einen Maueranschlag, der ganz frisch geklebt war. Joß sah nicht genau hin, er hatte nur den Namen Veltin gelesen und folgte dem Rothaarigen nun wie dem Blick eines Magiers. Er mußte folgen. »Bleib hier,« sagte der Mann wieder und ging in eine Wirtschaft. Als er zurückkam, schüttelte er ärgerlich den Kopf: »Hier waren sie auch noch nicht, gehen wir zur Oberstadt.«

Sie kamen an den Platz der Kathedrale. Der Rhein lag unter der Terrasse wie eine Straße, auf der man in jede Freiheit ziehen konnte. Schwer beladene Schiffe zogen unter bunten Fahnen gegen Norden ungestört von dem Gitter der Stadtmauer. »Bleiben wir nicht zu lange hier,« sagte der Begleiter, als Joß gefesselt von dem Bild der unteren Stadt und des heiteren Stroms stehenblieb. »Im Schatten der Kirche findet man zu leicht den Henker.«

Westlich der Kirche fiel die Straße bald in einer engen Gasse ab. »Hier lernt man die Rechte und alle theologischen Kniffe,« erklärte der Geheimnisvolle, zeigte auf niedrige Gebäude, die das hohe Ufer säumten und die Sicht auf den Rhein versperrten. »Und hier« – sie waren jetzt fast in der Tiefe der Straße an der Brücke angelangt – »fängt man Gimpel, die sich für Fugger und König töten lassen. Etwas Schwarzwälder Kirschwasser gefällig?«

Joß folgte langsam in den Torbogen, wo sein rothaariger Beschützer mit einem Wachposten verhandelte, die wachholderne Flasche in der Hand.

»Wenn dein Waibl nicht da ist, wirst du uns wenigstens auf der Bank schlafen lassen. Morgen nach dem Handgeld spendieren wir dir echten Malaga.«

Sie wurden einig, und eh Joß noch recht begriff, hatte der Mann ihn eingehängt und führte ihn in eine dunkle Stube nahe dem Torbogen. Dort legte er sich sofort auf eine der Bänke, die an den Wänden angeschlagen waren.

Joß blieb lange auf seiner Pritsche aufrecht sitzen. Die Stube hatte nur ein Fensterloch, oben an der Decke war es ausgeschnitten. Kein Öllicht auf dem Tisch. Wenn er nicht dabei wäre, wüßte ich, sie haben mich geschnappt. Er horchte voll unbestimmter Angst in das Dunkel: er scheint einzuschlafen.

»Da sind wir,« sagte der seltsame Begleiter aus seiner Ecke, »in der einzigen Bude, in der Ihr heute ruhig schlafen könnt.« Ein Lachen folgte, das Joß wieder mißtrauisch machte. »Und von hier gibt es sogar ein Ausfalltor durch das Spalier aller Häscher; aber es kommt darauf an, ob Euch die Freiheit paßt, die hinter dem Tor Euch erwartet. Sie heißt Maximilian.«

Joß atmete schwer, dann ärgerte ihn das Zögern, das ihm die Kehle zerrte. »Woher kennt Ihr mich? Wer seid Ihr? Warum bemüht Ihr Euch um mich? Von welcher Freiheit sprecht Ihr? Was für ein Haus ist dieses?«

Stoßweise waren die Fragen aus Joß gekommen. Er saß auf dem Pritschenrand und hackte wie ein wütender gefangener Raubvogel ins Dunkel hinein. Er mußte längere Zeit warten, bis Antwort kam:

»Viele Schüsse ins gleiche Loch. Wer ich bin, soll Euch nur einmal Sorgen machen. Nehmt an, ich sei ein entlaufener Pfarrer, der Gott auf der Landstraße sucht. Nehmt an, ich hätte den Franzosen gedient gegen den Habsburger und umgekehrt. Nehmt an, ich hätte in einer Fuggerei Bücher eingetragen. Nehmt an, ich sei 76 mit dem Pfeiferhänslein und seinen 20 000 Bauern gegen den Würzburger gezogen. Nehmt an, mich erwartet der Henker in eben so vielen Reichsstädten wie Euch in elsässischen Dörfern. Nehmt an, nehmt an und alles stimmt.«

»Und was stimmt wirklich?«

Joß hörte ein kurzes Lachen und war umsomehr erstaunt,

als bald darauf eine fast traurig ernste Stimme zu erzählen begann:

»Ich bin weggegangen, als alles käuflich geworden war, als Rom den Fugger überbot. Als ich die Weihe nahm, tat ich es nicht, um Krämer zu werden. Da kam einer und stellte seinen Laden vor meiner Kirche auf und behauptete, in seiner Phiole ein Stück von der Vorhaut Christi zu haben. Ich hatte eine schlimme Nacht. Dann schrieb ich an meinen Bischof. Der ließ mir zurücksagen, jener Mönch liefere dreimal soviel an die Schatzverwaltung als ich mit meiner ganzen Gemeinde. Inzwischen kamen zu meinem Mönch immer mehr Frauen, die fruchtbar werden wollten. Ich entschloß mich eines Sonntags unter sie zu treten und gegen ihre Abergläuberei zu predigen. Hättet die Weiber sehen sollen! Mitten in ihr Lamento hinein hob ich mein Kruzifix, ein schweres Silberding, und schlug dem grinsenden Mönch den Schädel ein. Das Gericht habe ich nicht mehr abgewartet. Vielleicht kommt es später einmal. Mir eilt es nicht.«

Mit wieviel mehr Vertrauen fragte nun Joß! »Darf ich trotz allem noch wissen, woher Ihr mich kennt?«

»Woher ich Euch kenne? Man hat von euresgleichen gesprochen in Schlettstadt, in Rottau, in Dambach und in zwanzig Orten mehr. Viel für Euer Alter. Man beschrieb Euer Kleid. Ich erkannte es vor jenem Haus. Ich denke, Ihr wechselt es nicht ungern morgen in der Kleiderkammer.«

Joß horchte in den schwarzen Raum und wußte nicht, ob er aufspringen solle um jenem die Hand zu schütteln, denn er roch plötzlich wieder die Gefahr, die in der Luft war wie ein Brandgeruch, und erkannte mit einem süßsauren Schreckgefühl, wie scharf er tagelang am Tod vorbeigeritten war.

»Wo wir sind?« fuhr die nahe Stimme fort. »In der Traufe des Kriegswerbers. Aber im Regen des Hochgerichts wärt Ihr schon kalt. Und so Ihr morgen das Werbegeld nehmt, wartet der Tod noch vierzehn Tage. Vielleicht auch länger. Übrigens nehme ich denselben Hinterausgang.«

Ganz leichthin war das alles gesagt, mit einer rauhen Stimme, die sich öfter vom Husten befreite und in der kein Tropfen Gefühl schwamm.

Joß aber, wie er da am Bettrand in der Schlafstube des kaiserlichen Waibels von Basel saß, beschützt von dem Torposten vor allen vorbeischnüffelnden Häschern, empfand in all der Feindseligkeit, die ihn zum Einsamen machte, wieder einmal die Ehrfurcht vor dem geheimen Schutz, den er seit Jahren gerade in den schlimmsten Stunden plötzlich genoß. Und wie er die Bettkante packte und die Stimme des Mannes im Dunkeln verstummen hörte, wurde sein Herz voll von einer Dankbarkeit, die sich schon nicht allein auf diesen witzigen, einäugigen Retter bezog, sondern in kuriosem Ausdehnungswillen das Haus segnete, in dem er saß, den Waibel, der da irgendwo im oberen Stock schnarchte oder bei einer Marketenderin schlief, und auch den Kaiser, ja den Kaiser. Das Bild des Ausfallstors, das jener Mann gebraucht hatte, gab Joß schon den vagen Eindruck, daß er aus seinem bisherigen Leben wie aus einem Gefängnis ausbreche. Angst tarnt sich oft in Gegenanklage. Hilflosigkeit stützt sich auf die schwächsten Krücken, die ein neuer Glaube bietet. Joß saß immer noch auf dem Bettrand, er hörte, daß der andere einschlief, hörte die Schritte des Wachpostens durch die Mauer hindurch, hörte den Nachtwächter die Morgenstunden mit seinem Horn anzeigen, dämmrig wurde das Licht, das von oben über den Raum fiel und den schlafenden Gefährten wieder erkennbar machte.

Da erhob sich Joß und ging zu ihm hinüber; er betrachtete ihn von ganz nah, als dürfe er nichts von diesem Gesicht vergessen, dann weckte er ihn. »Wie soll ich dich nennen?« fragte er den Erwachenden, der unheimlich schnell eine Antwort bereit hatte:

»Da es gegen den Türken geht,« sagte der Mann und hob sich die verrutschte Binde ganz aus der Augenhöhle ab, »kann man nicht christlich genug sein. Sagen wir: Martin!«

Joß sah staunend, wie ihn zwei heile Augen betrachteten. Martin sah den verwunderten Blick:

»Unser Kaiser kann nur ganz gesunde Krieger gebrauchen,« meinte er.

Die Flucht in den Krieg

Scit Majestas ad unquem ex crebra et diligenti percontacione omnes vias, per quas Thurcus facilius oppugnari possit. Tam fervens est sibi desiderium instituendi expeditionem contra Thurcos.

Bischof von Chiemsee 1491 an Kardinal von Siena über Maximilians Kriegslust.

Immer ist diese Wolke unter dem Horizont gelagert und die Welt, die gläubig ist, fürchtet die unzuverlässigen Stürme, die es sich einfallen lassen, plötzlich die Wolke von ihrem Horizont aufzujagen und ihre Schrecken niederhageln zu lassen über die schutzlosen Länder.

In Nächten fährt einer aus dem Schlaf und starrt die Sichel des Mondes an, die weit vor dem tiefblauen Fenster hängt. Schau, sie tropft rot von Menschenblut! Es war kein Traum, und wir alle werden bald durchbohrt von diesem schrecklichen Himmelszeichen.

Kommt ein Tier zur schlechten Geburt und wirft aus gequältem Leib ein zwitterhaft Stück Leben, so stürzt mit klapperndem Eimer die entsetzte Bäuerin aus dem Stall: »Es hat ihr Zeichen auf der Stirn!«

Am hellen Tag, ohne daß ein Küster die Kirche betreten, rührt sich der Glockenturm. Verstört stoßen Eulen aus den Fenstern, gleiten blind und übereilig zu der schwarzen Mauer des Waldes, hinter ihnen, über die Köpfe der wie festgenagelt stehenden Dörfler hinweg läutet die Glocke. Garnicht fest, garnicht lange, doch unten fragt sich erschrocken in zu großem Vertrauen der Hirt, ob die Glocke ihn warnen will. Er weiß wovor; kein Zweifel, daß es nur diese eine Gefahr gibt, nicht nur für dieses sein Tal an der Naab, sondern für alle Länder bis Wien und weiter noch: für das gesamte Abendland, das anderen Zeichen folgt und nicht dem fremden huldigen will.

Es gibt Tage, da befällt den Rat einer Stadt die Angst. Keine Sonderbotschaft hat sie erpreßt. Sie ist da und macht die Gesichter bleich. Die Tore werden geschlossen, nur der Fußgängerverkehr darf durch die kleinen Nebenpforten fließen; aus den Wagen, die zu langen Kolonnen vor den Riesentüren aufgefahren sind, lärmen ahnungslose Kutscher und begehren vergeblich Einlaß; auf den Mauern promenieren vierfach verstärkt die Hellebardiere; die Zünfte haben Weisung gegeben, beim ersten Glockenalarm sich an den Wachtürmen einzufinden, viele Läden sind barrikadiert mit Fässern und Sandsäcken, als könne der Feind plötzlich aus den Lüften niederfahren; in den Kirchen predigt ein Mönch aus der Apokalypse; unentrinnbar bedroht fühlen sich Tausende viele Stunden lang. Die am Abend von den Mauern in die Ebene Ausschau halten, sehen am Horizont dunkelrote Wolken steigen und fallen. Erst in der Frische des nächsten Morgens schwindet der lastende Spuk. Man geht zögernd den Geschäften wieder nach. Die Wagen, die vor den Gräben übernachtet, rollen langsam in die Stadt. Doch keiner spottet, keiner wagt, den Alpdruck ein Narrenspiel der Nerven zu nennen. Der Feind bleibt nah für alle, so übertrieben die Panik auch ihr gespenstisches Wesen getrieben.

Auf Märkten, in den Sälen tagender Landstände, in Pausen des Würfelspiels, beim Tafeln hat man nur noch das eine Gespräch. Schon scheint ein Unsichtbarer aus allen zu reden. Die Reden sind gleichförmig, als stammten sie von einem Einzigen. Man weiß von neuen Rüstungen des Feindes, man kennt Ziffern. Es ist wieder Frühling, sagt man mit Bedeutung, und jeder versteht, daß die Zeit um Pfingsten, wenn das Gras wächst, die Zeit ist, da die schrecklichen Ruhestörer über die Grenzen zu brechen pflegen.

Die Großen, die geschützt im Besitztum sitzen und spüren, daß ihr Gold sie immer so beweglich sein läßt, um auch verheerende Einbrüche zu überstehen, kümmern sich weniger. Manchmal schreit die Angst so laut um sie, daß sie es für gut halten ihr zu antworten. Dann wird aber meist aus der Beruhigung ein Geschäft. Unter der Hand werden sie Nutznießer der allgemeinen Besorgnis. Sie glauben nicht an nahe Gefahr, fast spotten sie der Verzagten, brüsten sich, rühmen laut die Stärke der Landeswehr, doch dann erkennen sie die Gunst des Augenblicks, ändern die Taktik und empfehlen als einzigen schon unerläßlichen Ausweg schnelle Gegenrüstung. Da gibt dann ein Reichsabschied genaues Verzeichnis der Gelder, die zum Nutzen des Landes, zur Rettung seines Bestandes, zum Gegenschlag alsbald aufzubringen sind. Einmal vielleicht verwandeln sich die Goldstücke auch in Waffen, einmal, sage ich, einmal von zehn. Jetzt streicht sie lachend die Gilde der Großen ein, erstaunt, wie nützlich der furchtbare Feind am Horizont werden kann.

»Lies einmal das,« sagte Martin zu Joß und reichte ihm ein zerknittertes Papier. Um sie lagerte ein Haufen von Landsknechten. Joß griff nach dem Blatt und entzifferte:

»Dieweil männiglich unverborgen ist, wie und in welcher Gestalt das Heilig Römisch Reich durch die Türken oder auch fremdes Gezungs mit mannigfaltiger Vergewaltigung angefochten wird, als sich dann augenscheinlich erzeigt, wie der Türke christliches Blut zu vertilgen begierig ist,

so ist *ein Hilf* der Billigkeit nach vorgenommen.«

Viele Namen folgten in dem Kostenanschlag, kein Stand und Wesen war ausgenommen. Auch das Bäuerlein war nicht vergessen; Joß las: »und von einer Feuerstätt für ein Jahr mög ein Rheinischer Gulden aufgelegt werden.« Keiner war verschont. Da waren auch die Städte allmiteinander: Regenspurg zahlt 1800 Gulden und gibt 60 Knechte

Nürnberg	3900	Gulden	und	130	Knechte
Rotenburg an der Tauber	768	"	"	26	"
Sweinfurdt	300	"	"	10	"
Wimpfen	240	"	"	8	"
Heilbrunn	480	"	"	16	"
Wetzlar	180	"	"	6	"
Cöln	3900	"	"	180	"

Was wir Knechte doch wert sind, dachte Joß und las weiter:

Straßburg	3900	Gulden	und	130	Knechte
Lübeck	3900	"	"	180	"
Frankfurt	2700	"	"	90	"
Augspurg	2400	"	"	80	"
Basel	1800	"	"	60	"
Verdun	310	"	"	10	"
Metz	3000	"	"	100	"

»Item: ein jeglicher Jud einen Gülden,« wiederholte Joß.

Martin steckte den gelben Anschlag in seine Hosentasche.

Der einzige, der gewißlich zahlen werde, sei der Jud, sagte er und griff in seinen Futtersack. Sie saßen an der Landstraße zwischen Passau und Salzburg.

Joß schnauzte dagegen: Martin solle nicht spotten, der Türke sei wirklich das große Übel. Ein Mahnruf an die Menschheit sei ergangen, das blutige Menetekel in Skutari dürfe nicht umsonst gemahnt haben. Wer jetzt nicht aufbreche, habe die Zeit nicht erkannt. Ob Martin wisse, was man sich allerorten erzähle.

»Ich erlaube mir zu bemerken, daß ich esse, eine Übung, auf die eine gewisse Sorte von Erzählungen nicht anregend wirkt.«

»Zwanzigtausend Menschen haben sie gepfählt. Tageweit

weht die Wolke des Verwesungsgeruchs. Sie müßte Europa in die Nase wehen.«

»Ich rieche meiner Käserinde edles Pestaroma. Laß mich's genießen, Joß, ohne Feindschaft. – Warum ißt du nicht?«

»Er ist der Mordbrenner,« fuhr Joß fort; man hörte, wie er sich hineinsteigerte, »der Antichrist, das Tier mit den vier Hörnern, die babylonische Hure...«

»Es wäre das erste Mal, daß ich Huren etwas anderes zufüge denn Gutes. Übrigens wie weit ist Babylon?«

»Dir sitzt das Herz in der Hose, Martin. Du hast Angst, gesteh! Aber wenn sie in unsere Länder kommen, wird auf Jahrzehnte nichts mehr da sein für deinen ewigen Hunger. Vielleicht weckt dein Bauch deinen Mut, wenn dein Herz es nicht tut?«

Martin lächelte über den Kreuzfahrerton. »Wieweit haben wir noch zu gehen bis zu ihnen?« fragte er trocken.

»Ich sprach von Mut. Bis zur Grenze sind noch viele Tagereisen.«

»Dann wird auch noch Mut bei Martin zu finden sein, wenn er genau nachsucht. Aber nun nimm endlich die Flasche, sonst säuft sie dir heimlich ein christlicher Landsknecht leer.«

In der Nacht. Joß und Martin lagen auf dem Strohlager im Speicher einer Schenke. Das Fähnlein hatte sich im Stall untergebracht. Vor nicht langer Zeit war ihr Singen verstummt. Die Nacht strich still und warmatmend um das schlafende Haus.

»Meinst du, daß ich mich belüge, Martin?«

Martin schwieg, aber da Joß nicht weiter redete und die Stille lästig wurde, drehte er sich im Heu zur Seite und fragte ins Dunkel, wo Joß lag: »Gibt es denn das?«

»O ja, Martin.«

Neue Stille. Dann meinte Martin: »Andere hab ich viel angeführt. Ich kann heute noch jeden belügen, der's haben will. Und das sind viele. Aber mich?« Er schien ernsthaft nachzudenken.

Plötzlich richtete Joß Fritz sich auf aus seinem Lager. Das Heu knirschte und schwankte: »Weißt du, was sie sich ausgedacht bei Belgrad, wo sie Gefangene nahmen? Sie haben ihnen die Mäuler mit Roßäpfeln gestopft, bis sie erstickten?«

»Das heilig Offizium der Inquisition gießt flüssiges Blei ins selbe Loch. Der Geschmack mag anders sein. Aber das Ende ist dasselbe.«

»Einem Weib in Albanien setzten sie ein Ameisennest in die Scheide; sie brauchte zwei Tage, bis ihr zerfressener Leib den letzten Atem ausstieß.«

»Das hat alles sein Vorbild und du ein schlechtes Gedächtnis. Ist nicht in Straßburg im Jänner der Hexe Windelband von heiliger Inquisition der gleiche anziehende Körperteil mit Fackeln abgesucht worden, um den Bösen zu finden, der vielleicht dort versteckt sei? Der Türke schmeißt den Ameisen einmal das Futter hin und läßt sie fressen; der Pfaff hängt um die Schinderei ein theologisch Mäntelchen. Ein großer Unterschied fürwahr!«

»Wirst dich einmal noch um den Hals reden, Martin. Doch muß ich schlucken, was du mir servierst. Im übrigen sprich nicht so von den Unterschieden! Just das nämlich wollt ich dir exemplifizieren: will denn der Türk nicht alle Religion verderben? will er nicht auf die Burgen Europas sein Zeichen pflanzen? sagt er nicht, daß sein Glaube der Glaube aller werden muß? spricht er von allen, die außer seinem Reich wohnen, nicht als von ungläubigem Schmutz? ist er, er allein, nicht die wirkliche Reichsgefahr, die Tyrannei für alle? Und wir sollen uns beugen ihrem Regiment oder den Kopf hinhalten unter ihren krummen Säbel? Sollen keinen Wein mehr trinken wie ihr oberster Sultan und nach einem fremden Buch leben, das sie auswendig können und in dem sie die Wahrheit zerreißen hin und her, wie zwischen zwei Hundeschnauzen eine Ratte hin und herfliegt? Koran nennen sie's.«

Nach einer Stunde – Joß wachte immer noch – jammerte Martin: »Ich begreife nicht, daß man soviel davon redet. Ich begreife noch weniger, warum alle, denen du heute begegnest, nur noch vom Türken reden. Woher hat er die Macht? Ganz und gar bist du angesteckt, Joß. Nie hab ich vom Franzosenkönig im Fähnlein geredet, als bis zum Tag, da man vor ihm zur Schlacht aufgestellt. Kann man's nicht lassen, das peinliche Gespräch? Man tut ihm zuviel der Ehr, wenn man den Seibeiuns immerfort an die Wand malt. Jetzt bin ich aufgewacht und hör ihn wahrhaftig schon vor der Scheune vorbeijagen. Wieviel Tagreisen, sagst du, sind's bis zu ihm?«

Joß blieb stumm. Er ging den Weg zurück in die Dörfer am Oberrhein, zu den Hochgerichten, in die Kathedralen, an die Ablaßkanzeln, vor die Räuberburgen, er erinnerte sich und verglich. Viel Wahres sagte Martin. Was aber trieb ihm das Blut trotzdem ganz anders in die Backen, wenn er nur an die Krummsäbel dachte?

»Deine Argumente sind aus Stroh,« sagte er plötzlich, aber Martin schlief wieder, »es mag vieles sich gleichen, aber wer verteidigt denn die Fürsten? Ich gebe sie dir preis, und doch bleibt noch der Kaiser. Ich gebe dir alle Pfaffen und Prälaten preis, und doch bleibt noch der Heiland.« Joß hatte nicht leise gesprochen. Doch erst bei dem letzten Wort war Martin aufgewacht; er glaubte, Joß bete. In schlimmen Stunden ist das nützlich, dachte er, und schlug heimlich das Kreuz. Mattes Licht fiel durch die Planken des Bodens.

Ob Joß es für sehr zweckdienlich halte, fragte Martin, daß alle Soldaten des Kaisers schon im voraus wüßten, wie lieblich sie beim Sultan behandelt würden.

»Man kämpft besser, wenn man weiß, daß man wilde Tiere vor sich hat und die Welt von Bestien befreit.«

Martin hustete ironisch; er kenne einen Fall, einen Soldaten, der Joß auch im Augenblick sehr nahe sei, bei dem wirke das umgekehrt. Der bekäme auch einen Stoß bei solchen Schauermärchen, aber einen, der ihn rückwärts führe. Auch bestehe – und dies um abzuschließen – für den guten Soldaten der Zwang, nicht nur gut zu essen, sondern auch gut ausgeschlafen auf dem Schlachtfeld anzutreten, weshalb zu fragen sei, ob man nicht jetzt zu dieser soldatischen Tugend zurückkehren wolle.

Wie redete Martin ins Leere! Von draußen aus dem dunklen Raum krähte ein Hahn. Aus noch tieferem Raum antwortete – der matte Schrei eines Ertrinkenden in soviel Schweigen – ein zweiter.

»Es wird schon Tag,« sagte Martin, »und du hast immer noch nicht herausgekriegt, wie sich Sultan, Papst und römische Majestät unterscheiden?«

»Ich will dir sagen, was ich gefunden habe. Gefangene sah ich in Regensburg, die unser Lösegeld zurückgekauft. Auf ihren Rücken hatten die Türken ihr Zeichen eingebrannt. Zum Hohn. Als sie sie mißhandelten, die sie heimtückisch bei Nacht aus den Betten geraubt. Gibt es das im Heer des Kaisers?

Ich will ein anderes sagen: Der Sultan hat im letzten Frühjahr in einer Nacht seinen Großvesir mit der seidenen Schnur erwürgen lassen und tausend seiner Janitscharen niederhauen lassen. Ohne Gericht. Ohne Urteil. Einige riefen seinen Namen, als sie starben, so wenig wußten sie von der Untreue, der ihre Verleumder sie beschuldigt. Gibt es das im Christlichen Reich?

Ein drittes höre: in Kärnten vor 12 Monaten kamen sie in der Nacht. Sie leerten die Dörfer, banden sich die Menschen auf die Pferde, vergifteten die Brunnen, zündeten die Häuser an und verschwanden wieder über die Berge. Es war keine

Fehde von Burg zu Burg. Sie nahmen diesmal niemand für Lösegeld. Sie brauchten Sklaven am Bosporus: Galeeren zu füllen. Hängende Gärten zu bauen. Straßen zu walzen. Sümpfe trocken zu legen. Arbeit für die Christenhunde. Ein Türke arbeitet nicht. Der Koran hat ihn zu Besserem bestimmt: Europa zu plündern, Europa zu unterjochen. Herr zu sein über alle Welt. So kamen sie seit anno 1454. So kommen sie morgen mit größerer Macht. Sie brechen über all ihre Grenzen, und versklavt wird sein das Kind im Mutterleib, denn ihnen gehört jede Kreatur. Die schnell und feige auf das neue Zeichen schwören, werden gedungen sein, die eigenen Brüder zu schlagen. Der Halbmond wird das Kreuz vertreiben. Was widerspenstig ist, würgt die Schnur, metzelt der Krummsäbel. Und der kleine Mann wird getroffen wie der Große. Denn es gibt keine christlichen Großen mehr, wenn die Pferde des Sultans einmal aus dem Main oder Rhein das Wasser trinken.«

Wobei er ganz ergebenst bemerken wolle, sagte Martin, der wieder ganz wach geworden, daß die Pferde im Augenblick die Schnauze nicht einmal über den Uferrand der Naab hängen. Und mit Gottes Hilfe solle es auch soweit nicht kommen.

»Du bist also gewiß, daß wir recht tun, gegen sie zu marschieren?«

Merkwürdige Frage nach soviel Anklagen und Argumenten. Martin zog das Gesicht nachdenklich zusammen. Er hörte den Zweifel und verstand ihn nicht.

Joß lag und dachte an die Bauern. Nein, nur nicht lächerlich werden! Ich nütze ihnen, wenn ich den Türken schlage.

Er bekam einen bitteren Geschmack auf der Zunge: Nützlichkeit? Angst des Gewissens braucht keinen nützlichen Grund. Der Bauer ist da, er wird immer da sein, find dich ab mit ihm, Joß! Scheidewasser ist's, ins Blut gegossen. Träum von ihm, schreck dich mit ihm! Wahrscheinlich bist du selber der Bauer, der dir auf der Ferse sitzt!

»Gerade der kleine Mann müßte ihn schlagen,« sagte er

unvermittelt und wollte nun doch vor Martin den ganzen Prospekt seiner Gedanken öffnen, wollte sprechen von der Hingabe des Bauern an den Kaiser, von seiner Treue zum Reich, von seiner Christgläubigkeit, die angesichts der Türken Bärenkräfte hervortreiben würde, von der Selbstlosigkeit des einfachen Mannes, von seiner Freiheitsliebe, von seinem Rechtsgefühl, von seiner Vertragstreue, von all den Eigenschaften, die der kriegsgierige Türke verlache und in den Dreck ziehe, da sagte Martin:

Es sei Zeit, das Frühstück einzuholen; eben zeige sich dort oben in einer Planke das erste Tageslicht. Die billigsten Hühner aber fände man in der Dämmerung auf den Stangen. Ob Joß einen Sonderwunsch habe?

Joß antwortete nicht. Martin kletterte aus dem Stroh und ging langsam zur Treppe, immer noch auf Antwort lauschend. Dann rief er, schon auf der Stiege, und warf Joß in große Überraschung:

Es sei ja auch garnicht von Übel, daß der kleine Mann sich in Waffen übe.

Da man dem Kriegsschauplatz näher kam, steckten viele schon bis über die Nase im Dreck der Gerüchte. Wie eine Wolke trieb aus dem Land des Feindes die Nachricht neuer Schrecken heran.

Joß und Martin saßen beim Würfelspiel im Lager. Der lederne Becher knallte auf die Trommel, die zwischen ihren Beinen stand. Vor dem offenen Schlitz eines nahen Zeltes erzählte ein Landsknecht seine Historien:

Die Schurken trieben einen richtigen Handel mit den armen Christen. So erzählte der Schwätzer, er hatte ein knallrotes Wams, trug einen Kaiseradler aufgestickt und nannte sich Adalbert. Ihre Gefängnisse, sagte Adalbert und hob lamentierend die Hände, seien Gräber wie es sie nirgends in der Welt gäbe. Die lägen am Meer und da käme bei Flut das Wasser hineingeschossen und ersäufte täglich hunderte wie die Ratten.

»So schnell versäuft eine Ratte nicht,« rief Martin und strich die Würfel in die Becher.

Wenn die Gefangenen Gott ihr Leid klagten, fuhr unentwegt der Schwätzer fort, dann höre man es nicht einmal. So dick seien die Mauern. Nirgends gäbe es das, wiederholte er, böse zu Martin gewandt.

Martin war angezapft: ob er mal etwas vom Burgverließ zu Nürnberg gehört. Und von den Kellern, in denen der rote Inquisitor Hochstraten Krankenbesuche machte mit dem Foltermedizinkasten. Oder von den Oubliettes, wo der Franzosenkönig seine entbehrlichen Lieblinge einmauern ließe?

Adalbert nahm die Fehde an: immerhin treibe keiner hier Handel mit Frauen.

Martin sagte: wer denn diesen Fleischhandel beim Türken organisiert habe? Ob er das wisse? Wer denn die Bassas auf den Geschmack gebracht habe durch das Vermittlergeschäft.

Adalbert schwieg dumm. Martin legte los: »Die Bettelorden, damit du es weißt. Natürlich, in nomine patris et filii. Gewiß, ad majorem dei gloriam. Und daneben Vermittlergebühr zehn Prozent. Gewiß, Charitas mitten im Heidenland. Und dazu Eröffnung römischer Agenturen.«

Adalbert unterbrach: sie leisteten ja außer allem auch noch geschickte Missionsarbeit.

Geschäft, sonst nichts, sagte Martin. Wenn es etwas mit Christi Wort zu tun hätte, würde der Türke sie alle schon erwürgt haben und ihre Köpfe guckten Konstantinopel von einer Lanzenspitze herunter an.

Adalbert ließ nicht locker: immerhin hätten die frommen Brüder hunderte auf diese Art wieder in die Heimat zurückgebracht.

Martin lachte: »Hunderte? hätte man die ersten hundert

verkommen lassen, dann hätte der Türke sich nie Hoffnung auf Lösegeld gemacht.«

Adalbert knurrte: »Gehst mit Menschen um wie der Türke selber.«

Martin gab ihm einen harten Blick: es handle sich nur darum, das Geschwätz von den edlen Brüdern abzudrosseln. Rom schalte sich immer dazwischen, wo aus Leid Gold zu machen sei. Nie würde es verzichten, auch wenn es ein Leid beenden könne, es lebe vom Kummer. Deshalb säßen auch die Mönche am Bosporus.

Adalbert schwieg jetzt. Seine Gefängnisse nahm man ihm, seinen Frauenhandel. Er sah auf die beiden hinab, die in Ruhe weiterspielten. Man hatte ihm seine Schauermärchen zerpflückt.

Plötzlich zog er blank und schlug zu; Joß hatte es rechtzeitig bemerkt. Er parierte den Schlag, der Martin gegolten hatte und dem sitzenden Freund jetzt nur noch stumpf und flach die Seite anhieb. Dann schmiß er das Schwert beiseite und streckte den Raufbold durch einen Schlag ins Gesicht zu Boden.

Martin sah hinunter zu dem Geschlagenen: »Wenn Ihr so weiter macht, hat der Türke keine Arbeit mehr.«

»15 und 9,« sagte er dann und schob Joß auf der Trommel den Becher hin.

Joß setzte sich ruhig und würfelte:

»21! Für mich!«

Sie zogen jetzt manchmal bis in die tiefe Nacht hinein. Joß drängte. Ungewisses Gefühl zu spät zu kommen quälte ihn. Die Bauern wurden um Mitternacht geweckt. Sie öffneten niemals auf den ersten Schlag. Joß erklärte geduldig, den lärmenden Haufen beruhigend, daß sie Kreuzfahrer seien. Beschämend, wenn einige die Laden dann wieder zurückzogen. Beschämender noch, daß die meisten es nicht taten, sondern aus verhärmten Gesichtern kundgaben, daß Türkenkämpfer die einzigen seien, für die man noch eine Ausnahme mache. Joß war sehr gepackt von solchen Augenblikken. Er traf wieder auf das Volk, die breite Schicht, die kein Standeszeichen, dafür aber das Gesicht der Arbeit und der Not trug. Er verschwieg sich, daß sie mit dem Brot herausrückten, weil sie größere Angst als vor dem Landesherren noch vor den Türken hatten. Er sagte zu Martin: »Sieh, wie sie für die gute Sache geben. Sie opfern mehr als die Großen.«

Martin sagte trocken und biß in sein Brot: »Ich verstehe: Das Scherflein der armen Witwe...«

Joß wurde böse: »Immerhin eine der schönsten Geschichten der heiligen Bücher.«

Martin schnitt ein Stück von seinem Rauchfleisch ab: es hätte nichts geschadet, wenn der Heiland damals auch noch zugefügt hätte, daß die Witwe ihre Drachme im Grund den feisten Pharisäern, also unnütz gegeben habe.

»Aber es schmeckt dir,« meinte Joß.

»Vorläufig sind wir ja noch Kreuzfahrer.« Martin prustete aus kauendem Mund.

Schon der nächste Tag beendete den »vorläufigen« Zustand, den Martin zynisch gekennzeichnet.

Sie hatten die Löhnung verbraucht. Die Stadt Steyr, in der sie neue Gelder fassen sollten, weigerte sich und erklärte keine Anweisung zu haben. Joß drohte großspurig mit einer Beschwerde beim Feldobristen und der Ungnade des Kaisers.

Ob er sich vorstellen könne, fragte aufgebracht der Stadtkämmerer, wieviel die Tiroler Landstände schon als Türkenpfennig nach Wien geschickt. Aber das Gold verschwinde dann wohl in falschen Taschen. Die Finanzräte Seiner Römischen Majestät nähmen es nie genau mit der Verwendung und den vorgeschriebenen Zwecken.

Joß glaubte ein Wort für den obersten Feldherrn einlegen zu müssen, aber der Kämmerer gab unzweideutig zu verstehen, daß die Unterhaltung beendet sei.

Wenn der Mann nicht recht hätte, meinte Martin, als Joß auf den Markt zu dem hungrigen, rastenden Fähnlein zurückkehrte, dann hätte man ihm in die Fresse hauen müssen.

Joß verließ grübelnd die Stadt. Die Landsknechte hatte er mühsam beruhigt mit der Lüge: in der städtischen Meierei vor der Stadt sei Quartier angewiesen und in zwei Tagen werde auch Geld geschickt. Wie er das Versprechen lösen würde, war ihm unklar geblieben, interessierte ihn auch nicht. Er quälte sich mit Martins trockener Bemerkung ab. Sie zogen ohne zu grüßen an den Wachtposten vorbei. Er hörte nicht, daß seine Soldaten die Stubenhocker an den Toren verhöhnten und dem hohen Rat von Linz Flüche auszurichten baten. Ob sie die Hosen noch trocken hätten, höhnten die Wachtposten zurück, der Türke habe eine feine Witterung.

Joß ging an der Spitze hinter dem eingerollten Fahnentuch und achtete nicht auf den Disput. Man hatte ihm im Stadthaus mitgeteilt, daß der Türke bereits in Kärnten erschienen sei, vierzig Dörfer verwüstet habe und mit der gesamten Bauernschaft als Beute wieder nach Bosnien verschwunden sei, ohne auch nur einen Gegner gefunden zu haben. Die vier Fähnlein aus Bayern, mit denen er sich in Linz vereinigen sollte, waren ebenfalls nicht eingetroffen. Man solle sich nicht die Mühe machen, sie zu erwarten, hatte der Kommandant hinzugefügt.

War der Kreuzzug nur ein Narrenspiel? Joß ging schneller. Liefen sie wie die Hasen in die Spieße der Türken hinein?

Plötzlich erinnerte er sich an die Werber. Die saßen in den Hinterlanden, sammelten Reisläufer und Abenteurer aus allen Schenken, zahlten einen Gulden und verfraßen zehn andere. Und die Fürsten ritten weiter durch ihre Wälder, den Falken auf dem Handschuh, die Kurtisane neben sich auf weißem Zelter, und scherten sich so wenig um den Kaiser wie um den Türken. Und wir – stolpern in den Tod.

Als gegen Mittag ein Fähnlein aus Tirol zu ihnen stieß mit einem Trupp kräftiger Schweizer, hob sich Jossens Laune. Sie hatten die gleiche Marschroute, wollten nur noch zur Stadt, sich mit Geld und Proviant zu versorgen.

Joß klärte sie auf, daß der Kanzleischimmel mit dem Briefsack noch nicht angehinkt sei.

Er hatte kriegserfahrene Männer vor sich. Dann müsse wohl dieses Dorf daran glauben. Die Schweizer zeigten in ein Tal, aus dessen Wiesengrund rote Dächer leuchteten.

Man müsse es versuchen, meinte Joß, Türkenfahrer seien nicht überall unbeliebt.

Die Tiroler lachten, Joß begriff nicht, daß sie sein ernstes Wort für einen Scherz hielten. Im Dorf wurde er belehrt. Sie fragten den ersten Bauern, einen älteren Mann, der wie zum Schutz vor seine Tür getreten war. Was für Geld sie hätten, wagte der Bauer zu fragen. Joß konnte sie nicht hindern, sie zahlten sofort. Die Schäfte der Spieße gingen auf den Alten nieder, als wäre er das Stroh, aus dem man sein Brot dreschen wolle. Er brach wimmernd zusammen und stieß mit der zitternden Faust, wie Abbitte leistend, die Tür zu seiner Wohnung auf.

»Mein Fähnlein geht keinen Schritt weiter!« brüllte Joß, aber das böse Beispiel hatte schon seine Wirkung getan. Die Rotte stob auseinander. Durch die Dorfstraße krachten die Fußtritte an zersplitternde Türen, Vieh brüllte aus erbrochenen Ställen, Hühner krächzten in harten Landsknechtsfäusten, hingen dann plötzlich die blutenden Köpfe abwärts; Joß sah einen seiner Leute aus einem Kamin klettern und Rauchfleisch in die Straße werfen. Lächerlich, ihnen noch einmal Einhalt zu gebieten. Er sah, an die Wand eines Hauses gelehnt, in einer Ruhe, die ihn erstaunte, dem langsam sinnlos werdenden Treiben zu. Gott, sie raubten schon aus bösem Vergnügen! Da flog ein Bett aus einem Fenster, ein Schinken ersoff in einer Jauchegrube, vor dem Stall gegenüber schlugen sie einen Ochsen nieder, den fünf Mann mit Mühe zum Schlag aufgestellt hatten. Eine Woche konnte der Haufen von dem mächtigen Tier leben, das ohne Laut niedersackte. Und es hing schon eine Kuh ausgeweidet in der Tiefe der Straße an den Sprossen eines Leiterwagens. Wann werden sie zu essen anfangen? Sie denken nicht mehr daran.

Martin kam eilig die Straße herab, die Mütze in der Hand. Als er Joß sah, lächelte er und ging zu ihm. Die Mütze war voll Eier. Er liebe sie roh zu essen, sagte Martin, was diesmal besonders günstig sei, denn zum Eierkuchen reiche kaum noch die Zeit.

Joß verstand ihn nicht, aber da tobte, aus der gleichen Richtung, aus der Martin gekommen, der Tiroler Haufen herbei mit einem Bauern, der unter ihren Schlägen mühsam vorwärts kam. Sie hatten ihm ein langes Seil um den Hals geknotet und trommelten unbarmherzig mit Stöcken und Spießen auf ihm herum. Der Bauer stürzte und wurde wieder hochgerissen.

Wo bin ich, dachte Joß; scharf schnitt alte Erinnerung in sein Hirn. Bis auf den Geruch schien alles dies schon dagewesen. Und auf welcher Seite war ich damals, wollte er sich fragen, aber ein merkwürdiges Gebaren von Martin lenkte ihn ab. Der stellte sich vor ihn, jonglierte mit der vollen Mütze, griff dann plötzlich mit einem Schrei, als habe ihn eine Viper gebissen, ein Ei heraus, drückte es mit dem Finger auf und schlürfte es aus. Nacheinander griff er die ovalen

Behälter aus der Mütze und leerte sie. Joß betrachtete ihn verwundert, denn es sah aus, als wolle er sie schleunigst vor jemandem in seinem Bauch verstecken. Dabei verdrehte er die Augen, daß Joß glaubte, er sei im Begriff, wahnsinnig zu werden, und schon dabei war, ihn zu schütteln, völlig die Horde vergessend, die durch die Dorfstraße hinunterzog. Nun aber unterbrach Martin seine Possen.

»Da!« schrie er und ließ das letzte Ei vom Munde fallen; er zeigte an Joß vorbei. Ein tierisches Brüllen zerriß die Luft, Joß fuhr herum.

Die Schweizer Landsknechte waren mehrere Häuser oberhalb stehen geblieben. Joß sah den Bauern nicht mehr, er gewahrte nur einen Soldaten hoch oben in der Luke einer Scheune, wie er einen Strick über das Rad eines Aufzugs schlang, der aus der Bretterwand unter dem Dachgiebel herausragte. Das Brüllen unter den Landsknechten hielt an, und jetzt zog der Mann oben mit seinem ganzen Gewicht an dem Seil.

Sofort erstickte unten das Geschrei, und an der braunen Scheunenwand stieg unter dem Gejohle der Landsknechte der Körper des Bauern in die Höhe. Er drehte sich im Steigen nach der Wand, schlapp hingen die Arme, und als er sich wieder nach der Straße wandte und schon oben vor der Luke angekommen war, hing der Kopf tiefer als der Knoten, der dem Mann das Genick gebrochen hatte. Joß griff entsetzt nach Martins Arm und sprang auf die Straße. Aber Martin hielt ihn zurück.

Erstens sei es zu spät, sagte er, zweitens habe der Bauer wenige Minuten vor seinem Tod einen Schweizer erschlagen, und drittens gäbe er ja selbst die Antwort, wie gleichgültig ihm die Menschheit zu seinen Füßen schon geworden sei.

Der Mann in der Höhe der Scheune zeigte eine lange dunkle Zunge. Er schwankte immer noch, bewegt von dem Ruck, der ihn in den Tod gezogen.

»Was hat er getan?« fragte Joß.

»Er hat nicht einsehen wollen, daß man sein letztes Schwein opfern muß, wenn des Kaisers Soldaten gegen die Türken ziehen.«

Joß würgte den Brechreiz nieder, der ihm in die Kehle stieg. Die Landsknechte standen kauend vor dem improvisierten Galgen, Sonne fiel aus den Abendwolken über die gelben Misthaufen, spiegelte in den Abwässern der Straßenrinne, stieg in plötzlichem Einfall zu dem hängenden Bauern, um schnell einer Wolke Platz zu machen, die den Gerichteten grau beschattete, ein spärliches Leichentuch.

Martin hielt immer noch den Arm von Joß umklammert; er sah das Zucken im Gesicht des Freundes, es wandelte ihn an, ihm über die Stirn zu streichen oder war es nicht besser, noch härter zuzuschlagen? Das glühende Eisen noch fester zu hämmern?

Plötzlich hob er den Helm ab und schlug ein langsames Kreuz.

Böser Witzbold, dachte Joß und machte ebenfalls das Zeichen.

Die Landsknechte kamen herbei, aus ihren Taschen schauten Würste, ihre gesunden Gesichter lachten, sie hatten sich das Ihre genommen, nun suchten sie ihre Spieße wieder, die dieser an einer Tür, jener in einem Dunghaufen hatte stehen lassen. Joß ließ sie vorübergehen wie Fremde, die er nie gesehen.

Ein Trommelwirbel rollte die Straße herauf. Kommandoworte bellten hinterher. Aus Ställen und Häusern stolperten immer noch fressende Landsknechte. Auf welche Seite bin ich da geraten? dachte Joß und faßte nach Martin, der seinen Eisenhut aufnahm und überstülpte.

»Auf zum heiligen Grab,« sagte Martin und griff nach seinem Spieß.

Sie zogen in guter Marschordnung. Ein Wagen frisch requiriert führte die Vorräte des unglücklichen Dorfes ihnen nach. Sie gingen eiliger, aber es war nicht die neue Stärkung der Kräfte, eine kluge Angst trieb sie vorwärts. Man hätte den Bauern abschneiden sollen, sagte ein Schweizer neben Martin.

Er marschiere ja auch ohne das mit in der Rotte, meinte heimtückisch mißverstehend Martin, und lachte, als der andere sich bestürzt nach beiden Seiten drehte.

Endlich deckte der Abend freundlich den Zug. Dichter Nebel flutete aus den Wiesen über die Straße, und dämpfte den Lärm der Schritte. Ein Gebirgsbach gurgelte in den weißen Schleiern und übertönte zuweilen, wo er über Felsen stürzte, das Klappern der Dolche und das Stampfen der Stiefel. Aber die mangelnde Sicht hob die Beruhigung wieder auf. Wenn die Spitze anhalten mußte an einer Kreuzung, um sich zu orientieren, verfärbten sich viele Gesichter bis zur Nachhut. Einmal sprangen zu gleicher Zeit fünf aus der Reihe, fällten die Spieße und verwirrten mit blödem Feldgeschrei die ganze Kolonne.

Als der Nebel sich vorübergehend lichtete, sah man die mächtigen Füße riesiger Berge. Sie rückten mit ihren schwarzen Waldmassen so dicht heran, daß allen die Drohung der Stunde noch deutlicher wurde. Sie verlangten, daß man einen Weg suche, der in halber Höhe sich hinziehe. Man renne sonst beim Morgengrauen totsicher in eine Falle. Keiner zweifelte, daß man die ganze Nacht marschieren müsse, um möglichst viel Raum zwischen die Rotte und den Schauplatz der verbotenen unter schwerer Strafe stehenden Plünderung zu legen.

Aber mit den Stunden wurde die Müdigkeit stärker als die Angst. Sie hielten in einem Wald. »Sollen sie doch nur kommen, Kreuzsakrament,« knurrte ein Landsknecht und warf sein Gepäck unter einen Busch. Die Rotten ließen sich stumm zu beiden Seiten des Weges nieder. Über der Straße in wallenden Schwaden kochte der Nebel. Joß hatte den trotzigen Fluch gehört. Man habe immerhin in den Erblanden des Kaisers geplündert, sagte er und setzte sich.

»Wenn des Kaisers Räte Geld gegeben, hätte keiner daran gedacht.«

Und der Bauer müsse die Rechnung ausgleichen, meinte Joß.

»Er verdient es nicht besser.«

Der Führer des Schweizer Fähnleins erlaubte keine lange Rast. Man schickte Späher aus. Martin war unter ihnen. Der Nebel schluckte sie und ließ alle wieder in schweren Gedanken zurück. Martin kam als erster wieder mit einem Stück frischen Wildprets. Er grinste, als er Joß fand. Der Weg sei sauber und im übrigen die »offizielle Straße für die kaiserliche Post«.

Sie verließen den Wald und fanden in den Schleiern der Nacht hoch über sich die weiche Scheibe des Mondes. In ihrer Nähe das ertrinkende Glitzern des Abendsterns. Unförmig und bei jedem Blick die Formen ändernd schwammen in den Wolkentümpeln die Gipfel schwarzer Berge. Einer nur hob sich höher und fing reines Mondlicht auf seine schneeweiße Kappe. Eine grandiose, stumme Welt, die ohne Anstrengung majestätische Größe erreichte – wie lächerlich lief durch eins ihrer Täler die kleine Rotte ängstlicher Abenteurer!

Martin wollte gerade erzählen von einem Bauern, den er beim Wildern getroffen, da kam von der Spitze der Halteruf. »Das wird der andere sein,« sagte Martin. »Keine Feinde,« beruhigte er die erschreckenden Nachbarn, »ein Taubstummer.« Er konnte den Mund dabei nicht schließen vor wissendem Lachen.

Adalbert ärgerte sich: Martin spiele mit seinen Nerven, die Nacht sei ernst, das Grinsen passe nicht zu der gefährlichen Situation.

»Ich,« erwiderte Martin, »habe ihn ja nicht erstochen;« er schien nun ganz schweigen zu wollen, da rief man von vorne: ob jemand in der Rotte sei, der lesen könne.

Wunderlicher Wunsch, den keiner verstand. Aber Martin wurde wieder beredt durch ihn: Die anderen Späher hätten einen Reiter erstochen, erzählte er, mit gutem Grund, da er die Marschroute der beiden Fähnlein zu leicht hätte verraten können. Als Martin zu ihnen gekommen sei, habe der Reiter schon kalt dagelegen, mit offenem Mund, als wolle er den Mond schlucken; die Uniform sei Martin bekannt vorgekommen; er habe festgestellt, daß der Mann ein Briefbote der kaiserlichen Kanzlei zu Linz gewesen. Die Späher hätten darauf die Flucht ergriffen, ohne auch nur seine Taschen zu untersuchen; selbst ihre Spieße hätten sie fallen lassen, einer sei ganz sinnlos in die Talschlucht hinuntergesprungen. Als hätten sie den alten Kaiser selbst gemordet. Das Pferd sei ebenfalls auf und davon. Es sei sozusagen umgekehrt, da es seinen Reiter ans Ziel gebracht.

Joß hatte die Erzählung schweigsam mit angehört. Adalbert murmelte in ehrlichem Entsetzen: »Einen Boten römischer Majestät?« Es wurde ihm schwer, den neuen Totschlag zur Kenntnis zu nehmen. Joß sah ihm ins erschrockene Gesicht: »Der gehängte Bauer wiegt schwerer,« sagte er und ging an ihm vorbei zu der Spitze.

Es war die Mordstelle. Der Führer des Fähnleins stand über den Toten gebeugt, dessen grüne, goldbeschlagene Uniform nur von dem einen Dolchstich in der linken Brust berührt worden war. Aller Schmuck war noch an ihr. Der kaiserliche Rock hatte die Leichenfledderer mit magischer Kraft ferngehalten. Aber die Ledertasche an der Seite war aufgeklappt.

»Lies das,« sagte der Tiroler und reichte Joß eine schmale Pergamentrolle.

Joß drehte sich zum Mond und begann die Lektüre, so gut das Mondlicht es zuließ. Er las zuerst für sich. Plötzlich senkte er die Rolle und sah in ungewöhnlichem Ernst in die Runde.

»Der Kaiser ist tot,« sagte er.

Sie drängten nach vorn, dumme Gesichter und neugierige, verschlafen die einen, nervös von der Angst der Nacht die anderen. Joß buchstabierte noch einmal den Kopf des Briefes.

»Dem allerdurchleuchtigsten Fürsten und Herren, Herrn Maximilian, römischen König, zu allen Zeiten Mehrer des Reichs...« Der Brief ging an den Thronfolger.

»Lies uns was drinsteht,« riefen ungeduldig die Nächststehenden.

Joß hob das Papier aus dem Schatten, den die Rotte warf. Man rief um Ruhe nach hinten, einer der Hunde heulte auf unter einem Fußtritt.

»Allergnädigster Herr,« las Joß im grünlichen Licht, »da Eurer königlichen Gnaden der Tod und Abgang unseres allergnädigsten Herrn, des römischen Kaisers seligen Gedächtnis gestern gebotschaftet worden ist, so zweifeln wir nicht, daß solches nun an Eure Gnade gelangt. Nun haben wir dieselbe Leiche um merklicher Notdurft willen auswaiden und wie sich gebührt balsamieren lassen. Was nun Eurer königlichen Majestät Willen und Meinung, ob die besagte Leiche bis zur Eurer Majestät Ankunft hierzuhalten ist oder voran gen Wien zu schicken, das wolle uns Eure Gnad gnädiglich berichten...«

Joß senkte den Brief, die Landsknechte sahen ihn fragend an, unfähig die ungewöhnliche Nachricht in ihr Denken einzuordnen. Einer nur meinte scheu, dann könne man doch wieder umkehren. Er hatte die Vorstellung, daß mit dem Tod des Kriegsherrn auch der Sinn des Krieges erledigt sei.

Die Berge standen als riesige schweigsame Zeugen um die überraschte Gruppe. Der Mond begann durch die Wolken zu wandern, die in seinem giftigen Licht gerannen.

»Es lebe Maximilian,« schrie aus der Tiefe der Rotte eine Stimme. »Laßt uns erst für den alten Kaiser beten,« mahnte

Adalbert. Sie zogen die Hüte, aber keiner sprach ein Gebet. Entblößten Hauptes standen sie im Licht der Nacht. Der Herr dieser Wälder und Berge, der mächtigste Fürst der Welt war gestorben.

Was hatten wir mit dem ohnmächtigen Greis zu tun, dachte Martin, nahm Joß den Brief ab und steckte ihn dem Toten wieder in die Ledertasche. Ein Pferd im Gnadenbrot ist feuriger.

»Sie haben ihn ausgeweidet, wie mein Bauer sein Reh,« sagte Martin. Er kniete jetzt hinter den Reihen und war dabei, sein Wildpret in der Feldtasche zu verstauen. Er hörte, wie Adalbert vorne zum Gebet aufforderte. Adalbert weiß mal wieder sofort, was man zu tun hat, dachte Martin. Aber riecht die Majestät deshalb weniger? Sieh da, sie marschieren schon wieder!

Er sah zu den Berggipfeln und weiter zu dem schwebenden Mond. Warum sollen wir nicht marschieren? Für uns hat sich nichts geändert.

Er zog seinen Spieß aus der weichen Graserde.

Er wolle allein sein, rief der König von seinem Anstand herab.

Der Höfling am Fuß der Leiter zögerte einen Augenblick, sah zu dem mit Zweigen verkleideten Jägernest hinauf und entfernte sich dann doch. Maximilian hörte die leisen Schritte auf dem moosigen Boden. Ein Häher flog kreischend auf. In der Nähe klopfte ein Tannenzapfen die Erde. Der Wind trug den Geruch von Birken heran.

In solcher Sonne stürzte Maria, dachte der König. In das Jahr 82 trug ihn der Wind. In jenen Wald, in dem seine erste Frau tödlich verunglückte.

Er sah über die Bäume: es könnte dieselbe Schneise sein. Ich wollte den ganzen Wald fällen lassen. Wie ich das Pferd auf der Stelle erschoß. Nicht einmal wach wurde sie. Ihr Busen kühlte in den Tod unter meinen Händen. Bei jedem Weib denke ich an sie. Anna von Bretagne vergaß ich am Tag von Dournon; im Vertrag von Senlis ist sie beigesetzt wie in einem papiernen Sarg. Maria von Burgund ist nicht zu vergessen. Wenn die Hunde kläffen und die Pferde zittern, vor jeder Jagd ist sie da. Sie wird immer dasein. Maria.

Ein Geräusch ließ ihn zur Büchse greifen. Vorsichtig schob er den Lauf durch die Zweige. Aus der Schneise war ein Hirsch getreten. Er roch die Luft ab, setzte dann zum Sprung an. Mitten im Satz riß ihn die Kugel. Der König beobachtete lächelnd das kurze Schlagen der Hufe und den letzten Ruck, der den braunen Körper dann anhielt. Er legte die Waffe wieder beiseite.

An der Leiter unter dem Baum stand wieder der Höfling. Er rief einen devoten Glückwunsch hinauf.

Was er vorhin gewollt habe, fragte der König, der nun sichtbar wurde am Rand des Nestes.

Der Gesandte Mailands sei in Linz angekommen. Es sei derselbe wie 1492: Emmanuel Brascha.

Der König überlegte: »Welchen Tag haben wir?«

»Den 21. August,« antwortete der Höfling. »Der Italiener bringt das Heiratsangebot von Johann Galeazzo und Blancas Onkel Lodovico Moro.«

Solltest Moro allein nennen, dachte der König. Der allein hat das Heft in der Hand. Übrigens scheint er es eilig zu haben.

Er stieg hinab und ging zu dem Hirsch. Aus den Büschen kamen viele Förster und Jagdgesellen. »Ein Zehnender!« sagten sie bewundernd.

Hunde kläfften das gefällte Tier an. Man ging an das Ausweiden. Maximilian stieß mit eigenem Dolch den ersten Bauchstich. Niedergebeugt fragte er den Höfling, was Mailand vorschlage.

Der Höfling schien an die trockene Art seines Herrn gewöhnt zu sein. Unbekümmert um die weidmännische Prozedur unter ihm und das Gebell der Hunde berichtete er, Lodovico verlange die Belehnung mit Mailand nach dem Ableben des Kaisers. Maximilian unterbrach ihn sofort, seine blutige Hand stieß freundlich nach einem Hund:

was der Brautvater biete, wolle er wissen; was er verlange, sei klar.

300.000 Dukaten, sagte der Höfling. Es sei eine wahrhaft fürstliche Mitgift, fügte er hinzu.

Damit es eine königliche würde, entgegnete Maximilian, der eben mit dem Fuß die üppig quillenden Eingeweide des Hirschs beiseite schob, solle man 400.000 verlangen.

Der Höfling verbeugte sich. Er schien bestochen, denn seine Augen waren bei dem außergewöhnlichen Verlangen seines Herrn ängstlich geworden. »Und jetzt wünsche ich in Frieden gelassen zu werden mit Staatsgeschäften.«

Der Höfling verbeugte sich nochmals und ging rückwärts in den Wald. Sein korrektes Zeremoniell inmitten der Natur war von solcher Komik, daß ein Jagdmeister laut zu lachen anfing.

Als die Gehilfen den Hirsch abschleppten, saß Maximilian schon wieder in seinem Baumversteck. Er rechnete: 400.000 wird man bekannt machen. 300.000 wird er geben. 60.000 muß er sofort zahlen. 10.000 für den Türkenzug. Der Rest ist Reserve gegen den anderen.

Selbst in Gedanken nannte Maximilian den Franzosenkönig nicht beim Namen. Aber er dachte nicht weniger heftig an seine Lebensrache. Trotz seines Sieges im Januar in den Hohlwegen von Burgund nährte er das Feuer. Das war nun sein ewiges Licht. Die Heirat, die er eben von seinem Jagdrevier aus abzuschließen erlaubt hatte, war nichts als ein Guß Öl in diese Flamme. Der neue Schwiegervater gab nicht nur Gold, er hatte auch während des Türkenzugs die Flanke des Eidams in der norditalienischen Ebene zu decken gegen – den anderen.

Aus den Bäumen kam ein Jägerhorn. Blanca heißt sie, dachte plötzlich der König. Sie soll nur italienisch sprechen. Ich werde sie vorläufig nicht zu sehen brauchen. An unserem Beilager wird Maria wieder da sein. Den ersten Becher werde ich zu dir heben, Erzherzogin von Österreich.

Er neigte sich in die Zweige vor und sah auf die Schneise, wo das Blut des Zehnenders versickerte. Über den Bäumen zeigten sich wieder Vögel.

Du wärst eine wirkliche Kaiserin geworden, dachte Maximilian. Du wärst mit uns im Feldlager gewesen. Teuerdanks ewige Glaubensbraut. Das ist vorbei. Der Kaiser zieht allein in seine Kriege.

Er ahnte nicht, daß er in dieser Stunde schon der Kaiser des Reichs geworden war.

O Trost des Herzens, dem ein Bote Nachricht bringt von höheren Welten, großem Geschehen, von Weite des Lebens und bedeutendem Schicksal, während die eingepferchte Seele schon klein wurde mit ihrer engen Umgebung, niedrig dachte unter niedrigen Kumpanen. Joß stapfte an der Spitze seiner Knechte, ein Veränderter. Vor ihm die breiten Rücken der Schweizer, um ihn der Staub ihrer Stiefel und der Gestank ihrer Leiber, hinter ihm die eigene Rotte, sture, fluchende, fressende, brutale Abenteurer; eine Nacht hatte er jetzt ihre Feigheit erlebt, ihre Angst vor dem Profos. Seit sie ihn den Brief der kaiserlichen Kanzlei hatten lesen hören – augenscheinlich trug diese seine Fähigkeit Joß den Respekt der ganzen Rotte ein – waren sie ruhiger geworden und hatten sich leicht überzeugen lassen, mit einem solchen Tod sei alle Schandtat ausgelöscht, die noch unter der alten Regierung begangen worden.

Sie sangen schon wieder. Der Morgen stieg aus den Talgründen und hinter den Bergmassiven mit grauem Schein in die fröstelnde Luft. Von allen Seiten, ja selbst aus dem Boden schien die Helligkeit zu dringen; die Nebel flohen verwirrt, umklammerten Bäume, hingen sich in dunkle Mulden, schleiften über den stahlgrauen Tiegel eines Sees, an dem die Rotten vorbeimarschierten; Vögel erwachten von dem Gesang der Männer, die aus der Nacht in den Tag zogen, und pfiffen verschlafene Triller, der unsichtbaren Sonne zum Gruß. »Wir zogen vor Friaul,« sangen die Männer »da hätten wir allesamt groß Maul, strampedemi.« In den Pausen des Gesanges hörte man die Räder des Beutewagens knarren, der das gestohlene Fleisch und die Brote fuhr.

Jetzt haben wir einen Mann, dachte Joß. Der Trottel von Linz steigt in die Grube. Die Krone wartend auf dem Kissen, nicht mehr auf dem Hohlkopf. Das Szepter für eine junge Hand bereit. Der Alte hat in die Sterne geguckt und Politik mit dem Fernrohr gemacht. Er hat Kräuter gepflanzt und den Reichsgarten verrotten lassen. Er hat in Edelsteinen mit seinen gichtigen Fingern gewühlt und mit seinen goldenen Orden geklimpert, während seine Völker in Ostpreußen und Kärnten an den ausländischen Tributen zum Teufel gingen.

Joß sah nicht, daß Martin neben ihm in der Marschkolonne auftauchte. Langsam habe er Schlaf, sagte Martin gähnend. Er schleppte sich schwer an seiner nächtlichen Beute. Joß hörte nur das eine Wort: Jawohl, sagte er leise, geschlafen habe der Alte die ganzen Jahre. Als wenn er schon in den Kyffhäuser zum Barbarossa-Staufen hinabgefahren wäre. Sogar auf den Reichstagen sei er eingeduselt. Unfaßlich, daß sowas noch habe ganz oben sitzen können.

»Weißt du etwas von dem jungen Kaiser?« fragte er unvermittelt. Martin trottete mit halbgeschlossenen Lidern geradeaus. Der Tag wurde heller und ihn schmerzten die Augen. Er hörte die Frage: Ich will dir lieber nicht sagen, was ich weiß.

Martin wollte sprechen, aber dann schläferte ihn die Müdigkeit. Joß schien auch nicht auf eine Antwort gerechnet zu haben. Fiebernd in seinen Zweifeln und seiner Übernächtigkeit ging er selbst den Legenden nach, die man sich von dem jungen Maximilian erzählte.

Ein Freund des Volkes soll er sein, daneben ein wahrer Kriegsmann, abhold dem Prunk, fanatisch auf die Ehre des Reiches bedacht. Ein Märtyrer der Einheit, für die er in der niederländischen Reichsprovinz sogar mit grausamer Haft gelitten. Jetzt ginge er immer im schwarzen Rock, um sich und seinen Hof täglich zu erinnern, daß die Christenheit in Trauer liege. In Trauer? Ja! der Türke stand in deutschen Landen!

»Einen solchen Mann brauchen wir,« sagte er laut. Die Soldaten hatten ein neues Lied angestimmt. Schon war ihr singender Atem nicht mehr weißer Hauch im kalten Morgen. Die Sonne hatte die Berge erklommen und heizte das Tal.

Er möchte bemerken, ließ sich Martin vernehmen, daß auch Männer auf Feldschlangen angewiesen seien. (Er war inzwischen Jossens Gedanken nachgegangen.)

»Fürs erste ist es nötig,« sagte Joß »einmal blind und ehrlich an die Sache zu glauben.«

Martin: »Das heißt also, sich auf türkische Art zu benehmen.«

Joß stimmte zu: »Aber unsere Sache ist die wahre.«

Martin zäh, ohne Eifer, einfach und logisch: »Was der Türke auch von der seinen glaubt.«

Die Kolonne sang, Joß und Martin gingen hinter den Schweizern her, sahen nicht Landschaft, Sonne und Kriegsknechte, und kampften ihr Duell zu Ende. Es ging aber um ihre Freundschaft. Martin war es plötzlich sehr ernst damit; er fürchtete, daß Joß ein Adalbert würde.

Jetzt wird er mich fragen, dachte er, ob ich vielleicht an der Sache des Kaisers zweifle.

»Martin, du wirst erst glauben, wenn die Löhnung pünktlicher bezahlt wird.« Das kam unerwartet. Martin zögerte mit der Antwort:

Man solle Löhnung nicht unterschätzen, sagte er dann, aber sie sei tatsächlich kein Maßstab. Doch ob Truppen kämen, ob die Reichsfürsten parierten, ob der Bayer endlich erschiene, die Ordensritter, der Pole, die Fürstbischöfe, der Brandenburger, das erst erweise die Autorität des neuen Lehnsherrn. »Wollen wir wetten, daß deine Großen auch unter dem jungen Kaiser am Kamin hocken bleiben?«

Joß riß einen Ring vom Finger: »Ich setze diesen Ring auf ihn. Trag ihn bis zu dem Tag, da ich dir die tausend Fähnlein vor Belgrad zeigen kann, das Heer der Christenheit. Jetzt müssen alle kommen!« Martin nahm den Ring und steckte ihn an; er streichelte ihn! »Da siehst du nun,« sagte er, als spräche er mit dem Silberreif, »welch ein leichtsinniger Mensch dich getragen hat.«

Schon die nächsten Tage schienen Martin Unrecht zu geben. Sie hatten das Herzogtum Bayern durchquert, ohne daß einer sie freundlicher aufnahm, als sie ihr Kriegsziel verrieten. Sie waren im Erzbistum Salzburg verlacht worden, als sie nach den Truppen fragten, die der Bischof stellen würde. Der Stadtkämmerer von Steyr hatte Joß das Geld verweigert und die Rotte in jene Plünderung getrieben, von der alle weislich schwiegen, geheimer Verabredung folgend. Nun zogen sie durch Steiermark auf Bruch zu und man sprach immer mehr vom kaiserlichen Heer. Aber man erwähnte auch den Feind. Es waren keine erfreulichen Nachrichten, die Bauern erzählten von Flüchtlingen, die mit abgeschnittenen Ohren eingetroffen seien. Kaufleute stiegen von ihren Wagen, kamen an das Lagerfeuer wie Freunde, verteilten auch Wein und Spezereien, und berichteten, wenn man sie einlud, von den letzten Einfällen des Türken. Unheimlich habe Bajazeth gerüstet. Feldschlangen von modernstem Guß führe er mit sich. Seine Kavallerie sitze auf den besten Pferden Arabiens. Die

Sättel seien viel höher als irgend welche in der Welt und bedeutend besser geschützt. Die Ungläubigen könnten acht Tage im Sattel sitzen ohne zu ermüden, sie schliefen darin. Und ihr Fußvolk habe Säbelklingen aus härtestem Damaszener, die unzerbrechlich seien.

Jeder dritte von ihrem Fußvolk, knurrte Martin dazwischen, führe noch einen Wüstenlöwen mit, den er dem Feind erst einmal ins Gesicht werfe.

Nach diesem Spott wurde Martin verjagt; er hatte protestiert, weil er Joß bei dem Erzähler sitzen sah. Ach, wie täuschte er sich in seinem vergrübelten und besessenen Freund! Der war eifrig nur, wenn er durch die Dörfer zog. Glücklich war er, wenn ein Bauer vom Raffen des Korns aufsah, und sie begrüßte. Machte man halt am Dorfbrunnen, so ging er in die Häuser. Er fand überall die gleiche günstige Aufnahme. Die Bauern reichten ihm einen Trunk ihres herben Landweins. Nun, sie umarmten ihn nicht; er sah in traurige Augen, die Kinder, die herumstanden, waren dünn und knochig; die Hände, die den Steinkrug reichten, trugen die Schwielen schwerer Arbeit; aber es war Joß vertraut, wie Bauern gingen, wie sie dreinschauten und gezeichnet waren, und diesmal nahm er den Anblick als eine Bestätigung, daß er nicht weggegangen war von ihnen.

Er widersprach nicht, wenn er hörte, daß sie ihn für einen Ritter hielten, er sah sich glücklich in den Stuben um, neigte sich vor dem Kruzifix in den Ecken, sog den Geruch der Thymianbüschel ein, die an den Bettpfosten hingen. Er übersah die Schüssel nicht, die mit magerer Brühe auf dem Tisch stand. Man wird sie euch aber nicht zerschlagen, dachte er, kein Türkenschwein soll euch hineinspucken. Er trat gestärkt aus den Häusern, zeigte auch auf die hochgewachsenen Schweizer vor den Türen, deren Dreschflegelarme wohl Gewähr böten, daß der Feind nicht so einfach in den Frieden hier einbrechen könne. »Macht es gut,« sagten die Bauern und zauberten Ruhe in Jossens bedrückte Seele.

Er hatte nicht geahnt, wie wenig er sich entfernt hatte von den Gedanken, die ihn bis zu jenem Ostertag Tag und Nacht gebrannt, und er gestand es sich auch jetzt in diesem Dorf nicht ein, was ihn froh machte. Die Freude war kurz.

Martin kam die Straße herunter. Eine Trompete blies zum Abmarsch über die Häuser, in denen das Fieber des Krieges lag wie ein Tier, das unschlüssig ist, ob es schon ausbrechen solle. Martin sah Joß von der Seite an. Sie gingen zum Sammelplatz.

Beinahe sei er eben fromm gewesen, sagte Martin.

Joß ließ sich von seinen eigenen Gedanken tragen und fragte nicht.

»Da war ich auf dem Friedhof und habe die Ecke gefunden, wo der Henker seinen Abfall eingräbt.«

Joß merkte, was kommen mußte, aber er fand nicht den Mut, abzulenken.

»15 Bauern wurden hier in den letzten drei Jahren vom Kaiser gehenkt,« berichtete Martin unerbittlich. »Ich wollte noch ein Vaterunser für jeden beten. Aber darüber hätte ich zu leicht den ganzen Türkenkrieg versäumt.«

Bei Sonnenuntergang zogen sie in Bruck ein. Von den Wachttürmen beugten sich mit ernster Neugier die Hellebardiere. Zu gleicher Zeit waren noch fünf andere Haufen angekommen.

Als dann das Tor aufging und die Hunderte von Stiefeln das Pflaster traten, daß die Gasse dröhnte, wandte Joß sich um. Martin sah, daß sein Gesicht sich lachend verzog, aber er sah auch, daß Joß ihn absichtlich nicht teilnehmen ließ an seiner Freude.

Man müßte viel mehr solcher festen Plätze haben, hörte er vor sich Adalbert sagen; rechts und links bauschte sich das dicke Gewölbe des Turmbogens.

Wann wird dieser Klugscheißer mal unrecht haben, dachte Martin und stieß Adalbert wie versehentlich fest in die Waden.

Der kleine Heereszug floß in die Stadt wie ein plötzlicher, sehr männlicher Strom. Die Musik der Marschkolonne ging ans Herz. Kaufleute traten an ihre Ladentüren, aber ihre Gesichter waren mißtrauisch verschlossen. Die Soldaten begannen zu singen.

Sie lagen auf dem Marktplatz, wo man Stroh zusammengetragen. Die Offiziere kampierten im Lagerraum einer großen Handelsgesellschaft. Joß hatte Unterkunft gefunden mit den Seinen in den herzöglichen Marställen. Am unteren Stadtteil am Ufer der dünnfließenden Mur waren lange Reihen von Zelten aufgeschlagen. Martin hatte sie noch in der Nacht inspiziert. Gegen Mitternacht kam er zurück und fand alle schon schlafend. Er legte sich nieder, aber nach kaum zwei Stunden warf er die Decke weg und schlich aus dem Stall. Er ging durch die Straßen und suchte nach Wachtposten. Er fand mehr als er sich im Herzen wünschte, aber er sprach jeden an, fragte nach den Truppen, die sie brachten, nach Zahl, Bewaffnung, Herkunft. Er stellte mit Schrecken fest, wie sehr er recht hatte. Lächerlich kleine Rotten hatten die Fürsten geschickt. Aber jetzt gerade werde ich Joß nicht die Wahrheit sagen.

Als die Sonne schon in den Dachfenstern der hohen Mauthäuser sich spiegelte, kam er zurück. Langsam ließ er sich neben Joß im Stroh nieder. »Die ganze Stadt ist voll Kriegsvolk,« sagte er laut und beugte sich an das Ohr von Joß. Er blieb so hocken und sah, wie der Freund erwachte.

»Böhmen sind da,« sagte er, und selbst der verschlafene, mühsam erwachende Joß hörte den werbenden Unterton in der rauhen Stimme. »Auch Ordensritter aus Königsberg,

Haufen aus Nürnberg, vom Bamberger, aus Memmingen, aus Nordhausen, vom Landgrafen von Hessen, dem Kurpfälzer, der Lausitz, dem Herzog von Schlesien, Reiter aus Polen und Kanonen vom Fugger aus Augsburg. Die Stadt ist so voll, daß die Mauern nicht alles halten. Es liegen Landshuter vor dem Tor.«

Er hielt an und sah über Joß hinweg durch den langen Stall. Er hatte mehr als je das Gefühl, daß er einem Bruder den Kummer vertreiben müsse. Das Schnarchen der im Stroh verwühlten Kumpane sägte die nach Pferdedung riechende lauwarme Luft. Die Hauptsache, daß er wieder zuhört, dachte Martin.

»Heute sollen die Elsässer kommen,« sagte er und rieb sich die dicke Nase. Das hätte ich nicht sagen sollen, er wird es für eine böse Andeutung halten. »Zum Donnerwetter,« fluchte er, »warum sollen sie nicht kommen?«

Joß packte ihn an den Schenkeln und lachte: »Ja, warum sollen sie nicht kommen.«

Martin hörte zufrieden das freundliche Lachen.

»Der kleine Mann soll sich doch in den Waffen üben,« zitierte Joß.

Der Friede war wiederhergestellt. Ich habe ihm viel zu viel recht gegeben, dachte Martin, aber er konnte sich dann doch nicht zurückhalten, alles noch mit einer Sonderbotschaft zu krönen. Dabei werde ich ihn morgen schon wieder unters Kinn stoßen müssen, dachte Martin und sagte laut:

»Man erwartet für morgen den Kaiser.«

Sie sahen ihn erst viel später, aber er führte sich gut bei ihnen ein. Sie waren in oft durch Alarmnachrichten gestoppten Märschen die Mur abwärts nach Graz gezogen. Noch immer gaben die aufeinanderfolgenden Kolonnen nicht den Eindruck eines Heeres. Reiter kamen aus dem Herzogtum Krain und meldeten den überraschenden Einmarsch des Türken. Die Schreckensbotschaft verringerte das Tempo des Vormarschs. Es kam zu lärmenden Beratungen der Hauptleute. Joß war Ohrenzeuge eines solchen Kriegsrats auf einer Waldwiese nahe bei Graz. Die Polen und Sachsen erklärten frank, daß sie nicht bereit wären, einfach ins Verderben zu rennen. Man beschwichtigte sie durch einen neuen Boten, den der habsburgische Hauptmann nach heimlicher Order geschickt aus der Vorhut kommen ließ, mit besserer Botschaft, wohlverstanden.

Aber die Panik blieb in den Kolonnen. Joß hatte die rücksichtslose Weigerung der Offiziere gehört. Mit der ganzen Neugier nach der Wahrheit hatte er seinen Platz nahe der Beratungsstelle gehalten bis zuletzt. Schließlich seien es doch nur die Hausinteressen der Habsburger, für die man marschiere, hatte der Sachse erklärt.

Aus der Vorhut wurden die Reiter zurückgezogen. Das Fußvolk solle anführen. Joß kam ziemlich an die Spitze mit seiner Rotte. Aber das Zögern der Führer hatte sich inzwischen auch auf die Mannschaft übertragen. Schleppend schoben sich die Fähnlein nach vorwärts.

Die Sonne brach durch die Wolken. Man trottete schon eine halbe Stunde, als von hinten eine Kavalkade Reiter zur Spitze sprengte. Sie ritten ein gutes Stück voraus, kamen dann zurückgefegt und trabten mit höhnischen Zurufen an dem schleichenden Fußvolk entlang. Lange erkannte man nicht den Sinn des Manövers, aber dann, als sie es wiederholten, erwies es sich als frecher Hochmut. Die Adligen mokierten sich über das gemeine Kriegsvolk. Joß sah, wie Martin nach seinem Dolch faßte. Ob sie nicht besser täten, spottete ein Ritter von seinem Pferd herab, eine Schnecke auf ihre Fahne zu setzen.

Die müde daher trottende Rotte hob kaum die Köpfe.

Seit wann sie den Glauben hätten, rief ein anderer, dessen Roß in den Lefzen triefte, daß sie auch richtige Soldaten seien.

Man antwortete ihnen nicht. Die nahe Gefahr vor ihnen beherrschte die Marschierenden mehr als der dumme Hohn über ihren Köpfen.

Plötzlich aber rief eine Stimme: es sei unwürdig, kaiserliche Soldaten zu verlachen.

Das war Adalbert! Martin nickte erstaunt vor sich hin. Das erste tapfere Wort von unserem Klugscheißer. Die Offiziere lachten: daß sie sich wahrhaftig trauten, den Kaiser und sich in einem Atem zu nennen? Sie ließen die Reitpeitschen durch die Luft knallen. Adalbert schwieg.

Wenn ihr mal nicht auch aus Feigheit so frech seid, dachte Joß. Er spürte in jedem Nerv, wie nah der Feind für alle war. Der Fluß zur Rechten des Heerzugs schäumte, noch kräftig vom Stoß des Gebirgs mit übertriebener Eile zu Tal. An seiner Mündung lagerte vielleicht schon der Türke. Joß fühlte, wie der eilige Fluß die Rotten ängstigte. Er schien sie mitzuziehen ohne Vorsicht und unerbittlich zu den dunkelhäutigen Räubern hin, die seine Vorhut schon erreicht hatte. Wie er sich in das hohe Loch der Brücke stürzte, die von rechts einen Weg an die große Heerstraße herantrug, wie er sich mit den Pfeilern herumschlug, das war schon wie ein Handgemenge mit dem Feind.

Die Ritter längs des Zuges ließen ihr albernes Treiben noch immer nicht. Einer von ihnen war offensichtlich betrunken. Er zog nun seinen Degen und schwenkte ihn über die Marschierenden. Mit Hü und Hott trieb er sie an, als seien es Ochsen vor einem Geschützwagen. Die Spitze blieb plötzlich stehen. Mit wütenden Gesichtern und ohne ein Wort zu sagen. Die Speere standen wie in der Schlachtordnung, gerade und drohend. Aber der Reiter wurde noch mehr gereizt in seiner Narrheit. Er zügelte sein Roß und brüllte eine wirre Anrede über das rebellierende Fußvolk. Ein Stein, der ihn mitten ins Gesicht traf, beendete die sinnlose Provokation. Er stürzte von dem aufbäumenden Pferd und schlug krachend in den Graben der Straße.

Ritter sprengten heran, das ledige Pferd jagte in die Kolonne hinein, die fluchend auseinanderfuhr. Von hinten kamen fragende Rufe. Schreiend schwankten die Kavalleristen im Sattel über der verwirrten, wütenden Masse. Jeder kreischte seine Nervosität heraus, und so kam es, daß keiner den Zug bemerkte, der sich über die Brücke der Mur mit Fahnen und Trompeten der Wegkreuzung genähert hatte.

Man trug den Ritter, der vor Schmerzen stöhnte, nach den hinteren Wagen, als Joß die neuen Reiter erblickte. Er erkannte die Fahne nicht sofort, die den kostbar gekleideten Männern vorangetragen wurde. Er sah nur, daß die Hauptleute des großen eigenen Zuges die Feldhüte abrissen und sich in bestürzter Devotion im Sattel verneigten vor dem einen der Männer, dessen Mantel mit einer massigen Goldkette geschlossen war.

Der fremde Ritter fragte nach dem Sachverhalt. Inzwischen sprengten immer neue Offiziere aus der Nachhut herbei. Ein unwichtiger Zwischenfall, erklärte ein Hauptmann, ein Zusammenstoß mit dem Fußvolk. Er wollte das Geschehnis verkleinern, aber wie er das Wort Fußvolk sprach und böse auf die Rotte hinuntersah, verriet er die ganze Verachtung, die alle Adligen vor dem gemeinen Kriegsheer hegten und die schließlich auch zu dem Zwischenfall geführt hatte.

Joß fühlte sich ganz schroff am Arm gepackt; er wandte sich um und sah in das Gesicht von Martin, der lustig mit den Augen klimperte. »Das ist er,« sagte Martin im Ton, wie man auf außergewöhnliche Dinge, auf Regenbogen, Kathedralen, das Meer, auf Delinquenten oder auf die plötzlich auftauchende Geliebte aufmerksam macht. Joß sah fragend in das gesunde Gesicht. Er hat Funken in den Pupillen, dachte er, Teufelsfunken, er weiß alles, seine Augen sind Wölfe, er schleppt mir die Welt herbei und alle Wahrheit, er denkt dauernd an mich, er wird mir fehlen eines Tages, ich wäre allein ohne ihn, geb's Gott, daß der Türke ihn nicht schlägt!

»So dreh dich doch rum,« sagte Martin, der die Liebe des Blicks lachend erkannte, »es ist der Kaiser.«

Joß sah, als er sich umwandte, daß die Rotte sich wieder aufstellte zur Ordnung. Die Speere klapperten aneinander, ein Trompetenstoß schmetterte durch das Tal, wurde zurückgeworfen von den Bergen, und jetzt marschierte die Rotte schon. Er begriff nicht ganz, was geschehen war, die vornehmen Reiter waren alle abgesessen, der fremde Ritter, der also der Kaiser sein sollte, war nicht mehr zu sehen, Joß faßte den Eichenspeer und folgte dem Vordermann. Martin hatte sich in seine Reihe geschoben, er wechselte den Tritt, Musik kam von vorne und fuhr in die Beine, auf der Brücke hielt ein Troß reich geschmückter Männer, nun zogen sie die Hüte vor der Spitze und neigten sich tief in den Sätteln.

»Er marschiert mit uns,« sagte Martin, »ein Landsknecht mehr,« fügte er ironisch hinzu, aber in Wahrheit doch voll geheimer Bewunderung.

Joß suchte im Gehen sich hochzuheben auf den Zehen, und erkannte auch schließlich das samtene Barett, das der Kaiser trug. Er sah auch den Speer, den der Herrscher erhoben genau nach dem Reglement in der Hand trug. Und neben der kleinen Fahne der Rotte glitzernd im Gold und gebieterisch starr die königliche Standarte mit dem Doppeladler!

Keiner sprach mehr ein Wort. Jetzt möchte ich Adalberts Fresse sehen, dachte Martin. Fieber wird er haben vor Vergnügen.

Die Hörner jubelten durch den hellgewordenen Tag, als ginge es zu einer Hochzeit und nicht in den Krieg.

Erstaunt und beschämt schritten neben der Rotte die Adligen und führten ihre Pferde am Zügel.

Auch wenn es aus Überlegung geschah, dachte Joß und wiegte sich im Rhythmus der frohen kräftigen Musik, immerhin handelt so nur ein großer Mann.

Es war ein merkwürdiger Taumel in die kleine Kriegsschar gefallen. Sie sangen viel. Der Sommer zeigte ihnen den Weg durch ein blühendes Land, das jedes Opfer sinnvoll machte. Sie marschierten lange Stunden hindurch ohne Beschwerde und sanken abends aufs Lager, zufrieden wie nach gut verbrachtem Tagewerk. Als an der Grenze von Steiermark und Krain ein Dorfpriester sie von der offenen Kirchtür aus mit erhobener Monstranz segnete, gingen auch die übelsten Raufbolde in die Knie. Einen ganzen Tag hörte man kein Fluchen, im Lager des Abends hätte man vergeblich Würfler gesucht.

Der Kaiser war nicht mehr zu sehen. Aber man wußte, daß er mit im Heere war. Er war mehr als die Fahne. Mit ihm war anwesend das ganze Reich, die Landsknechte fühlten es mehr als sie es dachten: nun waren sie die Soldaten eines Erdteils geworden, sie waren der Mantel, den der Herrscher sich umgetan, um den Sieg in die Welt der Barbaren zu tragen. Nun fiel auch der Zweifel ab wie Schorf von einer Wunde, der Zweifel zu schwach zu sein. Nun waren sie nicht mehr eine kleine Söldnerschar, die nutzlos für fremde Werber, für abwesende Genießer in den Tod marschierte. Des Kaisers kluger Marsch an der Spitze der Landsknechte, Soldat unter Soldaten, hatte eine neue Legende geschaffen, eine alte zerstört. Selbst die abgebrühten Schweizer begriffen etwas davon in diesen Tagen. Der Ritter war nicht mehr der einzige Träger des Kampfs, das Fußvolk hatte einen Kaiser als Hauptmann gehabt.

In diesen Wochen kam das Lied auf, das dann in der lachenden Poebene, am Ufer des Arno, ja selbst in der unglücklichen Schlacht von Marignano den Stolz der Knechte ausdrückte: »Gott gnad dem allmächtigen Kaiser Maximilian dem frummen.« Die Söldner empfahlen sich und ihren Kriegsherrn der Madonna. Sie bedachten nicht mehr das Ende, da ihr Schicksal mit dem Herrscher der Christenheit so offensichtlich verbunden war.

Sie begannen auch an den Sieg zu glauben, denn nun war es klar, daß sich Halbmond und Kreuz gegenüberstanden. So sehr es sie alle geschreckt, daß der Sultan persönlich sein Heer begleitete – in einem goldenen Zelt solle er wohnen und hünenhafte Janitscharen – so ging das Gerücht – schlügen jeden in Stücke, der sich unbefugt heranmache – so beängstigend es wirkte, daß man sich mit jedem Schritt dem blutigen Herrn der Pforte näherte, so gab Maximilian nun das Gegengift in die Adern der Knechte. Es galt, ihn zu verteidigen, jeder Knecht war zum Leibwächter seiner Majestät geworden.

Maximilian war mehr als die Fahne.

Im nächsten Dorf – es war kurz vor der Schlacht – wollten sie Brot kaufen. Sie fanden die ersten Häuser leer. Als sie Lärm schlugen, weil sie Absicht vermuteten, traten von überall hinter den Häusern dunkle Gestalten hervor. Immer zahlreicher wurden sie, der Boden schien sie auszutreiben wie Knollen, über die Dunghaufen stolperten sie herbei, Männer und Frauen. Braungebrannt waren die Gesichter, aber saftlos; das Weiße der Augen bleckte unter den Brauen, als sie vorwärtsstürzten.

Die Landsknechte fällten die Lanzen, da hob die graue Schar die Arme. Sie schrien ein einziges Wort, das keiner vorher gehört hatte, und das jeder sofort verstand. Es war in ihrer Geste, im müden Geneigtsein der Köpfe, in dem verzweifelten Ton ihres Rufs soviel Klage, daß die Knechte betroffen die Lanzen in der Abwehr ließen. Als könnte der Hunger überspringen wie eine Krankheit und als seien Speerspitzen genug Schutz gegen eine Lage, die plötzlich verzweifelt und allgemein erschien. Die Knechte begriffen, daß das Land wirklich brotlos war. Mußte man es sich also beim Türken holen? Zahlte man den nächsten Laib schon mit Blut?

»Da haben wir an die falsche Tür geklopft,« meinte Martin. Er sah noch einmal zu den Bauern zurück, die der Rotte ein letztes Bettelgeschrei nachschickten. Und wieder möcht ich wissen, dachte er, wer sie nun geplündert hat, wir oder der Türke.

Er hörte, wie die andern sich das Gefecht herbeiwünschten. Bei diesem Feind erbeute man jedesmal Reichtümer. Er sagte zu Joß: »Wenn man nämlich tot ist, bleibt es sich gleich, wie man dich in den Sarg legt. Und wenn man nackt ist, dann macht dir jeder Wind einen kalten Bauch. Was deshalb die Bauern hier angeht, mein lieber Joß, so ernährt sie weder das Kreuz, wie man sieht, noch der Halbmond.«

Vielleicht sorge bald der Kaiser für sie, meinte Joß. Aber seine Stimme war rauh.

Während die Vorhut marschierte, war das Feldlager des Kaisers in Agram geblieben. Boten kamen und gingen. Die Agramer schickten an jedem Morgen mehrere Wagen mit Gemüsen, Wildpret und Broten hinauf. Auch ein Faß Wein wurde täglich den Berg hinaufgefahren. Die Nähe des Herrschers war nicht billig. Aber nun schien es bald ein Ende zu nehmen. Man wußte in der Stadt, daß wichtige Botschafter eingetroffen waren, der Ungar hatte einen Gesandten geschickt. Entscheidungen standen bevor.

Zwei Stunden gingen die Verhandlungen nun schon in Maximilians Zelt. Die ungarischen Troßknechte hielten in respektvoller Entfernung von der Kaiserstandarte mit den Pferden des Budapester Gesandten. Die Geräusche im Zelt wurden immer bedrohlicher. Man hörte des Kaisers hohe Stimme bellen, die tiefere des Ungarn erwiderte scharf und trocken.

Keine Meile rücke er vor, sagte eben der Kaiser, wenn man in Ofen nicht mehr Treue zur Sache der Christenheit beweise.

Das war eine Phrase, und der ungarische Sprecher überhörte auch die unsachlich erscheinende Drohung: Waldauf, des Kaisers Unterhändler, sagte der Gesandte, sei freundlich in Ofen angehört worden. Das Capitanat über alle Truppen sei Maximilian zugestanden, man wünschte nur das Comcapitanat für Ungarn. Die Gelder, welche die Länder beider Kontrahenten beisteuerten, sollten getrennt verwendet werden. Was das Reich und der Papst gebe, müsse jedoch zu gleichen Teilen verrechnet werden.

Der Kaiser schien keine Lust zu sachlichen Verhandlungen mehr zu haben: das seien Tintenabkommen. Jetzt, wo das Schwert schon spreche, wolle er auch Schwerter sehen. Und noch sei keine einzige Kompagnie aus Ungarn zu sehen gewesen. Man wolle sie wohl für einen französischen Kreuzzug aufsparen.

Dem Gesandten schien ebenfalls die Geduld auszugehen: Ungarn habe keine Feindschaft mit Frankreichs Krone.

Es entstand eine Pause. Dann unterbrach der Kaiser selbst die Stille: ob sonst noch etwas zu melden sei?

Zögernd verneinte der Gesandte. Bald darauf kam er aus dem Zelt. Es war ein großer Mann mit tiefschwarzem Bärtchen und gelber Gesichtsfarbe. Er bestieg sein Pferd und galoppierte eilig davon mit seinem Troß.

Hinter ihm sagte der Kaiser: ob alle gemerkt hätten, wie der Schweinehirt am Ende nicht mehr mit der Rede herausgewollt. Lachen antwortete.

»Aber er ist von unserer Partei,« widersprach eine Stimme.

»Und hatte nichts zu sagen über die Heirat unserer Tochter?«

Vermutlich habe er aus Ärger geschwiegen, antwortete man dem Kaiser; denn eine geheime Nachricht von Florian von Waldenstein dieses Morgens vermelde, daß König Wladislav von Ungarn ernsthaft sinne, eine Grenzmaid zu ehelichen, die niederem Stand angehöre. Man müsse beschleunigt sich an Bischof Bakacs, Ungarns Kanzler, mit neuen Direktiven wenden. Margarete könne nur durch ihn dem ungarischen König mundgerecht gemacht werden.

Der Vortrag war bei aller Kühnheit des Ausdrucks in besorgtem Ton gehalten. Was man Bakacs geboten habe, fragte der Kaiser.

»10.000 Gulden und ein besonders ausgiebiges Bistum in den Erblanden, wenn die Heirat gelingt.«

Plötzlich war das Gespräch zu Ende. Bangte den Vater vor neuer Schmach durch den Ungarn? Er war überraschend aus dem Zelt getreten.

In der Tiefe der Landschaft blitzte der Fluß; an seiner Mündung tränken Türken ihre Pferde, dachte der Kaiser. Fest und breit, Bastionen der Ewigkeit, standen die Berge ringsum. Hinter dem Lager sperrte die Burg von Agram das Tal. Aber meine Erblande sind sicher, schloß der Kaiser. Hat Ungarn nicht vielleicht zehnfachen Grund hier zu erscheinen? Sie haben keine Feindschaft mit Frankreich? Was haben sie dann? Ein ängstlicher Verdacht durchfuhr ihn: ließ er sich nicht hier ablenken von seinem wichtigsten Feind? Lachten sie alle wieder über seine Türkenstürmerei?

»Man hätte nicht so deutlich von der Heirat reden sollen,« sagte mit gedämpfter Stimme jemand im Zelt. »Er ist nicht gern an Frankreich erinnert.«

»Es wird ihn noch mehr treffen, wenn er erfährt, daß Venedig weder Geld schickt, noch Galeeren in die Adria laufen läßt.«

Schließlich sei es gleichgültig, flüsterte eine dritte Stimme. Gleichgültig wenigstens für dieses Jahr, da ein Bote der Vorhut angekommen sei mit der Nachricht, daß der Türke schon wieder über seine Berge zurückgegangen sei.

Was man Majestät nicht zu schnell zu erzählen brauche und erst recht nicht nach Wien weitergeben solle, beendete eine kaum hörbare Stimme den Rat der Eingeweihten.

In diesem Augenblick wandte sich draußen der Kaiser

um. In seinen Mundwinkeln saß ein spöttischer Kniff. Er kam an das Zelt, in dem die Reden verstummten: »Florian von Waldenstein,« rief die Majestät hinein, »soll dem Bakacs ein noch besseres Bistum bieten. Die Schlafmütze muß Margareta nehmen. Ich brauche Geld.«

Er winkte dem Trompeter, der neben der Standarte stand: »Blase zum Aufbruch!«

Im Zelteingang erschienen die Räte mit bestürzten Gesichtern.

»Wir ziehen auf Mals,« sagte Maximilian. »Der Türkenzug ist beendet. Wir wollen unseren kaiserlichen Vater beisetzen gehen.«

Die Räte schwiegen. Sie wußten, wie Maximilian es haßte, wenn jemand zeigte, daß er seine Gedanken erraten hatte.

Zu der Vorhut des Heeres kam die Nachricht, der Kaiser schicke noch vor dem Untergang der Sonne ein starkes Kontingent Reisige; geleitet vom kriegserfahrenen Hauptmann von Reichenberg führe es Ritter des deutschen Ordens mit, die besten des preußischen Adels.

Sie wollen hier unten die Marienburg vergessen, die ihnen der Pole abnahm, meinte Martin, aber Adalbert triumphierte: wer fehle denn jetzt noch außer dem Franzosen, alle christlichen Staaten seien versammelt. Und der Kaiser mitten unter ihnen.

»Das ist leicht übertrieben,« erlaubte sich Martin zu erwidern, da ertönte von der Spitze ein langes Hörnersignal. Man hielt an.

Bald darauf kamen Reiter vorbeigesprengt. Die Knechte hockten in die Gräben nieder. Einige gähnten, andere zogen die Stiefel aus und untersuchten die wundgelaufenen Füße. Man schlug sein Wasser ab, versuchte auch zu schlafen, kaum wurde gesprochen, gelangweilt kramten einige Ewighungrige in ihren Brotbeuteln. Die Sonne im dunstigen Himmel stehend beleuchtete ein Bild, dem auch nicht das geringste an Außergewöhnlichem anhaftete: Müde Knechte, staubige Kleider, eine abgemähte Wiese im Westen, die anstieg und hinter einem breiten Hügelrücken verschwand, ein Tannenwald gegen Osten, ein Waldkegel in der Höhe als Abschluß des Tals durchschossen mit Felsnadeln und unten auf der Straße ein halbes Dutzend Kanonen, die in ihren Schutzhauben wie gefangene Ungeheuer aussahen, die man zur öffentlichen Hinrichtung führte. Ein träges Bild, über dem die Fahnen standen als einzige Frische und Anzeige des Besonderen, das die lagernden Menschen in diese Landschaft gerufen.

Wenn ein Bach in der Nähe wäre, meinte Martin, der auch seine Füße untersuchte, hätte man sich mal wieder ein Bad leisten können. Ein dumpfer Schlag antwortete ihm aus der Ferne, dann kam ein Weinen näher durch die Luft und endete in einem Krach hinter Martin, als splitterte Holz unter schweren Hämmern. Die Stille, die folgte, wurde zerrissen durch das Schreien eines Pferdes. Martin fingerte an seinem Fuß herum; die große Blutblase, die er entdeckt hatte, war von einem erschrockenen Stoß aufgegangen. Er fühlte den heißen, wenn auch erlösenden Brand. Jetzt gehöre ich zum Nachschub, dachte er und hörte auch zu gleicher Zeit das Gebrüll des Tiers. Mit einer hohen Stimme, die unendlich viel Atem hatte, klagte das Tier in den hellen Tag den Schmerz, der ihm so überraschend angetan worden. Die Soldaten lauschten, als rede es menschliche Laute. Nun riß der lange Schrei ab; wie von einer Pumpe mühsam getrieben begann es dann wieder, ermattete, hörte sich unheimlicherweise fast wie ein Lachen an, und erstarb dann gehorsam vor einem ruhegebietenden Trommelwirbel, der alle Köpfe wieder nach der Spitze lenkte.

Martin war der erste seiner Rotte, der begriff, was jetzt begann. Er hielt die breite Hand an seinen wunden Fuß. Er zitterte plötzlich. Das tote Tier hatte ihm seinen Schrei vererbt, aber es wurde nur mehr ein Stöhnen daraus. Er hockte wie ein Klumpen, fest geklebt von seiner Lebensangst mitten in der Wiese. Ich denke garnicht daran, dachte er. Und da heulte die zweite Kugel herbei.

Nun wurde er lebendig. Er rutschte auf dem Hintern seitlich in die Wiese. Die Geschwindigkeit war etwas lächerlich, aber dann blieb er sitzen und übersah die Verwirrung der Heerstraße. Die getroffenen Wagen sperrten dicht hinter dem Fußvolk den Weitermarsch. Die Kavallerie suchte vergeblich um die Trümmer herum einen Ausweg und entschloß sich endlich, nach lärmenden Beratungen zu einem Umweg durch die Wälder. Die Kanonen schienen plötzlich ohne Mannschaft. Die Landsknechte lagen sämtlich auf dem Bauch, ihre langen Speere standen, wie das Reglement es befahl, über ihnen in die Luft. Erst ein neuer Trommelwirbel riß sie wieder auf die Beine. Begleitet von dem aufgeregten Hauptmann, dem einzigen Reiter der Vorhut, stürmten sie nach halblinks auf die Hügelwiese. »Langsam, langsam,« sagte Martin, dessen Gewissen einen Herzschlag lang sich rührte, als er die Landsknechte den kleinen Berg hinauflaufen sah. Er stieß vorsichtig den Fuß in den Stiefel, aber dann blieb er doch sitzen. Er hatte eben entdeckt, woher das Feuer kam.

Auf der Waldhöhe, die das Tal sperrte, stieg eine blaue Pulverwolke auf. Bald darauf heulte die Luft von einem neuen Geschoß. Es klatschte weit ab von der Straße in den aufspritzenden Boden. Die Rotten zur Linken hatten den Hügelrand der Wiese erreicht. Martin sah, daß sie die Ordnung formierten. Voran zwei Reihen Hellebardiere, zwei Reihen Spießträger. An die Flanken liefen die Büchsenschützen, im Laufen schon an den langen Rohren hantierend. Ein Hauptmann zu Pferd postierte sich hinter ihnen, die Fahne wurde eingerammt, die Fahnengeschworenen drängten sich an sie heran. Eine neue Reihe von Spießträgern lief herbei, zwei Reihen Hellebardiere folgten und schlossen das klassische

Viereck, an dessen hintere Flanken vom befehlenden Hauptmann wiederum Schützen kommandiert wurden.

Martin humpelte auf die Straße zurück. Er visierte den Standort des versteckten Geschützes. Wir haben falsche Frontstellung, dachte er. Außerdem ist die Straße ungedeckt. Ohne den Feind zu sehen, der unter dem Hügel gewisse Kräfte aufgestellt hatte, maß er am Stand der Kanone die gefährliche Strategie des Hauptmanns, und schon gab ihm die plötzliche Gefechtsbewegung recht:

Aus den Wäldern von rechts brachen türkische Truppen gegen die Flanke der Ordnung. In roten Hosen stürzten sie über die Straße gegen die ahnungslose, durch die in der Tiefe liegenden Kräfte abgelenkte christliche Kompagnie.

Eine schöne Bescherung, dachte Martin und kletterte über die Trümmer der beschossenen Wagen. Er sah eins der Pferde des zerstörten Wagens mit zerrissenem Geschirr auf der Straße stehen. Nach rückwärts war die Straße durch den seitlichen Ausbruch der Kavallerie nun frei geworden. Er konnte das Pferd am Zügel greifen. Warum floh er nicht? Er sah die bunten Flecke der Feinde geräuschlos in den Rücken der Rotten schleichen. Nach dem Tal hin krachten die Schüsse der Arkebusiere. Die Kanone in der Höhe schwieg jetzt. Martin fühlte die Angst, die ihm die Nerven zerrte, er schielte den Weg zurück, sah hinauf zu dem Bergversteck, aus dem die Pulverwolke gepufft war, er sah die Feinde, ihre blitzenden Lanzen, ihr unheimlich stummes Laufen, er sah die Rükken der Landsknechte auf dem Hügel, er sah die Fahnen in der Mitte der Reihen und den Hauptmann, dessen Säbel so unentwegt nur in das Tal zeigte, er sah auf den Wagen neben sich und das zerschmetterte Pferd, er sah das Wagenrad und stutzte plötzlich: unter den Speichen lag mit wachsbleichem Gesicht ein sterbender Soldat. Martin sah, daß der zerschmetterte Mann eine Trompete in der ausgestreckten Faust hielt; er hatte die Augen geöffnet, sein Kopf lag frei, er hielt ihn krampfhaft erhoben; jetzt erkannte ihn Martin; es war

Adalbert, der Schwätzer. Er schaute starr auf die Türken hinüber, über seine schon blutleeren Lippen kamen heisere Worte; Martin beugte sich zu ihm, er mußte sich hinwerfen und das Ohr an den Mund des Schwerverletzten halten.

»Nur der Igel – kann – sie retten,« stammelte Adalbert, »mach – mich – frei, mach – schnell!«

Martin begriff nicht, aber er hatte bereits das Rad angefaßt und es mit dem Aufgebot aller Kräfte weggewälzt, da stützte sich neben ihm der Totenbleiche auf. Martin hielt ihm den Arm unter den Rücken, während der Mann die Trompete ansetzte. Das entfliehende Leben stieß noch ein letztes Mal mit aller Kraft aus dem Sterbenden. Ohrenzerreißend raste das Warnungssignal an Martin vorbei zu dem Hügel hinauf. Drei lange Töne, verfolgt von einer rasenden Kadenz, und dann wieder dieselben drei langen Töne.

Martin erkannte das Zeichen und sah auch schon, wie es wirkte. Es war das Signal, aus der Viereckordnung zum Keil nach vorn sich zu verengen, in der Spitze nach rechts und links umzubiegen und im Bogen nach rückwärts laufend einen nach allen Seiten geschlossenen Kreis zu bilden, aus dem die Speere standen wie die Stacheln eines riesigen Igels.

Die Knechte auf der Höhe konnten nicht urteilen, woher das Signal kam. Im Geschrei der Rotten und im Knallen der Arkebusen hörten sie das Blasen und wußten nur das eine: neue Gefahr war da. Martin sah ihre Bewegung; die Flankenschützen rasten nach vorn, die hinteren Reihen rückten wie eine Wand mit ihnen, und nun kamen auch schon aus weiten Bögen von rechts und links die vorderen Reihen angelaufen, die Speere gefällt, und schlossen den Kreis, der nur zu notwendig geworden war. Martin sah, wie der Hauptmann endlich sein Pferd herumwarf und die Türken erblickte.

»Das verdankst du dem hier,« sagte er laut, und riß Adalberts Körper noch höher, als könne er hinauf zu dem Hügel ihn dem Hauptmann zeigen. Zentnerschwer der Mann in seinen Händen, die Trompete kullerte auf die Straße, Martin wußte: er hielt den Tod an seine Brust gepreßt. Eben war er in den Leib gepoltert wie eine schwarze Masse und verlangte, daß der Mann sich hinstrecke und keinen, aber auch keinen Gewinn von seiner Tat habe, daß er mit den Lebenden breche, daß er sich verstecke unter die Trümmer, aus denen er sich hochgehoben, um die Kameraden dem sicheren Verderben zu entreißen. Martin ließ ihn noch nicht fallen, er spürte die Wut des Todes – war der Tod eifersüchtig, soviele sichere Opfer verloren zu haben? Martin hielt Adalbert an sich gepreßt. »Da, sieh dir an,« sagte er dem Toten, »sieh, wie die Türken wimmern! Sie waren schon so sicher, in die Rükken hineinhauen zu können. Und nun haben sie selber den Spieß im Bauch. Schau, der Igel wird dick, die Stacheln marschieren. Der Igel hat Lungen. Ebbe und Flut, die Leichen bleiben liegen im Wattenmeer. He, lebst du noch? Laß dir's nicht gefallen! Leb weiter!«

Er schüttelte den Trompeter: »Was hast du ihnen getan? Daß sie dir eine Eisenkugel auf den Bauch werfen? Hast du dir's gewünscht? Hast du dir's so gedacht?« Er erinnerte sich aller Prahlereien des Landsknechts.

Er hatte das Gefühl, er müsse dem Toten etwas abbitten. Es war reichlich spät dazu.

Sein verwirrter Blick ging böse über die Wagentrümmer zu dem Berg gegenüber.

»Weißt du, wo das Ding steht, das dich zerschlagen hat? Neben der Erle dort über der Felsenkanzel, siehst du?«

Martin griff mit dem rechten Arm fester um die Schulter des Leblosen und streckte den anderen Arm zu der Höhe hinauf. Um den Wiesenberg herum brüllten die Kämpfenden. Speere stießen auf liegende Männer, als handle es sich um giftspeiende Drachen. Schwerter zerschnitten Köpfe bis auf den Hals. Arme stiegen in letzter Anklage in die Luft, eh die Körper auf die grünleuchtende Wiese stürzten. Die Reihen der Landsknechte liefen mit gefällten Speeren vor und ließen zuckende Leiber vor dem beweglichen, aber lückenlosen Gitter ihrer Waffen, wenn sie nach neuem Trommelwirbel wieder geschlossen sich rückwärts zogen. Unbewegt im Geschrei des Kampfes über dem Stöhnen der Sterbenden standen die bunten Fahnen mitten in dem Ring der Menschen.

Martin zeigte über die Schlächterei hinweg; er sprach wie zu einem Kind und wiederholte seinen Satz, als wenn der Tote unter ihm geantwortet hätte: »Ich kann es noch nicht sehen.«

»Siehst du den silbernen Fleck denn nicht? Zwischen Baum und Fels? Wir werden das Nest suchen und den Vogel ausheben, was meinst du.« Martin schwitzte, die Last in seinem Arm wurde unerträglich. Er stieß an die herabhängende Hand, sie war kalt und feucht. Noch einmal drückte er mit beiden Armen den Mann an sich. Wollte er den Tod aus ihm herauspressen? Oder gab er ihm die Angst mit auf den Weg, die ihn selber schüttelte, seit der Kampf begonnen und lauter als alles Mutgeschrei das Heulen der Verwundeten geworden war? Er ließ den Toten nun niedergleiten.

Ein wildes Geräusch wie plötzlicher Sturmwind zog seinen Blick auf den Wiesenberg. Aus den Wäldern zur Linken sprengten die Ritter heran, die endlich von ihrem Umweg zum Schlachtfeld gefunden hatten. Sie teilten sich, kaum auf der Wiese angelangt nach zwei Seiten, rasten hinab ins Tal des für Martin unsichtbaren Kampffeldes und kamen in ebenso scharfem Galopp auch an der diesseitigen Kurve des Igels entlang. Sie gingen die immer noch ungebrochenen Reihen der Türken von der Seite an. Sie hatten nur abzumähen, was überrascht und erstarrt vor ihren Schwertern stand.

Und jetzt werden sie alle zu armen Würmern –, dachte Martin. Genau wie wir es würden, wenn sie uns so an die Flanken gingen.

Er sah, daß die Türken die Speere wegwarfen und kniend die Hände hoben. Als lägen sie betend vor dem Minarett, hoben und senkten sich ihre Oberkörper. Nur wenige versuchten zu fliehen. Die Mehrzahl schrie in jammerndem Chor um Gnade, fast blind im Schrecken des Todes, der nun von zwei Seiten an sie rückte. Denn die Reiter zügelten ihren mörderischen Eifer nicht. Die Landsknechte hatten kaum noch Platz, um auch von sich aus in die knienden, auf- und niedertauchenden Leiber hineinzustoßen.

Da werden viele Mütter zu weinen kriegen, dachte Martin und stand auf. Ein angenehmes Gefühl wärmte seine Hände, die Angst ging aus ihm wie ein Schüttelfieber. Er sah das Schlachten, das der Hauptmann aus der Mitte des Igels durch neue Trommelwirbel antrieb. Aufrecht stand er in den Trümmern des Wagens neben dem Toten. Die Türken schrien lauter, aber ihr fremdes Idiom erreichte kein menschliches Herz. Nur Martin fühlte neues Würgen in der Kehle. Zu jämmerlich waren die Gesten der Besiegten, wenn sie noch einmal bittend die Arme hoben in ein niederblitzendes Schwert hinein, wenn sie sich heulend neigten vor den Speeren, die ihnen dann in die demütig gekrümmten Rücken fuhren, Blutquellen öffnend, unerbittliche Wünschelruten des Todes.

Martin rührte sich nicht von der Stelle. Er hörte einen Donner, sah noch einmal die Pulverwolke hochsteigen aus dem Kanonennest am Berg; das Heulen der Kugel hörte er nicht mehr, aber sie mußte eingeschlagen sein mitten unter dem Haufen der klagenden Türken, die wie ein irrsinnig gewordener Pilgerzug den Wiesenberg hinauf sich am Boden wälzten. Er sah, daß in den bunten Teppich der unglücklichen Menschen ein Loch gerissen wurde, wie in einem Strudel verschwanden die Leiber, die eben noch dort geheult und gestikuliert hatten. Losgerissene Arme flogen in die Richtung der Landsknechte. Martin wurde von dem Wahnsinn wie von einem Krampf gepackt. Der Weltuntergang war da. Nun schoß Freund auf Freund, die Türkenkugel raffte den türkischen Musketier. Er drehte sich schwindlig nach allen Seiten um. Der Tote unter ihm hatte die Augen noch geöffnet.

Grinste er auch über die Tollheit? Ein Lächeln stand in den Winkeln seines Mundes.

Da lag die Trompete, von der Sonne erhellt. Martin starrte das blitzende Blech an. In den Wiesenberg herab sauste eine neue Kugel, wieder unter die Türken. Nun schien es schon wie Absicht eines Hauptmanns, der lieber seine Truppen tötete, als sie der Ungnade des Feindes zu überliefern. Plötzlich lachte Martin. Er mußte sich setzen, so riß ihn die neue Erschütterung. Quält euch nur um den Ruhm, der Sieger bin ich!

Er griff zu der Trompete und prustete wieder los vor Lachen. Dann wandte er sich zu dem Toten: »Du gestattest, Adalbert, daß ich das einkassieren gehe?«

Die Ritter hatten sich alle schon wieder gesammelt, die Landsknechte standen in lockeren Reihen am Kamm des Wiesenberges, keiner der Türken außer fünf gefesselten vornehmen Granden lebte mehr, einzelne Landsknechte gingen durch die Reihen der Gefallenen dem Stöhnen der Verwundeten nach und löschten es aus, als Martin mit seiner Trompete vor dem Hauptmann ankam.

Sein Bericht war kurz und die Belohnung fürstlich. Die Hörner bliesen laut über das Schlachtfeld, als Martin niederkniete und den Ritterschlag empfing. Da er durch sein Warnungssignal das Verderben abgewendet und wie ein wahrer Feldherr auch gleich die einzig richtige strategische Bewegung befohlen, so sei es angebracht, daß er aufrücke und zu den besten des Heeres gezählt werde.

Man führte ein eben erbeutetes Türkenpferd heran, wieder bliesen die Hörner, die Edlen rissen die Säbel aus der Scheide, es war ungemein feierlich inmitten der Toten und so unmittelbar nach dem Sieg. Martin kniete vor dem Feldhauptmann. Beinah, dachte er und spürte den adelnden Schlag des Schwertes zwischen den Schulterblättern, bin ich selbst gerührt.

Für wenige Tage war Martin ein Ritter, wie es keinen gegeben. Wie Husten saß ihm der Spott im Halse. So stolz er sich hielt auf seinem Beuteroß, sein Herz ging doch mit in den Reihen der Landsknechte. Er kam sich vor wie ein Spion des Fußvolks, der vom Sattel aus für sie die Welt der Großen beobachtete. Und er sah in diesen wenigen Tagen viel.

Als man noch am Abend des Gefechts die Verfolgung des Feindes aufnahm, dessen Reservekader nah sein mußten, erfuhr man, daß das Hauptkontingent der Türken schon vor vier Sonntagen nach wüsten Plünderungen sich in die bosnischen Berge zurückgezogen habe. Keiner ahnte, daß man es im Hauptquartier gewußt.

»Dann haben wir uns also mit einem Häuflein versprengter Nachhut herumgeschlagen?« fragte fast bekümmert der Deutschritter, der neben Martin sein Pferd gelenkt hatte.

»Falsch!« sagte Martin. »Es war eine entscheidende Niederlage an einem hervorragend strategischen Punkt. Der Feind ließ ungezählte Opfer auf dem Feld. Majestät können im Stefansdom die Glocken läuten lassen.«

»Was soll das heißen?«

»So war der Bericht, der ins kaiserliche Quartier ging.«

»Nun, und was stimmt wirklich?«

Martin ließ dem Pferd die Zügel lockrer. Wir reiten dem Bericht nach, dachte er. »Was wirklich stimmt? Das fragt Ihr am besten meinen Freund, der da dicht hinter uns geht.« Martin drehte sich um: »Was hast du da oben beim Sturm auf die Felsenkanzel gefunden, Joß?«

»Eine Franzosenkanone aus Lyon,« kam es von hinten.

Der Ordensritter sah Martin erstaunt an: »Die der Türke in Tunis erbeutet hat, wenn ich recht verstehe?«

Martin grinste: »Falsch verstanden. Der Kanonier, der mitgefangen wurde, sprach französisch. Er sagte im Verhör, daß er in Marseille mit seiner Kanone nach Byzanz verladen wurde. Mit zwanzig anderen Kanonen und hundert genau so echten Franzosen.«

»Was heißt das?«

»Daß unsere Fürsten besser ihr Geschäft verstehen als wir. Wenn's gegen die Rivalen geht, findet auch der Christ zum Muselmann, der Franzosenkönig zum Sultan.«

»Habt Ihr den Franzosen gesehen?«

»Mein Freund hob ihn aus seinem Nest.« Martin wurde nachdenklich. Wie hatte die Lektion auf Joß gewirkt? Er sah über den Heereszug, der rückwärts zog. War Joß bekehrt von seinem Kreuzzugswahn?

Der Ordensritter schnaubte den Atem durch die Nase: »Und was sagte der Mann?«

»Mir nichts, ich hätte auch kein Wort verstanden, aber er zeigte ins Tal hinab auf die Toten am Wiesenberg, als wolle er sagen: ich habe sie doch getötet. Und da erinnerte ich mich auch wahrhaftig, daß die letzten Kugeln unter die Toten gefallen waren.«

»Er hat es absichtlich getan? Das hat ihm augenscheinlich das Leben erhalten?«

Martin antwortete in einem Ton, dessen Bosheit das Gespräch beenden mußte: »Für die Zeit, wo er sich erklärte. Dann schlug ihm einer den Kopf herunter. Es ging sehr schnell. Der Dolmetscher übersetzte noch, da drückte ihn schon einer in die Knie und packte sich den Haarschopf. Er schrie noch einen kleinen Überraschungslaut. Aber er hatte unrecht. Es galt ja nicht ihm. Man meinte ja seinen Herrn, den Franzosenkönig, der ihn verkauft hatte. Aber das hätte viel Zeit gebraucht zu erklären.«

Martin schwieg jetzt, und sein Nachbar wagte nicht um weitere Auskunft zu bitten.

Sie ritten nebeneinander, jeder in seinen Gedanken.

Martin sah in das sommerliche Tal, Ginster brannte über der Rotte an den Rändern der Straßenschluchten, die Heide blühte im unaufhörlichen Celloton der Bienen, aus Dorfgärten hingen Dahlien die schweren Köpfe in ihren Weg – Martin sah es manchmal, das zeitlose fleißige Treiben und die bunten Feuer der Natur. Er hörte lächelnd das zwitschernde Getue von Vogelschwärmen, die zur Herbstfahrt übten. Es geht heimwärts, dachte er und lachte, denn er besann sich, daß er kein Heim hatte, in welche Himmelsrichtung er auch ritt. Es geht heimwärts, wiederholte er und dachte an Joß, es geht weg von einem Schwindel. Ob Joß es endlich verstanden hat?

Er sah den Kopf des französischen Söldners wieder fallen. Der Arme war sicher, eine Heldentat begangen zu haben; kopfloser Held, du warst nur ein Stück Ware in der großen Fuggerei der Könige.

Er drehte sich brüsk zu dem Ordensritter herum und sagte:

»Warum soll eigentlich der Franzosenkönig nicht mit den Türken gehen? Wer hat ihm etwas zu befehlen? Er will Maximilian schaden. Er sucht Bundesbrüder. Warum nicht?«

Mit leichtem Erstaunen, aber ungemein würdig kam die Antwort:

»Ich verstehe Euch nicht. Er ist immerhin ein christlicher Herrscher.«

Martin nickte: »Ich hatte es vergessen, verzeiht!«

Der Krieg ist aus, dachte Martin, aber die Phrase lebt. Nun bin ich nur noch gespannt, wie die Medizin Joß bekommen ist.

1495. Der Rückzug

»...und sind in diesem Jahr 95 zwei mächtige Plagen aufs deutsche Reich niedergefallen: die französische Krankheit und die Landsknechte, das leichtfertig Volck, dem wohl mit ander Leut Unglück ist...«

Sebastian Franck.

»...und ist es deshalb eine Schand, daß man die Kriegsleut, so Leib und Leben für einen Herrn eingesetzt haben, nachdem man ihrer nicht mehr bedarf, bei aller Ungnad, ja bei Hangen und Ertrancken aus dem Land weist.«

Aventin in seiner Schrift über das römische Kriegsregiment.

Erst in Bruck kam Martin in die Lage, Joß seine Frage zu stellen. Er bat ihn gleichzeitig, in sein Fähnlein zu kommen. Zusammen käme man eher über den Schwindel hinweg. Joß brauste auf:

»Wie kannst du leben ohne Glauben? Ich gehe unter wie Blei im Meer. Wenn nichts mich hochtreibt, sacke ich lautlos ab. Einmal schon dachte ich, jetzt ist es genug. Da kam der Kaiser. Ich glaubte ihm. Ich glaube noch.«

Martin hatte es nicht leicht mit seinem leidenschaftlichen und dem Spott so abgeneigten Freund. War Joß ausgezogen, die Christenheit zu verteidigen gegen die Türken, so hatte er erleben müssen, daß die Knechte christlicher waren als die Herren.

»Wieviel Fürsten hast du gezählt?« fragte Martin eines Abends.

»Ich weiß, wie der Feldzug ausging, aber ich sehe ihn, wie er absteigt vom Pferd und den Speer nimmt und mit uns marschiert. Ich weiß nicht, wo er jetzt ist, aber ich weiß, daß er da ist.«

»Und wieviel hast du also wirklich gezählt?« wiederholte Martin.

»Ich habe den einen gesehen, der zwanzig aufwiegt,« antwortete Joß.

Martin wußte, daß eine neue Träumerei begonnen hatte: der Kaiser.

Eine gefährliche Träumerei, denn dieser Maximilian hatte

eine Art, die Klügeren den Kopf verwirrte. »Der Knecht ist des Reiches Schild,« sagte er in Mals, als er vor dem Zeughaus die Truppenschau begrüßte. »Der Schild ist dem Feind noch näher als das Schwert.« Der Kaiser machte eine weite Geste, als wolle er die aufgestellten Kompagnien umarmen: »Nie sind wir glücklicher, als wenn wir den Wald der Speere vor uns sehen, der des Reiches Ehre schützt.« Das war eine Lüge gewesen, Lüge wie immer, denn erst der Abend war ein glücklicher, als die zweite Rate der mailändischen Mitgift eintraf. Die Landsknechte bekamen Wein am anderen Morgen, sie tranken ihn als Ehrenwein. Bereitwilliger wollten sie gegen die Feinde ziehen. Für diesen Kaiser lohnte es.

»Wenn er die Feinde an den Grenzen zerschlagen hat,« meinte Joß, »wird er die Wölfe im Innern niederknüppeln.«

Martin war stumm geblieben vor soviel Glauben, aber er suchte jede Gelegenheit, um neue entlarvende Botschaften aus der Weltpolitik zu erfahren.

Kein Bote der Kanzlei, der mit Briefen abging, den er nicht um den Inhalt seiner Mission befragte. In den Schenken verwickelte er Bürger und Handwerker in politische Gespräche. Von den Marketenderinnen, den vollbusigen Schwatzbasen der Heerlager, ließ er sich die letzten Gerüchte erzählen. Wahrsagerinnen, die berufsmäßig gezwungen waren, sich Gedanken über alle neuen Feldzüge zu machen, horchte er aus. Eine europäische Landkarte hatte er erstanden von einem Augsburger Kaufmann, um die Grenzen zu studieren, die die Könige sich blutig gezogen. Er kannte die Familiengeschichte der Dynastien, wußte die Heiratskombinationen, er war welterfahren genug, um zu verstehen, was die Ehen von Hof zu Hof bedeuteten. »Margarete ist immer noch nicht unter der Haube,« sagte er, »manches Kalb verkauft sich nicht, bis das Fleisch hart ist. Und dann will es nicht mal der Schlächter.«

Er konnte nicht in Gegenwart von Joß so respektlos reden. Sie lagen jetzt seit vielen Monaten in Steiermark. Man zählte schon das Jahr 1495. Die Bevölkerung befreundete sich mit ihnen. Joß sah Familien, die tagtäglich von dünner Suppe lebten. Er teilte sein weißes Brot mit den Kindern. »Nie hörst du von ihnen ein Wort gegen den Kaiser.«

»Umso schlimmer für sie,« erwiderte Martin unerbittlich.

Denn dies war der Augenblick, wo er seine väterliche Pädagogik aufgab. Wenn Joß begann, das geduldige Volk als vorbildlich kaisertreu hinzustellen. Dann sprach er plötzlich von Schlettstadt, dann nannte er roh und mit Nachdruck die Namen der Hingerichteten vom Oberrhein, dann bekreuzigte er sich und bat die Toten, daß sie nicht hören möchten, was ihr Freund erzähle. Und er ging weiter: er berichtete von der niederen Vereinigung, dem Bund, den der Herzog von Lothringen, der Bischof von Straßburg und alle Großen des Elsaß damals geschlossen hatten, als die ersten Nachrichten einer Bauernverschwörung laut geworden waren. »Der Kaiser aber hat sie belobigt, und beim nächsten Mal wird er die Blutgesetze gegen die Bauern selber schreiben.«

Joß mußte schweigen. Vielleicht schämte er sich.

Als einer ihm helfen wollte, ein Ritter aus dem Badensischen, und erklärte, Maximilian habe an der französischen Grenze keinen Aufstand zulassen können, da sei die Reichsgefahr größer gewesen und jede andere Rücksicht wäre dem Reich schädlich geworden, steigerte sich Joß zu pathetischen Worten: es sei infam, den Bauern des Landesverrats zu bezichtigen; er stehe zum Reich wie zu seinem Boden, er wäre mitgegangen bei der geringsten Bedrohung der Grenze. Wäre es doch dann sein freies Land, das er gegen den Welschen zu verteidigen hätte.

Martin gab nach. Das glühende Gesicht von Joß rührte ihn. Die heiße Flamme war zurückgekehrt.

»Der Kaiser müßte nur soviel vom Bauern wissen,« sagte Joß, »wie er von seinem Landsknecht weiß. Dann hätten die Wölfe ausgeheult.«

Die alte Illusion. Martin ging fort und kam mit der Landkarte zurück. Warum weiß der Max nichts von seinen Bauern? Warum läßt er ihnen die Schröpfköpfe ansetzen, bis die Adern leer geblutet sind? Warum geht er nicht in ihre Hütten?

Martin legte die Karte vor sich hin. Sie war voll von bunten Flecken. Wie die Haut eines Aussätzigen sah Europa aus. Und nur eins ist gleich in jedem Flecken, dachte Martin, welche Farbe auch um seine Grenze gezogen ist: die blasse Gesichtsfarbe der Bauernkinder, der Schmutz der Hütten, die Läuse der arbeitslosen Vaganten, die Schwielen an den Händen der Kätner und die Leere in den Vorratskammern der Lehnsbauern.

»Wo sind wir?« fragte einer der Landsknechte. Sie hockten sich im Kreis nieder um das bunte Papier, das Martin mit ausgebreiteten Händen vor ihrer Zudringlichkeit schützte. Martin antwortete nicht. Er ging einer Absicht nach und überlegte die Worte. Plötzlich zeigte er auf Mailand, den blauen Länderstreifen, der von den Südalpen herab, den Großen See und den Comer See einschließend, herablief an Savoyen entlang bis zu den Grenzen der genuesischen Republik und des Herzogtums Modena. »Dies hier,« sagte er, »und dies« – er fuhr mit dem Finger um die Republik Venedig – »wird unser nächster Spielplatz werden.« Martin achtete nicht auf die erstaunten Gesichter. Wenn Karl nämlich einmarschiere und sich Neapel wieder hole, würde der ganze italienische Bruchladen auseinander gehen. »Vielleicht aber ziehen wir auch nach Brabant,« – Martin zeigte in die Höhe der Zuider See – »da wird der Philipp von Burgund nicht fertig mit dem Karl von Egmont. Die Genter sind frech geworden und wollen frei bleiben von den burgundischen Halsabschneidern, so drückten sie sich aus. Wir müssen also da nach dem Rechten sehen. Vielleicht aber« – Martins Spott wurde jetzt hörbar – »ziehen wir auch nur an den Rhein, es muß schön sein, dort zu sterben; der Kurpfälzer will unbedingt die Weinberge am Rochusberg bei Bingen haben; sie gehören dem Mainzer, aber um so einen Wein lohnt es sich. Überhaupt lohnt sich jeder Krieg. So hat der Engländer, als er im November vorigen Jahres mit Karl VIII. Frieden schloß und Frankreich verließ, 200 000 Gulden bekommen für seinen Abzug und an rückständigen Pensionen weitere 100 000. Dafür gab er unseren Max über Nacht auch preis.«

Nun unterbrach Joß: er kenne diesen Verrat. Ein Bayer habe erzählt, wie Maximilian damals nicht habe glauben wollen, daß er so schändlich verraten sei. Als es sicher wurde, sei er in seinem burgundischen Schloß verzweifelt in eine Kapelle gestürzt und habe Gott beschworen. Am Nachmittag vor den Kompagnien habe er mit Tränen in der Stimme gesagt, das Evangelium tröste ihn heute, der Herr lasse den Gerechten nicht im Stich, er tue manchmal Böses dem, den er liebe, aber andere Sterne würden günstigeres Licht ausstrahlen. »Und rührt es euch vielleicht nicht,« rief Joß mit lauter Stimme, »daß er die Schläge übersteht? Ist er nicht allein unter all diesen Verrätern?«

Martin sah auf seine Karte. »Ich will dir eine Geschichte erzählen, Joß,« sagte er mit ernster Stimme, die ironische Partie aufgebend. »Die Geschichte von den Söldnern des Kaisers Octavian. Der brauchte Soldaten für einen Krieg in Gallien. Er ließ also ausrufen, wer von den Sklaven seiner Großherren zur Armee sich melde, solle frei sein nach der glücklichen Heimkehr. 12 000 kamen und hielten die Köpfe hin, fielen oder ließen sich blutig schlagen. 10 000 kehrten glücklich heim. 5 000 von ihnen lieferte der Kaiser wieder an die alten Herren. Als Sklaven natürlich. Es änderte sich nichts für sie. Einige nur arbeiteten mit verkürztem Arm. Für die übrigen 5 000 aber gab es nicht einmal Sklavenplätze. Die Kriege lieferten zu viel davon. Die 5 000 wurden in Oberitalien festgehalten, und eines Tages kamen einige Legionen, sperrten ihr Lager ab, in das 100 Henker gingen, um alle 5 000 totzuschlagen. Wie räudige Hunde. Keiner konnte sich wehren. Man hatte heimlich die Waffen eingesammelt. Sie liefen wie die Hasen im Treibkessel um die arbeitenden Henker herum. Im Laufen erwischte manchen das Schwert. Einige Hundert kreuzigte man. Der Kaiser lag in Capri auf der blauen Insel in duftenden Kissen und fraß Wachteln und ägyptische Früchte.«

Martin hatte bei dem letzten Satz begonnen, seine Karte zusammenzufalten. Jetzt erhob er sich und ging in die Scheune.

Joß sah ihm nach; er war unsicher und überrascht. Seit er mit Martin zusammen war, hatte immer der Freund recht behalten. Bei jedem Schritt, den Joß tat, hatte er nun schon das Gefühl, Martin stände neben ihm und legte ihm warnend die Hand auf die Schulter. Selbst in den kleinen Gefechten, die sie nach dem Türkentag in Kroatien noch gegen versprengte Haufen zu führen hatten, schien es ihm, als hielte Martin ihm plötzlich das Schwert fest.

Ich werde langsam ein miserabler Soldat, dachte er. Ich grüble über die Welthändel, wenn ich kämpfen soll. Ich muß ihm recht geben, muß bitter werden, wo ich glauben will. Es besteht nichts vor seinem bösen schiefen Lachen. Was aber meint er heute mit dem Kaiser? Sein Zweifel ist klein. Er ist Ritter geworden, hat sein Pferd bekommen, führt unsere Haufen, erhält vierfachen Sold. Was redet er von römischen Sklaven? Maximilian ist uns vorangezogen!

Warmes Gefühl der Geborgenheit durchströmte Joß. Diesmal täuschte Martin sich, sagte sein Herz.

Maximilian war in diesen Tagen auf dem Weg nach Italien. Er hatte die Zeughäuser in Mals inspiziert und war dann durch das Veltlin südwärts gezogen, seinen neuen Auftrag zu erfüllen. Der Haß macht nachlässig gegenüber der Würde, den Kaiser Maximilian machte er zum besoldeten Condottieri von Mailand und Venedig. Maximilian selbst hatte es vorgeschlagen, die Verbündete Frankreichs, die edle Stadt Florenz anzugreifen. Konkurrentin von Genua und der Lagunenrepublik war sie störrisch gegenüber dem Papst, Freundin Karls des Achten wurde sie ein rotes Tuch für den römischen König. Er nahm Geld von den Venetiern, Schiffe von den Genuesern und den Segen des Papstes, der Türke war weit, das Reich zerrissen in hundert kleinen Kriegen der Landesfürsten, Maximilian zog nach dem Süden.

Seit gestern war er in Chiavenna und warb Schweizer.

Sie kamen aus dem Wallis, aus dem Tessin, aus Graubünden, bunt gekleidete, schwere Eidgenossen. Maximilian saß am Eingang des Lagers, wo die Goldtische aufgestellt waren. Um ihn der Adel Österreichs und die Gesandten der Liga von Cambray.

»Sie tragen mehr Seide als Eure Edlen, Majestät,« sagte bitter ein österreichischer Ritter.

»Schaut diesen da,« rief ein Fähnrich, »er hat einen Federschmuck wie ein Pfau.«

Maximilian lachte.

»Und dieser mit dem Hosenlatz – so groß als ein Kalbskopf?«

»Gebt Obacht,« sagte der Kaiser, »er wird echter sein als die stattlichen Polster, die ich an euren Bäuchen sehe.«

Die Landsknechte traten an die Tische, erhielten Handgeld und zogen sich wieder in die Platanenallee zurück, wo der Waibel erneut sie musterte.

Die Adligen konnten sich nicht beruhigen:

»Ich sah heute morgen einen, der hatte sogar Goldfäden durch die Schinkenärmel gezogen.«

»Majestät sollte eingreifen, es führt zu weit und endet schlecht.«

Nun wandte sich Maximilian um zu ihnen:

»Was für närrische Bekümmernis ist das? Gönnet ihnen doch für ihr unselig und kümmerlich Leben, dessen Ende sie stündlich gewärtig sein müssen, ein wenig Freude und Ergötzlichkeit. Sie müssen oftmals, wenn ihr hinten steht, sich vorn die Köpfe zerstoßen. Es ist der Speck auf der Falle, damit man solche Mäuse fängt. Seid ihr zufrieden und lasset sie machen. Ich habe es gern, wenn ihre Hoffahrt aufspringt. Sie wagen all ihr Gut und währet es doch nicht länger denn von der Vesper bis zum Abend, wenn die Hühner auf die Stangen fliegen.«

Er bemerkte, daß ihnen die Rede nicht paßte. »Billig ist es außerdem, daß sie mit dem Firlefanz sich bescheiden. Schicken wir sie nicht zum Orkus ohne Zehrgeld und wann immer wir wollen?«

Er ging jetzt vorwärts auf die Tische zu. Das Gefolge stapfte gehorsam hinterher.

Ein Hofrat näherte sich dem Kaiser; er habe eine eilige Frage, bitte um Entschuldigung; es handle sich um die Landsknechte, die von Kroatien zurückkehrten, ob man sie nach hier beordern solle.

»Der Weg ist zu teuer,« verfügte der Kaiser, »außerdem sind mir Schweizer lieber als das reichsdeutsche Gemisch. Man soll sie abdanken und möglichst schnell aus unseren Erblanden wegführen.«

Dieser Befehl kam vierzehn Tage später schon zur Truppe von Joß. Sie erhielten Löhnung und marschierten in langsamen Tagereisen über Bruch nach der Grenze des Bistums Salzburg. »Wir brauchen uns nicht zu eilen,« sagte Martin, »Hauptsache, daß wir bei Nacht ankommen.« »Warum?« fragte Joß, und erhielt keine Antwort.

Sie verließen in einer mondlosen Nacht die österreichischen Erblande. Vor Salzburg hielt man sie an. Wer ihnen erlaubt, durch das Land zu ziehen. »Wahrscheinlich der Kaiser,« antwortete Martin. Die bischöflichen Reiter befahlen ihnen zu warten, bis sie Befehle eingeholt. »Verstehst du jetzt?« sagte Martin zu Joß. Aber Joß schwieg.

Man jagte die Türkenkämpfer von einer Grenze zur anderen. Zwischendurch brachen sie aus und holten sich doch das Ihre. Reiter geleiteten sie, als seien sie Verbrecher. Als sie aus dem Herzogtum Bayern in das Bistum Augsburg eintreten wollten, kam es zu einer Entscheidung für den verwirrten Joß. Der Fährmann, der sie über den Lech setzen sollte, verlangte seinen Pfennig, eh er das breite Schiff vom Ufer abstieß.

Martin hatte sein Pferd schon auf die Fähre geführt, die Rotte wollte ihm folgen, da stellte der Schiffer sich mit ausgebreiteten Armen ihnen entgegen.

Joß sah, daß Martin lachte. »Wir haben kein Geld,« knurrten die Knechte. »Der Kaiser Octavian zahlt alles,« rief Martin vom Schiff. Das war zuviel für Joß. Die Bitterkeit würgte ihn. Die Wut floß über. Wieder hatte Martin recht behalten.

Joß lief den Fährmann an, bückte sich blitzschnell, griff ihn um die Knie und warf ihn ins Wasser. Sein Gesicht war rot vor Blut. Er stand mit erhobenen Armen auf dem Rand der Fähre, die Beine gespreizt, als wolle er es mit einem Bataillon aufnehmen. Spritzend und pustend planschte unter dem hohen Uferrand der Fährmann in der Flut. Die Rotte stürzte mit Beifallsgeheul auf das Schiff, da kamen die bayrischen Knechte, die sie bis hierher begleitet hatten, wieder angelaufen. Joß sah sie zuerst. Er zog blank und hatte den ersten schon an der Schulter getroffen. Brüllend stolperte der Bayer neben dem Schiff ins Wasser. Joß sprang ans Ufer. Seine Klinge pfiff in wohlgezielten Streichen. Er brauchte keine Hilfe; eh die Kameraden und auch Martin sich aus der Überraschung erholt hatten, lagen die Bayern schon rechts und links im Ufergras. Die Verzweiflung straffte die Muskeln von Joß. Er sprach im Schlagen, die auf dem Schiff hörten nicht das Zischen, das aus seinen Zähnen fuhr. »Das für den Bayernherzog.« Heulend faßte der erste an die Schulter und ließ die Waffe fallen. »Das für den Bischof,« keuchte Joß und hieb dem zweiten den Säbel aus der Hand. »Und das – dem Kaiser Octavian.« Ein furchtbarer Hieb. Der Bayer taumelte mit gespaltenem Helm und offenem Schädel nach vorn. Die beiden anderen flohen. Aus dem Wasser zur Rechten von Joß hob der ermattete Fährmann ein letztes Mal die Hände und sank dann mit einem Gurgeln in die Tiefe.

Joß drehte sich langsam um. Sein Atem ging schwer. Noch sah er die Kameraden nicht wieder. Er spürte Tränen in den Augen, salzige Quellen, die die Enttäuschung aufgebohrt hatte. Der Säbel in seiner Hand zitterte. »Komm herein, Joß,« riefen die Freunde. »Wir fahren ab.«

Er trat auf den breiten Kahn wie ein Träumer. Ein Landsknecht griff nach dem Fährseil und zog das Schiff in die Strömung. Keiner sprach ein Wort. Joß setzte sich nieder und starrte auf die leeren Fischreusen, die am Boden lagen. Seine Augen folgten den Verwirrungen des Weidengeflechts. Vom Ufer heulte einer der Verwundeten. Das Pferd von Martin antwortete mit durstigem Wiehern. Glucksend stieß der Fluß an den Bug des Fährschiffs.

Einer versuchte ein Lied anzustimmen, endete aber schnell und schüttelte, sich selbst tadelnd, den Kopf. Verstanden sie, was in Joß vorging? Begriff die gejagte, erbitterte Rotte, daß die Metzelei ein Gericht über ganz andere Verfolger gewesen war? Ahnte mehr als einer, daß Joß eben wieder reif wurde für einen neuen Krieg, der keinem Fürsten lieb sein konnte?

Als sie am augsburgischen Ufer ankamen, verließ Martin als erster die Fähre. Er führte sein Pferd seitlich an eine seichte Stelle und ließ es trinken. Aufmerksam sah er der Landung der übrigen zu. Er war nicht sicher, wie weit Joß gekommen war.

Ein Landsknecht wollte die Kette des Schiffs an den Pfosten legen, aber Joß nahm sie ihm aus der Hand und warf sie aufs Schiff zurück. Mit kräftigem Tritt stieß er den Kahn in den Strom. Das Floß drehte sich langsam und zog dann abwärts in fast vergnügter Eile.

»Recht so,« sagten lachend die übrigen. Joß blieb ernst und sah dem treibenden Nachen nach. Dann zog er das Schwert und hieb die Schnur entzwei, die die Ufer verband: Sie fiel klatschend ins Wasser. Der Fluß lag nun wie eine wirkliche Grenze vor ihnen.

»Das nennt man Brücken abbrechen,« rief Martin. Joß sah zu ihm hinüber. Martin hielt den Blick aus. Das Pferd schnaubte sich die Nüstern sauber. Jetzt verlasse ich dich nicht mehr, dachte Martin.

Sie hatten bis zur Reichsstadt Memmingen zusammengehalten. Dort lösten Werber die Rotte auf. Die Menschenjäger sprachen vom Einbruch des Franzosenkönigs in die Poebene. Sie wußten vom Verrat des Mailänder Mohren Lodovico zu erzählen, der seine Nichte dem Kaiser als Frau verkauft und nun zum Franzosen übergegangen sei. Sie sprachen vom Papst, der bedroht sei. Sie erzählten, daß die Florentiner ihre Burgen dem Franzosen ausliefern wollten. Sie lamentierten über die Gefahr, in die das römische Reich geraten könne. Sie schwatzten in denselben Tönen von Karl dem Achten, wie sie früher vom Türken geredet hatten. Sie sagten ein doppeltes Handgeld zu und legten es auf mißtrauisches Drängen auch sofort auf den Tisch. Sie priesen Italiens Reichtum und die Fülle der Weiber, die dem Heereszug folgen werde. Der Süden um Rom und Neapel schrecke die Huren nicht so zurück wie die balkanesischen Berge des gefürchteten Türken. Sie spendeten den süffigen Wein, der von der Reichenau kam, und ließen württembergischen Speck auftischen. Im Rausch des Abends zerfiel die Rotte. Gesättigt zum ersten Mal seit Wochen schlugen die Betrunkenen in die Hände der Werber.

Joß und Martin hatten den Werbern ins Gesicht gelacht; sie verließen noch in der Nacht die Stadt. Martin hatte seinen Araber gegen zwei Stuten eingetauscht. Sie ritten im Mondlicht auf den Bodensee zu. Sie fanden Aufnahme auf der Burg eines armen Ritters bei Konstanz und später bei einem Pfarrherrn im eidgenössischen Schaffhausen. Martin log eine halbe Nacht von ihrer beider Heldentaten im Türkenkrieg. Nach fünf Tagen ritten sie in Basel ein.

»Ich weiß nicht, warum ich gerade hierhin wollte,« sagte Joß, als sie die Straßen zum Rathaus hinauftrabten. Er hatte seit Tagen kaum ein Wort gesprochen.

»Weil's hier angefangen hat,« meinte Martin. Joß schwieg lange Zeit. Als sie vor einem Gasthaus abstiegen, hielt er Martin zurück:

»Nein, Martin, weil's hier vielleicht neu beginnen soll.«

Sie waren schon sechs Wochen in Basel. Martin sorgte für die Zechen und zahlte auch das Quartier. Nie hatten sie so üppige Mähler gefeiert. Vierzehn Tage waren sie ohne Mühe Gäste bei reichen Bürgern. Martin wußte, wie man erzählte. Joß als düsterer Gast fesselte um so mehr, als Martin geschickt verbreitete, daß er geheimnisvollen hohen Ursprungs sei. Nach vielen Mählern erklärte Martin, daß dieses Gras gemäht sei. Sie zogen in den Gasthof zum Bären. Martin würfelte bis in die Nächte. Sie konnten beide davon leben. Joß spionierte inzwischen in der Stadt herum. Er kannte sie bald bis in ihre schmutzigsten Gassen. Sein Mittagbrot nahm er in einer Kneipe der Unterstadt, wo der Henker zu verkehren pflegte. Wenn der schwere Mann eintrat, um am verfemten Tisch sich niederzulassen und Wein in den angeketteten Krug zu bestellen, griff Joß zu seinem Teller, stand auf und ging hinüber. Sie sprachen lange kein Wort miteinander. Joß kam immer wieder.

So stand er auch stundenlang am Marktplatz angelehnt an eins der Patrizierhäuser und betrachtete die Gefangenen, die mit Kopf, Händen oder Füßen oder mit allen Gliedern zusammen in die Kragenhölzer eingeschlossen waren. Er fand Frauen, die schrien, bis ihre Stimmbänder wund gerieben waren. Er sah Männer, die weinten. Andere klemmten stumm wie Steinbilder in den quälenden Brettern. Selten betete einer. Die meisten fluchten und spien Unrat über den, der sie denunziert. Mord und Brand wurde dem Abwesenden gewünscht. Der patrouillierende Hellebardier schritt lachend vor den tobenden Delinquenten auf und ab. Joß stand unbeweglich und hörte zu. Man sprach die Wahrheit hier. Das ging ihn an. Man log nicht. Die Bretter preßten nicht nur den Hals und die Gelenke, sie ließen auch die Seelen ihre Empörung ausschwitzen. Wieviel verträgt ein Mensch? Joß studierte es vor den stöhnenden, fluchenden, spuckenden Unglücklichen.

Oft fiel mit kleinem Ruck der eingeklemmte Kopf des Sünders ganz nach vorne, die Hände verfärbten sich weiß in den Manschetten, das Fluchen verstummte. Dann trat Joß einen Schritt vor und machte den Posten aufmerksam. Er sah, wie jener die Bretter aufschloß, den Ohnmächtigen bespritzte oder ins Gesicht schlug. Es kam vor, daß die Wiedererweckten nach Hause wanken durften. Joß folgte ihnen heimlich, sprach sie an und nahm sie mit in seine Schenke, wo der Henker saß. Sie schraken vor dem blutrot gekleideten Herrn zurück, aber Joß wußte sie festzuhalten und zum Sitzen zu nötigen. Wein machte sie dann gesprächig, und Joß erwartete, daß sie den Beamten des Todes beschimpfen würden. Aber wenn am Pranger ihre Sprache eindeutig gewesen war, hier war ihr Mut alles andere als ungewöhnlich. Sie überboten sich in Entschuldigungen und verschwanden bald in ihre Wohnungen.

»Ihr sucht die Tapferen am falschen Ort,« sagte eines Abends der Henker. Es war sein erstes Wort an Joß, der sich wieder an seinen Tisch gesetzt hatte. Sie waren allein in der Kellerschenke. Der Henker war im vollen Ornat, zwischen seinen Beinen stand in einer schwarzen Scheide sein Schwert. Das Öllicht, das von der Decke aus einem ausgehöhlten schwebenden Alligator seine gelben Strahlen niederschickte, gemahnte mehr als sonst an die Lampe einer Grabkammer. Joß antwortete nicht.

»Ihr solltet den sprechen, den ich morgen richten muß,« sagte der Henker. Joß sah das Schwert an, dessen Knauf sich über den Tischrand hob, es machte kleine Bewegungen, es schien Joß mit einem Mal zu lebendig. Das fährt jemand in den Hals, dachte er, und jetzt lehnt es an den Weinkrug. Durstiges Instrument.

»Der liegt über ein Jahr schon im Verließ, Verschwörer aus dem Elsaß, und hat keinen einzigen Namen verraten, was man ihm auch tat.« Der Henker lachte: »Ich lege ihm die Daumenschrauben an, er sagt: schnürt nur, schnürt, daß der Tag schneller kommt, da euch die Bauern ersticken werden. Ich schlenkere ihm den Arm aus, er sagt: andere Arme sind zum Schwur erhoben. Ich setze ihn über die Räucherpfanne, er sagt und dabei stöhnt er vor Schmerz: der Bauer wird die Burgen und Klöster ausräuchern. Kein Nest wird er stehen lassen, der Bauer. Das sind Kerle von besonderem Schlag.«

Joß blieb völlig ruhig. Ich sollte ihm das Schwert abnehmen und ihn niederschlagen. Er wird ein Eisenhemd unter dem Wams tragen. Joß griff zu seinem Messer und spießte ein Stück Speck vom Teller.

»Was habt Ihr hier in Basel mit dem Elsaß zu tun?« fragte er mit gespielter Gleichgültigkeit und steckte sich den Speck in den Mund. Er hatte das Gefühl, nackt vor dem Nachrichter zu sitzen. Nein, mit der Bundschuhfahne umwickelt. Und mit einer Papiermütze auf dem Kopf, worauf sein Name stand. Er kaute das weiche Fleisch. Ist es mein Henkersmahl? Nimmt er mich gleich beim Arm und führt mich hinauf auf die Straße, um mir den Kopf abzuschlagen?

Er hat gewartet auf mich. Ein Jahr, sagte er. Es sind doch schon zwei. Bin ich deshalb zurückgekommen?

Er schreckte auf. Der Mann gegenüber hatte von Maximilian gesprochen. Es seien die neuen Gesetze des neuen Kaisers. Er zürne den Bauern sehr. Ein Reichsgesetz sei ergangen, strenger als je. Wer immer sich zum Rebellen aufwerfe, solle Hof und Land verlieren, solle am Halse hingerichtet werden und Kinder und Kindeskinder seien für besitzlos zu erklären zeit ihres Lebens. »Es ist garnicht durchzuführen,« berichtete der Henker. »Die Grundherren selbst haben Einspruch erhoben. Sie würden ganze Dörfer entvölkern müssen und hätten selbst den größten Schaden.«

Maximilian und die Bauern. Joß verlor plötzlich seine Angst. Er sah dem Henker gradenwegs in die Augen. Welch ein schulmeisterliches Gesicht. Wie er ernsthaft erzählt und zufrieden ist, daß einer ihn anhört! Weißt du, was du mir erzählst? Danke sehr für die Aufklärung. Ich kenne Seine Majestät persönlich. Ich habe meine Erfahrungen mit ihm. Aber diese da fehlte mir noch. Vielen Dank, der Krug läuft eben über.

»Wenn das ein Reichsgesetz ist,« sagte er trocken, »hat Basel natürlich seine Verpflichtungen.«

Der Henker nickte: »Wir richten auch nur die Rädelsführer,« sagte er. Joß spürte ein Prickeln im Herzen. Dann greif mal zu, lang über den Tisch, wollte er sagen. Dein Maximilian wird dir eine Prämie zahlen.

»Wenn ihr sie erwischt,« sagte Joß laut und lachte.

»Sie sind nicht mürbe zu machen,« sagte der Henker, »sie überstehen alle Foltern. Und sagen kein Wort, verraten ihre Zeichen nicht, nennen keinen Namen. Der morgen seinen Weg antritt, hat fünfzehnmal auf der Streckbank gelegen.« Der Henker beugte sich vor: »Er sollte sagen, wo sein Kumpan, der Fritz, sich aufhält, er hat keinen Deut von sich gegeben. Es ist eine harte Arbeit mit ihnen.«

Als er so überraschend seinen Namen hörte und des

Henkers Gesicht so nah vor sich hatte, daß er die schwarzen Punkte in dessen Iris sehen konnte, mußte Joß lachen. Seine Arme wurden schwer, als seien sie mit Blei ausgegossen. In seinem Genick fühlte er einen Druck, als hätte ihn eine Hand gepackt, aber aus seinem Mund brach ein Lachen. Es stieß ihn mit solcher Macht, daß Tränen aus den Augen stürzten und eilig die Backen abwärtsrannen. Erst als der Henker sich schroff erhob und ihn mit schiefem Blick ansah, beruhigte er sich langsam. »Verzeiht,« sagte er und erhob sich ebenfalls, er war sicher, daß jener ihn nun nicht mehr ohne Handgemenge zur Treppe kommen lassen werde, »den Joß Fritz habe ich gekannt. Der ist vor zwei Monaten vor Agram an der Franzosenkrankheit gestorben.«

Er wischte sich das Wasser aus dem Gesicht. »Es war ein toller Kerl,« sagte er, »aber mehr was das Huren angeht.« Sein Gesicht war nun völlig verändert; er lächelte nachdenklich und schien ganz in seinen Erinnerungen zu versinken. Der Henker setzte sich wieder. Joß nahm seinen Gürtel von der Stuhllehne und schnallte ihn um. Dann streckte er dem roten Mann die Hand hin. Ungewohnt dieser Ehrung, die alle Welt ihm aus Verachtung versagte, zögerte der Henker. »Nehmt sie nur,« meinte Joß, »es ist besser, wir schütteln sie uns außerhalb Eurer Dienststunden.« Der Henker schlug zögernd ein.

»Und wo bringt Ihr morgen – diesen Rebellen zu Tode?« fragte Joß. Der Henker lächelte, er war beglückt, daß man ihm die Hand gedrückt; er hielt das Schwert mit der Linken fest, ganz als wolle er die eben geehrte Rechte nicht beschmutzen durch das blutige Handwerkszeug. Der Weg ist frei, dachte Joß und wiederholte seine Fragen.

»Morgen um die elfte Stunde,« antwortete der Henker, »auf dem Barfüßli-Platz. Kommt rechtzeitig, wenn Ihr was sehen wollt!« Wenn ich ihn jetzt niedersteche, dachte Joß und wandte sich zur Treppe, ist die Exekution verschoben.

»Natürlich will ich alles sehen. Ich hoffe, Ihr arbeitet

gut.« Er stieg die Treppe hinauf und hörte hinter sich noch ein kurzes zufriedenes Lachen.

Am nächsten Morgen öffnete sich mit dem Glockenschlag elf der Basiliuskirchenuhr das Tor des Stadtgefängnisses. Im dunklen Bogen stand unter den weiß-roten Uniformen der städtischen Schergen ein Mann nur mit der Hose und schweren Handfesseln bekleidet. Einen kurzen Augenblick hielt die Gruppe noch an, als erwarte sie noch jemand oder sie stelle sich einem Maler, daß er schnell ihren Anblick einfange zu einem später zu malenden dramatischen Bild. Dann setzten sich alle in Bewegung, leichten Schritts die Uniformen, starr und mit erhobenem Kopf der halbnackte Mann. Sein Gesicht war blaß, aber er zog die Luft mit gieriger Lunge in seine Brust. Ein spöttisches Lächeln hing in seinen Mundwinkeln. Er bewegte manchmal die gefesselten Hände nach den Seiten, als wolle er die Menschen in den Häusern alarmieren. Aber sie lagen schon an allen Fenstern. Er sah sie nur undeutlich, denn sein Blick ging gerade aus und in eine Ferne, in die ihm keiner folgen konnte.

Aus Seitengassen kamen Kinder herbeigestürzt und glotzten aus weiten Augen auf die Marschierenden. Ein Mönch ging vorbei und bekreuzigte sich. Die Schergen hörten, wie der Gefangene ein kurzes Lachen ausstieß. Eine dünne Glocke bimmelte jetzt durch die Luft.

Als sie sich dem Richtplatz näherten, begann eine zweite Glocke zu läuten. Man hörte schon das Stimmengeräusch der wartenden Menschen. Es schwoll erregt an, als sie um die letzte Ecke bogen. Die Soldaten mußten eine Gasse öffnen durch die neugierig herandrängende Masse. »Wie stark er noch ist,« rief eine wollüstige Stimme. Die Gruppe mußte einen Augenblick stehen bleiben. Kopf an Kopf stand die Menge in dem Viereck der Häuser.

Der Gefangene hatte seine Starre abgeschüttelt, sein Blick ging suchend über die gaffenden Menschen. Der Weg wurde frei; man rückte vorwärts. Die dunklen Augen des Gefangenen irrten über die Menschen. Plötzlich blieb er stehen und sah unverwandt in eine Richtung. Dann senkte er den Blick, ein kindliches Lächeln erschien auf seinem Mund. Man stieß ihn weiter, er atmete tief und ließ mit einem glücklichen Ton die Luft aus den Lungen.

»Weißt du, wer es ist?« sagte in der Menge Martin leise zu Joß, aber er schwieg, als er das zitternde Gesicht des Freundes sah. Er griff nur langsam nach der herabhängenden Hand von Joß und hielt sie fest.

Warum bin ich gekommen, dachte Joß. Warum habe ich gestern nicht gefragt, wer es sein wird? Er hat mich erkannt. Veltin, guter! Ich muß nun dabeistehen, ich werde nicht hinsehen. Hast du mich wirklich gesehen? Was werden sie dir tun? Die Rotte, wenn unsere Rotte dawäre!

Er preßte verzweifelt die Hand von Martin. Flüchtig hob er den Blick, Veltin war auf dem Schafott angelangt. Ein Trommler donnerte einen dumpfen Wirbel. Die Menge ringsum war verstummt. Joß schloß die Augen. Aber hören muß ich es doch. Wie kann es sein, daß sie ihn so spät erst gefangen haben? Warum richtet ihn Basel?

Eine volle hohe Stimme las das Urteil: »... Römische Majestät... im Gehorsam seiner freien Reichsstadt... dem Ansinnen der schwesterlichen... Straßburg folgend... Volksaufwiegler zu wiederholten Malen... zur Rebellion auch in unserer Stadt geheim und öffentlich auffordernd...«

Joß hielt sich krampfhaft an Martins Faust. Er hat nicht geruht. Er hat die Fahne gehalten. Veltin, hörst du mich? Wir werden eine neue Fahne haben.

Die Stimme leierte weiter: »keine Reue zeigend noch Einsicht in sein frevlerisches Tun... hartnäckig verweigernd, Komplizen und Mitwisser der Behörde kundzutun...«

Die Glocken bimmelten ihre aufdringliche Jammerweise

in das Urteil hinein. »Jetzt hat er den Stab über ihn gebrochen,« rief eine hastige Stimme dicht neben Joß.

Der Richter las: »in vier Teile geschlagen werden und der Rumpf während dreier Tage am Galgen allem Volke sichtbar aufgehangen ...«

Joß mußte die Augen öffnen. Zu entsetzlich war das Urteil. Würde Veltin brüllen? Würde er sein Los bessern und hinunterzeigen auf ihn, den sie suchten und der ihn in alles hineingestoßen? Joß betrachtete den mächtigen Leib, der über allem Volk seine kaum verheilten Folternarben zeigte.

»Und so walte denn, Nachrichter, deines Amtes.«

Hinter dem Priester, der eilig ein Kreuz auf langer Stange hochhob, es dem Gefesselten zur letzten Stärkung auf den Mund zu drücken, trat der Henker hervor. Sein Gesicht war vermummt mit einer scharlachroten Kapuze, die nur zwei Löcher freiließ für die schwarzen Augen. Ein Schauer ging durch die Masse, vor Joß stellten sich zwei Männer auf die Zehenspitzen, ließen sich aber gleichzeitig und nach einem Blick auf das Schafott wieder nieder. Joß sah nur noch, wie Veltin auf die Bretter niedergezogen wurde von den Bütteln; er riß seine Hand aus Martins Hand und wollte die Ohren verstopfen, – die Todesschläge, die stumme Schlächterei, das Aufspießen der abgeschlagenen Glieder, es war unmöglich, die grausigen Geräusche anzuhören, ebenso unmöglich den roten Teufel anzusehen, der da sein breites Beil über die Schulter legte, abwartend, bis die Knechte den Delinquenten auf dem Holzkreuz festgebunden hatten. Joß hob zitternd die Hände zu den Ohrmuscheln, da kam über das Glockenläuten und alles wollüstige Flüstern der Menge hinweg die Stimme von Veltin. Joß ließ die Hände in der Luft, sein verzerrter Mund blieb offen stehen, ängstlich horchte sein ganzer Körper, und dann stieg in den Schrecken seines Gesichts zu den Augen hinauf ein Lächeln, so voll Bewunderung, daß Martin, der ihn verstohlen ansah, die Tränen nicht mehr zurückhielt. Glitzernd im Licht des blutigen Tages kullerten sie über seine breiten Backen.

»Der Bundschuh,« rief Veltin, »wird doch seinen Weg ziehen.« Die Menge hörte es wie eine Drohung aus dem Himmel, so stark war die Stimme des von den knienden, fesselnden Knechten ganz verdeckten Rebellen.

Die erste Überraschung verließ die Männer auf der Bluttribüne. Ärgerlich machte der Richter dem Henker ein Zeichen, die Knechte sprangen vom Boden auf, ein Blitzen fuhr in die Tiefe, der Platz zuckte zusammen unter dem dumpfen Schlag, der folgte. Ein Knecht bückte sich und hob über die Menge ein blutüberströmtes, nacktes Bein.

Joß war es, als hätte ihm jemand ins Herz gestochen, der Boden unter ihm wankte, Martin griff um seine Hüften und stützte ihn. Vom Schafott kam ein Geräusch von niederklatschendem Wasser, sie übergossen Veltin, der ohnmächtig geworden war. Gebückt neigten sich Priester, Henker und Knechte über den entblößten Mann; eine dicke Rinne von Blut floß eilig zum Rand des Gerüsts. Aus der Volksmenge kam ein schluchzender Schrei. Dann drängten die Menschen auseinander, man versuchte, eine ohnmächtige Frau durch die Masse zu tragen.

Als sie fast bei Joß angekommen waren mit ihr, erwachte sie und sah aus blauen Augen fragend in die Runde. Plötzlich ließ man sie fallen, denn wieder schrie Veltin.

»Unheimlich,« sagte Martin und griff fester noch um die Hüften von Joß.

»Der Bundschuh wird doch seinen Weg ziehen.«

Die Stimme war lauter geworden, sie hatte jetzt auch noch den Schmerz zu überschreien, und schon war auch eine Eile in ihr, als befürchte der Getroffene, daß ihm nicht mehr genug Zeit bliebe, alles zu sagen.

Ein neuer Schlag trennte den rechten Arm von der Schulter, aber diesmal erstickte der Henker nicht die Stimme.

Joß hörte das Wort zum dritten Mal, mit bebenden Lippen flüsterte er die alte Losung, als könne er den eintönigen Ruf des Gequälten noch kräftiger machen: »Wir werden von Pfaffen und Herren genesen.« Martin sah, wie der Freund den Mund bewegte, blaß wie sein umgeschlagener Mantelkragen war Jossens Gesicht, Martin dachte: er betet, und streichelte mit der freien Hand den Ärmel des Freundes.

In diesem Augenblick flog von dem Sims eines der Patrizierhäuser ein Schwarm weißer Tauben auf, schwirrte mit weichem Flügelschlag über das Blutgerüst und die schwarze Menge und ließ sich auf dem Dach der Leonhardskirche nieder, aus deren Turm das Sünderglöcklein unablässig wimmerte. Ein Raunen ging durch die Menge. Sie nahmen es für ein Zeichen.

»Genug,« schrie eine Männerstimme. »Genug, genug!« stimmten andere ein. »Seht doch das Zeichen des Himmels!« kreischte eine Frau.

Leise sprach jetzt Veltin, er sprach immer den gleichen Satz. Seine Stimme suchte alle Kraft in dem verblutenden Körper, der Schmerz färbte sie hell, sie wurde höher im Ton, die Ekstase des Todes stieg schon aus ihr.

Ein Schlag unterbrach die wilde Anklage. Ein Schrei folgte. Der Henker hob selbst den zweiten abgeschlagenen Arm in die Höhe. Veltin hatte den Schmerz nicht mehr niedergeschrien. Die aufgeregte Masse unter dem Gerüst sah den nackten Arm und verstummte. Die vermummte Gestalt, die da den triefenden Körperteil hochhob, erwies sich stärker denn aller Protest. Jetzt konnte nur noch das Ende kommen, der erlösende letzte Hieb. Sie erwarteten ihn unten mit stokkendem Atem.

Aber vor seinem dumpfen Geräusch kam noch einmal die Stimme von Veltin, gemischt mit grausigem Stöhnen, aber doch laut genug noch, daß auch der weinende Joß in den hinteren Reihen es hören konnte:

»Der Bundschuh wird doch seinen Weg ziehen.«

Die Stimme wurde schwächer, der Richter machte dem

Henker ein Zeichen, Veltin hatte die Augen geschlossen, leicht bewegte sich auf dem Holzkreuz der armlose Rumpf, das Knie des noch unberührten Beines stieg eine Kleinigkeit hoch, als ob der Zerstückelte marschieren wollte.

Der Richter, totenblaß am Rand der blutübergossenen Tribüne stehend, machte dem Henker ein Zeichen, daß er enden solle. Er fuhr mit der Urteilsrolle an den Hals, die Prozedur solle mit Enthauptung enden.

Veltin sah nichts mehr, er lag in der Verzückung der übermenschlichen Pein, seine Brust stieg und sank, kämpfte sich wie ein steuerloses Schiff durch die Wellen des Schmerzes hindurch, der eine Satz war wie ein Mast gewesen, an den er sich hielt. Der Henker hob das Beil und trennte, in den Hals des mit geschlossenen Augen Delirierenden schlagend, den Kopf als vierten Teil von dem armlosen Rumpf.

Als Joß den letzten Schlag hörte, den ein Trommelwirbel begleitete – dann aber verstummten wie erwürgt die Glokken – klappte er ohnmächtig zusammen. »Wird seinen Weg ziehen,« hatte er mit blutlosen Lippen noch wiederholt, dann sank er schwer und schlapp in die rasch zugreifenden Arme von Martin. Es fiel nicht auf, daß einer da blaß in den Armen eines anderen hing. Überall auf dem Platz, der sich nun von der Mitte her zu leeren begann, bemühten sich kleine Gruppen um Ohnmächtige. Man hörte auch Kreischen von Frauen, die in Krämpfen am Boden lagen.

In die Gassen der Menschen, die langsam und unregelmäßig sich öffneten, stieß dann ein Bretzelverkäufer vor und bot singend seine von einem Holzrad herabbaumelnden Waren an.

Joß kam bald wieder zum Bewußtsein. Er hat graue Haare bekommen, bemerkte Martin, als er ihn aufstützte; er wollte ihn herumdrehen und wegführen, aber Joß drängte mit aller Macht, kaum daß er sich auf dem Platz wieder zurechtgefunden hatte, nach vorne. Martin ließ ihn los, um kein Aufsehen zu erregen, und folgte ihm durch die abströmenden Massen.

Man räumte auf oben auf der Bluttribüne. Der Richter war schon mit seinen Dienern verschwunden, der Priester stand noch oben und versuchte etwas würdelos, mit einem Lappen das Blut abzuwischen, das an das silberne Kruzifix gespritzt war. Die ganz befleckten Knechte knieten auf den Brettern und lösten mit schnellen Griffen den Rumpf aus seinen Fesseln, der Henker lehnte mit dem Haupt von Veltin, das er an den Haaren trug, am hinteren Geländer des Schafotts und schaute hinab auf einen Wagen, in den die Knechte nun einzeln die noch merkwürdig lebendigen Körperstücke hinabwarfen.

Joß war dicht am Schafott angelangt. Fingerdicke Rinnsale von Blut kamen an den Rand der Bretter gelaufen und stürzten, in langen Fäden die drapierenden Tücher streifend, auf das Pflaster. Joß löste das Halstuch unter dem Mantel, zog es hervor und hielt es unter den Fall des Blutes. »Siehst du, daß es noch dampft, daß noch seine Wärme drin ist,« sagte er leise zu Martin. Er drückte die kleine rote Lache, die schnell in dem Tuch stand, zusammen und steckte das Knäuel in sein Wams. »Es wird immer warm bleiben,« sagte er. »Siehst du den weißen Hauch über dem Rinnsal?«

»Ich sehe nur den Roten,« sagte Martin und zeigte mit dem Kinn über die Bretter zu dem Henker, der im Hintergrund die Arbeiten dirigierte und eben den Kopf von Veltin, den er wie den Kadaver einer Katze in der Hand geschwenkt hatte, in den Wagen warf. Martin hatte die Augen zugekniffen, als wolle er genau die Figur des Henkers abmessen, er atmete tief dabei.

»Bundschuh, Bundschuh, hat er gerufen,« sagte neben ihnen ein Bürger. »Das sind so Ammenmärchen.«

Martin und Joß machten die Körper steif und rührten sich nicht. Sie standen an den Brettern wie die Holzfiguren, um zu hören, ob der Mann noch mehr sage, aber es kam nichts mehr. Ohne sich umzusehen gingen sie weg.

Am nächsten Abend fand man den Henker, als man ihn

zu einer Stäupung rufen wollte, erdolcht in seiner Wohnung am Stadtgraben vor. Der Dolch war unter dem linken Schulterblatt mitten ins Herz gegangen und stak noch in dem Körper, der in voller Amtstracht mitten in der Stube lag. Das Richtschwert fand man neben dem Toten, es war in zwei Teile gebrochen. Um das Heft der Waffe war ein Papier gewickelt. Als der Stadtprofos es öffnete, erbleichte er. Auf dem Zettel stand dreimal das gleiche Wort: Bundschuh, Bundschuh, Bundschuh.

Dem Rat der Stadt wurde am nächsten Morgen der Zettel vorgelegt. Da die edlen Männer noch niedergebeugt waren über die Zeichen, kam ein Bote und meldete, daß vom Galgen vor der Stadt Rumpf, Arme und Beine, der ganze Leib des hingerichteten Veltin verschwunden sei. Diesen Zettel habe man gefunden.

Sie hatten nicht nötig ihn zu lesen. Sie wußten, daß dieselben Worte daraufstanden. Erst später entdeckten sie, daß es zwei verschiedene Handschriften waren und daß der zweite Zettel einen Namen als Unterschrift trug. Joß Fritz stand darauf.

Der Rat ließ sofort die Tore schließen und verstärkte die Wachen. Aber Joß Fritz kam nicht zurück, er ritt mit Martin in schärfstem Galopp auf Freiburg im Breisgau zu.

Ortsgesellen und Vaganten

»Wer da frei will sein,
der zieh in diesen Sonnenschein.«

Bäuerlicher Fahnenspruch.

Jedes Jahrhundert wird seine Stunde finden, da seine Armen genug gegessen haben aus den Töpfen des Elends, da der Hunger sich in ihren matten Mägen in Zorn verwandelt und sie gierig werden, die Leere ihrer Tage auszufüllen mit den vollen Todesschreien ihrer Unterdrücker. Da werden die Stummen beredt und sie sprechen die böse Sprache der Sensen und Gewehre. Da werden die Frommen klug und verfluchen die Götter der Reichen. Und ob sie einen Augenblick zögernd stehen vor der Pracht der Paläste, die sie gebaut, ob sie die Gitter niederreißen und ob ihr Dolch das satte Herz der Tyrannen findet oder ob die Schläue der Bedrohten sie noch einmal überlistet, ihnen die Waffen aus den Fäusten schmeichelt, um sie dann im eigenen Blut zu ertränken, wach bleibt der heilige Zorn in den Enkeln der Überlisteten. Und aus den Niedergeworfenen stehen immer wieder die Männer auf, deren Stimme in die traurigste Hütte dringt, deren Mißtrauen zum Warner der Leichtgläubigen wird und deren Verachtung genährt ist von der Liebe zu den Ärmsten. Heiß wie Lava ist ihr Haß, sie verbrennen in seiner Glut und nur selten überleben sie die Stunden des Sieges. Von Tausenden weiß niemand und doch haben sie die Welt verändert. Liebe war, weil sie waren, Größe gaben sie unglücklichen Zeiten, und am Elend der Kleinen und Einfachen maßen sie das Recht der Empörung. Vergessen sind viele von ihnen, aber ihr Haß lebte weiter in den Herzen der Völker und mit ihm der Glaube. Joß Fritz kam in eine Zeit, die einen neuen Weg suchte, Grausamkeit und Wirrnis verfolgten ihn; als er wußte, wie er zu gehen hatte, war niemand klarer als er. Er erlebte mehr als eine Niederlage. Er kam aus den Wäldern der süddeutschen Gebirge wie ein Köhler, der am glühenden Meiler verstanden, daß er anderes Holz zu brennen hatte. Er irrte viel. Als er zu den Bauern zurückgekehrt war, das Blut Veltins an der Brust bergend, gab es keine Zweifel mehr für ihn. Er ging seine Wege zwanzig Jahre, und sein Eifer ermattete niemals mehr. Nie erreichte ihn der Henker. Er verschwand wie er gekommen. Sein Grab ist unbekannt. Sein Glaube lebt in abertausend Bauern bis auf diesen Tag, da wir die Geschichte seines Lebens fortfahren zu schreiben.

»Wir wollen die Pfaffen hinfort nicht mehr geistliche Väter nennen, sondern fleischliche Buben. Artikel zwei: Wir wollen alle Mönche für Gleisner halten und uns von keiner Kutte Gutes versehen. Artikel drei: Wir wollen dem Bann gegenüber uns halten, als ob eine Gans uns anbliese. Soweit! Wie gefällt euch der Anfang?«

Joß saß in der Scheune eines speyrischen Bauern. Die große Tür war angelehnt. Die zehn Bauern standen an der Wand der hohen Garben, die zum Drusch aufgestellt bis unter die Dachsparren stiegen, volle reife Weizenfrucht. Joß hatte laut gesprochen. Nun brach die Stille ein, die um Bauern ist, wenn sie überlegen. Dann scheint der Wind zu wehen, in dessen Stürmen sie die Wintersaat auswerfen, der Pflug knirscht und die Sonne knistert, die schweren Schritte werden hörbar, die jahraus jahrein über Wiesen und Ackerfurchen die Sorge des Bauern tragen, die Natur drängt heran an den nachdenklichen Menschen, den Unwetter mißtrauisch und Geduld wortkarg machten. Jede Überlegung will hier reifen wie eine Frucht, und wer versucht in Eile zu ernten, gilt verdächtig dem, der gewohnt ist, erst nach viel Arbeit schmalen Lohn einzuheimsen.

Joß wußte es gut. Er steckte in Ruhe sein Papier in die Tasche und wartete. Bald würde der Pforzheimer sprechen. Er sah ihn an die Garbe gelehnt stehen und eine Ähre entkörnen. Sein bartloser Kiefer mahlte den Weizen, während die grauen Augen von einem Bauern zum andern gingen. Er hatte die geheime Versammlung einberufen. Sie hatten Vertrauen zu ihm, aber sie kannten seinen Fall noch nicht. Ob er genügen würde, sie böse zu machen und zum Sprechen zu bringen? Bitter waren sie alle wie ein Gallapfel, aber davon läuft noch kein Pechfaß über.

»Alles schon recht,« sagte endlich einer der zehn, ohne sich sonst zu rühren. Joß wartete auf das aber, das in dem Wort schon steckte, es folgte nichts mehr. Sie dachten noch weiter nach.

»Sie sind zu stark,« sagte endlich ein zweiter. Joß wollte immer noch nicht unterbrechen, er war begierig, ihre Bedenken zu hören. Es ging nicht um ihn, Joß war kein Rechthaber, der überhörte, was man ihm entgegnete. Nie war er aufmerksamer, als wenn der Zweifel der anderen Worte suchte. Hier war er an der Quelle, aus der neues Wasser strömen konnte; er trübte es nie, indem er eitel und störrisch hineinschlug.

»Wir sind genug, wenn wir uns einig werden.« Langsam entstand ein Gespräch. Sie antworteten sich nun selbst. Joß konnte stumm dabei sitzen. Es ist besser so, dachte er. Sie kennen sich. Und sie haben am Ende den Glauben, daß sie selbst den Schatz gehoben haben.

»Der Bauer ist dumm.«

»Müde ist er, sonst nichts.«

»Keiner weiß, ob es nicht Teufelswerk ist, sich zu erheben.«

»Gegen die Pfaffen bin ich stracks dabei.«

»Kann sagen, daß die Artikel auch mir gefallen.«

»Man müßte einen besonderen Anlaß finden, um loszuschlagen.«

Der Pforzheimer wandte sich nun zu allen: »Den Anlaß kann ich euch gut liefern. Hört nur meine Geschichte!«

Er sah Joß dabei an, ob der einverstanden sei, aber die Bauern waren garnicht so erpicht auf eine lange Erzählung. Jeder wollte nun wenigstens einen Satz gesagt haben.

»Bis zum Losschlagen ist noch lang hin,« nahm einer den Faden des Disputs wieder auf. »Erst müssen alle bei uns sein.«

»Man sollte wissen, wieviele wollen.«

»Sie wollen alle.«

»Hab acht auf die Verräter!«

»Ein Schwur wird getan werden. Das hält die Schwachen fern.«

»Ein Schwur an geheimem Ort?«

»Ja, und auf die Fahne.«

»Ist eine Fahne?«

Sie sahen alle auf Joß, der überrascht dem Gespräch gefolgt war, beglückt von soviel Bereitschaft.

Eine Fahne werde da sein, erklärte er.

»Ja also, die Fahne ist nötig,« wiederholte ein Bauer, und alle hatten plötzlich nur den einen Gedanken: die Fahne.

Sie sahen sie vor sich, in vielen Farben, mit Bildern, goldbetreßt. Herbeigetragen zur geheimen Versammlung, um den Schwurfinger auf sie zu legen und stark zu werden mit allen, die ihr da nächtlich die Treue gelobten. Kraft gab die Fahne, die Zweifel zerstreute ihr feierliches Tuch, den Sieg versprach das bunte Symbol, auf dem soviele Hände ihr Leben verpfänden würden.

Sie redeten sich die Köpfe heiß. Nichts anderes bestand anscheinend mehr in ihren Gedanken. Einige gingen in der Scheune umher, die anderen standen starr an der Wand. Alle sprachen. Joß erkannte sie nicht wieder. Mit einem Mal gaben sie zu, daß sie schon vom Bundschuh gehört hatten.

Hatten sie im Herzen seine Ankunft hier im Bruchsalchen Rain schon gewünscht?

Joß prüfte noch einmal ihre Gesichter. Er ließ sich Zeit dazu. Er sah die Härte ihrer Augen, das Wetterbraun ihrer Backen, die kindliche Eitelkeit eines gestriegelten Bartes, die Wucht eines Kiefers und die listigen Fältchen unter einem Augenpaar. Keiner glich dem anderen, aber auch die Stummen hatten jetzt denselben Zug froher Erregung im Gesicht. Soll ich euch von meiner ersten Fahne sprechen? Joß zögerte noch eine letzte Spanne. Dann unterbrach er die Reden. Unter diesen war kein Verräter.

Er beschrieb die Fahne. Er nannte ihr Grab. Er beschönigte nicht ihr trauriges Ende. Aber er sprach mittendrin von Veltin. Nein, er zog nicht das blutige Tuch vom Herzen. Das blieb lange sein eigenes Geheimnis, das nur Martin teilte. Er sprach von Michael Wendelins Tod und wie Veltin ungeheuer gelernt habe von ihm. Wie er gewachsen sei über die Sterne und der größte der Bauern, die Joß begegnet. Wie er ihn neben sich wisse, und wie er nun auch mit ihnen ginge.

Sie fühlten, daß er kein Fremder war, daß er den ihren feierte, sie hörten, wie er sich neigte vor dem Bauern, der für die Fahne gestorben war. Ihre hellen Ohren wußten zu unterscheiden: hier sprach kein Schmeichler, der überlisten wollte, der sich gering machte, um sie zu gewinnen. Joß wurde größer mit dem Lob, das er dem tapferen Blutzeugen zukommen ließ. Die Männer verstanden, daß er nicht für sich sprach. Sie standen mit ihm am Grab von Wendelin. »So einer soll nicht umsonst gestorben sein.« Sie glaubten das Schafott von Basel zu sehen, den roten Henker. Bundschuh, hörten sie Veltin rufen. In die dämmerige Scheune kam der Ruf, machte sie ernst und gab ihnen Hoffnung.

Kein Gläubiger fiel jemals umsonst, wenn Männer den Mut haben, seine Stimme weiter zu tragen. Joß gab den Bericht von Veltins Leiden, wie man von einem Bruder erzählt. »Bauer, wach auf,« sagte er, »nimm die Sense, Bauer,« sagte er. Sie begriffen langsam, daß es in anderen Dörfern genau so aussah wie bei ihnen. Bauer, das war eine Einheit. Der da, von dem Joß sprach, war schon viel weiter gekommen als sie. Ihre Gedanken gingen zum ersten Mal über den Rand ihrer Äcker hinaus. Das Kloster, dem sie dienten, die Burg, die ihr Gesicht und ihr Leben sperrte, – sie wurden es sich bewußt, – waren nicht die einzigen Räubernester; überall hausten die Geier, und einige Bauern hatten sich schon aufgemacht, die Nester auszuheben. Im Elsaß hatte schon eine Fahne geflattert.

Joß sagte: »Als wir das Tuch in die Erde legten, wußten wir nichts, als daß wir besiegt waren. Heute weiß ich, daß ein neues Tuch bald über uns wehen wird. Es ist an euch, daß es siegreich durchs Land getragen wird.« Er schwieg; plötzlich war er nicht mehr sicher, ob seine Rede nicht hohl geworden war. Hatte er nicht zuviel vom Tod gesprochen? Veltins Folter – konnte sie nicht die Schwachen abschrecken? Ich will keine Schwachen!

Das Schweigen der Männer war beängstigend, er überlegte, wie er es brechen könne. Sie waren noch nicht reif für die weite Sicht. Wenn jetzt der Bruchsaler redete. Man mußte sie auf die kleinen Dinge stoßen. Er hob den Kopf zu dem jungen Bauern, der ihn hergeführt hatte, aber er sah, daß Tränen an den Backen des Mannes hingen. Er stutzte und sah die anderen an. Ihre Gesichter waren ernst wie beim Gebet. Einer schneuzte sich. Ein Alter griff verlegen in die Augenwinkel. Joß hatte sich getäuscht.

»Auf welche Weise,« sagte nun endlich ein Bauer, »können wir die Fahne bekommen.«

Ja die Fahne; sie wurden alle wieder lebhaft. Ohne das Tuch könne man nicht anfangen.

Sie wollten also beginnen!

Man müsse einen Maler finden.

»Ich will dann auch ohne Zaudern meinen Pfennig dazu steuern.«

»Die Fahne wird das erste sein, was wir tun.«

Ob Joß sich darum kümmern könne?

Sie hatten Vorschläge, was auf die Fahne gemalt sein müsse: »Die Gottesmutter in jedem Fall.« »Genau so sicher aber der Schuh.« »Und ein Bauersmann.«

»Ich hätte gern den Sankt Georg darauf.«

»Wenn es angängig ist, sollte auch eine Sonne nicht fehlen.«

»Beim nächsten Mal bringt jeder seinen Pfennig.«

Joß hatte gesiegt. Er zog ein Kreuz aus der Tasche. Man wolle heute schon schwören, niemand von dieser Zusammenkunft zu erzählen, was auch immer geschehe.

Wie billigten sie seine Vorsicht! Sicherheit gab es ihren mißtrauischen Herzen, daß kein Törichter zu ihnen gekommen war. Sie traten zu Joß und berührten das Kreuz. Er wiederholte den Schwur. Sie antworteten mit festen Stimmen.

Nichts andres wurde beraten an diesem Tag. Gute Frucht braucht ihre Zeit. Sie verließen einzeln die Scheune, einige warteten die Dämmerung ab.

Als Joß weiterritt, kannte er von den meisten die Zahl ihrer Kinder, die Krankheit der Frau, die Schikanen des Grundherrn und die Art ihrer Rede.

»Ich habe seit Jahren nicht mehr soviel erzählt wie heute,« sagte einer zum Abschied. Er lächelte erstaunt.

Das war in Untergrombach im Bruchrain bei Heidelberg, wo der Bischof von Speyer Herr und Genießer war. Das Dörflein lag in fetten Feldern. Die Sommersonne glühte kräftigen Wein an den Hängen. Saftige Wiesen füllten die Mäuler straffer Kühe. Wenn der Frühling seinen Blütenschnee mit vollen Händen in die Obstgärten warf, und die Fliederbüsche sich beugten unter der Last der violetten Trauben, sprang um die Höfe das übermütige Weiß der Zickel, Fohlen galoppierten mit weichen Gelenken in der Koppel, dem glücklichen Kehlton der Hennen lief das gelbe Gewimmel der Küken nach, das neue warme Jahr trieb Reichtum aus allen Ställen, und der Bauer, der am Morgen in seine Felder hinausging, konnte denken: der Segen ist da. Sinn bekam das Leben, er schritt in den Furchen, sah die jungen Saatspitzen und erinnerte sich wie er im regnerischen Herbst die Brache umgeworfen. Der Mühe Lohn keimte sicher zu seinen Füßen. Er sah die tausendfältige, bienenumsummte Blüte der Bäume und fühlte sich bedankt für die vielen Stunden, wo er die Stämme geleimt gegen das Ungeziefer und die Kronen befreit vom wuchernden Geäst. Er streichelte das Fohlen, das mit der Stute über die Stange der Koppel den Kopf ihm entgegenstreckte, und dachte an seine Angst in der Nacht der Geburt. Er trieb die Schweine aus dem Morast der Weide, lachte über ihr närrisches Grunzen, das sie aus den engen Rüsseln stießen, faßte sie mitten aus ihren Zickzackläufen an den peitschenden Schwänzen und schätzte mit schnellem Griff die Härte ihrer Schinken.

Mit dem jungen Vieh sprang sein Herz einige dieser warmen Tage lang.

Und schon kam der bischöfliche Vogt geritten und besichtigte Weide und Stall. Es war nichts vor ihm zu verstekken, wenn man das Jungvieh nicht im Stall nach der Geburt niederstechen wollte. Aber welch ein Bauer tötet das Leben, das eben zu schreien beginnt? So sah er den feisten geistlichen Herrn auf den Hof reiten wie einen Feind. Wohin der Finger des Reiters zeigte, starb der Frühling, welkte die Freude, minderte sich der Besitz. Ohnmächtig erkannte man – zum wievielten Mal? – daß man nicht in dem Seinen saß, daß man für einen anderen gepflegt und gehegt und daß die Natur einen gehöhnt hatte mit dem lustigen Geschrei der Jungtiere, mit dem Summen der Bienen gar, denn auch die Frucht, die da als Stempel der Blüte sich bestäuben ließ, pflückte man in wenigen Monaten in die Körbe, die der aufgeblasene Vogt von seinen Knechten zum Klosterkeller fahren ließ. Manchmal wollte man zuschlagen, aber der Turm der Vogtei stand noch früh genug vor den Augen auf, man sah seine Kinder in den Ecken des Hofes stehen – so nimm schon, Pfaff, und soll dir das Ferkel im Halse stecken bleiben und soll das Fohlen dir das Genick brechen, wenn's groß geworden ist!

Der kleine Bauer empfand schon lange nicht mehr so. Er war Froner im Dienst des Herrn, den er meist nicht kannte, und zufrieden, wenn der Unbekannte ihm wenigstens soviel Zeit ließ, sein wenig Acker in der Freizeit einigermaßen zu bestellen. Er ernährte sich schlecht, nur zur Kirmes und Hochzeit stand Wein auf seinem Tisch. Er kannte nur den Gehorsam und als allenthalben das Schimpfen und Rebellieren begann, gab's viele, die sich wunderten, daß soviel Kühnheit möglich sei. Doch schlugen sie kräftiger als alle, wenn's zur Schlacht ging. Sie schatzten und brannten nieder als müßten sie Berge wegraffen und alles niedermachen, um ihre eigene Kühnheit zu begreifen.

Der Bauer, dessen Großeltern noch im Eigenen gesessen hatten, war lange nicht so demütig; er hielt seine Rechte mit beiden Fäusten und je mehr man ihm nahm, desto tiefer fraß sich der Haß in seine Seele. Oft klagte er bei den Landgerichten gegen seinen Herrn. Eine wahre Prozeßwut vernichtete viele von ihnen. Sie nahmen Geld auf beim Juden, um vom Kammergericht nach langen Monaten ein Urteil zu erreichen, das der beklagte Grundherr lachend mißachtete. Ein grimmiges Rechthabenwollen heizte sie, nahm ihnen die Vernunft. Am geringen Objekt, einer Pfennigdifferenz, einem Zipfel Acker konnte ihre Streitsucht entbrennen. Und während sie ärmer und ärmer wurden, eine Fehde sie für Jahre beraubte, hielten sie die glühenden Augen auf dem einen Gegenstand, der ihren Haß angezündet. Jeder von ihnen hatte einen solchen Wahn, einen verrückten Gedanken, der wie ein Zauberstein ihn bannte. Wenn sie zusammenkamen, sprachen sie davon. Wer sie gewinnen wollte, mußte diesen

Erzählungen zuhören. Und so groß die Freiheitsbewegung später wurde, so weit sie ihre Ziele steckte, der Funken zu ihrer Glut war in der Asche eines solchen lächerlichen Feuers aufgeglimmt.

Joß wußte das und fragte in den nächsten Wochen überall zuerst nach ihren Prozessen. Er ließ sich die kleinen beißenden Wunden zeigen. So bekam er die Sicherheit, die große Krankheit eines Tages heilen zu können.

Denn diese Bauern, wenn sie Vertrauen gewonnen, wurden blinde Anhänger. Joß wurde für sie Anwalt des Rechts, das man ihnen versagt. »Junker,« sagt der aus Pforzheim, als sie sich zum zweiten Mal trafen, um den Pfennig für die Fahne abzuliefern. »Ich nenne mich Lux Rapp. Das letzte Mal schwieg ich über meine Sach. Jetzt wo es mir die Haut schon verbrennt, solltet Ihr mich anhören und mir raten.«

»Sprecht nur,« sagte Joß und hielt die anderen mit einem Wink in der Stube zurück. Wenn alle alles wußten, wuchs die Einheit.

»Ich hab ein junges Pferdlein,« begann der Bauer Lux Rapp, »ist ein hübsches Tier und mir sehr lieb. Deshalb oft, wenn ich's aus dem Stall zog, streichelt ich's und drückte wohl auch einen Kuß auf seinen kleinen Kopf. Das sah nun mein Nachbar, er ist nicht hier unter uns, wird auch nie zu uns kommen, ein mißgünstiger Scheißkerl und eins mit dem Pfaffen, der sagt, es sei Sünd und zeigt es dem Offizial an. Flugs war's ein Ketzerstück und der Offizial forderte zwanzig Gulden Strafe. Ich mußt handeln, bin sehr erschrocken, so daß wir auf 12 Gulden uns geeinigt haben. Die sollt ich auf ein Ziel zahlen. Die Zeit ist verlaufen und glaubt mir, die Arbeit ist sauer, ich hab's nicht erübrigen können, ich konnt ihm nur 6 geben, hab dann auch anständig gebeten, er möge mir die anderen 6 stunden bis zum St. Bartholomäustag. Da hätt ich ausgedroschen und etwas Frucht verkauft. Was aber glaubt ihr, daß der Pfaff tut? Er besteht drauf und läßt sich nicht erweichen. Und am Sonntag bin ich in der Kirchen und hör meinen Namen, mir bleibt das Herz stehen in meinem Leib und ich muß aus der Kirchen gehen vor allen Leuten: er hat mich in den Bann getan.«

Der Bauer unterbrach seine Rede und sah alle aus großen fragenden Augen an. Bei Joß aber hielt er an, ängstlich fast.

Pfeif auf den Bann, wollte Joß sagen, aber er machte dann doch ein ernstes Gesicht. Der Bann bedeutete dem Bauern etwas. Man soll die Kette nicht anspucken, die jemand quält. Man muß sie enger ziehen, damit sie die Wut aus dem Leibe schnürt.

»Er hat Euch wegen sechs Gulden in den Bann getan?« fragte er ungläubig. Lux Rapp beeilte sich, es zu versichern.

»Wir haben's gehört,« bestätigte ein Bauer. Joß schüttelte den Kopf. »Doch wußt keiner von uns warum,« erklärte ein anderer.

»Und Ihr habt nicht Klage geführt beim Bischof?« fragte Joß.

Das habe er den Schultheißen tun lassen, erwiderte hastig Lux Rapp, doch warte er heute noch auf Antwort. Inzwischen sei ihm die Kirche verschlossen, auf der Straße gehe man ihm aus dem Weg. »Als habe man die Grind auf dem Kopf, so sehen sie fort von einem. Und der Offizial bekreuzigt sich, wenn er mich sieht. Ich bin bei Nacht über die Kirchhofsmauer, da hing der Anschlag. Hab ihn nicht lesen können, hab nur gewußt, da steht mein Name geschrieben. Da hab ich geschworen beim Grab meines Vaters, das hinter mir lag, es sollt mir Gerechtigkeit werden. Und hab ein Vaterunser gebetet vor der Kirche, als der Mond auf alle Kreuze schien.«

»Amen,« sagte ein Bauer. »Hast recht getan.«

Der Pforzheimer dankte ihm mit einem kindlichen Blick. Die Runde verharrte im bäuerlichen Schweigen. Joß sah seine Handteller an. Eine verirrte Wespe klopfte den surrenden Leib gegen die niedrige Decke. Aus dem nahen Stall wieherte ein Pferd. Joß lachte. »Habt ihr's gehört,« sagte er und deutete auf die Wand, aus der das Wiehern kam. »Das Pferd bietet Gruß dem Bauern, der es ehrt. Gibt es denn etwas Natürlicheres als Freund zu sein allem Tier. Was für ein Gehirn braucht einer, um darin Teufelsspuk zu finden? Aufschlagen sollt man ihm die Schädeldecke und den Unrat hinausschaufeln und auf den Mist werfen. Niemals hört ich eine frechere Mär. Was machen sie aus dem Bauern? Er wird die Sonne anlachen und sie werden sagen, er ist ein Heide. Er wird sein Wasser abschlagen und sie werden sagen, er verunreinigt die Erde. Er wird die Ähren prüfen auf dem Halm und sie werden sagen, er verzaubert die Frucht. Er wird am Bach stehen und die Forellen ansehen, und sie werden sagen, er vergiftet die Wellen. Er wird sich nicht mehr die Nase schneuzen können, sie fänden denn einen Grund zur Klage und zur Buße. Werden wir also alle wie Lots Weib! Stellen wir uns auf die Dorfstraßen starr wie die Salzsäulen, vielleicht kommt der Herr Offizial und leckt uns an wie ein Kalb und ist endlich zufrieden.«

Nun lachte ein Bauer. Joß hatte gepoltert, als wenn er es kaum fassen könne, was man erzählt.

»Ich werde ihn fragen gehen, was er sich denkt,« erklärte er nach einer Weile, stand auf und ließ die Bauern staunend zurück.

Sie warteten eine Stunde, Joß kam nicht wieder.

Am Abend erfuhren sie von dem Schweizer des Pfarrers, daß ein fremder Ritter im Pfarrhaus erschienen sei und nach einem kurzen Disput den Herrn Offizial wie einen Scholar rechts und links und links und rechts geohrfeigt habe.

Am Sonntag fehlte der geistliche Herr auf der Kanzel. Ein Bauer hatte ihn mit verbundenen Backen im Pfarrhausgarten herumschleichen sehen.

Joß ließ das Dorf viele Wochen ohne Nachricht. Er ritt im ganzen Bistum umher und fühlte den einzelnen Dörfern den Puls. Einmal waren ihm die Späher auf den Fersen, aber er täuschte die Verfolger und erreichte eine Burg. Unschwer gewann er den Ritter mit seinen Erzählungen. Er schenkte ihm einen Beutel, dessen Goldfäden in türkischen Arabesken verschlungen waren. Der Glanz des Orients blinkte geheimnisvoll aus dem verzierten Leder. Bewundernd und in kindlichem Neid hörte ihm der Ritter zu. Wein kam auf den Tisch, der Ritter entschuldigte sich, daß er nichts Besseres vorsetzen könne, er sei eben kein Pfaffe, nur ein armer deutscher Edelmann. Joß machte sich erbötig, als Dank für die Gastfreundschaft in ein paar Tagen ein Fäßchen edlen Pfälzer auf die Burg zu schicken. »So habt Ihr Güter drüben überm Rhein?« »Mitnichten,« sagte Joß, »ich nehme nur Diebsgut zurück und erfreue den, dem's besser zusteht als den Römlingen.«

Sie verstanden sich ohne viel Worte. Joß überlegte, ob er mehr schon sagen solle. Der Ritter, wiewohl vergnügt ob des unternehmungslustigen Gastes, zweifelte und rechnete ihm's als Aufschneiderei zu gut... Ich werde noch warten, dachte Joß, günstig ist nur, diese Zuflucht zu haben. »Ich habe jetzt öfter in Eurer Gegend zu tun,« bekannte er. »Mein Tor steht offen, wann Ihr auch kommt.« Das war ehrlich. Joß hatte mehr als Kurzweil in die Stube des Landjunkers gebracht. »Ich nehm's für ein Wort,« sagte er und verabschiedete sich. Ein Schlupfwinkel mehr, dachte er, als er über die Zugbrükke ritt, und betrachtete wohlwollend die schroffen zerklüfteten Felshänge, aus denen die ordentlichen Burgmauern wuchsen wie sicherer Trotz aus wilder Drohung. Und seinen Wein wird er bekommen, beschloß er ernsthaft.

Er traf Martin in der verabredeten Schenke. Der Freund war umgeben von merkwürdigen Kumpanen. Greise mit langen Bärten, Männer mit zerhauenen Gesichtern, erhitzte Säufervisagen. Sie redeten durcheinander, Fäuste fielen unflätig auf den Tisch, aus zahnlosen Mäulern brach schleimiges Gelächter. Als Joß eintrat, drehten sie alle miteinander die Köpfe zur Tür. Raubtiere äugten nach einem Opfer. Einer stand auf, er trug einen härenen Sackmantel und einen silbergrauen Hut, aus dessen Band ringsum Bilder von Heiligen hervorschossen wie böse Saat des spöttischen Gehirns, das der Hut breitrandig beschattete. »Um unserer lieb Frauen willen,« leierte der Mann und hob einen Armstumpf zu Joß, »gebt dem Armen, den die 14 Nothelfer zu Euch schicken mit seinem Elend.« Sein Atem ging alkoholisch und lauwarm unter Jossens Nase.

»Die 14 können Euch nicht selber helfen?« sagte Joß. »Ihr habt schlechte Patrone, wie mir scheint. Was machst du hier, Martin?« Er ließ den Bettler stehen, der sofort seine Jammermiene fallen ließ und den anderen eine Grimasse schnitt. Martin lachte hinter dem Tisch: »Willkommen, Joß.«

Er hatte das Wort kaum gesprochen, als ein Toben und Drängen begann, als sei ein Feuer im Speicher ausgebrochen. Sie stürzten den Tisch um, Becher klirrten auf die Erde. Vivat, schrien sie, die Gesichter glätteten sich, die sturen Augen bekamen Glanz, einige schienen ihre Krücken nicht mehr nötig zu haben, man konnte denken, die Kiefer der Alten hätten plötzlich Zähne bekommen. Zwei aber gingen sofort zur Tür und sicherten den Riegel.

Sie kamen alle, Joß die Hände zu schütteln, sie faßten seinen Mantelkragen, strichen über sein Schwert, griffen nach den Bechern, die über den Boden zerstreut waren, schrien nach neuem Wein, knallten die Becher aneinander.

Welch ein Narrenhaus, dachte Joß. Er sah nur die tobende Gesellschaft, hinter ihnen den überlebensgroßen Wirt, der wie ein dressierter Hund mit dem Kopf immerfort nickte, und Martin, der lachend sitzen geblieben war. Je weniger Joß begriff, desto schärfer betrachtete er die johlende Kumpanei. Sie freuen sich, die Krüppel. Aber warum nennt er meinen Namen vor so besoffenem Volk? Hat er ihnen die Taschen geleert? Er wird nicht viel gefunden haben. Ihre Kleider haben mehr Löcher als Tuch. Oder will er mit diesen Einarmigen, Triefäugigen, Weißhaarigen, Zerlumpten die Landesfürsten verjagen? Wie sie brüllen! »Auf Euer Wohl!« Sein Becher schwappte über, denn sie hatten ihn gepackt. Sie sind wahnsinnig geworden, dachte er und flog schon aus den prellenden Armen gegen die Decke, kam wieder in die gleichen Arme, mußte noch einmal steigen… »Vivat Joß Fritz, Vivat Joß Fritz.« Er flog ein drittes Mal. Zum Teufel, nennt meinen Namen nicht! Und außerdem: was könnt ihr von mir wissen?

Etwas benommen fand er sich wieder auf seinen Beinen.

»Willst du mir,« wandte er sich an Martin, »vielleicht sagen, was das bedeutet?«

Martin stand auf und brüllte einige Befehle in den Raum. Die lärmenden Strolche verstummten und stellten sich in einer Reihe hintereinander auf, der erste blieb dicht vor Joß, der letzte stand an der Tür. »Schließt die Tür,« rief Martin.

»Sie ist schon längst geschlossen, Jakob wacht draußen.«

Joß begriff immer weniger. Sie machen Karneval mitten im Sommer.

Martin griff dem ersten auf die Schulter: »Darf ich dir deine Postboten vorstellen, Reiter auf Schusters Rappen, aber auf den Wegen des Heils? Sie haben Löcher und Verstecke vom Scheitel bis zur Sohle, Platz genug, jeden Brief zu verstecken. Sie sind zuverlässig, denn sie haben – vorläufig – nur die Haut zu verlieren. Sie verstehen das Deutsch aller Dörfer von Mainz bis Schaffhausen. Ihre Nasen riechen einen Profosknecht, eh er ihnen unter die Augen gekommen ist. Sie haben bis heute jederzeit abgelehnt, mit den adligen Wölfen in den Prunkbetten der Schlösser zu schlafen, sie kampieren lieber mit den plebejischen Feldmäusen in den Heuschobern.« Lachen schüttelte die Schultern der Reihe, Martin fuhr zufrieden fort: »Sie wissen auch aus der Bibel zu sagen, was zur Zeit sehr not tut, da die Pfaffen aus dem heiligen Buch einen Sack voll Fürze gemacht haben. Sag einen Spruch, der in diese Stunde paßt!« Martin wies auf den dritten Mann der Reihe: »Es ist ein entlaufener Mönch,« sagte er zu Joß, der langsam zu verstehen begann und schon freundlich über die Versammlung sah.

Der Angeredete kratzte sich geschmeichelt sein stoppeliges Kinn. Er war ein großer Mann mit breitem Gesicht und klugen Augen; sein Gewand war weltlich, ein grauer Schultermantel, in den die Falten des Nachtlagers noch eingedrückt waren.

»Ich habe noch andere Schafe,« sagte er lächelnd, »die nicht aus diesem Schafstall sind, auch diese muß ich herführen und sie werden...«

»Schlecht, schlecht,« riefen die anderen, denn sie hatten zweifellos eine Zote erwartet. Aber Joß winkte ihm zu, und auch Martin, der mit der Vorstellung fortfahren wollte, war zufrieden. Damit aber wandte sich der Expriester zu den Kumpanen: »Ihr Madensäcke,« rief er, »ihr törichten Jungfrauen, ihr Maulhuren, denkt nicht, daß sie euch mit seidenen Tüchern anfassen, wenn sie merken, welche Zeitung ihr durchs Land tragt. Sankt Peter spuckte auf dem Kopf stehend seinen letzten Schleim vom Kreuz, Sankt Paul legten sie den Kopf vor die Füße, Sankt Lorenz briet im eigenen Rippenfett, und es wird euch nicht besser gehen, wenn ihr wie die Schläuche euch füllt und nicht offen habt euren Verstand wie der Fuchs seine Lichter, denn wie geschrieben steht: es kommt vielleicht die Stunde, daß jeder, der euch tötet, meinen wird, Gott einen Dienst zu erweisen.«

»Und das werden sie tun,« fuhr Joß zitierend fort, »weil sie weder den Vater noch auch mich kennen.«

Sie waren alle sehr ernst geworden und obschon ein krachendes Rülpsen, das einem entfuhr, die Feierlichkeit angenehm unterbrach, schien die betrunkene Stimmung aufgesaugt von den heiligen Versen.

Es schadet nichts, wenn sie einen Augenblick überlegen, dachte Joß, er scheint sie im Suff gewonnen zu haben. Sollen sie das kalte Eisen am Hals fühlen! Das prüft, das greift in die Eingeweide, da schleichen sich die Halben weg.

Aber Martin war nicht gesinnt, aus der Wirtsstube eine Katakombe zu machen.

»Das war also Zacharias, unser Hauskaplan,« sagte er, »er wird zu besonderen Gelegenheiten zu verwenden sein und später, so's der Herr will, zum Feldgottesdienst. Hier aber ist,« Martin rüttelte an den Schultern des ersten der Reihe, »ein weltlicher Bruder, hat seinen Arm beim Fugger gelassen, als ihm einer einen Sack Silber draufgeworfen. Den Arm findet er nicht wieder, aber das Silber möchte er sich holen. Michel-Thomas ist sein Name. Weiterhin!« Martin schob Michel-Thomas zur Seite und stellte den zweiten vor. Joß begrüßte jeden einzelnen, es war wie eine Vereidigung; einer küßte ihm in schneller Verbeugung die Hand; der Mönch allein blieb stehen: »Ich würde Euch segnen, Bruder Joß, aber ich weiß nicht, ob mein Segen noch was wert ist.«

»Sorgt lieber dafür, daß jene mich vergessen und mehr vom Schuh sprechen als von Joß.«

Der Mönch hob abwehrend die Hände: »Gegen die Wölfe braucht man einen Jäger.«

»Aber man soll ihn nicht nennen.«

»Laßt Euch nennen, Joß, auf daß Ihr nicht eitel werdet in Eurer aufregenden Verborgenheit wie ein namenloser Gott.«

»Ich muß gehen jetzt,« sagte Joß, »sorgt, daß es das letzte Mal war, daß sie in solchem Haufen beisammen sitzen. Wir sind sicherer, wenn wir uns nicht kennen. Wir sind stärker, wenn keiner uns zählen kann.«

Wie die Brüder der Heiligen zogen die Bettler durchs Land. An ihren Hüten steckten kolorierte Bilder ihrer Schutzpatrone. Auf den schmutzigen Briefen, die sie aus den zerlumpten Kleidern zogen, bat Sankt Peter oder Sankt Ottilien, daß man »umb seiner willen« sich des bedürftigen Menschenkinds, so diesen Brief präsentiere, annehmen möge. Einige hatten sich den Paß des himmlischen Fürsprechs auf den Stumpen ihres Arms aufgebunden oder trugen ihn an vom Schweiß getränkter Schnur um den Hals, wo er baumelte wie ein Ordenszeichen, und sie gingen auch so, als sei ihr Elend ein Mönchsgewand und das Knurren ihres Magens die Litanei ihres Lebens. Sie hatten Wunden am Leib, die den Gesunden schnell in die Tasche greifen ließen; sie wußten insgeheim, daß jener die Münzen in den dargebotenen Hut warf, um sich gegen den Ansprung der so offen ausgestellten Bresthaftigkeit zu schützen.

Sie hatten längst verlernt, in der Arbeit einen Ausweg zu sehen; zu viele begegneten ihnen, die vom frühen Morgen bis zum späten Abend die Hände rührten und dabei nicht viel glücklicher waren als sie. Die Festlichkeit der Sonntage, da sie vor den Kirchentüren reichlicher den Lohn der Barmherzigkeit empfingen, der erregte Lärm der Kirchweihen, deren Kalender sie genau kannten, gab ihnen das Gefühl, daß es besser sei, den Rahm von den vollen Tagen abzuschöpfen als in der Mühe der mageren Tage zu stehen. Sie waren verkommen, tranken mehr als sie aßen, schätzten den Menschen gering und kannten ihn so, wie er sich ihnen in Händeln und Trinkgelagen zeigte. Sie fürchteten Gott, ohne sonderlich an ihn zu glauben; er war ihnen nicht viel mehr als der geheime Helfer, der allen androhte, was ihnen schon geschehen war. Sie lernten ihn nützen und sie wußten sogar zweifelhafte Geschichten über ihn, mehr noch über seinen Gegenpart, den Teufel, dessen Ränke sie manchmal zu unterstützen glaubten, wenn sie einem bösartigen Bauern die Scheune ansteckten. Viele von ihnen waren überzeugt von ihrem Anrecht auf Hilfe; einige hatten es soweit gebracht, die Spenden unter Drohungen zu verlangen und das schlechte Gewissen der Besitzenden sich zum Bundesgenossen zu machen. Sie kannten die Nöte des kleinen Mannes gut, da sie wandernde Bettler waren. Sie gingen den Klagenden meist aus dem Weg, da selten Geld von ihnen zu holen war; Burgtore, Meiereien der Klöster, Kirchenportale waren ihre Zollstellen, der Geruch des Reichtums zog sie an; aber ihre professionellen Kniefälle und Jammergesten hinderten sie nicht, den armen Bauern als einen Unglücklichen anzusehen und zu achten, der nur durch Zufall noch nicht in ihren Reihen war.

Während sie sich hundert Verkleidungen erfanden und mit bunten Lappen, stinkenden Wunden, falschen Krücken die Aufmerksamkeit der Herzen zu erregen suchten, hatten sie offene Augen für alle Schrecken der Zeit und offene Ohren für ihre Gerüchte. Sie zahlten oft mit abenteuerlichen Lügen. Planlos erfreuten sie den einen mit Heilsgeschichten und warfen den anderen durch Berichte von Tyrannenwillkür noch tiefer in die dumpfe Verzweiflung.

Dann kam Martin und ordnete ihr Leben, machte sie nutzbar und gab ihnen mehr als nur das Vergnügen von einer großen Sache heimlich zu wissen. In den süddeutschen Gebieten, die er sich mit Joß ausgewählt, machte er eine Hilfstruppe der Revolution aus ihnen. Eine eigenartig bunte, nur mit Humor und zynischer Offenheit zu dirigierende Verschwörerkompagnie, in der kaum einer von des anderen Mitwisserschaft wußte und die treuer war als viele der Gesellen, die unmittelbar unter Joß stehend als Werber der Bauern durch die gleichen Dörfer zogen.

Martin traf den ersten auf einem Jahrmarkt in Bruchsal. Ein alter Mann, im gelben Mantel, über den ein merkwürdig langer Bart hing, erstaunte eine auffallend große Menschenmenge. Frauen, die am Rand der Menschen standen, wandten sich um zu Martin und flüsterten fast bestürzt: »Er hat sie geheilt!«

Martin zwängte sich durch und sah den Alten, der alle Hände zu tun hatte, um seiner Zuhörerschaft jetzt gegen dikke Pfennige kleine Rollen von Salben auszuhändigen; neben ihm auf einem Tisch lag ausgestreckt ein junges, blasses Mädchen mit roten Haaren; des Mädchens Beine, erbarmungswürdige, dünne Stänglein, waren nackt und schrecklich bemalt mit den roten und gelben Kreisen von Eiterbeulen. Der alte Mann zeigte, während er mit fixer Hand seinen Handel betrieb, auf den rechten Fuß des Kindes: »Ganz geheilt!« meckerte er, »ganz geheilt!«

Martin begriff plötzlich. Lachen stieß ihn, aber er verstummte unter dem halb gedeckten Blick des Alten und zog sich zurück.

Er erkannte ihn später kaum wieder, als er ihn vor dem Stadttor am Wegrand sitzend traf. Der Mann war reichlich jünger geworden, er hatte den Bart abgelegt. »Ihr müßtet auch das Gewand wechseln,« sagte Martin und hielt an.

Der Mann zählte ruhig seine Münzen: »Soviel bringt der Schwindel nicht ein.«

Martin war betroffen von der Kühnheit. Er bat sich niedersetzen zu dürfen, bot seine Flasche an. Der Mann behauptete, niemals zu trinken. Martin setzte die Flasche an den Mund. Bauern kamen mit kleinen Karren den Weg herunter. Die Sonne brannte Trägheit in die Glieder. Martin sah den verschlafen dahinziehenden Pferden nach. Er spürte das Mißtrauen des Mannes an seiner Seite wie das Lauern eines Tiers, hörte das Klappern der Münzen, er hatte mit einem Mal nichts als die Lust, den Kurpfuscher zu gewinnen. »Und wo ist Euer rotes Kind,« fragte er in den Tag hinein. Kein Zögern hemmte die Antwort. »Sie wäscht sich dort hinten am Bach die Malereien von den Beinen.«

Der Zynismus fesselte Martin. Wenn ich rascher aufs Ziel losginge?

»Habt Ihr nicht auch ein Mittel gegen die Fürstenpest?« fragte er und drehte sich nun zu dem Kurpfuscher um. Er sah, wie jener sein Kleid musterte, sorgfältig bis zu den Schuhen gehend. Jetzt sind wir quitt, dachte Martin. Vertrauen gegen Vertrauen. Er stützte sich lachend auf den Knauf seines Schwertes.

»Gegen besagte Krankheit gibt es nur ein Mittel,« sagte der Mann, er zeigte auf Martins Schwert und schwieg.

Sie verstanden sich nun schnell. Martin sagte, er hieße Jörg von Ulm, der andere log nicht: »Ich nenne mich Lorenz von Pforzheim.« Martin meinte, es sei an der Zeit, daß etwas geschehe in den deutschen Landen. Lorenz war der Meinung, das Wasser müsse den Leuten nicht nur bis zum Hals stehen, sondern in die Mäuler laufen, dann erst würden sie wach. Martin glaubte, daß man sie schon jetzt wecken könne. Lorenz war es lieber heute als morgen. »Aber« – gab er zu bedenken – »vorläufig kaufen sie lieber Ablässe und Skapuliere.« »Und Salben,« ergänzte Martin.

Sie lachten, und jetzt nahm der Mann auch die Flasche an. »Man muß einen Weg finden,« sagte Martin, »sie unruhig zu machen. Unrast, das ist das Wichtigste. Sie müssen bei Nacht aus ihren Betten fahren und sich einbilden, es sei etwas geschehen. Und müssen an den Fenstern stehen und träumen, die Burg über dem Dorf stände in Flammen. Sie müssen mit den Sensen zur Mahd auf die Felder ziehen und plötzlich anhalten mitten auf der Straße, weil ihnen der Gedanke kommt: warum ziehen wir wohl immer noch ins Feld? warum ziehen wir nicht alle, wie wir da sind, zur Vogtei und schlagen den Bluthund tot, der uns die Scheunen plündert? Sie müssen hören, daß sowas schon geschehen ist, gestern im Schwarzwald, vorgestern in Ensigheim, morgen geschehen soll am Mittelrhein. Man muß die Wünsche aus ihnen jagen wie bissige Hunde. Daß keiner sie mehr zurückpfeifen kann.«

Martin redete sich in Hitze. »Erst einmal durcheinanderwirbeln! Schreckenssterne an den Himmel malen. Die Wölfe muß man heulen hören um Mitternacht. Die Feigen werden merken, daß es keinen Zweck mehr hat sich zu verstecken. Nackt muß man alle machen. Kein Einfall ist zu schade, man soll nicht mehr sparen mit Geschichten. Die Welt ist voll von ihnen. Man muß sie nur herumtragen. Immer noch Feuerholz unter den Kessel! Er muß überkochen, das Feuer löscht sich dann von selbst. Das muß so sein, als wenn die Erde zittert. Da merkt man plötzlich, jetzt geht es hunderttausenden schlecht; und wenn die Erde die Haut wieder ruhig hält, dann ist doch etwas geblieben: der Bauer in seinem Dorfgefängnis weiß, daß er nicht allein ist. Und das bringt ihn vielleicht auf eine neue Idee. Vielleicht. Ich bin kein Prophet.« Martin sah seinen Nachbar an: »Aber Ihr seid ein Doktor, was haltet Ihr von der Kur?«

Lorenz von Pforzheim hatte immer mehr sein Herz klopfen hören. »Spart nicht mit Geschichten!« Das gefiel ihm. Wer nicht den Mut zu Geschichten hat, überließ seine Kundschaft dem Konkurrenten. Das Volk lebte von der Hand in den Mund, und wer ihm seine Sprache redete, hatte gewonnen. Dieser Ritter war klüger als die Wandermönche, die triefendes Fett aus den Bärten brabbelten, die nichts konnten als die Geißel schwingen. Wer hält gern ewig seinen Hintern einem Strafrichter hin? Außerdem tranken sie nicht, hurten nicht, lachten nicht, waren immer wie vierundzwanzig Stunden vor dem jüngsten Gericht. »Spart nicht mit Geschichten.« Das war ganz etwas anderes. Das gab einem Lust, sich mit dem kleinen Mann zu beschäftigen. Außerdem war es das einzige Mittel fürs erste.

Er fühlte sich geschmeichelt und belustigt zugleich, als er sich Doktor genannt hörte. »Man müßte nur mehrere Heilgehilfen haben,« meinte er prompt.

Martin zog Geld aus der Tasche. Er zweifelte nicht, daß er auf den Richtigen gestoßen sei. »Hier sind zehn dicke

Pfennige, sucht Euch noch acht andere kluge Männer. Ihr werdet sie finden. Sprecht niemand von mir. Auch niemand zu genau vom Ziel. Da drüben treiben sich übrigens bischöfliche Reiter herum, es ist nicht gut, daß man uns zusammen sieht.« Er stand auf und glättete sich die Hosen. »Ihr trefft mich jeden ersten Dienstag des Monats auf dem Markt von Bruchsal.«

Von diesen Tagen an – nirgendwo verzeichneter Kalendertag – kann man den Beginn einer systematischen Zersetzung der öffentlichen Meinung in den Ländern zwischen Heidelberg und Basel datieren. Die Bettler sind vermodert, ihre frechen, geheimnisvollen, phantastischen und traurigen Erzählungen haben Früchte getragen, die Technik ihrer Erzählerkunst bleibt neu zu lernen.

Sie erschienen in Wirtschaften, saßen stumm in den Ecken und seufzten endlich in eine Gesprächspause der Gäste hinein. Man fragte sie nach ihrem Kummer. »Der Wein schmeckt einem nicht mehr,« sagten sie, »seit man das gesehen.« Sie gingen fort, ohne ihr Geheimnis preiszugeben, und ließen die Gäste mit all ihrer Neugier und in dunklen Ahnungen zurück.

Lorenz selbst trat mit Vorliebe aufgeregt in die Stube ein. »Habt ihr schon gehört,« sagte er, »daß die Bauern um Durlach den Zehnten verweigert haben?«

Kam er zum zweiten Mal, so wußte er, daß es nur ein einziger Bauer gewesen war. Die Bauern rückten zusammen und wollten mehr wissen. Er brachte es fertig zu zittern am ganzen Leib und erzählte nun eine wirklich wahre Geschichte, die er der Vorsicht halber und auch aus anderen Gründen in eine andere Landschaft verlegte.

Es war eine grausige und leider ganz wahre Geschichte, die Bauern hörten schwer atmend zu:

Ein freier Bauer hatte eine Buße zu zahlen für einen verlorenen Prozeß. Er erwartete auf den Sonntagmorgen den Vogt, der ihm zwei Kühe wegführen sollte. Am Sonnabend holte der Bauer seine Pferde von der Weide, jagte die Hühner in den Verschlag, der wie der Stall eingebaut war in das prächtige Holzhaus, zog aus dem Misthaufen ein verrecktes Schwein hervor und warf es in den Brunnen, machte sich dann mit Hammer und Nägeln an den Türen zu schaffen, während die Frau mit den Kindern schon in den oberen Kammern zur Ruhe sich legte. Das Hämmern des Mannes gab ihnen keinen Verdacht, sie schliefen ein, kurz nur erwachte die Magd, als sie neben ihrem Holzverschlag jemand im Heuschober rumoren hörte. Aber auch sie schlief wieder ein, als sie verstand, daß es der Bauer war, der Futter hinunter in die Diele stieß. Der Bauer hatte sein Werk getan, die Türen waren vernagelt, das Vieh im Hause, alles Hab und Gut war beisammen. »Nun komm schon, Vogt,« knurrte er und ging in die Küche, um Glut aus der Herdasche zu holen. Als die Heuballen auf der Diele schon lichterloh brannten, sprang er in sein Zimmer, riß seinen Knaben aus dem Bett, raste abwärts mit dem kaum erwachenden Kind und sprang stumm in die Flammen. Rings um ihn brüllten jetzt die ängstlichen Tiere, Hufe dröhnten, die Kühe rasselten mit den Ketten, im Hühnerstall flatterte und kullerte das aufgescheuchte Geflügel, aus den oberen Räumen aber schrien fassungslos die Menschen und donnerten an die von außen verriegelten Türen und die verrammelten Fenster.

Der Vogt, so erzählte Lorenz und ging dann bald wieder weg, habe nur noch schwarze Kühe vorgefunden. Der herbeigeeilte Pfarrer des Ortes aber habe erklärt, der Bauer sei der Teufel selber gewesen, das sehe man doch an der verkohlten Leiche, die sich an dem Kind in ihren Armen, man möchte sagen, festgefressen habe.

Die Bauern hatten mit offenen Mäulern dagesessen. »Möchte man's nicht bald genau so machen,« brummelte erschüttert einer von ihnen.

»Den Pfarrer hättet Ihr auf der Stelle zu der toten Sau in den Brunnen werfen müssen,« polterte ein anderer los.

»Ich war nicht dabei,« sagte Lorenz und verabschiedete sich.

Die Bettler verstanden ihre Aufgabe gut. Indem sie mehr und mehr begriffen, um was es sich handelte, wechselten sie von den Schreckensgeschichten zu Aufstandsberichten.

Es war noch nicht die Zeit, da man sie auch zu Botschaften benutzte an die vereidigten Mitglieder des Bundschuhs. Das ließ Joß erst später zu, als sie geprüft waren und andererseits die Bewegung so groß geworden war, daß man sie für Transporte von Druckschriften, für Zustellungen geschriebener Orders nötig hatte.

Jetzt in diesen Monaten schlenderten sie als wandernde Störenfriede durchs Land. Es kam jedoch vor, daß einer von ihnen schon von Bundschuh sprach. Nicht namentlich wurde das Symbol genannt, sie zwinkerten pfiffig mit den Augen, sie klopften wohl auch die Pfeife an den Schuhen aus. Sie erreichten, daß der Bundschuh wieder wurde, was er seit 1493 in den Tiefen des Zeitdenkens geworden war, das Schreckgespenst für den Fürsten jeder Art, die Sonne der Hoffnung für den kleinen Mann. Verließ einer von ihnen eine Wirtschaft, so fand wohl der nächste Gast auf dem Tisch das Zeichen aufgemalt. Mit Kreide stand es morgens an Burgtore geschrieben, Äbte erschrak man damit, sie konnten es umrahmt von demütigem Spruch auf den Steinen sämtlicher Passionsstationen im Klostergarten erblicken und hatte doch niemand den Garten mit Erlaubnis betreten als ein paar arme Bettler, denen man die Abendsuppe gereicht.

Langsam stärkte sich der Bauer daran. Den Verzweifelten, der von den geplünderten Äckern heimkam, grüßte das Zeichen von seinem Scheunentor. Er wischte es ab und lächelte dabei. Eine Taube, die mit Goldmünzen herbeigeflogen wäre, hätte nicht wundersamer wirken können. Der Bauer begriff, daß eine geheime Macht an ihn dachte und ihm einen Tag der Freiheit verhieß. Die Bettler taten das Ihre, um diese Hoffnung zu bekräftigen. Da auch sie nicht viel mehr wußten von Tag und Stunde und dem großen Plan, sprachen sie um so natürlicher in der vagen vieldeutigen Art, die der vorsichtige Bauer guthieß und sich nach seinen Träumen auslegte. Und die Bettler brachten das Zeichen so oft an, als es ihnen ohne große Gefahr möglich war.

Das unterirdische Beben wurde immer deutlicher hörbar.

»Stimmt es eigentlich,« sagte ein Vagant, als er fronende Bauern am Straßenrand beim Vesperbrot traf, »daß im Nachbardorf das Landvolk vor des Freiherrn Schloß gezogen ist und sie den Herrn gefangen haben, weil er nicht schnell genug das Burgtor hochgerissen hatte?«

Die Bauern wußten nichts, es könne auch nicht wahr sein, da gestern noch ein ganzer Haufen des Dorfs neben ihnen im anderen Feld gefront habe.

Da müßte er leider an die Solothurner denken, sagte der Bettler. Ach, er hätte dort bleiben sollen! »Aber man hat das Herz doch nun einmal im Bruchrain gelassen und muß zurück.«

»Heraus damit, was ist es mit den Solothurnern?«

»Ach ja, die Solothurner. Da war ein Caspar Hetzel, der schindet sie und verhöhnt sie obendrein. Sagt, daß sie stinken und zum Kuschen gemacht seien. Ein Herr, der lang verhandle, sei kein Herr. Wer oben sei, hätt's ja damit bewiesen, daß er recht habe. Da sind sie nach oben gezogen, haben ihn heruntergeholt und haben ihn lang gelegt.«

Der Bettler zeichnete mit dem Arm eine lange Bank vor die Sitzenden.

»Und dann hat er auch gestunken und dann roten Saft gelassen. Und hat garnicht lang verhandelt, sondern gestanden, was er alles in die Taschen gesteckt. Und schließlich haben sie ihm den Kopf vor die Füße gelegt.«

Der Reihe nach sah nun der Bettler die Bauern an. Stumm wie die Fische hatten sie zugehört. Nur einer hatte mitten in der Erzählung aufgelacht. »So, so die Solothurner,« sagte er jetzt.

Der Bettler erhob sich und ging. Als er sich nach einer Weile umwandte, sah er die Männer immer noch unbeweglich in dem Weggraben sitzen.

Immer häufiger kolportierten die Vaganten Geschichten aus der freien Schweiz. Weiß Gott, wer sie ihnen lieferte! Gewiß war nur, daß auf dem Weg durch die vielen Mäuler Name, Ort und Datum der Erzählung viel von ihrer historischen Genauigkeit verloren. Soll man sich darüber sehr erregen, wenn man vernimmt, daß eines sich nicht abbrauchen ließ, daß eins blieb in allem: der Brand der Rebellion?

Sie drangen auch in die kleinen Städte ein. Manch ein Bauer glaubt eher, was er in der Stadt hört, sagten sie.

»Es war kein schlechter Griff, aber besser war noch der Schlag,« sagte einer in Bruchsal und wollte seine Erzählung schließen.

»Sagt's nochmal! Wo war es und wie kam's?« Ein Bäkkermeister wollte alles genau wissen. Ein dicker Mann, der eben aus der Mauthalle getreten war und nur noch die letzten Sätze der Erzählung gehört hatte. Der Bettler saß in dem Torbogen und hielt Brotkrümel in der Hand. Tauben trippelten gurrend um seine ausgestreckten Beine, ein Vogel sprang ihm auf den Arm und pickte aufgeregt die Bröckchen aus der Handmulde. Vom nahen Markt lärmte das Geschrei der Budenbesitzer, die Bauern um den Bettler hockten stumm neben ihren Gemüsesäcken, sie nickten zufrieden, als der Bettler seine Geschichte wiederholte.

»Ich habe,« sagte der Bäcker und schnaufte schwer, »auch eine Tochter, ein lieb Ding, könnte nicht ohne sie leben, unschuldig wie so ein Täubchen da, ist sie. Mein Gott, erzählt, was die Baseler machten!«

Die Räthier seien's gewesen, sagte der Bettler, ein gutes Volk, am Rhein seßhaft wo er anfängt in die Welt zu laufen. Ihre Vögte seien alle echte Habsburger gewesen. Geld einstecken und wieder Geld einstecken. Sei einer gekommen zum Bauer Schirrmann, habe gesagt, die Bauern steckten jetzt ihre Jungens in Mädchenkleider, damit sie keine Kriegssteuer zu zahlen brauchten. Er solle mal sein Mädchen vorführen, der Vogt wolle examinieren, ob sie nicht doch mannbar sei.

Da sei's still gewesen in der Stuben und habe man nur den Bauern atmen und den Vogtshund knurren hören. Und durchs Fenster hätten andere Bauern geschaut, die schon gewußt, was der Vogt diese Tage im Dorf suche. Sei das Mädchen gerade ins Zimmer gekommen und der Vogt habe gelacht. Sei umgedreht zu ihr und habe sie an der Schulter gefaßt und ihr den Rock hinten hochgehoben, das blanke Gesäß zu sehen. Und hätt er die Hand noch unter dem Kleid gehabt und noch nicht sonderlich bloßgelegt, was er sich gewünscht, da sei ihm der Hammer schon ins Gehirn gerasselt, und den Hund hab der Bauer mit zwei Händen erwürgt und auf ihn geworfen. Und als die Schergen den Schirrmann zu greifen gekommen seien...

»Was erzählt ihr und wiegelt hier?«

Ein Stadtknecht stand mit blitzender Hellebarde plötzlich unter der Gruppe. Der Bäcker drehte sich empört um, aber der Bettler wartete die Verteidigung nicht ab, er war mit gelenkigem Sprung in die Höhe gegangen und hatte sich in das Gewühl der Mauthalle geflüchtet. Die Tauben flüchteten erschreckt zu den Dächern hinauf.

»Ich hätte ihn auch ins Gehirn geschlagen,« brüllte der dicke Bäcker den Stadtknecht an. »So wahr ich Jakob Muffler heiß und ehrbarer Zunft angehör.«

Stumm erhoben sich die Bauern und ergriffen ihre Säcke. Der Markt kreischte, dudelte, rasselte. Recht dumm war das

Gesicht des Stadtknechts. Es war etwas vor ihm und um ihn, das man nicht fassen konnte.

Als er eine Stunde später wieder an dem Platz vorbeikam, fand er einen Bundschuh auf der Stelle aufgezeichnet, wo der Bettler gesessen hatte. Er trat ihn eilig mit den Füßen aus und wischte über die letzten Reste der Kreide ein aufgegriffenes Gemüseblatt. Schon hatte er Angst, seine Entdeckung weiterzumelden.

Die Schweiz wurde zum Alarmfeuer, das von der Spitze der Berge in die Täler leuchtete und die Schlafenden weckte. Man wußte, wie die Fürsten von der Eidgenossen »Büberei« gesprochen hatten: »Wir wollen in der Kuhmäuler Land dermaßen brennen,« hatten sie geprahlt, »daß Gott auf dem Regenbogen vor Rauch und Hitze blinzeln und die Füße an sich ziehen soll.« Aber man wußte auch, was die Kuhmäuler geantwortet hatten:

»Kommt nur, ihr mutwilligen frechen Gassenjunker, steckt die Schnauze zu unseren Tälern hinein. Wir werden euch solche Ritterschläge geben, daß ihr davon zu Tod geschlagen werdet.«

Und da man zuletzt auch wußte, daß die Ritterschläge nicht nur mit dem Maul geführt worden waren, sondern daß adelige Herren vermoderten im Hardt am Bruderholz, zu Trisen, beim Schwaderloch, daß 20.000 kaiserliche Mannen im letzten Augenblick vor den Schweizern weggelaufen waren, so hörten die Bauern in Baden und im Speyrischen die Geschichten schon nicht mehr als Legenden aus fremdem Land, sondern als Nachricht von ihren glücklicheren Brüdern. Und sie verglichen ihren Tag mit dem der Eidgenossen, sie setzten sich an die Stelle der Rebellen und wuchsen so in die Figuren des Erzählers hinein wie in die Waffenkleider der Freiheitshelden.

Schwierig war die Verwandlung, und die einfachen Geschichten der Bettler hätten niemals ausgereicht, aber sie lokkerten doch den Boden.

»Da hat in Werdenburg Sargans ein Vogt den Bauer gezwungen, mit dem Vieh aus einem Geschirr zu essen.«

Das schnitt ins Fleisch, das heizte! Der Bauer, der es hörte, ballte die Faust in der Tasche.

»Kennt ihr Churwalchen in der Schweiz? Da fing es an mit einem ganz schlichten Begebnis. Sitzt ein Bauer bei Tisch mit Frau und Kindern, kommt der Edle herein, tritt an den Tisch, spuckt in die Schüssel.

Springt der Bauer auf, packt den Edlen, schlägt ihm den Kopf in die Schüssel. »Friß, was du gewürzt hast,« sagt der Bauer und erwürgt ihn vollends. Frau und Kinder sehen zu, wissen jetzt was los ist. Am selben Abend noch bricht das Volk die Burg, füllt die Gräben mit adligen Leichen und macht sich frei.«

Der Bauer hört sein Herz klopfen. Selten schlägt der Hammer so laut an die Rippen. Schon gut, wir sind noch nicht so weit. Beruhige dich, Baden ist kein Alpenland, es geht nicht so rasch. Und wer weiß, ob sie's nun besser haben. Ob nicht andere neue Herren da sind. Und ob es ein gottgefälliges Werk ist und gedeihen kann, wer weiß es. In die Suppe gespuckt – der Bauer erinnerte sich. In der Schüssel erwürgt, recht so! Ja und dann weiter?

Der Bauer stellte sich die Stube vor, den verendenden Vogt über dem Tisch liegend, und vor dem Fenster die Burg. Riesengroß wurde die Burg, fiel wie ein ungeheurer Schatten in die Stube. Gab's noch ein Zurück? Er oder ich, das war da entschieden für den aus Churwalchen, und es ging weiter: sie oder wir. Das mußte sich jetzt entscheiden.

»Nimm dir den Sack Äpfel da mit,« sagte der Bauer zu dem Bettler. »Komm mal wieder, wenn was Neues ist!«

Die schwersten Fragen stellte der Bauer nicht laut, und die Bettler hätten sie auch nicht lösen können. Dazu bedurfte es der seßhaften Männer, die aus gleichem Holz geschnitzt die gleichen Kerben trugen. Joß Fritz wußte das und hatte die Ortsgesellen eingesetzt.

Der Bauer, das war ja nun wahrhaftig nicht eine Figur, der Bauer eines Dorfes, das war die löcherige Straße, die er täglich fuhr, das war die Luft, die um das Dorf kühlte und wärmte und Regen ausgoß, das war der schlechte Abfluß um sein Haus, der ihn jedes Gewitter mit Sorge betrachten machte, das war gerade dieser Vogt mit den scheelen Augen und dem Klumpfuß und kein anderer, das war gerade dieses ewig gleichbleibende Dorf, dem man nicht entrann und über das man keinem Fremden vertrauliche Auskunft gab, auch wenn er als Freund und Helfer zu kommen schien. Was kann ein Auswärtiger schon wissen, und wie mag er sich einbilden, je helfen zu können?

Joß erfand die Ortsgesellen. Es waren seine seßhaften Helfer. Sie kannten ihren Bezirk und machten sich daran, in die Erde, die die Bettler gelockert, den Samen zu werfen. Verschweigen wir nicht, daß sie die herumstreunenden, zerlumpten Gerüchteträger und Fabulanten verachteten! Und daß sie bald auf die erfolgreiche Werbung von Bauern für den geheimen Bund so eingebildet wurden, daß sie vergaßen, wer zuerst die Ohren der Bauern geöffnet. Sie hatten nichts zu fürchten von jenen Bettlern und sie mußten sie später auch als wichtige Boten benutzen, aber ein Eigensinn dörflicher Färbung, vielleicht auch ein Bewußtsein höheren Ranges im Kreis der Verschwörung ließ immer einen Abstand bestehen zwischen dem wahllos wandernden Bettelvolk und ihrer genau eingeteilten Gilde. Sie trugen oft Klage zu Joß über den Unsinn, so die Bettler verzapften; sie wußten zu begründen, daß das fahrende Volk durch abergläubisches Zeug, durch Schreckensnachrichten und ungenaue Botschaft mehr Schaden als Nutzen anrichte. Sie mußten zugeben, daß die Bettler immer die Sprache des Volkes zu sprechen verstanden und sich auszeichneten vor manchen Ortsgesellen darin. Sie waren aber so stolz, den großen Plan von Joß zu kennen, daß sie eifersüchtig vor dem Bettler sein Geheimnis hüteten. Das war ihr gutes Recht, durfte es aber dazu führen, daß sie den Vaganten verachteten?

»Für wen wird wohl der Aufstand gemacht?« fragte Martin, als an einem Abend ein Geselle in einer Waldhütte bewegte Klage gegen die Bettler erhoben hatte.

»Ich glaube, er wird für euch gemacht,« fuhr er fort, »für euch 50 Gesellen. Er wird gemacht, damit ihr immer recht behaltet. Alle Bauern ziehen euch zuliebe in die Verließe und unter die Richtschwerter? Wenn nur alles so wird, wie ihr es euch ins Wachsgehirn eingeschrieben habt? Und wenn nicht gesiegt wird, so habt ihr das auch schon vorher gewußt. Dann lag's an den Bettlern, die haben zu früh losgeschlagen. Oder es lag an den Bauern, die haben zu spät losgeschlagen. Nur an euch hat's nie gelegen. Denn ihr seid ja genau nach dem Plan – in eurem Dorf gesessen und habt Gespräche geführt, bis euch der Kopf rauchte und keiner mehr euch verstand.«

»Ich habe allein achtzig Bauern gewonnen,« sagte würdig der Geselle und reizte Martin nicht wenig durch seine sichere Haltung. »Sie werden alle dasein, wenn's soweit ist. Aber man soll keine Strolche zu ihnen schicken, die vom Scheunenabbrennen reden. Was ein echter Bauer ist, der liebt nicht, wenn man Feuer an Korn legt, das er mit Schweiß geerntet. Besonders nicht, wenn's ein Faulenzer und Tunichtgut ist, der sich den Aufstand so leicht macht. Und diese da sind alle Lumpen.«

Und wenn du achthundert geworben hättest, dachte Martin und bröckelte wütend an der Borke des rohen Tisches, vor dem er saß. Wenn du dabei vergessen hast, daß die ganze Christenheit erlöst werden soll, daß der verkommenste Bettler auch dazu gehört und daß sein Zeh genau soviel wert ist wie deine hochmütige Schnauze, so pfeif ich auf deine ganze Arbeit. Faulenzer sagen zu jedem, der seinen Tag sich nicht auf die Streckbank legt? Tunichtgut zu dem, der keine Arbeit hat? Der Bauer liebt keinen Brand – sagst du? Der Bauer verehrt das Korn als heiliges Gut – wie? Auch wenn's beim Vogt im Schuppen liegt? Ihr kennt den Bauer besser als ich, seid selbst ein Bauer? Ja, was ist denn das für ein Bauer? Meinst, ich marschiere für deinen ehrsamen Bauern, der nach Tugend stinkt aus deinem Hals heraus? Ich marschier für ganz wen anderen, verstehst du! für wen ich marschiere? das ist der Bauer, der gern besser essen und weniger arbeiten möchte, das ist der Löffelmacher, der plötzlich reich wird, weil sich die ganzen Dörfer wieder zu Hochzeiten einladen und es Löffel braucht, Löffel zum Fressen, das ist der Landstreicher, ja gerade der, der wieder davon leben soll können, daß er Geschichten aus aller Welt in die Dörfer bringt. Das ist keine Rebellion wert? das ist verkommen? Wer hat ihn denn auf die Straße getrieben? Das Elend, sagst du, und ziehst ein mitleidiges Maul. Nein, aber ich meine garnicht das Elend. Es gibt welche, die hat die Langeweile weggetrieben aus ihrem Drecksdorf, die hat ein Traum weggelockt – und die nimmst du nicht ernst? Weil sie träumen, weil sie fabulieren, weil sie den Tag nicht ernst nehmen, aber ihre Träume. Geh, ich weiß schon, die neue Freiheit soll nach Ordnung stinken wie die alte nach Blut. Aber ihr sollt diesmal nicht recht behalten, es wird die Suppe nicht nach eurem Rezept gekocht. Martin paßt euch auf Maul und Finger!

»Achtzig ist eine schöne Zahl,« sagte Martin laut und zog Geld aus der Tasche. »Ihr habt dann für 35 euren Pfennig Werbegeld zu bekommen. Nehmt heute diese 20« – er schob die Münzen über den Tisch – »und den Rest bekommt ihr in acht Tagen, wenn wir eure Rekruten mustern kommen.«

»Ich werde sehr froh sein, wenn Ihr ihnen das Letzte sagt,« meinte der Mann und verabschiedete sich ahnungslos und zufrieden.

»Das Vorletzte werde ich ihnen sagen,« knurrte Martin, als er über die Waldschneise langsam zum nächsten Treffort trottete.

Die Gesellen leisteten unentbehrliche Arbeit. Sie warben dem Bundschuh was reif war zur Rebellion. Sie waren ansässig oder verstanden es, in ihrem Bezirk als Eingeborene zu gelten.

Sie gaben oft übertrieben gute Berichte und drängten aufs Losschlagen. Doch trafen sie hier auf die einmütige Ablehnung von Martin und Joß.

»Wer den Sieg zu oft im Maul führt,« warnte Joß, »der alarmiert unnötig den Feind und macht zweitens die Unseren zu leichtgläubig.«

Martin aber tobte: »Da stehen Burgen, wo man hinspuckt, da ist kein Gericht mehr im ganzen Reich, das nicht den Großen hörig wäre, da kann jeder stechen und plündern, soviel er will, und der Profos ist's, der am meisten Arbeit hat. Der Bauer ist verzweifelt dumm, liegt in den Kirchen auf den Knien und zieht vor jedem Ritterpferd die Kappe bis in den Dreck – und da kommen diese Leichtgläuber, diese dreimal Gescheiten, und wollen mir einreden, das Land sei schon reif? Weil in zwanzig Dörfern die bravsten Zehn sich Mut gemacht? Als wenn das ein lustiges Turnier würde, als wenn man uns die Burgen freiwillig von innen aufschlösse, als wenn's nicht hart auf hart ginge – zum Teufel, wissen sie denn immer noch nicht, wie stark der Feind ist, was er sich ungestraft leisten kann?«

Joß beruhigte ihn: »Ich glaube ihnen immer nur die Hälfte. Im übrigen liegt es an uns, wenn sie sich einbilden, uns betrügen zu können.«

Martin knurrte immer noch. Plötzlich führte er Joß in eine Ecke der Scheune, wo sie ihre Besprechung gehalten.

Martin kratzte Stroh zur Seite und förderte ein kleines Faß zu Tage.

»Du hast einem Ritter Wein versprochen. Da ist er. Und weißt du, wer ihn besorgt?«

Joß lachte und wollte es wissen.

»Keiner deiner Ortsgesellen,« sagte Martin, »aber einer von den Vaganten. Ich durfte ihm allerdings nicht sagen, daß es für einen Edlen ist. Das verstehen sie nicht so schnell wie ein Ortsgeselle.«

Vor dem glücklichen Gesicht des Freundes legte sich Martins Grimm, und als Joß vorschlug eine Rundreise durchs Land zu machen, um die wahre Lage zu prüfen, war Martin sofort dabei. »Vielleicht ist das Korn schon reif,« sagte Joß. »Vier Augen sehen mehr als zwei.«

Die Macht der Sonne sei zu gering in diesem Jahrgeläuft 1496, sagte der Astrolog. Mars stehe im 12. Haus, in domo inimicorum captivitatum.

Der Astrolog wies mit seinem Zeichenstift auf das Horoskop, das er dem Kaiser Maximilian in langer Nachtarbeit gestellt.

»Und wenn ich nun die ganze Konstellation den Florentinern zuschreibe?«

Der Astrolog lächelte und wollte mit höflichen Worten die Frivolität zurückweisen, aber der Kaiser hatte plötzlich nach dem kleinen Fernrohr gegriffen und war aus dem Zelt gegangen.

Warum frage ich dieses dunkle Orakel? Den Vater machte der Sternenmann zum Angsthasen. Ich sollte an Kanonen glauben und an Gold.

Ein Hauptmann trat heran: er wolle melden, daß der Knüppeldamm durch den Sumpf gut vorwärts käme. Man habe einen Schanzbauern erschossen, nun ginge es. Auch sei die gestern eroberte Hügelkirche mit Geschütz versehen. Maschinen seien im Bau, um weitere Geschütze so hoch zu heben, daß man bald an ein Bombardement denken könne. Im feindlichen Hafen werde man schon unruhig.

»Also ist Eile not,« antwortete der Kaiser und verzog freundlich das Gesicht. Er lenkte zum Meerufer. Der Hauptmann folgte ihm.

Was können nun dagegen die Sterne, dachte der Kaiser. Er trat durch den Gürtel der Sturmschanzen, in denen das Zeltlager steckte, vor ihm lief der Knüppeldamm durch den Sumpf gegen die Wälle von Livorno; zur Rechten blinkte das Meer und schaukelte kräftig die farbigen Segelschiffe der genuesischen Flotte. Am Ufer entlang schleppten venetianische Knechte schwere Mörser für die bevorstehende Beschießung des Hafens.

Der edle Herr Mars wird mich nicht abhalten, die Maus in der Falle zu ersäufen, dachte der Kaiser. Er sah zur Mauer, die den unteren Teil der feindlichen Stadt deckte. Mastspitzen hoben ihre Körbe über den Mauerrand.

Maximilian blieb stehen und zählte mit dem Fernrohr die Zahl der Schiffe. Die französische Flotte ankerte dort vor ihm, die, allem Südwest zum Trotz, vor drei Tagen der belagerten Seestadt überraschend zu Hilfe gekommen war. Mit Speise, Mannschaft und Zuversicht. Nun ließ sie der Sturm nicht mehr heraus, drückte sie in den gefährlichen Unterschlupf zurück, um den Maximilian immer enger die gepanzerte Faust schloß.

Diesmal hast du zuweit gegriffen, jubelte Maximilian, diesen Arm schlagen wir dir ab!

Er ging weiter. Er sprach wieder mit dem »Anderen.« Jawohl, ihm zu schaden war er, der römische Kaiser, in diesem Sommer zum bezahlten Feldhauptmann zweier Krämerrepubliken geworden. Florenz sollte gezüchtigt werden. Venedig mochte ihm seinen Handel neiden, Genua seinen Hafen, Maximilian wollte nur den Verbündeten Frankreichs treffen.

Sonderbare Wünsche hatte er im Kriegsrat schon vorgebracht: dem geschlagenen Franzosenheer, das nach Friedensschluß von Neapel auf dem Rückweg war, sollte man, so schlug er ernsthaft vor, freies Geleit bewilligen, er aber wolle es dann bei Piombino überfallen und hinmetzeln. Eine Million Dukaten, schrie er, wolle er für den Tod dieser Franzosen geben.

Diesmal hatte der Papst Einwendungen gemacht. Aber die Genueser stellten eine Flotte. Maximilian verschärfte mit ihr Livornos Belagerung. Aber sein Haß begnügte sich nicht mit diesem einen Verbündeten. Er hatte Boten ausgesandt nach Madrid: Ferdinand von Spanien solle sich mit einem Heer in Avignon einfinden, Maximilian selbst schiffe sich bald nach Marseille ein. Von der Provence aus sei der Stoß ins Herz des Feindes zu führen.

Zu Renatus von Lotharingen ging ein zweiter Bote ab und versprach dem Freund Frankreichs die Provence. Dem König von England wurde Guienne versprochen, wenn er an der Vernichtung des »Anderen« teilnehme. Die Reichsfürsten wurden nach Metz dirigiert, der Reichstag an die Grenze des Feindes verlegt.

Viele Hunde sind des Hasen Tod. Der kaiserliche Jäger hatte das Horn blasen lassen, er hörte die Meute schon kläffen. Sein Haß brodelte an alle Ränder.

Vor zehn Tagen waren die Boten in alle Welt gezogen. Und nun hatte der Gegner sich frech und kühn in das belagerte Nest gewagt. Seine Fahne wehte über dem noch freien Wasserfleck des florentinischen Hafens.

Nur heute noch, dachte Maximilian; er war jetzt am Ufer des Meeres angelangt; in seinen Mantel griff der Wind und blähte ihn auf. »Diesen Arm schlagen wir dir ab,« wiederholte er zuversichtlich, den Blick auf die befreundeten genuesischen Schiffe gerichtet, die sich vor dem steigenden Wind, der eben die Richtung gewechselt hatte, in den Schutz der nördlich gelegenen Insel Meloria zurückzuziehen begannen.

Der Kaiser sah ihr Manövrieren; sie tun gut sich zu schonen. Er hörte das Heulen in den Lüften, ein scharfer, feiner Regen stob ihm ins Gesicht. Zu seiner Rechten, wo die venetianischen Kompagnien lagen, richteten Soldaten fluchend die umgeblasenen Zelte auf. Gebt euch nicht zuviel Mühe, morgen liegt ihr in den Daunen von Livorno! Maximilian prüfte das Ufer, von dem er die Venetianer in Genuas Schiffe verladen wollte. Die Wellen liefen mit weißen Kronen Sturm gegen die Küste. Sobald der Wind wieder dreht, werde ich das Zeichen geben.

Kurz danach erschienen die französischen Schiffe. Maximilian sah sie zuerst. Langsam schob ein Bug nach dem anderen aus der Hafenmauer in die schäumende See. Im Topp knatterten die Fahnen Frankreichs. Tollkühn wie sie gekommen, wollten sie verschwinden. Der Wind war mit ihnen.

Maximilian schrie nach einem Trompeter. Das Lager rannte zusammen. Eilig stellten die Hauptleute die Truppen am Wasser auf.

Die Gallonenfiguren tief in die Wellen tauchend, stießen die französischen Schiffe in die See.

»Blase noch einmal!« schrie Maximilian. Sein Gesicht war rot vor Wut. Endlich rührte sich das Admiralsschiff der Genueser, zog langsam im Sturm kreuzend heran. Die Franzosen drehten leicht zum Süden.

Das Admiralsschiff hielt unsicher schwankend vor dem Lager der Venetianer. Maximilian hob das Fernrohr, mit dem er in der Nacht die Sterne gesucht. Wie einen Befehlsstab hob er es und brüllte in den Sturm: man solle sofort die Truppen an Bord nehmen und den Kampf beginnen. Auf der Kommandobrücke erschien der Admiral. Er wußte, was man verlangte. Er streckte bedauernd die Arme aus

Nocheinmal brüllte der Kaiser seinen Befehl. Er merkte nicht, daß er in den Wellen stand. Die genuesische Fregatte schaukelte mit geblähten Segeln und kam nicht näher.

Die Franzosen zogen schon in der hohen See.

»Ihr seid Verräter!« schrie Maximilian zu dem Schiff. In ihre Mäntel gewickelt, frierend und stumm standen um ihn die venetianischen Kompagnien. »Er hat euch bezahlt!« schrie Maximilian; wie Weinen klang seine Stimme.

Da stiegen von den französischen Schiffen weiße Wölkchen auf; kurz hintereinander donnerten über die heulende See mehrere Kanonenschüsse.

Die Kugeln klatschten weit von der Küste ins Meer. Sie waren nur zum Hohn abgeschossen.

Zwei Tage später, am 14. November 1496, hob der junge Kaiser die Belagerung Livornos auf und zog zum Norden. Seine Enttäuschung löschte seinen Haß nicht aus. »Im Frühjahr wird Burgund angegriffen,« sagte er in Mailand zu seinem Schwiegervater Lodovico Moro.

Joß und Martin waren seit Tagen unterwegs. Die Rundreise enthüllte mehr als sie gedacht. Sie überraschten einen Bauern unter den Uferweiden eines Baches. Er stand im Wasser bis zu den Oberschenkeln, hielt in den Händen einen Reusenkorb, zwischen den Zähnen steckte ein breites Messer. Als sie sich zu ihm beugten, ließ er die Reuse fallen, trat noch tiefer in den Bach und griff das Messer aus dem Mund.

»Ihr solltet zuerst zum Messer greifen,« sagte Martin, »dann schwimmen Euch keine Fische mehr weg.«

Mißtrauisch betrachtete der Mann die Reiter, in der Klinge spiegelte sich die Sonne.

»Man braucht nicht zu fragen, wem der Bach zu eigen ist,« sagte Joß und sah dem silbernen Band nach, das durch die Wiesen zog. Der Mann blieb stehen wie ein Pfahl und antwortete nicht.

»Es waren einmal Zeiten, da fischte hier, wer Lust hatte,«

fuhr Joß fort in träumerischem Ton. »Da sprangen die Forellen und Karpfen im Korb, und wenn man sie heimtrug, wollte jeder sie sehen.«

»Als Adam grub und Eva spann,« ergänzte Martin. Der Bauer starrte sie immer noch unbeweglich an, das Wasser schäumte um seine Hosen.

»Was wollt Ihr tun, daß die Zeiten wiederkommen?« rief Joß.

Der Bauer dachte langsamer als die beiden Aufwiegler. Er war diese Sprache nicht gewohnt, aber er begriff schon, daß er keine Feinde vor sich hatte. Die Sonne, die aus dem Wasser blitzte, blendete seine Augen, er stand im flüssigen Silber und hörte vom Paradies reden. Sein Schuldgefühl hatte ihn trotzig gemacht, die Härte des Messerknaufs gab ihm Halt, nun aber wechselte sein Gefühl. Er sah die Reiter über sich, ihre bunte reiche Kleidung, und im Rauschen des Wassers hörte er ihre Stimmen wie die von überirdischen Sendboten. Die weite Flur schien den sommerlichen Atem anzuhalten, unklar ging durch sein Gehirn der Gedanke, daß Christus so wie er in diesem Augenblick im Wasser des Jordan gestanden habe, als die Stimme über ihm den Himmel öffnete.

Joß und Martin sahen die Veränderung in dem Gesicht des Bauern. Sie sahen, daß er leise das Messer in die linke Hand wechselte und mit zögernder Hand über der Brust ein Kreuz schlug. Joß sprang vom Pferd. Das Eisen mußte geschmiedet werden! Er lief den Bach entlang, nur einige Schritte, wo sich die Reuse in den Weiden gefangen hatte, warf sich auf den Boden und zog sie heraus. Der Korb war schwerer als er gedacht; als das Wasser niederfiel aus dem Geflecht, erschien zappelnd und mit den Schwänzen schlagend ein gutes Dutzend fetter glitzernder Fischleiber.

Joß hob den Korb zu sich und kam zurück. Ohne auf seine Kleider zu achten, stieg er nun selbst in den Bach und reichte dem Bauern den Fang, der wie durch ein Wunder außergewöhnlich gut ausgefallen war.

»So tragt ihn durchs Dorf,« sagte er, »und fürchtet nichts, was auch kommen mag.«

Der Bauer nickte, seine Augen glühten. Wie der Engel des Jonathan, dachte er und legte die freie Hand und die Faust mit dem Messer um das feuchte Geflecht.

»Gebt allen und verteilt,« sagte Joß, »denn so war einmal das Gesetz und das Recht der Gemeinde.« Joß ging ans Ufer zurück, klomm hinauf und wandte sich noch einmal um: »Und so soll es wieder werden.« »Amen,« sagte der Bauer.

Er stand mit der Reuse noch unbewegt in dem reißenden Gewässer, als die beiden Reiter schon so plötzlich wie sie gekommen wieder verschwunden waren hinter den Weidengebüschen.

»Wird er ihn gewiß durch das Dorf tragen?« fragte Martin, als sie lange schon geritten waren.

»Ich zweifle nicht daran, er wird seine Fische verteilen, wie der Heiland die Fünftausend speiste. Sie werden sich erinnern. Sie werden denken: so war es einmal. Sie werden noch mehr denken. Und wenn er vielleicht den letzten aus dem Korb holt, wird der Vogt dastehen und wird ihn greifen. Totsicher wird er im Turm sitzen, eh noch die Sonne da niedergegangen ist.«

Martin warf einen staunenden Blick zu dem Freund. »Kein großes Geschenk für den Schlucker,« sagte er.

»Der erste wird eingesperrt,« sagte Joß, »und zehn werden wach davon.«

»Werden nicht hundert eingeschüchtert davon?«

Joß zögerte einen Augenblick: »So können wir nicht mehr denken. Außerdem ist es falsch. Als er das Messer aus den Zähnen riß, wußte ich, sie sind soweit. Jetzt müssen sie anfangen, etwas zu wagen. Sie selbst müssen angreifen. Ihre

Sache braucht Opfer heute. Wollen auf dem Rückweg sehen, was aus ihnen geworden ist.«

Sie kamen in einen Wald, als der Abend schon niederfiel. Helle Axtschläge sangen noch durch die Stämme. Krachend ging eine Buche zur Erde, die Krone streifte ein letztes Mal die so lang benachbarten Äste. Dumpf dröhnte der Boden. Die Bauern maßen den hingestreckten Baum mit kurzem Blick und gingen an einen neuen Stamm. Die Äxte pfiffen.

»Das scheinen Nachtarbeiter zu sein,« meinte Martin, »können nicht mehr aufhören.« Von überall kam der Gesang der Äxte.

»Wie wird dir wohl,« sagte Martin, »wenn du so unvermittelt vor schuftenden Menschen stehst?«

Joß stieg eben vom Pferd: »Nur neugierig bin ich und frage mich: wer ist es, der diese da wieder schindet? frage mich: wissen sie, daß man sie schindet?«

»Bäume fällen ist kein Stäbchenspiel. Werden sie nicht immer Bäume fällen und Äxte schwingen?«

Eine tiefe Stimme unterbrach den Dialog; Martin sah hinter sich einen bartlosen braungebrannten Holzfäller stehen. »Es kommt darauf an, für wen wir sie fällen. Diese da sind für den Bischof von Speyer. Er braucht wieder Geld, er schlägt mehr, als der Wald vertragen kann. Die Enkel werden's merken. Bei unsern Großvätern stand Todesstrafe drauf.«

Martin zog ein ernstes Gesicht: »Die Zeiten sind milder geworden.«

»Nein, die Wölfe gefräßiger.«

Joß trat vor: »Und warum denn füttert ihr sie immer noch?«

»Achtung,« schrie der Mann und riß Martin und Joß zur Seite, ein schwerer Stamm kam dicht hinter ihnen niedergesaust. Der Boden schütterte, die zerknitterte Krone brach knitternd und seufzend im Aufschlag sämtliche Äste. Martin sprang noch einen Steinwurf weiter in den Wald. Wie ein heimtückischer Überfall erschien ihm der plötzliche Sturz des Riesen. Aber die Bauern gingen mit stillen Gesichtern, ohne ein Fältchen List unter den Augen, zu anderer Arbeit.

Der sie gerettet, musterte jetzt ihre Kleider, er schien zufrieden, denn er setzte das Gespräch in gerader Linie fort: »Auch ein Wolf hat seine Zeit; wenn aber der Tag der Jagd kommt, kann er so früh aus seiner Höhle kriechen wie er will, die Hunde werden ihn erreichen und müßten sie bis an den Rand der Welt ihm folgen.«

Joß schüttelte heftig den Kopf: »Die Hunde können nicht mehr warten,« sagte er und wies in den von Arbeitsmusik klingenden Wald. »Nehmt das Holz dieses einen Tages und macht euch Speere und Rammbolzen, das ist gottgefällig. Die Zeit der Jagd ist da. In anderen Wäldern schärfen sie schon die Beile, worauf wartet ihr noch?«

Die Antwort wurde ernst gegeben, sicher war ihr Ton und gerade dadurch so überraschend:

»Es darf nicht sein,« sagte der Mann, »eh nicht das Zeichen am Himmel steht. Ja, staunt nicht zu sehr! wenn die drei Sterne erscheinen und ihr Schweif über diese Wipfel ein rotes Licht ausgießt, dann wird er da sein auf weißem Roß und wird uns rufen aus den Wäldern und wird uns den Weg zeigen. Und wir werden folgen und unsere Äxte an andere Stämme legen.«

Der Mann hatte sie weggeführt aus dem Bereich der arbeitenden Bauern. Leise hatte er begonnen zu sprechen, jetzt stand er still; seine Stimme war angestiegen, als marschiere er schon hinter dem Mann auf dem weißen Roß. Er hatte Joß nicht angesehen, der sich dicht neben ihm hielt, Martin folgte mit gerunzelter Stirn. Die Nacht hing in den Kronen wie ein leise wehendes dunkles Tuch.

»Hoffentlich verschläfst du den Kometen nicht,« knurrte

Martin vor sich hin. Die Pferde schritten langsam hinter ihnen her und rissen frisches Laub von den Büschen.

Warum sagt Joß kein Wort, dachte Martin, da sprach schon der Freund: »Die Schweizer haben nicht gewartet auf die Sterne. Wenn sie hochgeschaut haben, dann war es zu den Burgen hinauf und das hat ihnen die Herzen genug gekocht. Und jetzt schlagen sie ihre Bäume für die Gemeinde, und die Stapel liegen am Giebel freier Höfe.«

Ob das Eindruck macht, dachte Martin und lauschte in die Stille, die folgte. Er hörte nur das Atmen des Mannes, das leise Tappen der Pferdehufe und aus der Ferne den Klang der Äxte.

»Ungeduld ist ein schlechtes Pferd,« sagte der Mann, »und wer zu früh erntet, trägt bittere Frucht ins Haus. Gehabt euch wohl, die Sterne sind gewiß schon auf dem Weg. Es wurde in unserem Dorf ein Kind geboren mit einem Stern auf der Stirn. Seht, sie brennen schon die Haut, die empfindlich genug ist, sie kommen gewiß.«

Er ging ohne Gruß in den Wald hinein.

»Sie haben dem Kind die Stirn und ihm das Gehirn verbrannt,« spottete Martin und lockte sein Pferd herbei.

Im freien Feld angelangt, zitterte sie ein Sternenhimmel an von einer Klarheit, daß der dunkle Grund erschreckend fern und die Lichter ebenso erschreckend nah erschienen. Sie ritten stumm in dem nächtlichen Geflimmer. Martin lachte einmal, als eine Sternschnuppe nach beträchtlichem Bogen ins Nichts zurückerlosch: »Ich brauche drei, wenn's beliebt.«

»Sie sind reifer als ich dachte,« sagte Joß nach langer Zeit, »auch er wird da sein, wenn wir kommen. Und am selben Abend wird er auch seine Sterne entdecken.«

»Und wenn er dem großen Bären einen langen Schwanz andichten müßte?«

»Wer Sterne braucht, dem wollen wir sie nicht nehmen.«

Sie kamen in das Dorf des gebannten Lux Rapp. »Besuch ihn allein,« sagte Joß. »Ich warte hier.« Er war sicher, daß Martins Laune sich bei dem böse gereizten Pfaffenfeind heben würde.

»Ich glaube, Ihr könnt bald wieder in die Kirche gehen,« sagte Martin zu dem Gebannten, den er in seinem Vorgarten stehen sah.

»Ich komme erst wieder, wenn wir die großen Maulschellen austeilen. Geb's Gott, daß es bald sei.«

Sie sahen die Dorfstraße hinab. »Ihr seid jetzt schon achtzehn,« sagte Martin und griff wie prüfend nach den Bohnenranken, die über das Geländer des Vorgartens hingen.

»Wird Joß hierherkommen?«

»Nein, aber er läßt dir sagen, daß zehn Dörfer mit deiner Sache sind.«

Lux Rapp biß sich auf die Lippen.

»Und was soll hier geschehen?«

»Wenn sie dreißig sind, wird keiner mehr in die Kirche gehn, bis dein Bann aufgehoben ist!«

Lux Rapp packte wie erschrocken Martins Arm.

»Ist es wahr?« sagte er beglückt. Ein unsicheres Lächeln stand in seinen Mundwinkeln. Martin schlug ihm auf die Schulter: »So wahr wie das Storchennest auf Eurem Dach.« Zufrieden verabschiedete er sich.

Lux Rapp sah ihn weggehen, sah dann hinauf zu dem Nest auf seinem Giebel.

»Sie haben Mut,« murmelte er vor sich hin. »Sie wollen dem Vogt trotzen.«

Plötzlich verschwand das Lächeln. Wohin führte dieser Trotz? Wird er nicht das Opfer sein? Sie werden kommen und mir das Pferd wegführen; mir wird man die Zähne einschlagen, und das Haus mit seinem Garten und seinen Blütenranken, sie werden ihren Zettel daranhängen und auch das Weib aus der Stube vertreiben.

Nein, nein, er wollte das nicht, er hatte den Mund zu voll

genommen! Die große Maulschelle, er würde sie selbst bekommen, dieser Joß sollte aufhören, das ganze Dorf aufzuwiegeln. Jetzt waren es schon achtzehn? Wenn es dreißig sind – er wagte nicht zu Ende zu denken. Dreißig, das war doch fast das ganze Dorf. Der rote Hahn würde auf alle Dächer springen, wegen dieses Pferdes, wegen dieses einen Offizials, wegen sechs Gulden!

Er sah nur noch rot vor den Augen, das Feuer in den Häusern, den Rock des Profosen, die Ranken der Bohnen, die unter seinen Augen schaukelten. Das zündet alles der Joß an, der gibt keine Ruhe. Warum träume ich von ihm? Er hat uns besprochen. Dreißig Mann setzen sich selber in Bann? Hat Joß es befohlen? Was hat er zu befehlen? Wir können allein unsere Sach in die Reihe bringen.

Er vergaß, daß die Bauern ihn erst seit Jossens zweitem Besuch wieder ansahen, daß Joß den Bann gebrochen hatte. Er hatte Angst, simple Angst vor der Rebellion. Er war schon bereit, weiter zu schuften, um die sechs Gulden ganz rasch herbeizuschaffen, die soviel Leben in das Dorf zu werfen schienen. Er suchte bereits gute Gedanken über den Offizial zu erfinden. War's nicht ein Gesandter des Herrn, so hart er sich auch gezeigt? War ihm die Gewalt nicht gegeben vom Bischof, auch wenn er sie mißbrauchte?

Hier kehrte er um. Der Schwur vor der Kirchentür fiel ihm ein. Er schämte sich seiner Schwäche. Aber sie sollten sich trotzdem nicht um seine Sach kümmern!

In fiebernder Hetze hatte er dies alles gedacht. Er bedauerte plötzlich, daß er Martin so einfach hatte weggehen lassen. Ich muß sie zurückhalten, dachte er. Sie sollen diesem Fremden nicht folgen. Warum läßt er uns schwören? Es ist ein gottloser Schwur gewesen. Jeder Offizial entbände mich sofort.

Er schüttelte verzweifelt den Kopf. Nein, den Schwur will ich halten, sagte er und ging in den Stall zu seinem Pferd. Er sah sich nach allen Seiten um, sogar in die Sparren lugte er, eh er – ganz plötzlich und im tiefsten Herzen unglücklich – das Tier am Kopf faßte und wild seinen langen Schädel küßte.

Die Bauern fragten, wo die beiden auch immer erschienen auf ihrer Rundreise:

»Werden wir besser leben, das ist, was wir wissen wollen.«

Sie kamen mit tausend Anliegen.

»Werden wir Holz haben?« fragten sie. Der Wald wird euch gehören, antwortete Joß.

»Was ist mit den Weideplätzen?« Eure Kühe werden sich satt und glänzend fressen.

»Werde ich den Juden bezahlen müssen?« Wenn er gewuchert hat, wird er in den Odenwald gejagt.

»Was ist mit dem Schloß?« Es wird kein Stein auf dem anderen bleiben.

»Ich hab ein Mädchen, das Blut spuckt. Wird sie geheilt werden.« Sie wird die besten Ärzte haben.

»Mein Mann liegt im Schuldturm, hat die Wolle auf den Rücken der Schafe verkauft. Wir taten's nicht aus Spaß.« Wir werden Euren Mann herausholen. Ihr werdet keinen Vorverkauf mehr nötig haben. Könnt Eure eigenen Kinder in die Wolle kleiden.

»Werdet ihr erlauben zu plündern?« Die Beute wird euch allen gehören, denn sie ist euch allen gestohlen worden. Reich wird die Beute sein.

»Ich war ein Alteingesessener. Der Zins und das Todgefälle haben mich zum landlosen Hörigen gemacht. Ich zahle Pacht für mein eigenes Land. Es ist ein schönes Land, ein kleiner Wald ist dabei, lieb hab ich ihn. Ihr werdet alles wieder herstellen, wie es war?« Kein Todgefälle wird Euch drükken. Euer Land wird Euch gehören, wie einst.

Joß zögerte nicht, eindeutige Antworten auf ähnliche Fragen zu geben.

Martin meinte, als sie wieder einmal ein Dorf verließen, wo man hundert Fragen mit hundert schnellen Lösungen beantwortet hatte:

»Wenn ich uns reden höre, denke ich, wir haben es besser als der Kaiser. Wir können die Lehen verteilen, ohne Angst zu haben. Wer nichts hat, hat die Welt. Es ist angenehm, so aus dem Vollen zu wirtschaften, das noch nicht da ist.«

Joß lachte: »Es ist da, man muß nur das Ungeziefer zertreten.«

»Du erinnerst mich. Gestern sagte ein Bauer: »Wie wird es besser werden? Zuviel Menschen sind. Kinder wurden zum Ungeziefer. Eine Sintflut muß kommen, eine Weltpest. Der Bauer teilt sich zu Tode. Die Güter sind nur noch eine Viertelhufe groß, wer kann davon leben? Man sollte die Kinder im Wochenbett ersticken. Es liegt alles an den Kindern.« Was sagt Joß zu dem Weisen?«

Joß ließ den Blick über die Landschaft gehen. Schmale Zungen von Land stießen an den Straßengraben. Kaum daß es lohnte, den Pflug zu drehen. Das Pferd trat bei der Wendung schon auf des Nachbars Boden. Und links von den Hügeln herab hingen die gleichen armseligen Lappen. Fragte man in den Dörfern, so verschlimmerte sich noch das Bild. Mancher Bauer mußte drei Stunden fahren, um ein Rübenfeld von zehn Meter Breite zu bewirten. Von Sonnenaufgang bis zur Mittagsglocke werkelte er auf den Hügeln im Norden, am Nachmittag frohnte er, am späten Abend schirrte er wieder an, um Futter zu mähen weitab in den Wiesen gegen Süden.

Schon schien es manchen, daß die landlosen Hörigen, die auf der Parzelle des Lehnsherrn saßen, sorgloseres Leben hätten. Schrecklicher Irrtum, den jeder dieser Lehnssklaven sofort hätte widerlegen können, indem er nichts als seine abgemagerten Kinder in die Stube geführt hätte.

Andere liebten ihre wenigen Äcker wie das letzte Pfand der einstigen Freiheit, auch wenn die dürftigen Landstreifen längst eine Kette des Elends geworden waren. Wie ein Traumland lebte in ihnen die Erinnerung an die vergangenen Zeiten, da überall freieigene Höfe in den Tälern blühten, da in sorgfältig überlegten Weistümern schriftlich die Rechte zwischen Landesherrn und freiem Bauer niedergelegt wurden. Ach diese Weistümer! Mißachtete Fetzen Papier, bildeten sie doch die Brücken zu jenem Traumland.

Joß kannte die Urkunden, er sprach von ihnen, so oft es anging. Er wußte: der Bauer war geboren, sich eher an der Vergangenheit zu entzünden als an einer Zukunft, die nicht nachzuprüfen war. Joß gab vor, daß er nichts anderes wolle, als diese alten Zeiten wieder herbeizuführen. Die Bauern waren dabei warm geworden und ergänzten das Wissen von Joß über die alten Verträge. Sie waren sich einig gewesen, daß man zur alten Markgenossenschaft zurückkehren müsse.

Was aber konnte man erwidern, wenn der Bauer nun anfing, die Schuld in seinem eigenen Kinderreichtum zu sehen? Er, für den Söhne soviel bedeuteten wie Pferde, der die Frau mit demselben Stolz schwanger sah, mit dem er im Frühjahr die Fohlen in der Koppel springen, die Kälber im Stall liegen und die Kücken um die Glucken trippeln sah?

»Was hast du selber geantwortet?« fragte er Martin. Martin beugte sich zum Kopf seines Pferdes und klopfte ihm den Hals: »Was ich gesagt habe? Bei einer Sintflut ersaufen nicht nur die Kinder, sagte ich, sondern auch die Bauern. Oben drauf aber schwimmen die Ritterburgen, dutzendfache Noaharchen. Ob er das wolle, habe ich ihn gefragt.«

Joß war unzufrieden: »Das ist keine Antwort.«

Aber er mußte jetzt selbst eine Antwort suchen, denn in den nächsten Dörfern stießen sie immer wieder auf die gleiche Meinung.

Am Abend schon in einer nächtlichen Versammlung sprach einer davon: »Ich bin der vierte Sohn. Meine Hufen bringen kaum den Weizen für das Brot einer Woche. Die Wiesen der Mark frißt das gräfliche Vieh.

Ich habe die gleichen Abgaben wie mein ältester Bruder, der dreimal so viel Land bekam. Denkt ihr, daß ich jemals ein Weib nehmen werde? Der Vater hätte uns im Mühlgraben ersäufen sollen, wie man's mit den jungen Katzen tut.«

Im Ritt des Nachmittags hatte sich Joß durchgefunden zur alten Sprache. Besorgt musterte er die Männer, die um ihn am Rand der Waldschneise saßen. Kaum konnte man ihre Gesichter unterscheiden, aber ihr Schweigen hatte den Ernst der Entschlossenen, und auch die Klage des jungen Bauern kam aus der schwarzen Nacht wie eine unsicher schwankende Flamme, die ihre Richtung haben will.

Joß begann von einem Land zu erzählen, das er mit eigenen Augen gesehen habe, in dessen Höfen er gesessen, von dessen Milch er getrunken. Die Kinder tummelten sich dort in den Flüssen. Die Kinder lägen auf den Matten der Berge in der Sonne. Die Kinder sammelten Beeren und Pilze in den Wäldern. Keiner dächte daran, sie als Landplage zum Teufel zu wünschen. Bei der Mutter des Herrn, wann hätte jemals ein Bauersmann so gesprochen! Welche Zeiten seien denn da ins Land gebrochen, daß man gegen sein eigen Fleisch und Blut in Haß entbrenne! Wäre es nicht besser, man täte es jenem Land gleich, wo sich alle eines Tages aufgemacht hatten, um die zu suchen, die solche Verzweiflung über die Welt gebracht? Er spreche von der Schweiz, sagte Joß, wo an den Sonntagen die Kinder Versteck spielten in den ausgebrannten Höhlen der Burgen, wo sie lachend hinunterriefen in die Keller der Verließe, und nichts als ihr kindliches Echo antworte ihnen aus den dunklen Löchern. Aber ehedem – wer hätte da unten gelegen in den Grüften der Freiheit?

Ein böser Schrei unterbrach die leidenschaftliche Werberede: »Was redet Ihr immer von der Schweiz? Hier ist der Bruchrain.«

Joß schien es, als seien alle Bauern plötzlich ganz ins Dunkel der Nacht gerückt. Er sah sie noch undeutlicher, und in der Stille, die dem Schrei folgte, schien ein Gegner zu liegen wie eine Katze zum Sprung bereit.

Aber Joß schlug zu. Er hörte mehr als die Klage in dem bitteren Wort: ein Zweifler schrie, der glauben wollte.

Es sei ihm kein Vergnügen, sagte Joß, immer von denen zu reden, die schon sich aufgerafft aus ihrer Schwäche. Oft würde das Wort gallig im Mund, wenn man denke, wie wenig der Bauer sich an die Zeit erinnere, da er selbst sich den König gewählt, da der Fürst in die Gemarkung gekommen sei und auf einem Feldstein sitzend geschworen habe, seinem Volk gerecht zu sein. Derselbe Fürst, der heute mit seinen Räten hohnlache über alle Beschwerde der Bauern. Doppelt schwer aber gehe die Zunge beim Gedanken, daß jene Schweizer sich frei gemacht nicht nur von ihren Vögten, sondern auch die Stirn geboten der kaiserlichen Willkür. Es könne keiner sagen, daß sie es leicht gehabt. Ganz recht, der Bruchrain sei nicht die Schweiz. Hier lägen saftige Wiesen weit in der Ebene, dort klettre das Vieh auf die Almen, und schwer sei der Auf- und Abtrieb. Hier drohe keine Lawine abzustürzen in die Dörfer, dort rüttelten die Stürme monatelang an den Dächern. Hier blühe meilenweit der Weizen, dort führten die Bauern Krieg um jede Parzelle mit Gebirg und Geröll. Glatt wie die See breite der Bruchrain sich aus, dort aber gälte es Wagen voll Steine zu raffen, eh der Pflug in den Boden könne gestoßen werden. Er, der Joß, wolle wirklich nicht mehr von der Schweiz reden, er verspreche es hier ehrlich, denn wahrhaftig, es müsse den speyrischen Bauern erröten lassen, es müsse seinen Stolz kränken, daß jene schon soweit gekommen. Nein, vergessen wolle er die Schweiz, sie bringe einen sonst zu leicht in den Unglauben, daß es hier niemals etwas würde, daß der Bruchrainbauer ein Feigling sei, daß er nur jammere und im Grund doch mit seinem Los zufrieden sei. »Genug von der Schweiz; sie höhnt uns, so lange wir noch unter den Burghügeln herumkrauchen und vor Vögten katzbuckeln. Laßt uns träumen des Nachts von einem Land, das seine Berge sauber gefegt hat, aber am Tag vergeßt, daß Schwächere als ihr schon in der Sonne der Gerechtigkeit leben.«

Schroff brach er ab und ging zu seinem Pferd. Martin hörte ihn davonreiten, er rührte sich nicht. Er kam sich vor wie der Meßner nach der Bußpredigt eines heftigen Mönchs. Jetzt war es an ihm, einzusammeln, was jener locker gemacht hatte.

Die Männer blieben ohne äußere Bewegung am Boden sitzen. Einer hustete. Raus mit dem Schleim, damit das Wort freien Weg hat! Martin schmeckte das Kribbeln nach Jossens Rede auf der eigenen Zunge.

Dann aber standen die Bauern einer nach dem andern auf. Martin wartete vergebens, daß ein Gespräch entstände. Die Nacht schien sich noch enger in ihren schwarzen Mantel zu schlagen. Von der Höhe der Schneise kam der Ruf eines Käuzchens. In komischem Zufall antwortete eine Nachtigall mit genießerischem Triller.

Die Männer gingen in alle Himmelsrichtungen auseinander. Martin bemerkte wütend, wie sie ihn völlig übersahen. Er kämmte mit scharfen Nägeln ein Heidekraut von seinen Blüten, er fand nicht den Schlüssel zu dem gemeinsamen Schweigen, er wollte ihnen Schimpfwörter nachbrüllen, da legte sich eine Hand auf seine Schulter, und ein Männerkinn senkte sich an sein Ohr.

»Er sollte Sendboten zu den Schweizern schicken und anfragen, was wir uns von ihnen zu versehen hätten.« Die Stimme war dieselbe, die so verzweifelt gegen Joß gebellt hatte.

»– ich meine für den Tag, wenn's soweit ist.«

Martin rührte sich nicht. Wie sie einen überraschen! Immer wieder! Der da hat gut zugehört. Was will er? Eine Botschaft zu den Schweizern? Daß sie mit Trauben zurückkommt, wie die Kundschafter des Moses?

Versprich dir mal nicht zuviel von den Kuhmäulern, wollte Martin sagen. Wer sich freigemacht hat, der hat das Rebellieren eine Zeitlang meistens satt. Besonders das für die Anderen.

Aber er sagte nichts und schlug freundlich in die dargebotene Hand des Bauern.

»Im Himmel ist mehr Freude über einen Sünder, der Buße tut,« sagte er vor sich hin und schaute in den Wald, in dem die anderen verschwanden, »als über 99 Gerechte, so der Gnade nicht bedürfen.«

Er sah die Leiber der anderen in dem Schwarz der Baumlücken untertauchen, ein stumm desertierendes Heer. »99 Feiglinge,« schimpfte er ohnmächtig.

»Sie sind noch fest in ihrem Boden drin, mein Freund,« sagte Joß nach der Rundfahrt. »Ich lag die Nacht wach und sinnierte. Wenn wir nicht andere Mittel erfinden, reiten wir noch lange auf diesen Straßen. Noch nirgends kam es zu einer Tat. Sie müßten handeln!«

Martin antwortete nicht; sie saßen am Rheinufer. Nicht viel weiter nördlich hob der Dom von Speyer seine Kuppel in den Sommertag.

Wenn das Bischöflein sich reizen ließe, eine Dummheit zu begehen, dachte Martin, das Pfeifferhänslein fiel ihm ein. Könnten wir nicht fromm werden? Teufelskinder haben es schwerer als die Verrückten des Herrn. Wie wär's, wenn man sich eine Kanzel aufschlüge und ihnen die Kundschaft weglockte? Vierzigtausend kamen zu Hänsleins Tonne. Am Ende hatten sie Schwerter unter den Pilgerkleidern. Der da drüben würde genau so toben wie der Würzburger. Nur betrügen ließen wir uns nicht mit faulen Reden, ließen uns nicht nach Hause schicken und dann in den Betten erwischen. Wir Türkenkrieger würden Posten aufstellen.

»Ich denke mir,« unterbrach Joß wieder das Schweigen, »wir müssen den Herrgott und seinen Himmel ganz aus dem Spiel lassen.«

Gerade das Umgekehrte hat eben der Martin gedacht, aber sprich nur weiter!

»Wir müssen,« sagte Joß, »an die Frauen herangehen, die am besten wissen, wie leer die Töpfe sind, deren Ohren wund geworden sind von dem Schreien der Kinder. Nur vom Essen wollen wir reden. Und nur vom Hunger sollen sie antworten. Im Liebesbett sollen sie zwischen den Küssen sich hochheben und dem Mann sagen: wielange noch legst du dich zu mir, und deine Kinder sind nebenan eingeschlafen mit Tränen, weil die Brotrinde hart war? Wann willst du endlich die Sense schärfen? Weißt du nicht, wem du sie in den Hals schlagen sollst? Hast du nicht gesehen, wie heute die Tenne gewackelt hat, als der feiste Propst drauf trat? Geh, laß die Finger von meiner Brust! Memmen halt ich den Leib nicht mehr hin. Wenn du zurückkommst und deine Hände sind rot vom Blut des Schloßherrn, werde ich dich segnen und die Kleider öffnen. Nicht lang genug wird die Nacht sein, so will ich dich streicheln und halsen, und wenn du mich erstickst im Kuß, werde ich die Stimme der Kinder hören, die nebenan schmatzen vor vollen Milchtrögen und das erste Stück Rauchfleisch ihres Lebens in die Zähne stekken ...«

Joß brach ab: »Ich habe heute an die Bäuerin gedacht, die mich damals bei Dambach in die Scheune brachte.«

Eine ganz neue Idee, dachte der rothaarige Kumpan. Und ich habe mir gerade vorgestellt, daß wir eine Kanzel aufstellen, einen Prediger suchen, das Volk verrückt machen und Pfeifferhänslein spielen. Zwei Monate, drei Monate, in einem guten Dorf. Freund der Wirte, König aller Budenbesitzer, die reich würden durch die Massen, die herbeiströmen würden. Drei Monate ausruhen, während der Prediger sie heizt, jede Nacht ein weiches Bett. Einmal etwas Gewinn haben von der Hetze! Einmal noch gute Krüge leeren, eh der große Brand ausbricht! Einmal noch Buben stiften hinter der Hecke, eh wir Herren kalt machen! Einmal noch Schwindel treiben mit allen Heiligen (wie haben sie mich einst betrogen!), eh das Gottesreich uns auf dem Schlachtfeld entgegenkommt. Einverstanden mit dem Weib, Joß, aber Martin möchte bei ihr gerade einmal vergessen, warum seine Kleider immer fadenscheiniger werden und sein Gaul zu wenig Hafer in den Türkenbauch kriegt. Darf man kein einziges Mal vergessen vorher? Ich hasse besser, wenn ich zwischendurch satt geworden bin. Auch meine Bettler begießen sich gern die Märchenzunge. Joß, ich glaube, man wird nur ein Rebell, wenn man weiß, wie ein Weib schmeckt, wie ein flohfreies Bett tut, wie gut es ist, zeitweise betrunken zu sein. Ich bin müde, Joß, merkst du's nicht? Muß ich's laut sagen? Ich bin müde, empört zu sein. Ich bin durstig nach Nüchternheit. Ich hungere heute abend weniger nach der Freiheitsgöttin, aber nach einem Weiberbusen. Und das alles kann ich dir nicht sagen – weil du eben Joß bist.

»Ich glaube auch, wir müssen die Religion mal etwas aus dem Spiel lassen,« sagte Martin und warf einen Stein, den er aus der Böschung geklaubt hatte, mit abfälliger Geste in den lauwarmen, trägen Fluß.

Aber am nächsten Tag schon erfuhren sie, welch eine Wolke inzwischen über das Bistum Speyer gezogen war, und da hatten sie allen Anlaß, sich sehr mit der Religion zu beschäftigen. Monatelang beherrschte sie nun ihr Denken und auch ihr Handeln.

Über das Bistum Speyer war das Interdikt verhängt worden.

Das Interdictum generale. Nun kam es zu Taten.

Das Interdikt

Karsthans: Die Pfaffen fragen nit viel danach, ob wir schon alle verloren wären, wenn sie nur ihr Lust und Gut hätten.

Franz von Sickingen: Schweigt.

Karsthans: Und darum sollt man mit Pflegeln und Kärsten darein schlagen.

Gespräch aus dem »Neuen Karsthans«, 1521.

O denkt nicht allzulange darüber nach, ihr, die ihr neugierig in den alten Büchern blättert! Schlagt zu die Folianten und glaubt mir, die Bischöfe dort auf den Kupferstichen sind nicht viel anders als ihr sie immer euch vorgestellt: Wollust mit edlem Brokat umhüllt, Faulheit, die satt unter Baldachinen thront, Feigheit, die mit dem Daumen Segen austeilt und mit dem Herzen dem Henker winkt.

Wählt eine dieser fürstlichen Tugenden aus, bezeichnet, die ihr am liebsten sehen wollt! Und am Ende wollen wir eure Wünsche bestens bedienen, wollen euch einen vorführen, der alle drei Tugenden vereinigt: Wollust, Faulheit und Feigheit. Dieser aber hieß Ludwig von Helmstädt, und war Bischof von Speyer, der Landesherr von Joß Fritz und seinen Bruchrainer Bauern; ein großer Herr, den wir nicht tadeln wollen, denn seine Wollust suchte nur unverehelichte Frauen, seine Faulheit hinderte ihn oft, Todesurteile zu unterschreiben und seine Feigheit war unberechenbar und schonte die besten Freunde nicht. In allem liebte er den bequemen Genuß, sei es in der Fülle eines Frauenbusens, sei es in der Stille der trägen Stunden, oder daß er selbst die Bosheit dem spitzigen Maul seines Narren überließ. Er war riesigen Leibes und ließ sich seine Schlösser nicht anders machen, als habe er ständig Angst, er würde aus den Fenstern quillen, wenn nicht jedes Badezimmer die Größe eines Saales aufweise.

»Ihr macht mich lachen und das gerade in der heiligen

Stunde der Verdauung,« sagte er eben zu seinem Hofmeister. »Schont Euren Bischof, Hartmann Fuchs, vita brevis est. Da, leg mir noch ein Kissen unter die Füße, Knabe!«

»Somnium breve, vita somnium breve,« antwortete der Hofmeister. »Ich fürchte, Eminenz, Ihr werdet schlafen, eh ich noch zwei Sätze sagte.«

»Sprecht nur, Fuchs, mein Schnarchen wird auch dann noch ein Lob Eurer musikalischen Stimme sein.«

»Ich wiederhole: man weiß im Land Euren Küchenzettel. Man registriert die Frauen, denen Ihr Eure bischöfliche Gnade gewährt. Man hat die Zahl Eurer Zimmer gezählt und die Ringe an Euren Fingern. Sie wissen in Bruchsal, mit wem ihr Bischof schlief, welche Weine er schlürft, wen er beschenkt und wie sein Tag verging. Nur ein Spion aus nächster Umgebung kann so genaue Nachricht geben. Ordnen Sie strenge Untersuchung an, Eminenz! Eh es zu spät ist.«

Der Bischof schien belustigt, seine in Tränensäcken tief gebetteten Äuglein verdrehten sich lüstern:

»Und wer lag nun also in meinem Bett heute nacht?« Prompt kam die Antwort: »Ihr schlieft am Abend ein mit dem spanischen Knaben und ließt Euch wecken von der Tochter der Köchin von Udenheim. Ich sehe, Ihr erschreckt. Ich stand nicht an den Türen zu horchen, Ihr wißt, daß ich heute erst ankam, ich bringe die Nachricht von dreißig Meilen her aus einem Wirtshaus, wo sich Bettler unterhielten und Bauern. Glaubt Ihr nun, daß die Post des Spions funktioniert?«

Der Bischof schnaufte. Sein sattes Gesicht zerfiel in Erstaunen und Hilflosigkeit. Er stieß mit dem Fuß an den Narren, der die Beine kreuzend an seinem Sessel auf dem Boden hockte. Der Narr schüttelte die Klingelkappe und rieb sich die Schulter, als hätte ihn ein Floh gestochen. Er hörte, daß der Bischof an seinen Nägeln kaute, und steckte nun auch, da ihm keine Sentenz einfiel, den Finger in den Mund.

Es klopfte an der Tür und auf leisen Schuhen trat ein

Mönch mit einem Aktenfutteral in den Raum. Der Bischof begrüßte den Geistlichen mit müder Hand, seine Stimme hatte alle Bequemlichkeit verloren; vor dem Jungen da muß man sich in Acht nehmen, knurrte er und strich sich die überhängende Unterlippe, eh er sprach:

»Wenn meine löblichen Untertanen wüßten, wie beschwerlich unser Tagwerk ist, wie eitel Sorge und Kummer in unser Herz gegossen wird! Und sie lohnen es dann gar zu gern mit Ungehorsam und Murren und Gottvergessenheit. Werde ich einmal Ruhe haben und in Muße und ohne Furcht ein erquicklich Gespräch mit unserem Meister Architekt führen dürfen? Kaplan, Ihr habt Briefe aus Rom? Ist es so weit? Lest sie nicht laut, ich las schon auf Eurem Gesicht, wie es steht. O, wo steuerst du hin, Schifflein Petri, und kennst nicht die Felsen, die der Sturm mit Wellen zuwirft! Ich will schlafen gehen.«

Der schwere Mann stand aber nicht auf aus seinem Sessel. Er faltete die Hände auf der vorgewölbten seidenen Schärpe, die seinen Bauch zusammen zu halten suchte. Schweißtröpfchen erschienen auf seinem gedunsenen Gesicht. Allen sichtbar wurde sein Unvermögen, die Last zu tragen, die ihm mit dem breiten Ring an seinem wurstdicken Finger aufgegeben war. Stark genug zu genießen, schien er ohnmächtig vor der düsteren politischen Problematik, die vor ihm der hagere Mönch mit den Papieren eben aus der Mappe herauszuheben begann. Er schloß die Augen.

Vor seinen Füßen sprang jetzt der Narr in die Höhe. »Es duftet nach Arbeit,« rief er und durchquerte, die Hände spreizend, auf den Zehenspitzen das Zimmer.

»Bleib,« brüllte der Bischof hinter ihm her im Ton eines Überfallenen, der den letzten Freund fliehen sieht. Der Narr wandte nur kurz den Kopf, er verschwand: »Buridans Esel hatte es leichter als ich,« sagte er, »zu beiden Seiten war Heu, er konnte stehen bleiben, bis er verhungert war. Der Narr aber ist schlechter dran: am Hintern zieht Ihr, am Bauchspeck zieht mich Rom. Was wollt Ihr, daß ich mir abreißen laß?«

Der junge Priester kräuselte seine Stirn; er hielt Briefschaften in der Hand, deren Ernst ihm jeden Witz zu verbieten schien. Der Papst hatte das Interdikt über ganz Speyer verhängt. Der Hof war erstarrt. In allen Zimmern sprach man leise. Eine Nonne in der Küche hatte laut geschluchzt. Und hier witzelte ein buckliger Bastard. Der Mönch entfaltete die Dokumente mit absichtlicher Feierlichkeit. Der Narr knallte die Tür wie einen Böllerschuß. Erschreckend seufzte der Bischof.

»Könnt Ihr nicht bei der erfreulichen Post beginnen?« forderte er wehleidig.

Er wußte, was eingetreten war. Ab heute schwiegen im Land die Glockentürme. Die Kirchen wurden verriegelt. Das Allerheiligste trug man in den Domschatz. Ausgelöscht wurde das stille Licht der ewigen Lampe. Über die Kruzifixe warf man den violetten Schleier, eine ewige Karwoche brach an. An den Sonntagen würden die Gläubigen um die Kirchen schleichen wie lebendige Tote. Den Särgen würde kein Priester folgen. Ohne den Taufsegen wuchsen die Kinder heran, ohne das Totengebet sanken die Gestorbenen in die Grube. Der Tag im Palais begann und endete ohne Gesang, verschlossen war der Mund der Chorknaben, kein Priester durfte den Kelch der Messe in das bunte Dämmern der Altarfenster heben, am Nachmittag blieben die Kapitelstühle leer zu den kanonischen Stunden. Es galt das Volk zu schrecken, aber strafte man nicht genau so die Priesterschaft? Was war sie ohne die Musik der Messen, ohne das geheimnisträchtige Geflüster der Beichtstühle, ohne das Wechselgebet im Kreis des bischöflichen Domkapitels, ohne den Pomp der Prozessionen um Kathedralen und Kirchen? Ein Nichts brach herein, aus dem die Schreckgespenster der Selbstbesinnung krochen. Der Bannstrahl sengte das Land wie ein trockener furchtbarer Blitz, aber der Papst verletzte mit seiner unerbittlichen Waffe nicht weniger auch seine Beamten.

Des Bischofs Herz pumpte mühsam das Aderwerk voll. Warum haben wir so genaue Berichte nach Italien gegeben? Das Interdictum personale ist noch lange nicht genug ausgenutzt gewesen. Wir sind selber schuld, aber jetzt ist es zu spät. Der Teufel hole die störrischen Gemeinden! Woher kommt all die Unbill der Zeit? Muß das gerade mir geschehen? Habe ich nicht Sorgen genug übernommen? Mein Herz ist wie ein Nachen voll Steine. Was kramt er solange in seinen elenden Papieren?

Der junge Priester neigte sich nocheinmal vor seinem Herrn, eh er zu erklären begann:

Ein Brief sei da vom Metropolitan, dem Erzbischof von Mainz. Abschrift des Schreibens, das selbiger sofort an den heiligen Vater gerichtet. Es beginne mit dem Streit des Kurfürsten Philipp von der Pfalz gegen Weißenburg. Eminenz lasse in einem Sonderschreiben unzweideutig durchblicken, daß Rom die Umwandlung des Klosters Weißenburg in ein Kollegiatstift seiner Meinung nach aus schierer Geldgier (der Mönch beschönigte und sprach: aus nicht rein geistlichen Erwägungen) bewilligt habe. Der Kurfürst habe deshalb nicht zu Unrecht protestiert, betone der Mainzer, und außerdem habe der Kurfürst sich immer und bis heute erboten, die Sache schiedlich zu regeln.

Der Priester blätterte schnell in seinen Dokumenten und las die Ehrenrettung des exkommunizierten Kurfürsten, wie der Erzbischof sie formuliert:

»est palatinus enim inter saeculares principes facile primus, quo renitente vel non faciente frustra quaecumque conamur.«

Ein lautes Gähnen unterbrach das Zitat. »Und was sagt er von uns?« fragte der Bischof noch aus aufgesperrtem Mund. Der Priester runzelte in unbeherrschtem Ernst die Stirn. Ein Domkapitular in der Vorhalle hatte laut und entrüstet geäußert, daß Rom erst durch den Pfälzer auf die Speyrer Ecke aufmerksam gemacht worden sei. Dem Kurfürsten habe man die Strangulierung zu verdanken.

Laß diesen alten Kram, sagte nun das Gähnen. Der junge Priester, der sich in arroganter Bescheidenheit sehr als Politiker fühlte, ging schroff und beleidigt zur Übersetzung des Bertholdschen Briefs an den Papst über. Er resümierte nur, doch sprach er mit Nachdruck, ahnungslos, wie wenig er die naturgegebene Bequemlichkeit seines Herrn ändern konnte.

Das Interdikt, schrieb der Mainzer, das nicht nur Speyer, sondern auch Worms betroffen habe, sei schärfstens zu mißbilligen. Der schlimmste Feind könnte sich nichts Schädlicheres ausgedacht haben. Die geistliche Sperre führe zu nichts andrem als zur Beraubung des Klerus. Nicht leicht sei das Volk hier oben am Rhein zu behandeln. Ein widersetzliches Volk sei es, geneigt zum Ungehorsam wie kein anderes. Mit dem Schließen der Kirchentür schlage man ihm noch mehr vor den Kopf. Und das im Zeichen des Jubiläumsjahres! Keiner verstehe die Strafe, unverdient fühle sich das Volk bestraft. Es habe wegen einiger Querköpfe jetzt doppelt zu leiden, es werde mit Rebellion antworten. Warum blase man ins Feuer, das besorgte Seelsorge auszutreten trachte? Warum berate man sich nicht erst, eh zum Äußersten gegriffen werde?

Er ist beleidigt, daß er übergangen wurde, dachte der dikke Mann. Was wäre das für ein Papst! Angst könnte einem werden bei der Vorstellung. »Genug jetzt!« dekretierte der Bischof. »Unsere Sache ist in guten Händen. Ist der Befehl überall bekannt gegeben?«

»Die Kanzlei zögert noch, man erwartet Unruhen in den Gemeinden.« Der Bischof stutzte. Er hatte den Brief des Erzbischofs als einen nützlichen Protest angehört, ohne einen Augenblick seinen Inhalt anders denn als eine geschickte Drohung anzusehen. Aber da wurde er nun vor seinen Augen zur Wirklichkeit. Der Hofmeister schnitt eine ebenso ernste Visage wie der aufdringliche junge Mappenträger. Bei Tisch hatten sie geschwatzt und Jagdgeschichten erzählt und jetzt hockten sie wie die Nachtvögel in der Kanzlei und unkten. Er wollte losdonnern, zog tief Atem, aber dann antwortete das Herz mit einem ängstlichen Zucken: man verheimlicht dir etwas, sie wissen mehr, du kennst dein Land nicht, es geht etwas vor, sie unterschlagen Briefe, sie kommen, wenn es zu spät ist, sie täuschen dich an der Festtafel, das Volk steht schon vor den Türen, warum haben sie so früh auf diesen Sommersitz gewollt? Sie stecken mit den Speyrern unter einer Decke, das Schloß ist kaum befestigt, warum sind so wenig Ritter eingetroffen an unserer Tafel? Wollen sie mich dem Pöbel ausliefern? Gegen wen geht dieses verdammte Interdikt? Keiner, den ich fragen kann. Der Hofmeister spricht von Spionen. Was geht hier vor?

»Wo ist der Narr?« rief der Bischof. Niemand ahnte, wie blitzschnell die Gedanken in dem trägen massigen Mann sich jagten.

»Man rufe den Narren und den Profos,« befahl er und sank, während der Geistliche erstaunt seine Papiere packte und wegging, in sich zusammen, als wolle er schlafen. Aber seine Augen lauerten in bösem Licht durch die halbgeschlossenen Lider.

Nach einer Weile stieß die Tür des Saales auf, man hörte die Klingelkappe des Narren und sah den rotgekleideten Justizbeamten im Halbdunkel des Türrahmens stehen.

»Warum verbeugst du dich,« sagte der Profos mit lachender Stimme. »Gehen wir dem Rang nach hinein, der Narr ist dem Herrn näher als sein Richtschwert.«

Wieder klingelte die Kappe: »Das kommt auf die Stunde an. Und wenn ich mein Haupt beuge, so nehmt es prophylaktisch. Besser hier als auf dem Hochgericht.« Der Profos trat ein, blieb an der Tür stehen und verbeugte sich tief.

Das sind die Einzigen, die die Wahrheit sagen, dachte der Bischof, aber sein Gesicht blieb peinlich geängstigt. Er träumte von seinem Henker ganz würdelose Träume: er lief weg vor ihm und war eine schwere wackelnde Glocke; und indem er lief, näherte sich ein sumpfiger Teich; bis an den Hals würde er versacken in ihm, und der geschickte Schläger würde herbeieilen und ihm von hinten den Kopf abhauen, eh noch ein Sterbevaterunser aus dem zitternden Mund gekommen wäre.

Auch jetzt trieb Angstschweiß aus seinem Gesicht. Ein schrecklicher Entschluß hatte ihn in dieser Minute ergriffen. Der Mut hatte ihm die Idee eingegeben, der Mut der Feigheit, die hofft, daß die große Angst eine kleine wert sei.

»Sagt, Profos, wieviele liegen im Verließ dieses Schlosses?« Er zögerte und sah den Hofmeister an, der erstaunt hin und her sah zwischen dem Kirchenfürst und seinem obersten Henker.

»Den Eßportionen nach zwei,« fiel der Narr ein, »dem Stöhnen nach gute zwanzig.«

Der Bischof richtete sich in seinen Fettmassen auf.

»Holt die Schlüssel,« sagte er ernst, »ich will sie sehen. Erwartet mich im Hof.«

Als er die Treppen hinunterstieg, überkam ihn wieder die Schwäche. Was mute ich meinem Herzen zu? Es hat genug zu pumpen. Er übersah die Höflinge, die im Hof dabei waren, in dem Trödelwagen eines Händlers zu kramen; mechanisch spendete seine Hand den Segen, den zwei weißbeschürzte Schaffnerinnen schnell kniend erbaten; zu dem dicken Turm der Umfassungsmauer des Hofs ging sein gequälter Blick. Schloß er das Geheimnis ein, das er in der Luft roch? Sie werden sprechen, wenn ich plötzlich vor ihnen stehe.

Er winkte dem Profos aufzuschließen und folgte ihm in den Gefängnisturm. Einen Atemzug lang tat ihm die kalte Luft wohl, aber dann roch er den Schimmel der Wände und, als die erste Tür aufging, auch den Dunst von Menschenschweiß, Urin und trockenem Exkrement. Er schauderte, wollte umkehren, aber mehr als vorher ahnte er, daß er jetzt die Wahrheit erführe. Ein Kettenrasseln kam aus dem dunklen Loch.

Mattes Licht fiel aus einem kopfgroßen Mauerloch über zehn verlumpte Gestalten. »Sind es Bauern?« fragte er leise.

In der Gruppe der aneinandergeschmiedeten Menschen rührte sich einer.

»Erbarmen,« rief er und hob die gefesselten Hände.

Der Bischof sah, wie sie alle hochgerissen wurden von dem einen. Graue, schwache Gestalten stiegen aufwärts und hielten die Gesichter zur Tür. Schwarze Flecken standen wie gespenstische Wunden in den Augenhöhlen und den Backen. Der dicke Mann vor ihnen erschrak.

»Aber sie müssen doch mehr Nahrung bekommen,« sagte er in ehrlichem Entsetzen. Der Profos verneigte sich ohne Widerrede.

Der Bischof starrte auf die Gefangenen. Er sah, daß einem die Ohrmuschel abgeschlagen war. »Wer ist das, was war mit ihm?«

»Er heißt Lorenz von Pforzheim, hat die Wirtshäuser und Märkte unsicher gemacht mit Lügenmärchen über seinen Landesherrn. Gab vor, sie gehört zu haben. Er hört jetzt schlechter, sodaß Hoffnung besteht, daß er vorsichtiger hinhört.«

Der Bischof merkte, daß er sich zuviel vorgenommen hatte. Er möchte den Verstümmelten fragen, was er über ihn erzählt hat, aber er wagte es nicht. »Und die anderen?« lenkte er ab.

Der Profos berichtete nun ohne lange Kommentare:

Vier seien Wilddiebe; alle vier beständen darauf, daß sie rechtens gehandelt. Der Hagere dort (sie sind weiß Gott alle hager, dachte der Bischof) verweigere den Blutzehnten; nirgends, so behaupte er, stände davon geschrieben, daß der Bauer sein bestes Vieh an einen fremden Hof zu liefern habe. (Der fremde Hof, das bin ich.) »Die zwei neben ihm,« fuhr der Profos fort, während die Menschenreihe stumm und fahl wie eine Kreuzigungsgruppe in der Tiefe stehen blieb, »die zwei haben einen Vogt mit den Hunden gehetzt, weil er ein Kalb als Todgefälle holen wollte, als noch die Leiche im Hause lag.« (Konnte er nicht warten, bis sie sich beruhigt haben, dachte der Bischof.) »Sie erklärten,« berichtete der Profos, »beim Verhör, es jedesmal wieder zu tun, so oft der Vogt es wagen sollte.« (Sie haben recht, dachte der Bischof.) Der um Erbarmen gebettelt habe, sei ein Gestörter, der immer wieder Scheunen anstecke. Der aber neben ihm stehe, sei dreimal schon aus der Gemarkung geflüchtet, habe Frau und Kind im Stich gelassen und Erklärung gegeben, im Speyrischen lasse sich's nicht mehr leben. »Jetzt lebt er doch bei uns,« schloß der Profos.

Der Bischof wandte sich schroff zum Gehen. Erst als er hörte, daß die Tür wieder geschlossen war hinter ihm, fand er ein Wort:

»Ich dachte, Ihr zeigt mir Mörder und Übeltäter, Ihr aber präsentiert mir...«

Er sprach das Wort nicht aus, fingerte an dem Kreuz auf seiner Brust.

»Man kann das nicht mehr trennen, Eminenz, die Zeiten sind so.«

»Und wissen sie alle denn, wo das hinausführt?«

»Einer will es wissen. Wollen Eminenz ihn sehen?« Der Profos deutete mit dem Schlüsselbund auf eine neue Tür. »Ein Fischdieb nur, aber er gibt sich für weit mehr aus.«

Der Bischof stand vor dem Verließ und wagte keinen Schritt zu tun. »Man kann das nicht mehr trennen,« hörte er in seinen Ohren klingen. Er merkte, er war verstanden worden. Dort im Dunkeln lag wieder ein Rebell; in den andern Höhlen lagen andere; es war einerlei, wie viele man schon gefaßt, sie waren immer nur ein Teil der schwarzen Masse, die anrückte, die diesen Turm stürmen würde. Er drehte sich um und sah auf die feuchte Mauer. Er hatte das Gefühl schon eingeschlossen zu sein, und rieb nervös an seinen Handgelenken. Da kam aus der Nacht des Verließes die Stimme:

»Was steht ihr vor meiner Tür und gafft? Wollt ihr euch laben an meinem Elend, so sollt ihr wissen, daß mir wohler ist als euch. Ihr bemerkt nicht den Stumpen meiner Rechten, ich aber bemerke wohl den Grind auf eurem Kopf. Kratzt euch, so lange euch noch Zeit bleibt! Der Hanf ist schon gesponnen für euer Halsband! Ich habe die zwei Herren gesehen, die unterwegs sind. Sie kommen und werden Gericht halten. Sie werden euch fragen nach meiner Hand, und sie werden euch beide dafür nehmen. Ich höre ihre Pferde heranreiten, ich sehe die Schwerter Gottes in ihren Händen.«

Die Stimme sang nun mehr als sie sprach: »...gepriesen sei der Herr, der euch in meinen Weg geschickt! Wohl auf, würgt den Feind, tötet die falschen Diener Gottes, greift sie und zertretet sie unter euren Schimmeln.«

Ein Murmeln wie das von Betern folgte.

»Soll ich ihn schweigen machen?« fragte der Profos, aber der Bischof winkte ab. Er trat einen Schritt vor, faßte den Türrahmen, sein schwerer Körper schwankte. Er wollte fragen, wen der Mann sähe, mehr noch wollte er wissen, aber dann sagte er nur durch die verschlossene Tür:

»Dein Bischof steht vor dir. Welche Klage willst du führen?«

In der Zelle wurde es still. Dann kam ein Fluch, die Ketten rasselten, und kurz darauf stieß unter der Tür die Nase einer dicken Ratte an die weichen Pantoffeln des Bischofs. Der wich angeekelt zurück, sah noch einmal scheu auf das Menschengrab und wankte zum Ausgang.

»Wollt Ihr noch mehr sehen, Eminenz?« fragte der Profos.

»Nicht hier, bringt sie mir auf den Hof! Aber führt mich erst hinaus.«

Die Sonne des Schloßhofs biß ihm in die Augen, als er

den Turm verließ. Er hörte Weinen auf den Galerien, die von gierigem Efeu umrankt rings um die Stockwerke des Herrenflügels liefen. Was ist da schon wieder? Nonnen standen an den Geländern und starrten lamentierend, die blassen Gesichter von Tränen überströmt zu dem First der kleinen Hauskapelle. Was gibt es da zu heulen? Er sah die kleine Glocke über dem Schieferdach schwingen. Richtig, sie läuten das Interdikt ein. Gott, und da rutscht ihnen gleich das Herz den flachen Busen abwärts. Ich kann das nicht mehr anhören! Überall Jammern, die ganze Welt ein Begräbnis, heute nacht werde ich Asthma haben. Wer sagt mir nun ein einziges freundliches Wort?

Er ging, so schnell seine Körperlast erlaubte, über den Hof und erstieg eine seitliche Treppe.

»Narr,« sagte er in seiner Kemenate zu seinem buckligen Freund, den er allein zugelassen hatte, »sag, was du von den Gefangenen denkst. Sie sind schrecklich mager. Ich werde nicht schlafen, solange ich sie so nah bei uns weiß. Kann Gott das wollen?«

Der Narr hob die schlanken Hände und klopfte mit dem Zeiger der rechten Hand abwechselnd auf Daumen und Zeiger der Linken.

»Wenn sie bei uns bleiben, hungern sie und Ihr schlaft schlecht. Wenn Ihr sie nach Hause schickt, hungern sie ebenfalls und Ihr schlaft besser. Was ist Euer Schlaf wert?«

Er sah lauernd ins Gesicht seines Herrn und merkte, daß er launig genug gesprochen. Er konnte noch mehr sagen:

»Wenn die Bauern den Turm öffnen kommen, werden sie uns in die geleerten Höhlen setzen. Wenn Ihr ihn öffnet, gehen fünfzig dankbare Untertanen ins Land zurück.«

Nun lächelte der dicke Mann, sein kräftiges Gebiß wurde sichtbar.

»Ich werde sie freilassen,« rief er, »gerade heute werde ich sie freilassen.« Sein Lächeln starb: »Und was sagst du zu unserem Interdikt?«

Der Narr faßte nach einem Zipfel der Mütze und schüttelte das Glöckchen, als wenn es die Antwort wüßte. Dann hob er die verunstalteten Schultern noch höher zum Kopf:

»So Ihr den Theologen fragt, wage ich nicht zu entscheiden, ob die Seele Eurer Gnaden den Wegfall der täglichen Messe ohne Verlust ertragen kann. So Ihr den Arzt fragt, kann er Euch nur beglückwünschen: Wein auf den nüchternen Magen ist immer von Übel.«

Der Bischof lachte: »Geh und sag dem Profos, daß er alle entläßt, alle ohne Ausnahme.«

Das Interdikt fiel auf das kleine Land wie eine Hitzewelle. Zuerst hielt man im Schreck des Verstehens den Atem an, dann schien die Brust nicht genug Luft mehr zu bekommen, ängstlich und eilig pumpten die Lungen sich voll, um sofort zu spüren: sie ist dünner geworden, es ist nicht mehr die Luft von gestern. Es fehlt etwas darin.

Nein, nicht nur der Weihrauch fehlte darin. Die süßen Harzdüfte waren eine Zugabe zu dem, was jetzt fehlte, was überall war bis gestern und was weggegangen war über Nacht, und keiner wußte wohin.

Sie sahen auf den Dom von Speyer, wie man auf einen Toten sieht, der eben sein letztes Wort gesprochen. Sie warteten zur Avezeit in den engen Straßen vor dem Gotteshaus, scheu schielten sie zu den Türmen, ob sie nicht doch ihre erzenen Klänge herabschütteln möchten. Die Apostel und Engel, die Könige und Madonnen in den Portalen, die sonst ihren Eingang gesegnet, wurden zu zürnenden Wächtern vor verscherztem Heiligtum, dessen Zauber dichter wurde hinter dem Gitter des Interdikts. Taub blieben die Türme in der Stunde der Non, und drohend erschien dem städtischen Volk am Abend das nächtliche Firmament. Im wolkenlosen Schwarz standen die Sterne wie angehalten in der Bahn, tausend strenge Richteraugen. Die Männer zogen eilig die Fensterläden zu, und die Frauen zündeten bekümmert Kerzen vor den Heiligenbildern an. In dieser ersten Nacht würgte die Angst jede Liebesgier. Knurrend schlossen die Wirte ihre leeren Schenken, es war noch weit bis Mitternacht.

In den Dörfern erfuhr man die Nachricht mitten in der Arbeit. Die Bauern gingen hinter den Pferden und wußten, die Stunde des Ave ist da. Ein He würde die Tiere anhalten, man würde die Mütze ziehen und in das Läuten hinein seinen Spruch sagen. Aber das Läuten kam nicht. Frauen hoben die Rücken aus den Furchen und sahen zum Dorfhügel. Die Sonne fiel tiefer in die Rheinebene. Die Menschen arbeiteten unruhig weiter, blickten stumm zum Nachbarn und ließen plötzlich Zügel und Sensen und das Kraut aus ihren Händen fallen, blieben stehen, getroffen von dem Schauer des Ungewöhnlichen. Leise betete eine Bäuerin den englischen Gruß, aber sie ahnte, daß die Angeredete weit weggerückt war, Wellen der Glocken waren ja nicht da, das Gebet fortzutragen – mitten im Flüstern brach die Beterin ab.

Fast in allen Dörfern sammelte sich das Volk am Abend auf den Plätzen vor der Kirche. Wie sie anrückten aus allen Häusern zur gleichen Stunde, fast als habe nun doch eine Glocke sie gerufen, sah ihr schwarzer langsamer Zug, der sich in jeder Gasse verstärkte, nun schon aus wie der Anmarsch von Empörern. Unwiderstehlich schien ihr Vorwärtsrücken, welche Tür hätte ihnen widerstehen können? Doch vor den Friedhofsmauern, über deren Gitter das Kirchentor mit dem weißen Anschlag blickte, machten sie halt. Sie verstanden alle, daß nichts geändert war, wenn sie die schwarze Tür aufrissen, ein anderer mußte sie freiwillig öffnen, und dieser andere war selber ein Ohnmächtiger gegenüber dem Größeren, der ihm heute zu schließen befohlen. In den meisten Dörfern zeigten die Priester sich nicht einmal. Sie saßen in den Pfarrhäusern, hatten ängstlich die Kerzen abgelöscht und sahen, feige und voll schlechten Gewissens, durch die Vorhänge der Fenster auf die bedrohlich schweigsame, vollzählige Gemeinde.

Einige nur, gierig aus Gewohnheit und von Natur, nutzten die Stunde zu einer kurzen Strafpredigt und ließen schamlos unter den demütigen Zuhörern den Klingelbeutel herumgehen, der straffer als je dann später im Pfarrhaus abgeliefert wurde. Die geängstigten Bäuerlein versuchten so wenige Tage auf ihre einfache Art den Zorn der fernen Großmacht abzulenken. Sie schickten freiwillig, wenn man es so nennen darf, vom Wenigen, das ihre Vorratskammer hielt, zum Schlüsselverwalter ihres Heiligtums. Selbst immer hungrig vertrauten sie der Schmeichelkraft so nahrhafter Werbemittel. Sie, die sonst mit bösem Blick ihren Zehnten ablieferten, eilten sich das Unheil abzuwenden und sie verzichteten sogar persönlich gesehen zu werden. Ein Pfarrherr wurde in der Frühe geweckt durch Tiergeschrei und fand in der Nähe der Kirchentür an Grabsteine angebundene Lämmer und Schafe und dicht vor der Tür Körbe mit Eiern, Butter und Speck.

Das konnte nur einige Tage dauern, denn dann kam ein Sonntag und mit ihm die Klarheit auch für die Leichtgläubigsten. Nicht daß vorher keine Flüche gesprochen worden wären, in allen Dörfern des Bistums gab es Bauern, die in den Bund geschworen und die das Interdikt wie ein Trompetensignal des feindlichen Heeres aufgefaßt hatten. Aber es gab noch genug, die sich gerne von Hoffnungen beruhigen ließen und die nicht so entschlossen die alte und die neue Schmach als Unrecht des gleichen Todfeindes ansahen.

Doch der Sonntag kam, und in seiner Stille, der alle Glokken fehlten, dröhnte die Erkenntnis der wahren Lage.

Sonntag! Tag der Ruhe auch für den Bedrücktesten. Fest der Gemeinde. Sammlung der Seelen. Eine Stunde länger war die Nacht vor seinem Beginn; der kühle Morgen noch von Nebelschleiern umwebt war feierlich wie die erste Stunde der Schöpfung. Die Felder dampften in der jungfräulich aufsteigenden Sonne. Die Täler schienen stärker zu duften, und kam es nicht vor, daß ein Bauer, der das Frühfutter gemäht, in die Tauperlen sah wie in Edelsteine und meinte, er sähe zum ersten Mal diese Pracht?

Vorsichtig ging man auf seinem Hof herum, um die ruhende Egge und den ruhenden Pflug, schonte bei jedem Griff, den man sich doch nicht versagen konnte, weniger die Hände denn das Festgewand. Zärtlicher sah man das Vieh an, das vor den Raufen feierte, und behäbig genoß man den langsamen Gang durch die Felder. Besuch, wußte man, war auf dem Weg dieses Tages, und ein Trunk würde das Essen des Mittags befeuchten, das auch der Ärmste mit einer Zugabe auszeichnete vor den Tagen der Woche. Der Lärm der Kinder war fröhlicher, und kein Lachen ging unter in den Geräuschen der Arbeit.

Doch was war all diese kleine Feierlichkeit vor dem Geheimnis der Stunde, die mit dem Geläut der Glocken ihren Anfang nahm. Wie genoß man das einträchtige Gehen mit allen Kindern und Knechten vom Hof durch die Felder und die Dorfstraßen hinauf! Und kam auch der Edle vorbeigeritten und ließ sie anhalten zum ehrfürchtigen Gruß mitten im Gehen, der Weg führte doch zu einem Herrn, der größer als alle Edlen war. Ohne davon zu sprechen, empfand man diese Gemeinschaft und hatte im tiefsten Herzen den kleinen Dank der Genugtuung. Und näherte man sich dem Gotteshaus, aus dessen Turm zum letzten Mal die Glocken riefen – war es dem Bauer, der die Treppen der Kirchhofstür hinauftrat, nicht zu Mut, als redeten die Glocken ihn persönlich an?

Die Orgel brauste, Weihrauch schmeichelte den Nasen, aus der Tiefe des Chors strahlte das goldene Tabernakel im Kerzenlicht, man mischte seine Stimme mit dem unsichtbaren Chor, der von der hinteren Altane über alle Köpfe hinweg sang und immer wieder an die himmlischen Heerscharen erinnerte.

Untergetaucht in Musik und Duft und das aufregend fremde Latein des Priestergebets waren die einfachen Seelen, fern lagen die Äcker der Arbeit, und kindlich dankbar gingen die Blicke der Frauen zu den bunten Figuren der Heiligen, denen man seine eigensten Nöte unbeobachtet vortragen konnte mitten unter der Gemeinde stehend, unterstützt durch die heilige Handlung, die auch die stummen Figuren lebendig gemacht haben mußte.

»Credo in unum deum,« intonierte der Priester, das Gesicht zur Gemeinde gewendet, die Hände wie zwei Gesetzestafeln aufgefaltet. Der Chor fiel jubelnd ein, der beschworene Gott war im Raum. Und wie auch das Draußen und Drinnen, die Armut der Häuser dort und die Magerkeit der Gesichter hier den angerufenen allmächtigen Erdgeist Lügen strafte, diese Stunde gemeinsamer Feier galt allen ohne Ausnahme als Verbindung mit einer höheren Welt, die bestehen bleiben mußte trotz Hunger und Willkür der Woche, trotz Angst und blutiger Unterdrückung. Selbst wenn sie den Priester haßten, der sie niederknien hieß in die atemlose Stille der Wandlung, so zweifelten sie doch nicht an seiner Vermittlerrolle mit dem zeitlosen Geisterreich, aus dem herab in den erhobenen Kelch der Gott ihres noch unerschütterten Glaubens nun selbst niederstieg. Nie waren sie soweit entfernt vom rebellischen Gefühl als in diesen Augenblicken, da sie am Boden lagen, an die Brust schlugen und in der Ferne das Glöcklein des Ministranten hörten. Aber nie waren sie auch so überzeugt vom gemeinsamen Anspruch auf Gnade, von der Gerechtigkeit ihres Gottes und von einem paradiesischen Reich, das alle Unbill der Erde belohnen und die falschen Menschengrade wieder zurechtrücken werde. Sie gingen in die Kirche wie in ihre eigenen Träume. Nur zu einleuchtend schien es ihnen, daß das Haus ihrer Träume an den Bergen lag oder wenigstens alle Häuser und Felder überragte. Sie fanden es auch nicht merkwürdig, wenn die Geräumigkeit einer Klosterkirche in keinem Verhältnis zu den Bedürfnissen stand. Sie nährten gerade in den unruhigen Jahren, deren Chronik wir zu schreiben versuchen, oft genug den Gedanken, daß die Kirche der Ort werden könnte, an dem sich alle versammelten, um das Dröhnen der Trompeten des Weltgerichts abzuwarten. Die unter ihnen, die sich zu dem geheimen Heer der weltlichen Rächer geschlagen hatten, waren in den Tagen nach dem Schwur auf den Bundschuh ziemlich ohne Ausnahme ins Gotteshaus gegangen, um vor dem roten Tropfen der ewigen Lampe sich die Gewißheit zu holen, daß auch die frühere Abrechnung kein Teufelswerk sei. Kein Kummer, der nicht in den kühlen Räumen Linderung gesucht, keine Freude, die nicht hier ihren Dank abgestattet, keine Hoffnung, die nicht durch diese Türen getragen worden wäre.

Nun schlugen sie zu, die Türen, und es zeigte sich, daß man nicht nur den Eingang zu einem Festsaal, sondern eine ganze Welt versperrt hatte. Die Grotte der Kirche war selbst nur das Durchgangstor zu einer unentbehrlichen anderen Welt gewesen.

Als jener erste Sonntag kam, erhoben sie sich früher aus den Betten als gewöhnlich. Sie legten auch die Feiertagskleider an und rüsteten die Kinder zum Kirchgang. Aber sie waren noch weniger gesprächig als sonst, und in einigen Häusern hätte man glauben können, ein Toter läge in der guten Stube, so lastend war das Schweigen, so nervenzerreißend die unausgesprochene Spannung. Als Stunde um Stunde verstrich und die Luft leer blieb vom frommen Ruf, brach einer nach dem andern das Schweigen, und Flüche der Männer wechselten mit Wehklagen der Weiber. Vor den Hausern der Pfarrer aber, die in der Woche halben Trost für gutes Geld ausgewechselt hatten, sammelte sich das enttäuschte Volk in gefährlichen Haufen.

Einige Herren ließen sich in Eile bischöfliche Reiter kommen, die peitschend und brüllend die Gläubigen auseinanderjagten. Aber fiel nicht alle Blutschuld dadurch erst recht auf den Pfarrer, den man nach versöhnlicher Rede vielleicht freigesprochen?

Andere Priester stellten sich dem aufgeregten Volk, aber was konnten sie sagen vom Balkon ihres Wohnhauses herab – die wahre Kanzel war die hinter der verschlossenen Kirchentür.

Als die Bauern in ihre Häuser zurücktrotteten, fand ihre Ohnmacht Worte zum Nachbarn. Noch sinnloser schienen alle Abgaben an die geistlichen Herren, wenn diese den letzten Gegendienst verweigerten. Die Mitglieder des Bundes schürten den Unwillen, der so einfach dachte. Die Ortsgesellen warben an diesem einzigen Tag mehr Anhänger als in vielen Monaten vorher. Doch stießen sie ebenso häufig auf das heimliche Entsetzen von Bauern, die sich selbstquälerisch fragten, womit sie das Unheil wohl verdient. Die Geißelschläge machten den einen zum Rebellen und ließen den anderen noch tiefer niederknien in die ängstliche Demut. Aber für alle war es, als habe man ihnen das Herz aus dem Leibe genommen. Die stumme Kirche stand wie eine Pestsäule mitten in ihrem sinnlos gewordenen Sonntag, den sie nicht füllen konnten.

»Das gerade hätten sie nicht machen sollen,« jubelte Joß und klopfte grinsend seinem Gaul den Hals. Sie standen beide vor einer Kirchentür und lasen den Anschlag, der das Interdikt verkündete.

»Öl ins Feuer,« sagte Martin. »Sag, sind die Pfaffen dumm geworden, oder glauben sie ans nahe Weltgericht?«

»Sie werden in den nächsten Monaten zuerst einmal an eine außergewöhnliche Schmutzkonkurrenz aller Quacksalber, Bettelmönche und wilden Sakramentenhändler glauben müssen.«

»Das heißt Schwerter auf Granit schlagen,« knurrte Martin. »Ich verstehe das noch nicht ganz. So strohdumm können sie nicht sein. Wer schneidet sich selber das Loch in den Sammelbeutel? Das kostet sie tausende.«

»Sie werden genug haben. Außerdem muß der Papst zeitweise seine Macht demonstrieren. Außerdem ist die Hauptsache, daß wir es ausnutzen.«

Martin schüttelte den Kopf: »Da steckt etwas dahinter. Sie haben genug? Gerade die da? Ich bin besser im Bild. Er hat, als er anfing, 1478 eine Schuld übernommen von 8968 Florentiner, die kosten ihn 5% im Jahr. Straßburg gab ihm Geld zu 4%, das war eine kleine Milderung. Dann brummte ihm der schwäbische Bund 6000 Florentiner auf, weil er dem Pfälzer Lindenschmid Durchgang zu einem Raubzug gewährt hat. Seitdem stöhnt er und wird immer dicker. Schon müssen die geistlichen Güter den Zehnten zahlen. Das Wasser steht ihm am fetten Hals – und nun auf einmal verlötet er sich die Opferstöcke, schließt er die Räuberfallen, die Kirchen, zu – da ist etwas nicht in Ordnung, das muß ich ausfindig machen, da stimmt etwas nicht.«

Martin mußte drei Jahre bis anno 1500 warten, um die Antwort auf seine Zweifel zu bekommen; da erst erschien der Kardinal Raimund von Peraudi aus Rom mit der Jubiläumsbulle und war mit seinem päpstlichen Gnadenschatz wie ein neuer Moses, der mitten in der Dürre Wasser aus dem Felsen schlägt. Und je trockener der Boden, je gieriger soff er nach der Gluthitze des Interdikts die päpstlichen Segensströme. Über die Ernte mag ein späteres Kapitel berichten. Erst einmal behielt Joß recht: das Interdikt ließ wie Drachensaat die halben Priester und die ganzen Scharlatane aus den gebannten Feldern schießen.

»Siehst du, wie sie mit offenen Mäulern zuhören?« Joß stampfte wütend auf den Boden, Martin trat einen Schritt näher... »Warte in der Schenke,« bat Martin, »ich will hören, wie er es macht.«

Ein Bettelmönch hatte auf dem dörflichen Marktplatz

unter einer schwangeren Madonna, der Elisabeth die bewundernden Arme entgegenstreckte, seinen Reliquienladen aufgeschlagen. Ein Tisch, weiß gedeckt. Die geistliche Ware nochmals überdeckt mit einem blauen Seidentuch. Der Mönch nahm kein Geld, er wies in die Büchse, die an langem Stab vor dem Tisch aufgehängt war: denn niemand solle zahlen, was nicht bezahlbar sei... Spenden für die Armen seien gottgefällig, doch keiner dürfe sie betrachten als Kaufgeld für göttliches unschätzbares Gut.

Er hob ein Blatt Papier zu seinem rötlichen Gesicht, aus dem allenthalben Warzen, durchstochen von spitzigen Haaren hervorsprießten und las, wie ein Weinhändler seiner Kreszenzen Fülle und Güte rühmt, in entzücktem Ton die Liste der Reichtümer seines Klosters, es war ein Benediktinerstift, wie man hörte:

»Am ersten haben wir Heiligtümer von unserm Heiler Jesu Christi: von dem Badschwamme, daraus Gott getränkt wurde am Kreuzesstamme, dann vom Erdreiche des Grabes unseres Herrn, auch vom Stein, darauf er im Ölberg gebetet. Weiteres eine Schnur, womit das Antlitz Gottes des Herrn gemessen worden ist.«

Er hob den Blick von seinem Blatt, genoß die Andacht der Gesichter und fuhr fort:

»Mehr ist noch vorhanden an Heiligtümern: einige Zweiglein vom Busch des Moses, sie sind sichtlich unverbrannt; einiges Wachs von einer Kerze zu Jerusalem, die vom himmlischen Feuer entzündet worden war; ein Haarbüschlein von Maria Magdalena, womit sie die heiligen Füße des Herrn getrocknet hatte.«

Nun steigerte er seine Stimme, und als wenn er sich selbst wundere über soviel unschätzbare Werte, las er schnell:

»Ein ganzer Finger vom heiligen Sankt Anton; vom Haare Sophia; vom Bart des Sankt Johannes; ein Zahn des heiligen Zwölfboten Sankt Peters, ein Finger von Sankt Niklas, ein Finger von Sankt Remedius; ein Fingerglied von Sankt Veit...«

Er brach ab, denn in der kleinen Zuhörerschaft hatte ein Jüngling plötzlich zu tanzen begonnen.

Martin hatte als erster bemerkt, wie sich seine Schultern hoben, wie der Kopf sich aus einer unsichtbaren Schlinge zu befreien suchte und hilflose Hände zu den Ohren stiegen und sie preßten, als könnten sie eine schreckliche innere Stimme nicht länger ertragen.

Ganz zaghaft hatte es begonnen, nun rasten, sprangen, zuckten schon alle Glieder, ein Kreis tat sich auf um den Tanzenden, der Mönch unterbrach seine Reklamerede und starrte den Wirbelnden an; flüchtig wechselten Unwillen und kurzes Grinsen auf seinem Gesicht. Dann schien er den Augenblick für gekommen zu halten, in dem er einzugreifen hatte.

Hierhin und dorthin riß den jungen Mann die Qual seiner Nerven. Schon trat Schaum auf seine Lippen, die Raserei geißelte ihn zu wilden Sprüngen, er kreischte dazu und verriet, daß er bald verbraucht zusammensacken werde. Der Mönch kramte unter seinem Tuch und hob eins der Knöchlein heraus. Weislich wartete er noch kurze Zeit und trat dicht an den besessenen Kranken erst heran, als dessen Gesicht schon die Schwäche des Krampfs, das Sterben des Fiebers anzuzeigen begann.

Schroff berührte er ihn und fällte ihn wie einen Baum. Befriedigt trat er zurück, hielt aber den Ohnmächtigen, der schweißtriefend am Boden lag, noch im Auge, als müsse man unsicher sein, daß der böse Geist ihn ein letztes Mal zu reißen suche, und begab sich dann wieder hinter seinen Tisch.

Nun klapperten die Münzen erneut in den Becher. Keiner kümmerte sich um den Kranken. Sie drängten um den Tisch, stießen sich, zerrten Tücher aus den Taschen, griffen die Mützen vom Kopf und bettelten wehleidig und stürmisch, daß man Tücher und Mützen mit dem Wunderknochen berühre. Der Mönch strich freigebig seine Reliquie über alles, was sie ihm unter die Nase hielten. Beglückt vergruben sie Tücher und auch die Mützen in Taschen und Wams.

Der alte Hunger, dachte Martin. Warum läuft Joß aus dieser guten Christenlehre davon? Da ist Weisheit zu gewinnen über die Dummheit. Da sieht man, womit man die Nackten kleiden soll. Das schreit und will nicht mager werden. Da brauchen die Seelen mehr als die Leiber. Das läßt sich die himmlischen Speckkammern nicht lange verschließen, das will drauf und dran gehen an die Gottestrauben, und marschiert es einmal, weiß der Teufel, es wird Burg nicht von Kloster und Bischofs Reich nicht von Paradieses Garten unterscheiden.

Er sah, wie der Stand schon von neuen Passanten umgeben wurde. Der Jüngling am Boden war aufgewacht und nach irrem Blick mühsam aufgestanden. Der Mönch gab ihm ein Zeichen zu bleiben. Gleich sollte die zweite Heilung beginnen. Sie waren Komplizen.

Joß und Martin waren jetzt Tag und Nacht unterwegs. Sie erschöpften die Pferde. Sie gingen weite Strecken zu Fuß. Marktwagen brachten sie durch den ganzen Bruchrain. Oft vergaßen sie das Essen.

Das heißt Rebell sein. Im Einschlafen noch an die Feinde denken und schon im Erwachen wieder die Feuer rächender Brände vor sich sehen. Heilige Glut, die stündlich bereit ist, auszubrechen, Feuer, das an allen Knochen frißt und das für immer den Seelenfrieden verjagt. Flamme der Ungenügsamkeit, wer hat dich höllischen Ursprungs genannt? Einer der glaubte, die Hölle könne Männer schrekken, die den Kampf mit wirklichen Teufeln, den Tyrannen der Erde, zum Sinn ihres Lebens machen. Wirklich, wer könnte sie schmähen, die eine Schmach nur in der Unfreiheit der vielen erblicken?

Sie leben im Fieber der Zukunft und sind nur mit einer einzigen Stunde zu belohnen, der Stunde des Aufstands. Die Welt ist verändert, wo immer sie auch erscheinen, denn nebeneinander stehen dann das elende Heute und ein neues Morgen. Entscheidung verlangt jedes Wort, das sie sprechen. In ihrem Mund wird der Fluch zum Gebet, die Klage zur Anklage und nichts bleibt ungewogen in ihrem Urteil. Feind ist jetzt, wer kein Freund sein will, schlimmer ist Trägheit der Seele als Gemeinheit des Denkens. Beunruhigt nur durch zu ruhige Wochen, ängstlich nur, wenn der Tag nichts zu wagen brachte, zufrieden nur in der Aufregung gefährlicher Stunden, waren Joß und Martin auch in diesen Jahren des Interdikts und besonders in seinen ersten bedrückenden Monaten die Wachsten unter allen Aufgeweckten.

Sie ließen die Stille der Dörfer zum Dröhnen werden, sie verwandelten die Strafe des Papstes in ein Unrecht aller Tyrannen, sie versäumten keine Gelegenheit, um aus der Trauer der unglücklichen Frommen die Empörung betrogener Gotteskinder zu machen. Sie handelten jetzt.

»Ein Bauer ist gestorben in Diffenborn, wir müssen sofort beide hinüber.«

Sie fanden im Sterbehaus das halbe Dorf versammelt. Sie verneigten sich vor dem Toten, segneten ihn aus dem kleinen Napf an dem Fußende der Bahre mit geweihtem Wasser ein und blieben vor dem wachsgelben Leichnam in stummem Gebet stehen.

»Ist sein Grab schon ausgehoben?« fragte dann Joß.

Das Grab sei gegraben, der Sarg stehe bereit, auch den Leichenschmaus habe man schon angerichtet.

Die Bauern schilderten alle Einzelheiten, in der Ecke hörte man die Witwe schluchzen, sie sprachen selbst von den Blumenkränzen und hatten doch das eine nicht genannt, was allen das Wichtigste schien: die Begleitung des Priesters.

Joß zögerte nicht an die Wunde zu rühren: »Was ist er für eine Gestalt?«

Ein vollgefressener Geizhals, ein Leuteschinder, der schlechteste Prediger im weiten Umkreis.

»Aber trotzdem euer Pfarrherr,« sagte Joß.

Sie nickten nur.

»Habt ihr Gewehre im Haus?« fragte Joß; die Witwe hob die tränenüberladenen Augen. Die Bauern schwiegen. Joß wurde deutlicher:

»Dieser da, der vor uns liegt, kann nicht mehr sprechen. So frag ich euch denn nun: hat er seinen Acker nicht in Fleiß und Schweiß bestellt? Hat er das Seine nicht verwaltet wie ein guter Christ? Ist er nicht den Pfad des Gerechten gewandelt und hat Vater und Mutter geehrt, war auch ein Gatte seinem Weib und ein Vater seinen Kindern? Ist erlöst worden durch den Herrn am blutigen Kreuzesstamm wie alle so hier versammelt sind und steht denn vielleicht schon vor seinem Richter und hört den Spruch, der ihm seinen Ehrenplatz anweist unter den Seligen.«

Wildes Trauergeschrei stieß aus der Ecke in die Rede, auch ein Kind wimmerte, an die weinende Mutter geklammert. Die Bauern hörten schwer atmend dem Totenspruch zu, der schon zur bösen Anklage wurde:

»Da aber liegt sein Leib, der alle Pein der Erde ertrug, da die Hände, die den Pflug gepackt und tausend Male das Kreuz geschlagen – und ihr wollt ihn verscharren wie einen Hund, der verreckt ist, wie ein Pferd, das am Rotzschleim erstickt ist. Den Gottesanger wollt ihr zum Schindanger machen. Ich sage euch aber, daß ich den Pfaffen selbst herausholen will aus seiner Fuchshöhle und will ihn hierherschleifen mit diesen Fäusten, eh solche Schmach dem Dorf Diffenborn angetan wird.«

Freiwillig würde er ja auch nicht kommen.

»Deshalb fragte ich euch nach den Gewehren.«

Sie verließen zu viert die Stube und kamen nach einer halben Stunde mit dem Priester wieder. Die Waffen hingen noch auf ihren Schultern, sie fragten nicht nach Joß und

Martin, die sich in ein Nachbarhaus zurückgezogen hatten, an der Tür blieben sie stehen, entschlossen, den Schwarzrock zusammenzuschießen, wenn er noch zögern sollte, seinen Segen zu lesen.

Aber der Widerstand des Geistlichen war von seiner Angst längst zerbrochen. Er feuchtete seine Finger am dikken Lappen seiner Zunge an und blätterte eilig in seinem Missale, dann griff er zum Wasserwedel, hob ihn über die Bahre und begann den lateinischen Totengesang. Alle in der Stube, auch die Waffenträger an der Tür, gingen sofort auf die Knie nieder. Das Interdikt war gebrochen!

»Aber es hat ja keine kanonische Kraft, was ich sage.«

Der Priester hatte sich verzweifelt umgedreht. Sofort gingen die Bewaffneten wieder in die Höhe.

»Schon gut,« stöhnte das fette Tier im Chorrock und wandte sich zurück zu dem Toten; er sprach nun ohne Bedenken und angetrieben von seiner Todesfurcht, die sich nur zu begründet zeigte: »O Gott, dir lebt alles,« brabbelte er in gedankenlosem Latein, »dir geht unser Leib nicht durch den Tod verloren, sondern wird in Besseres umgewandelt. Flehentlich bitten wir dich: alle Sünden, die die Seele dieses deines Dieners gegen deinen Willen durch des Teufels Trug begangen, tilge du in deiner Milde gnädig und barmherzig…«

Er schielte noch einmal schnell zu den Männern an der Tür: Sie stehen wie die Bäume! »Laß deiner heiligen Engel Hände sie empfangen und geleiten in den Schoß deiner Patriarchen, deines Freundes Abraham, deines Auserwählten Isaak und deines Lieblings Jakob. Gib das Rauchfaß, du Lümmel.« Er riß den Weihrauchbehälter aus der Hand des Ministranten: es sollte Giftdampf für euch alle darin sein, wünschte er plötzlich, schwenkte den Rauch über den Toten und sang ein langes, böses »Amen« in die Duftwolken hinein. Die Bauern am Boden hörten den Gesang wie Himmelsmusik, beglückt wiederholten sie das abschließende Wort.

Joß und Martin sahen aus ihrem Versteck die Zufriedenheit in fast allen Gesichtern, als der Totenzug aus dem Sterbehaus auf die Gasse trat.

»Sie bleiben ihm treu zur Seite, die Arkebusiere.« Martin schlug sich vergnügt auf die Schenkel.

Joß sah nur den Priester. »Verstehst du das?« sagte er. »Daß man ein solches Tier hinter seinem Sarg nicht entbehren kann?«

»Du, ich glaube, wenn er flieht, schießen sie ihn aus dem Zug heraus über den Haufen.«

Joß wandte die Augen nicht von dem Priester. »Diese Spottgeburt, voll wie ein Mastschwein, ein Sack voll Unrat, stinkt lebend schon mehr als die Leiche, hinter der er wankt – welch ein Glaube gehört dazu, auch in diesem noch den Diener des Herrn zu sehen!«

Der Zug ging vorüber. Bald darauf klopfte es, ein älterer Bauer trat herein und zog ehrfürchtig die Mütze. Er habe von der Witwe eine Bitte und trage sie vor im Namen des ganzen Dorfes: die Herren möchten nicht abschlagen, am Leichenschmaus teilzunehmen. Es sei ja mehr als ein Totenmahl.

Joß winkte ab: ihn gelüste nicht, mit diesem Pfarrer zusammen zu tafeln.

Dazu werde ihn niemand zwingen, meinte der Bauer, der Pfarrer sei nicht geladen.

»Und wenn er kommt?« unterbrach Martin.

Der Bauer lächelte. »Ihr habt uns denn gerade heute belehrt, wozu man Gewehre hat.«

Joß und Martin nahmen an. Der Bauer schüttelte ihre Hände und ging.

»Und trotzdem gierten sie nach seinem nichtsnutzigen Segen,« sagte Joß. Seine Augen waren voller Erstaunen. Er ahnte jetzt erst, wie richtig er gesprochen vor der Bahre.

Nicht alle Geistlichen kamen, wenn man mit Waffen bei ihnen erschien. Die Soutane hüllte nicht nur fette, sondern auch stolze Herzen. Da saß in den Dörfern manch ein Pfarrer, der das Interdikt durchführte, als sei er selbst der Vorsteher des heiligen Offiziums in Rom. Vor gewalttätigen Bauern wäre er aufgestanden und hätte sie mit abscheulichem Donnerwetter angefahren und mit einem Apage Satanas hinausgejagt.

»Für die Würdigen und Papsttreuen haben wir andere Mittel,« sagte Joß. Er war in diesen Monaten von einer überwältigend guten Laune. Er lachte in einem fort, war bei jedem Trunk dabei, und je öder die Stimmung des Landes wurde, desto fröhlicher zog er umher. Martin sah ihn an einem Abend mit einer Wirtstochter bei Weinheim in einer Laube sitzen. Das zartgliedrige, hellblütige Mädchen saß auf seinen Knien, er erzählte ihr lachend Räubergeschichten aus dem heiligen Land. »Hast du Geld, Martin?« rief er durch die rosenbehangenen Latten der Laube. »Aber es muß Pfaffengeld sein.« Martin warf ohne sich zu nähern einen Beutel in die Laube, er hatte ihn tatsächlich einem Bettelmönch auf offener Straße abgenommen. Zu gern möchte er Joß davon erzählen, wie er den jammernden Burschen hinwarf: es ist Interdikt, mein Lieber, da schweigen alle Vögel und alle Katzen gehn nach Haus. »Ich habe ihm in den Hintern getreten,« möchte er Joß erzählen. Wenn der Papst seine Läden zumacht, soll er auch keinen Straßenhandel treiben. Der Mönch hat nicht mal gebetet vor Angst. »Ist ein feiges Gesindel,« möchte er Joß sagen, aber er war zu erstaunt, daß jener endlich ein Mädel im Arm hatte.

»He, geh nicht weg, Martin!« Joß trat aus der Laube. Sein schwarzer Bart war feucht von Wein. Seine Halskrause hing rechts etwas zerknittert auf das grüngeschlitzte gelbe Wams. Das Mädchen hielt ihn an seinem Arm und suchte die Krause zu glätten, ihr schlanker Leib lehnte sich vertraulich und werbend an die Schulter, der volle Mund lächelte nach neuen

Küssen. Sie ist das Schlachten wert, dachte Martin in ulkiger Vergnügtheit und sah den Mund des Mädchens, ihr Mieder, den weichen Fall ihres langen hellblauen Kleides.

»Dank für den Beutel, mein Freund,« sagte Joß und zeigte seine kräftigen Zahnreihen. »Jetzt ist das Reisegeld gesichert und das Seelenheil gerettet.«

Martin verstand das erst am Abend ganz, als sie schon unterwegs waren. Ein ungewöhnlicher Zug. Die volle Mondscheibe beleuchtete ihn. In einer Kutsche saßen vier Bäuerinnen mit der Wirtstochter, auf dem Bock der schnauzbärtige Wirt, dem ein Auge fehlte, aber das Steuern des Wagens schien nicht im geringsten behindert. Manchmal wandte er sich um und grinste die Tochter an: »Schläft es?« fragte er in wohlwollender Rauheit. Dann beugte sich das Mädchen über das Bündel in seinem Arm und lächelte.

Links und rechts vom Wagen ritten Bauern auf schweren Gäulen. An der Spitze trabten Joß und Martin. »Man könnte eins singen,« rief Joß nach hinten. Eine Bäuerin bekreuzigte sich. »Jesus Maria, doch nicht vor der Grenze,« flehte sie und wandte sich zu dem Mädchen.

Der Zug fuhr durch ein Dorf. Einige Bauern erhoben sich von den Bänken vor den Türen, wo sie die Kühle des Abends genossen. Joß grüßte. Er war geladen vor Übermut. »Wollt ihr mitkommen? Wir holen ein bißchen Gnade im Heidelbergischen.« Er agitierte so durch alle Dörfer hindurch, nicht ohne die Frauen im nachtrottenden Wagen zu ängstigen, und dicht an der Grenze, als sie am Ende der Waldstraße die Schlagbäume schon auf einem Brückengeländer liegen sahen, sprengten dann auch seitlich aus den Bäumen zwei bischöfliche Reiter. Sie waren sehr überzeugt von ihrer Polizeigewalt, denn sie hielten brutal ihre Speere den beiden Spitzenreitern vor die Brust.

Aber da war schon ein Bauer vorgeprescht und schlug seine Klinge in pfeifendem Hieb in die sperrende Lanze. Sie zerbrach, und der Reiter schrie schon von einem zweiten

Schlag, der ihm in den Arm ging. Sein Pferd scheute, denn er hatte im Schmerz die Zügel scharf angerissen, der Mann faßte den getroffenen Arm und im Sattel schwankend fegte er jetzt auf die Kutsche zu, sein Blut spritzte, eine Ader schien getroffen.

»Er beschmutzt mir das Taufkleid,« rief das Mädchen und zog ihren Mantel, allerdings zu spät, über das weiße Bündel in ihrem Arm. Da war die Störung vor dem Wagen schon beseitigt, der Kampf beendet. Der zweite Reiter war geflohen, den ersten sah man nicht weit hinter der Kutsche vom Sattel fallen.

»Das waren,« rief Joß, »wie sich erwies, falsche Cherubime.«

Eine halbe Stunde später langte man im ersten heidelbergischen Dörfchen an. Der Pfarrer wurde herausgeklopft, man hielt ihm den Beutel unter die Nase und forderte ihn auf, seiner Kirche einen nächtlichen Besuch abzustatten. Der alte Gottesbeamte zögerte wohl, aber die Kleidung von Joß und Martin, die finsteren Mienen der bewaffneten Bauern, die ungewohnte Stunde und nicht zuletzt der Beutel entschieden die Fragen, die er stellen wollte. Erst am Taufstein, als das Licht der Kerzen, die Joß und Martin hielten, auf das Kleid des Säuglings fiel und einen breiten eingesickerten Blutstreifen beleuchtete, schrak er wieder zurück.

Das Mädchen aber entblößte die Zähne in kindlichem Lächeln: »Er ist gesund wie der Jesusknabe, Euer Hochwürden. Das ist fremdes Blut, dem Euer Spruch nicht schaden wird. Er soll den Namen Joß haben, müßt Ihr wissen.«

Joß war überrascht. Die Dunkelheit um die steinerne Schale schien heller zu werden, das Gebet des Priesters wurde zur Beschwörung; man könnte meinen, wir vereidigten auf den Schuh, dachte er glücklich. Und im Grunde ist es auch nichts anderes.

Es wird einem wahrlich warm ums Herz, dachte Martin und nickte dem Mädchen zu, das stolz den Täufling ins Licht der Kerzen hielt. Was man uns nicht gibt, das holen wir uns – ist es nicht so?

Der Priester legte das Taufsalz in den schreiend aufgerissenen Mund des Säuglings. »Und so taufe ich dich denn,« sagte der Priester und sprengte über den quäkenden Menschenwurm und sein blutiges Gewand das Wasser des Bekkens, »und nenne dich Joß Schneidebrot im Namen des Vaters, des Sohnes und des heiligen Geistes.«

»Amen,« wiederholten alle ohne Ausnahme.

Auch dieser Kriegszug gegen das Interdikt wiederholte sich nicht zu oft. Aber man sprach von ihm in allen Dörfern wie von einer Schlacht, an der alle beteiligt gewesen, und man nannte ihn einen Sieg. Joß und Martin konnten nun schon damit rechnen, in jedem Dorf ein Versteck vor jedem Verfolger zu finden. Sie nutzten die Gelegenheiten selten. Sie blieben unterwegs, kontrollierten die Bettler, musterten die angeworbenen Bauern, belehrten die Ortsgesellen und hetzten gegen das Interdikt.

Als der Herbst kam, waren auch ihre Früchte reif. Es galt größere Widerstände zu organisieren.

»Seht die Vögel des Himmels,« sagte Joß zu einer Bauernschar, die sich zusammengesetzt, um zu beraten, wie man sich dem Vogt gegenüber benehmen solle, der am nächsten Morgen im Dorf den Getreidezehnten einsammeln wollte. »Seht sie euch an, sie säen nicht, sie ernten nicht, und doch ernährt sie der himmlische Vater. So sprach der Herr und sprach gut. Aber er vergaß, daß die Vögel nur soviel fressen, als ihr Hunger verlangt. Er vergaß auch, daß sie singen. Unsere Vögel aber, unsere schwarzen hohlkropfigen« – Joß streckte den Bauch heraus – »sie sammeln in die Scheuern, wenn sie längst genug gefressen haben. Item: sie singen nicht. Seit Monaten singen sie nicht mehr. Wer also sieht da noch einen Zwang, ihnen die Kröpfe voll zu stopfen? Wo steht's geschrieben, daß die Elster ein Singvogel ist, und daß der Herr es gerne sieht, wenn die Kolkraben den armen Hasen das Herz aus dem Pelz hacken.«

Die Bauern beschlossen den Vogt davonzujagen. Er kam wieder mit zwanzig Reisigen, zwei Bauern wurden getötet, ein Haus ging in Brand auf, vier Bauern wurden gebunden weggeführt. Aber der Wagen mit den Getreidesäcken, der am Abend langsam und schwer nach der Vogtei fuhr, wurde von schwarzgeschminkten Männern angehalten, die Knechte wurden verjagt, der Wagen wieder zurückgefahren.

Als der Vogt ein zweites Mal erschien, fand er keinen Bauern zu Haus. Sie lagen alle im Wald. Das Getreide war verschwunden. Der Vogt schleppte wutschnaubend die gebackenen Brote aus den Vorratskammern mit. Als sie in der Vogtei angeschnitten wurden, troff aus der Mitte zähe grüne Galle; die Beamten entdeckten, daß eine dünne Röhre in die Seiten einen Zugang geschafft hatte für die rebellische Bitternis.

Man warf das Brot den gefangenen Bauern in die Verließe, sie erfuhren durch die Wache, wer es verdorben. Am nächsten Morgen stäupte man sie. Einige grinsten trotz aller Schmerzen.

Im Verließ, wohin man sie zurückgeführt, sagte einer:

»Kilian hat ein Schwein geschlachtet, das war die Galle von Kilians Schwein.«

In der Ecke unter dem Mauerloch spuckte einer aus: »Und das ist meine Galle,« stöhnte er und faßte sich an den zerfetzten Rücken.

Jetzt fehlte nur noch die Galle des Bischofs.

Martin ging inzwischen alte Wege. Er suchte seine Vaganten wieder.

»Da hat einer ja wohl den Beweis gegeben, was sie wert

sind.« Er hatte den aus dem Verließ entlassenen Lorenz getroffen, seine Narbe gesehen, das Ohr eiterte noch, aber der Landstreicher hatte sich eine riesige Pappmuschel an die Kopfseite gebunden und war schon wieder unterwegs. »Man hört jetzt noch mehr als früher,« hatte Lorenz gesagt. »Und man hat noch bessere Zuhörer als früher.« Martin war leichter Laune weggeritten.

Und da sehen sie immer noch von oben auf sie herab! Man hat diesen da gefoltert, verstümmelt, er hat kein Wort verraten. Man hat ihn zu den Ratten geworfen, ihm Eisen angelegt – was bringt es ihm? Er hätte in der ersten Stunde von Joß und mir erzählen können. Eine Leibrente hätte er sich erstanden damit, ein neues Kleid und die Gunst hoher Herren. Sein Winter wäre ohne Kälte und sein Sommer ohne Durst gewesen. Landstürzer, Scheunenanstecker, Pferdediebe nennt ihr sie – habt gut reden, ihr Festgewachsenen, er hat euch die Lüge in den Hals zurückgeschickt.

Martin fegte glücklich über die Landstraße. Er hätte jeden Edlen vor Vergnügen niedergemacht, der ihm in dieser Stunde in den Weg gelaufen wäre, und hätte jeden Ortsgesellen geohrfeigt, der hochmütig sich noch einmal von den Bettlern abgegrenzt hätte.

Am Abend hatte er seine neue Instruktion an zehn der klügsten Gerüchtemacher verteilt.

Die Bettler waren schwer getroffen durch das Interdikt. Sie merkten jetzt erst, welch gute Zollstellen die Kirchenportale gewesen waren, wie der Sonntag die Taschen öffnete und die Hände freigebig machte. Vor dem verschlossenen Heiligtum standen sie und warteten vergebens. Man ging vorbei an ihnen wie an Dienern, die vor dem Schloß eines Herrn auf Trinkgeld warten, aber der Geiz ihres Herrn hat alle Gäste ferngehalten.

Die Bilder der Schutzheiligen an ihren Hüten schreckten mehr ab, als sie lockten. Wer konnte noch glauben, daß der Pfennig, den man dem Elenden gab, die abgewandten Gesichter der Himmlischen zurückkehren konnte, da der Zehnte an den Bischof den Zorn Gottes nicht zu versöhnen vermochte?

In den ersten Wochen wurde jede Bitte im Namen der Patrone zur sinnlosen Selbstverhöhnung. Die Bettler hungerten mehr als jemals. Aber dann kam Martin wieder und zeigte ihnen, wer sie hungern machte. Mit Gott war kein Geschäft mehr zu machen, ihr jammerndes Beten hörte keiner mehr an – wie war's, wenn sie sich ganz auf böse Geschichten verlegten, wenn sie dem Bauern noch mehr als bisher von seinem Erdenkram erzählten und den geschlossenen Himmel geschlossen sein ließen? War nicht die Zeit, aufzutischen mit den Geschichten über die Pfaffen, die trotz Interdikt im Fett saßen und Ferien machten mit Kurtisanen und Nönnlein bei Fasan und Pfälzerwein? Gab es nicht Zettel herumzutragen, die gewisse Bauern mit einem Abendessen zahlten? Waren da nicht Arkebusen aus der Stadt in ein Dorf zu bringen, wo man schon andere unter den Dachziegeln verborgen hielt? Mußten nicht manche Nachrichten noch schneller in alle Ortschaften getragen werden? Da rückte doch etwas näher, was alle anging, die Kirchhofsruhe lag nicht ohne besondere Wirkung über allen Höfen von Speyer bis Bruchsal, man hörte besser in ihr oder wollte besser hören. Und waren es denn noch Lügen oder halbe Phantasien, was sie da an einem Freitag aus Merklingen ins ganze Land zu tragen hatten? Die von Merklingen hatten wirklich den Frondienst am Bau der Klosterkirche aufgekündigt und hatten sich auf die Steine gesetzt, als man sie mit Gewalt wieder zurückgeführt. Wollte nicht jeder wissen, daß der Zeiger schon soweit vorgerückt war? Brauchte man jetzt noch so sehr die Ortsgesellen, die von der glücklichen Schweiz schwärmten, da die Freiheit schon ausbrach wie ein Fieber am eigenen Körper? Martin sagte nein und mahnte die Bettler überall zu sein, nicht nach den Feuern der Ferne zu sehen, sondern die nahen Brände zu schüren.

Die Bettler verstanden das nicht nur als Bild, und Martin meinte es auch viel bösartiger. Er wußte, daß die Bauern nicht weinten, wenn wieder einmal der Himmel der Nacht blutrot erleuchtet war vom Brand einer bischöflichen Scheune. Er wußte, wie zögernd sie dem Feuerhorn folgten, und hatte von sicherem Versteck in Jählingen ihr Grinsen gesehen, mit dem sie den heulenden Vogt in Unterhosen herumlaufen sahen, während sie langsam, ach wie wohltuend langsam sich die Eimer vom Dorfteich bis zur bischöflichen Brandstätte durch die Hände reichten. Martin sorgte, daß aus dem Tumult der Brände genug an Speck und Schinken weggetragen wurde für die Boten der Landstraße, und er bemerkte mit noch größerer Freude, wie aufmerksam die Bauern selbst darauf achteten, daß auch jede in der Verwirrung greifbare Waffe im Dunkel der Nacht an einen neuen Herrn kam.

In die Finsternis des Interdikts zuckte das Wetterleuchten dieser Brände. Stärker spürte der Bauer die geheime Macht, die der Willkür der Herren antwortete und er begann zu überlegen, was in seinem Dorf zu tun übrig blieb. Niemals kam ihm der Gedanke, daß man einen zürnenden Gott mit solchem Protestfeuer noch mehr erzürne. Alles was darüber von Chronisten berichtet wurde, ist Lüge, die der faden Besänftigung dienen sollte und noch soll. Die Freundlichkeit, mit der die brandstiftenden Bettler auf Höfen und in Wirtschaften empfangen wurden, spricht vom wahren Gefühl, und nur eine Empörung scheint uns echt, von der ein Kirchenbuch berichtet: Bauern fanden auf ihren Weiden stöhnende, im Blut sich wälzende Kühe; den Tieren waren die Euter abgeschnitten worden. »Das tut kein Bauer,« sagten die Bauern und hätten es auch gesagt, wenn einer der ihren die scheußliche Tat verübt. Aber es waren die Knechte eines

Ritters gewesen, der an seinem Nachbarn für mißlungene Fehde sich so widerlich und im Schutz der Nacht gerächt hatte.

Was Martin anregte, diente nicht nur zur Belehrung des Bauern, der wie im grellen Schein eines Blitzes die ganze dunkle Landschaft seines Lebens erhellt sah, sondern auch der Beunruhigung des Feindes, der jede Unruhe verdient hatte.

Die Edlen reisten in diesen Jahren gern in doppelter Bedekkung. Die Wachen der Meiereien waren bald nach Verhängung des Interdikts verstärkt worden. Die Geistlichen sah man selten nach Einbruch der Dunkelheit noch auf den Dorfstraßen, und so sehr man die Sicherheit der Herren am rücksichtslosen Eintreiben der Abgaben erkennen mochte, so war doch auch in die Ohren der edlen Herren an Stelle der verstummten Glockenmusik ein beängstigendes neues Geräusch eingedrungen. Sie ritten ungern an eingestürzten Scheunen vorbei, in deren Trümmern noch schwarzverräucherte Balken knisterten. Und als der Burgherr von Villt von seinem Jagdgefolge mit zerschmettertem Schädel unter erstaunlich niedrigem Feldsturz gefunden wurde, wollte das Gerücht nicht verstummen, daß dieser jähe Tod kein einfacher Unfall gewesen.

Wer kurz darauf den Kirchenschatz des Stifts von Henzheim erbrochen, war trotz Folterung einiger aufgegriffener Landstreicher ebensowenig aufzuklären. Und der Zettel, der neben den leeren Truhen gelegen, gab auch nur die Gesinnung der Diebe an: »Macht euch Freunde mit dem ungerechten Mammon, sagte der Herr. Dieser Schatz hier aber war bis zu heutiger Nacht wohl der ungerechteste Mammon in ganzer Gemeinde. Sodaß zu erhoffen ist, es möchten durch ihn nun gerechter Sache viel neue Freunde erstehen.«

Wieweit Martin oder Joß an der Umlagerung dieses Schatzes persönlichen Anteil hatten, wird schwer unter Beweis zu stellen sein nach sovielen Jahrhundertläuften. Berichtet ist nur die angemessen lebhafte Klage der Stiftsbrüder von Henzheim, die, um den Schaden etwas wett zu machen, vom Bischof die Erlaubnis einholten, am Sankt Martinstag eine Sonderkollekte in ihren Dörfern zu veranstalten.

Sankt Martinstag! Was war das ohne das Geläut, das die Bauernkarren mit den Gänsekörben zur Kathedrale geleitete, was war das ohne die Orgel und die Messe und den Markt um das duftende geöffnete Maul der Kirche?

Das Kirchenjahr war ein Totenkalender geworden, die Liste der Heiligen eine Liste von Taubstummen und der Mönch, der von Haus zu Haus ging, war wohl ein schlechter Ersatz für Sankt Martin selbst, der sich nicht mehr besuchen ließ.

Es gab Bauern, die den Sammler offen höhnten. Vermutlich waren es Bundschuhbauern, die ihr Schwur so unverschämt gemacht, denn einige genossen erst behaglich die Jammerklage des Mönches um den verschwundenen Schatz. Andere gaben trotzdem, besonders die Weiber verfielen den Bettelreden und glaubten mit dem Klingen der Münze die Tore der Kirche öffnen zu können. Noch hatten Tausende nicht unterscheiden gelernt zwischen ihrem Gott und seinen geldgierigen Beamten.

Martin fand auch hier ein wirksames Mittel der Belehrung. Die Zeit der Kornmahd war gekommen. Schon strichen die Sensen durch die hellgelben Fluten, Frauen und Mädchen folgten den Schnittern, rafften den niedergeschlagenen Segen, banden ihn und stellten ihn zu struppigen Häusern zusammen, auf daß der Regen ihm nicht schade vor der Einfahrt. Das Klosterland hatte durch das Vorrecht des Frondienstes überall zuerst die Häuser stehen, aber auch die

Bauern eilten sich, die Ernte zu schobern, denn die stechende Hitze der Tage drohte gewitterreiche Abende an.

Martin traf seine besten Vaganten, die Beratungen waren kurz, er wollte in diesen Tagen in möglichst vielen Dörfern sein.

Grüngelbe zuckende Wände stiegen an den nächtlichen Horizonten auf. Unerträgliche Schwüle lähmte am Tag Tier und Mensch. Dann krachte eines Abends nah bei Bruchsal der erste Blitz über die Felder, hart, trocken, brutal. Erst nach vielen Feuerschlägen trieb ein Wind Wolken herbei und ließ sie Regen ausschütten. Da brannten aber überall um die Klöster schon die hohen Garbenhäuser. Der Wolkenguß löschte nur noch verkohlte Frucht.

Zu den Bauern, die mit der Familie in ihren Stuben saßen und gegen das Krachen und Sengen mit lauten Gebeten angingen, kam die seltsame Nachricht, daß der Blitz nur die Mieten vom geistlichen Eigenland gesucht habe; die der Freibauern und Lehnshörigen seien sämtlich verschont worden.

Martin ließ am nächsten Tag seine Bettler überall die Leute fragen, ob solches Geschehnis wohl als ein Wink der Vorsehung zu deuten sei. Sehr berechtigte Frage, so schien es, denn der gleiche Fall wiederholte sich in jenen gewitterreichen Tagen noch in vielen Ecken des Bistums. »Was aber will der Herr schließlich dem Herrn Bischof damit sagen?« meinte Lorenz von Pforzheim und rückte sich den Pappdeckel an seinem Hinterkopf zurecht.

Der Aberglaube schlug um, wandte sich gegen die, welche ihn genährt. Je lauter die Geistlichen jammerten, je mehr Unglücksfälle sie heimsuchten, je dichter die Zeichen sich mehrten, die der grundsätzlich unsichtbare Gott ihres Glaubens zu geben schien, desto landläufiger wurde der von Martin ebenso wie von Joß propagierte Glauben, der Himmel kündige mit all diesem seinen Zorn gegen die Priester an, deren Untergang sein nächstes Ziel sei. Das Interdikt wurde zum Zeugnis gegen die, die es verhängt.

Als das Interdikt zwölf Monate dauerte, merkten die Geistlichen, wie sie an den erzwungenen Ferien zugrunde gehen mußten. Aus allen Sprengeln kamen sie nach Speyer und klagten. Joß erfuhr, daß man über Milderungen des Interdikts sprach.

»Wir müssen sie erzwingen,« sagte er zu Martin, »ihre Geschenke müssen aussehen wie Beute unserer Kämpfe.«

»Um Messen zu erbeuten, rühre ich keine Hand,« wetterte Martin.

»Es geht nicht um dich, der Bauer wartet darauf.«

Martin war nicht zu überzeugen. Joß sattelte die Pferde und ritt wieder mit ihm ins Land.

Sie kamen in ein Sterbehaus. »Es ist schrecklich,« sagte die Bäuerin, »er hält sich noch, er will nicht sterben, eh er nicht seine Sünden gebeichtet. O, daß sie keine Ausnahme machen können! Hört doch, wie er sich quält, ich kann es nicht mehr mit anhören...«

Sie fanden am Rand eines Eichenwaldes ein Liebespaar. Das Schluchzen des Mädchens ließ sie anhalten. »Da sitzt ihr in der Sonne und greint,« sagte Joß. Der Bursche drehte sich langsam herum. Sein Blick war böse, dann erkannte er Martin. »Habt nicht schlecht reden, ihr Herren, aber laßt mal das Haus gerichtet stehen, und könntet endlich allein sein, und kein Pfaffe segnet euch den Bund.« Das Mädchen hob das tränennasse Gesicht, sie sah Joß und Martin nicht an: »Du sollst den Herrn nicht Pfaffe nennen. So wird es nie aufhören.«

In Bruchsal, wo sie am Nachmittag einritten, klagte ein Kerzenhändler: »Wenn's nur schon zu Ende wäre, man gäbe gern wieder seinen Pfennig.«

»Gebt Ihr den nicht auch so, und habt garnichts davon.«

Der Mann sah ängstlich durch die herabhängenden, bunt und golden bemalten Wachsstangen: »Sprecht nicht so laut, ich lebe davon.«

Sie hielten einen Leichengräber an und fragten ihn nach

einer Wirtschaft, die sie einem Gesellen als Treffpunkt gegeben. »Der – hat zugemacht,« antwortete der Alte, »hat zugemacht und ist nach drei Tagen vor Kummer eingegangen. Hat den Juden nicht bezahlen können. Hat doch nur von den Wallfahrern gelebt. Und wer kommt denn noch seit zwölf Monaten hierher? Er ist eingegangen wie ein Schrumpfapfel. Er liegt an der Mauer links von der Tür, wenn ihr ihn besuchen wollt. Er wartet noch auf seinen Segen.« Leise brummelte der Mann: »Das hat er nicht verdient, der Joachim.«

Joß war nicht sicher, ob Martin schon genug gesehen. Er führte ihn zu einem Schneider, der eilig von seinem Tisch hinuntersprang und ihre Wünsche wissen wollte.

Heute wäre es nichts. Für Ostern wolle Joß an ein neues Wams denken.

Der Schneider machte große Augen: so spreche doch hier seit Monaten niemand. Sei denn noch Ostern? Gäbe es denn noch einen Erstkommunikanten? Da lägen die Stoffe. Ein Flickschneider sei man geworden. Als wenn die Menschen alle auf den Türken warteten, so liefen sie herum. Ohne Stolz, ohne Eitelkeit, wie die Bettler. Hätten sich immer nur für den Kirchgang ein Gewand machen lassen, jetzt sähe man's.

Der kleine Mann ereiferte sich, jammerte und schimpfte. Als er die Pfaffen anklagte, unterbrach ihn Joß: »Man sagt, daß die Bauern einen Bittgang zum Bischof machen und daß die Kirchen bald wieder offen sein sollen.«

»Ich würde eine Kerze geben,« sagte völlig verändert der Schneider, »ganz bestimmt würde ich's tun.«

Sie ließen ihn bei seiner frommen Absicht und verabschiedeten sich. »Merkst du jetzt, wie sie alle aufatmen werden,« sagte Joß draußen zu Martin. »Die Hände werden sie den Pfaffen küssen. Wenn man es verlangt, rutschen sie auf den Knien ins Gotteshaus.«

»Die Schneider, die Zuckerbäcker und die Perückenmacher vielleicht, aber der Bauer denkt anders.«

»Trotzdem sollte man's ihnen nicht leicht machen, ihre Schafe wieder zu scheren.«

Martin war endlich stutzig geworden. Er ritt lange schweigend neben dem Freund. Sie hatten das Stadttor schon wieder passiert. Ein kurzes Gespräch mit den Wächtern. Prüfende Blicke auf Mauern und Schlösser. Eine Rast, um die Joß bat, der dann lange das Gelände vor der Stadt betrachtete. Ein lächelnder wilder Blick über die Türme und Häuser, die der Wall umgürtete. Wie ein Weib schaut er sie an, dachte Martin. Er wußte, daß Joß mit der Eroberung dieser Stadt den Aufstand beginnen wollte. Aber das schien ihm jetzt weit ab zu liegen. Er verlor sich wieder in seinem eigenen Grübeln.

Die Stille in der Stadt hatte ihn erschreckt. Der hündische Blick der Händler, der leere Markt, das dumpfe Schweigen in den Wirtschaften, die Schließbretter vor einigen Läden, die die Häuser zu Särgen machten, das Herumschleichen mickriger Nonnen, das müde Jammern eines grauhaarigen Bettlers, das alles gemahnte an die Zeit einer Pest, und es hätte Martin garnicht gewundert, wenn eine Straße herauf plötzlich vermummte Mönche gezogen wären und aus ihren Säkken Hände voll Sand gegen seuchenverdächtige Häuser geschmissen hätten. Er sah die Stadtkirche wieder vor sich, die graue tote Fassade, die in die Türme hinaufstieg, als habe sie keine andere Sorge, als über das Elend zu wachen, das ihr verschlossenes Tor angerichtet. Ein eifersüchtiger Gefängniswärter. Niederreißen sollte man sie!

Martin sah die verhärmten Gesichter der letzten Stunden vor sich. Konnte man die einfachen Seelen beschimpfen? Ihr Tag hatte das Gesicht zu diesen Kirchen, sie lebten für ihren Glauben, und der Glaube ernährte sie. Plötzlich erkannte er die Gefahr. Wenn dieser Alpdruck ihnen weggenommen würde, eh sie noch einen anderen Glauben dagegen zu stemmen hatten, würden sie ihre Foltermeister lobpreisen.

»Ist es sicher, daß sie das Interdikt mildern?« fragte er.

»Ich weiß es von einem Lehnsritter, der geradenwegs aus der bischöflichen Kanzlei kam.«

»Dann muß man den Bundschuh alarmieren.«

»Ich dachte dasselbe.«

In nächtlichen Versammlungen legten sie den Verschworenen die Pläne vor. Man müßte die Bauern vor die Pfarrhäuser führen. Am gleichen Samstag um die gleiche Stunde. Das verhinderte die Flucht der Pfarrer, die schon im Nachbardorf erschreckend auf die gleichen Massen stoßen mußten, das verhinderte auch ein Eingreifen bischöflicher Reiterei, denn wo sollte sie zuerst einsetzen? Das verhinderte schließlich spätere Strafen, – wen hätte man packen sollen, wenn alle da waren.

»Aber werden auch alle kommen?«

Joß hielt das für eine Ehrensache der Verschworenen. Es sei nicht schwer, diesmal zu werben. Es sei wie ein Kirchgang, und es würde auch nichts Unheiliges geschehen auf den Plätzen.

Ob man den Bauern auch von anderen Dingen erzählen dürfe?

Joß sah, daß sie begriffen: »Fürs erste nicht zuviel,« meinte er in seinem sicheren freundlichen Ton, »doch sollen sie spüren, daß eine Macht dahinter steht. Es ist gut, wenn sie ahnen, wie stark wir sind.«

Martin ließ zur gleichen Zeit seine Vaganten los.

Sie erzählten von französischen Städten, wo die Bauern solange jeden Lebensmittelwagen, der zum Bischof unterwegs war, umgeworfen, bis der Bischof ihnen einen neuen Geistlichen geschickt.

Sie erzählten, daß Hans von Trotha den Bann der Weißenburger Mönche dadurch beantwortet, daß er die Flüsse seines Lehens sämtlich gestaut und den Klosterbrüdern dadurch sowohl den Fischfang, wie das Wiesenbewässern und das Baumflößen unmöglich gemacht.

Sie jammerten plötzlich und konnten sich nicht beruhigen über eine Frau aus Enzheim, die wahnsinnig geworden sei, weil sie nicht mehr beichten konnte. Durchs Dorf sei sie gelaufen, mit herumfliegenden Haaren, »wer hört mich denn? wer hört mich denn?« habe sie gerufen und sei am Morgen aus dem Mühlbach gefischt worden. Sie erzählten Dinge, die sie im gleichen Dorf gehört, als Ereignisse aus einem anderen Dorf und ernteten doppeltes Vertrauen. Und sie schlossen immer wieder mit dem Hinweis auf den großen Bittgang, von dem man in allen Dörfern schon spreche.

Die Stimmung war denn also gut vorbereitet, als Joß durch neue Boten des Ritters den genauen Sonntag erfuhr, an dem unter Einschränkungen eine Messe erlaubt werden sollte. Die Verschworenen wurden benachrichtigt. »Sollen wir Waffen mitbringen?« ließ einer zurückfragen.

Die Ansammlungen verliefen sich nach einer Stunde merkwürdiger Einigkeit ohne besonderen Zwischenfall. Viele Pfarrer hatten wohl nach den Scharwachen geschickt, in den Burgen besetzte man die Wachttürme, einige Edle waren in höchstem Erstaunen und bereit, in die Massen hineinzupreschen, herbeigeritten, auch bischöfliche Reiter sprengten düster und stumm zu den Sammelplätzen. Aber überall geschah bei ihrer Ankunft das gleiche Verblüffende; die Verschworenen hatten Joß gut begriffen und folgten seiner Losung. Wenn die Reiter auftauchten, wenn das Gehämmer der Pferdehufe hörbar wurde und sich beängstigend näherte, stieg der auserlesene Bauer auf eine Stiege oder ein schnell herbeigerolltes Faß und rief über die Menge: »Hört ihr Christen, laßt uns niederknien und den Herrn anrufen und seine

Mutter die heilige Jungfrau und laßt uns dann nach Hause gehen und warten auf ihre Antwort!«

Und überall war das Gleiche geschehen. Als nahe kein wütender Grundherr, als hingen nicht scharfe Schwerter an den Sätteln der herbeitobenden Reiter, knieten die Bauern nieder auf die Erde, das Gesicht zum Pfarrhaus, von wo jetzt ruhig und aus voller Männerkehle das Gebet kam: »Vater unser, der du bist im Himmel, geheiligt werde dein Name, zu uns komme dein Reich.«

Die schäumenden Gäule hielten mit Mühe an vor der unbeweglichen Menge, die das Gebet aufnahm: »dein Wille geschehe wie im Himmel also auch auf Erden.«

Ein Lehnsritter fluchte betroffen und sah zu dem Pfarrhaus hinauf, in dessen Fenstern kein Mensch zu sehen war.

Der Vorbeter sprach und seine Stimme hob sich über den Fluch wie ein breitschwingiger Vogel über die gasigen Blasen eines Sumpfes:

»Unser täglich Brot gib uns heute und vergib uns unsere Schulden –« Mit merklichem Zögern und Senken der Stimme fügte der Bauer hinzu: »wie auch wir vergeben unseren Schuldigern.«

Da hoben in einem Dorf nah bei Weingarten einige der Landsknechte die Helme vom Kopf.

»Und führe uns nicht in Versuchung,« sagte der Sprecher.

Und lauter rief die Menge:

»Sondern erlöse uns von dem Übel, Amen!«

Fassungslos saßen die Schergen in ihren Sätteln. Ein unsichtbarer Schutzmantel lag ausgebreitet über dem knienden Volk. Wie Rebellen waren diese Menschen zusammengekommen, ihre Zahl war furchterweckend und ließ keinen Zweifel einer Verschwörung. Aber wer wagt es, in Betende hineinzuschlagen?

Die Blicke der Grundherren und der Profosen gingen über die dunkle Masse zu den nahen Kirchen. Die Aufständischen, so erkannten sie, wollten das Tor des Himmels stürmen; sie riefen höhere Herren an gegen niedere. Konnten nicht in das kurze Schweigen zwischen den Gebeten die Beschworenen aus den anderen Reichen, die Heiligen plötzlich antworten?

Fast überall zogen sich die Reiter bald zurück auf nahe Beobachtungsposten. Die Bauern aber fuhren fort in ihrem frommen listigen Protest. Sie fügten dem Vaterunser ein Avemaria an, zärtlicher wurde die Stimme des Vorbeters, als er sich neigte vor der Mutter des Religionsstifters: »Gegrüßet seist du Maria, voll der Gnade.«

Es war im gleichen Augenblick, daß mehrere der Schergen abzogen. Wie ein Sieg des Gebets erschien in allen Ohren das sich entfernende Hufegetrappel.

Fünfmal beteten sie die beiden Gebete. Nach dem fünften Mal stieg ein Lächeln in viele Gesichter. Die Bundesmitglieder lächelten. Fünf Vaterunser und fünf Ave waren das tägliche Pflichtgebet aller Verschworenen. Waren nicht alle, so dachten sie, die da rings gekniet und die nun aufstanden und langsam nach Hause gingen, jetzt mit im Bund?

Auf einigen Balkonen zeigte sich schon während des Gebets der Pfarrer. Das war näher zum Rhein, wo der bischöfliche Bote schon eingetroffen war. Aber was der Geistliche auch sagte von der Nachsicht des heiligen Vaters und von den Bemühungen des hochwürdigen Bischofs, die jenen ab morgen geltenden Zustand erzielt hätten, – die kaum jubelnde, oft nur stumm begreifende Masse unten nahm die Mitteilung wie einen Erfolg der Gebete, die eben erst verklungen waren.

Und erschütterter noch waren die anderen, denen am nächsten Morgen erst die über die Täler läutenden Glocken anzeigten, daß ihr Gebet erhört worden war.

Joß und Martin, die sich entschlossen hatten, in Obergrombach an der Messe teilzunehmen, kamen zu spät. Sie fanden den Schweizer der Kirche mit blank geputzter Hellebarde am Portal. Er weigerte ihnen den Eintritt, da nur Gemeindemitglieder zugelassen seien und die Türen während des Gottesdienstes streng geschlossen zu halten wären. So sage es der Pfarrer und der Brief des Bischofs.

Martin polterte: »Hättst deine Arche nur halb so voll, wenn wir nicht gewesen.« Ein höchst unvorsichtiges Wort, das der schnauzbärtige rotgekleidete Bauer nicht verstand, er wehrte noch einmal mit seiner Hellebarde die Männer ab: »Könntet Interdizierte sein,« sagte er ernst.

Joß verneinte freundlich und zog Martin hinweg.

»Meinst du, daß wir den Pfaffen trotzdem das Wasser etwas abgegraben haben? Ich sah die Gesichter in den Dorfstraßen. Es war in allem Glück der Erleichterung auch etwas vom Stolz der Sieger.«

»Ein Sieg, der den Schwarzröcken die Taschen füllen wird. Mir ist nicht wohl, wenn sie so gern in die Kirchen rennen.«

Am Abend meldete der Ortsgeselle von Obergrombach zehn neue Aufnahmen in den Bund; darunter waren zwei Knechte aus dem Schloß, die der Grundherr geohrfeigt, als er am Vorabend wütend aus dem Dorf zurückgekommen.

»Das sind zwei Schlüssel zu einer guten Schatzkammer,« meinte Joß. Jetzt endlich grinste Martin.

Im bischöflichen Palais der Stadt Ulm saßen um den Tisch des Beratungszimmers der Kardinal Peraudi, Legat des päpstlichen Jubeljahrs in ganz Deutschland, und Erzbischof Berthold von Mainz, Kurfürst seinem weltlichen Range nach und Führer der reichsständischen Opposition. Es war kurz nach der Aufhebung des Interdikts im Bistum Speyer. Die beiden Männer hatten die Akten, die vor ihnen lagen, beiseite geschoben, eine Zeitlang war es ganz still zwischen ihnen gewesen, jetzt strich sich der Mainzer mit der ringlosen

Hand über die Stirn und seufzte: »Ich bin am grausamsten betroffen.«

Peraudi sah ihn mit einem gütigen Blick an: »Jetzt erst verstehe ich Eure ganze Besorgnis. Glaubt Ihr, er wagt es wirklich auch hier?«

Der Mainzer antwortete sofort: »Wer Papstworte fälscht, greift auch in Kassen.«

Peraudi lenkte ein: »Ich bin nicht so sicher, ob es eine volle Fälschung ist von ihm. Seine Heiligkeit liebte das Doppelspiel; sie kann Zugeständnisse gemacht haben, die nie zu Papier gebracht worden sind. Nun er tot ist, wer kann da nachprüfen!«

Der Mainzer widersprach: »Das Konsistorium in Rom hat des Königs Gesandten zuerst ausgelacht, als er die Auslieferung der deutschen Ablaßkassen verlangte. Dann hat es umgeschwenkt und Euch abzuberufen versucht. Ich verstehe das nicht?«

Schmerzlich lächelnd erklärte der Kardinal: »Ich verstehe es umso besser. Maximilian hat durch seinen zweiten Gesandten Renaldis sagen lassen, ich sei durch meine Ablaßreise in ganz Deutschland so unbeliebt, daß ich Gefahr liefe, demnächst in Stücke gehauen zu werden. Das machte Eindruck. Meine Feinde in Rom waren plötzlich um mein Leben besorgt.«

Berthold hörte kaum noch die neue Erklärung; sein strenges Gesicht war zum Fenster erhoben, durch das man den Fahnenschmuck der Straße sah: »Er lügt wie ein Wiener. O Eminenz, ich habe auf diesen Mann gesetzt. Durch mich wurde er noch zu Lebzeiten der alten Majestät zum König gewählt. Ich wendete all meine Kräfte und all meine Hoffnung an ihn. Ich habe mich getäuscht. Er ist ein Windhund. Er fegt seit Jahren in den Ecken des Reichs herum, wo er nur einen Happen erwischen kann. Er verkuppelt seine Kinder dreimal. Er kuppelt mit sich selber. Er hat gegen 300.000 Dukaten ein Weib an seine Seite genommen, die er vorher nicht mal im Bild gesehen. Wie eine Dienstmagd hält er des Reiches Königin. Ihre Leibwäsche verpfändet er, wenn's ihn zu einem seiner sinnlosen Kriegsunternehmen treibt.«

»Ihr vergeßt, daß sie ungesegneten Leibes blieb,« unterbrach der italienische Kardinal, aber der Ton seiner Stimme zeigte, wie wenig ihn die wilde Rede des deutschen Erzbischofs anging.

»Er denkt nur ans Haus Österreich,« wetterte der Mainzer fort, »das Reich ist ihm Hekuba. Die papale Räuberei – verzeiht, Ihr wißt, welche Mißbräuche ich damit meine – stört ihn nicht. Die Kirche ist ihm nichts als eine Firma, mit der man gemeinsam Geschäfte machen kann. Ich dachte, er wolle das Reichsregiment festigen. Ich dachte, er wünsche ehrlich den Kampf gegen die Türken. Ich dachte, er verstände unseren Willen, die Kirche zu reformieren. Ich täuschte mich dreimal. Nun wird er zum Dieb der Ablaßgelder.«

Von der Straße hörte man einen Trompeter blasen.

Des Erzbischofs Gesicht straffte sich: »Aber es soll ihm nicht gelingen. Hier soll er seine Grenze gefunden haben. Ihr werdet reden!«

Ein Diener trat ein und meldete, daß die Herren des schwäbischen Bundes im Rathaus versammelt seien.

»Wenn ich nur an die Wirkung noch glauben könnte,« sagte der Kardinal und erhob sich aus dem Sessel. »Dieser Mann ist erfinderisch in seinem Haß. Ich fürchte, er kennt Eure Beziehungen mit Frankreich zu gut.«

Als der Kardinal dann vor den versammelten kleinen und größeren Fürsten des schwäbischen Bundes das Abkommen über die gesammelten Gelder des Jubiläumsjahres verteidigte, hatte er plötzlich doch wieder das Gefühl, daß er die Versammlung gegen Maximilian einnehmen könne.

»Wir haben,« sagte er, »diesen Türkenpfennig mit dem Reichsregiment abgeschlossen und nicht mit dem Kaiser.« Er betonte dann mit Würde, daß er nicht für seine Sache rede. Das der Kurie bewilligte Drittel sei nicht in den Truhen. Was dort verschlossen in allen Kirchen stände, verschlossen mit Schlüsseln, die nur im Besitz des Reichsgesandten, des Legaten und des Ortsvorstehers sich befänden, sei gegen den Türken bestimmt. Wenn Maximilian sich berufe, daß der verstorbene Papst ihm mündlich die Kapitalien der Sammeltruhen überantwortet habe, so wolle er weder des Papstes Nachgiebigkeit tadeln, noch des Kaisers Behauptung anzweifeln. Doch rufe er Gott und alle Heiligen an, ob es geduldet werde könne, daß das Geld der Gläubigen so ungeprüft und ohne Garantien in weltliche Hände übergehe. Das Jubeljahr habe nur dem geistlichen Ziel, dem Kampf gegen die Ungläubigen, dienen sollen.

Und deinen Nebengeschäften, höhnte leise der Herzog von Württemberg.

Millionen Christen, sagte der Kardinal, hätten ein Recht darauf, daß man ihren Beitrag zum heiligen Krieg so verwende, wie sie ihn gegeben. »Ich komme aus dem Speyrischen,« rief er und hob die Stimme, »wo das Volk jetzt Jahre lang geschlagen war von der Strenge des Bannstrahls. Und doch gaben sie ihr Letztes, da es um einen Kreuzzug ging.«

Ihr werdet ihnen die Hölle heiß gemacht haben, dachte der Ratsherr Faber von Ulm. Der Kardinal hatte nicht viele Freunde in dieser Versammlung. »Jeder der Bauern dort vom Mittelrhein,« fuhr der Kardinal fort, »müßte uns beschämen, die wir angelockt vom Geruch des Goldes über Truhen gebeugt stehen, die von kindlichem Glaubenseifer gefüllt wurden.«

Trompetenstöße ließen die Fenster erzittern. Die Fürsten und Ratsherren hoben die Köpfe, einige schienen zu wissen, was jetzt geschehe, sie lächelten hämisch. Der Kardinal hielt mitten in der Rede an. Man hörte Pferdegetrappel von draußen, die Musik verstärkte sich, Hochrufe wurden laut, dann bollerten Mörser. Die Versammelten liefen in die Erker, der Kardinal blieb mit rotem Kopf und geduckt am leeren Tisch sitzen. Hinter ihm riß man die Fenster auf. »Es lebe Maximilian!« hörte er rufen.

»Er hat das Kleid von Sankt Georg an,« schrie der Fürst.

Ein geschickter Mann, dachte der Ratsherr Faber. Er zieht als Türkenkämpfer unter unsre Fenster.

»Wer ist denn nun der Kreuzritter?« fragte höhnisch in den Raum hinein einer der Herren vom Fenster. Der Kardinal hielt den Rücken gebeugt, als wäre ein schwerer Balken darauf gefallen.

»Kommen Sie Eminenz,« sagte da eine Stimme, es war die des Mainzers. »Er ist der bessere Spieler. Gottes Mund wird stumm vor solcher Theatermusik.«

Am Nachmittag beschloß der wieder versammelte schwäbische Bund die Ablaßtruhen der ganzen Stadt mit Einschluß der Einnahmen für die Beichtbriefe – ihr Preis war ein Gulden für drei Stück gewesen – dem Kaiser Maximilian für einen neuen Türkenzug auszuhändigen.

Am Abend zahlten Beamte des Kaisers in einigen Schenken den Dank an das Volk, das so bereitwillig bei dem überraschenden Einzug auf die Straßen gestürzt war und dem pompös gekleideten, königlichen Georgsritter zugejubelt hatte.

Wenn es gestattet ist, einmal vorzugreifen, so stehe hier verzeichnet, daß keiner der so gewonnenen Dukaten jemals gegen die Türken verwendet wurde. Maximilian kämpfte vor Belfort, in Artois und um Mailand, er belagerte Venedigs stolze Handelsrepublik, schlug sich mit Ungarns Magnaten. Die Türkenpfennige waren längst verbraucht im Krieg gegen den großen Feind seines Lebens, gegen den »Anderen«, als der Papst den christlichsten Kaiser an seinen Kreuzzug erinnerte. Da aber ersetzte sie der schon müde Herrscher durch bösen Spott; denn nichts anderes riet er dem Papst, als daß seine Heiligkeit seine Lenden selbst mit dem Schwert umgürte; sicher sei es, daß männiglich, auch Weiber und Kinder, ihm gegen den Türken folgen würden.

Hungerwinter und Hitzesommer

»… es werden Seuchen, Hungersnot und Erdbeben sein; hier und dort. Das alles aber ist erst der Anfang des Jammers.«

Matthäus, 24, 7-8.

Ein kurzes Aufatmen brachte dieser Herbst, da man an den Abenden die Aveglocken hörte und in der Sonntagsfrühe geweckt wurde vom Gepolter sämtlicher erzenen Stimmen der Türme. Wie trug man die Martinsgans gern ins Pfarrhaus, wenn nicht der Hof schon gar zu verarmt war! Sagen wir die Wahrheit: die Bauern konnten ihr Glück nicht so bekunden, wie es sie an jenem ersten Sonntag erfüllt hatte. Elend tötet auch Festfreuden, Kummer würgt die Dankbarkeit, und wenn wir einige Urkunden recht gelesen haben, so gab es genug Bauern, die offen bekannten, daß ihnen die eine Messe nicht so viel Aufhebens wert erscheine; ein Schluck Weihrauch, eine unverständliche Singerei, was wäre das gegen die vielen bösen Pfennige, die man jetzt wieder ohne Widerstand geben müsse.

Solche Bauern hatten zweifellos von jenen neuerungssüchtigen Mönchen gehört, die da herumredeten, das Volk müsse die Meßgesänge verstehen, müsse sich in seiner Sprache mit seinem Gott unterhalten können.

In Jöhlingen erhob ein Pfarrherr seine mächtige Stimme gegen solche Ketzerei; er war eine rühmliche Ausnahme. Die anderen fühlten sich sicher auf der Rampe ihres Altars. Die Kommunionbank schien ihnen ein nie zu nehmender Graben, der alle Murrenden fernhielt. Die lateinische Sprache nährte ihren dummen Stolz, und angetan mit den bunten Gewändern der Kirchenbräuche hielten sie es für höchst überflüssig, den Fragen der dürftig Gekleideten zu antworten. Der Genuß fetter Pfründe ließ keine Angst in sie dringen, Geiz machte sie blind, und wenn ein aufrührerischer Gesell gar zu dicht an sie herangetreten war und seine Anklage selbst ihr Ohr getroffen hatte, so half man sich ohne Zögern mit einem Befehl an den Profosen, mal hier nach dem Rechten zu sehen.

Damals gingen aber Flugblätter durchs Land, auf denen der Vers zu lesen war: »Was brauchen wir das mönchisch Leben? Wir können alle selber beten und wann uns gelüstet zur Kirchen treten.«

Der Pfarrer von Jöhlingen schwenkte ein solches Blatt über seine Pfarrkinder:

»Riecht ihr den Höllengestank, den der Zettel verbreitet? Da hab ich dich an den Ohren, kleiner Teufel,« sagte er und kniff das Blatt wie einen Schulbuben, »was winselst du nicht? Hast die Sprache verloren, weil ich dich hierher geschleppt vor den Herrn? Willst in die Häuser schleichen wie ein Blütengeruch und bist doch nur ein Furz, ein elender, pestiger. Was kitzelst du da den Leuten die Haut, die nicht juckt?« Er drehte das zerknitterte Blatt vor seine Augen, als wenn er lesen wolle: »wir wollen eins mit dem anderen teilen – daß ich nicht lache! Teilen, und morgen schon wieder hat der Hintz mehr als der Jakob? Eins mit dem anderen teilen – und wie die Katze mit Mäusen geilen. Möchte dir passen, würdest dir ins Fäustchen lachen, wenn sie uns da die Krallen ins Fleisch zwicken. Das gefiel den Narren allen, daß ihnen kein Bosheit würd vergolten. Hast dich getäuscht mit meinen Kindern. Nur die Bösewichter und Tagediebe plappern dein krummes Gefasel nach.« Er zitierte wieder: »Und soll kein Bauer kein Geld mehr geben, denn Christus hat für alle gegeben sein Leben – hoho, hört das hinkende Stinkteufelchen! Er nimmt des Herren Namen in sein schleimiges Maul. Hört sich wie Beten an und ist doch nichts denn ein Rülpsen aus giftigem Magen. Tust so recht mager und fromm und bist doch runder und voll von Dreck, auch beschissener denn das

Galgenholz.« Er las noch einmal: »Wir wollen einmal uns selber regieren – da seht ihr den Kerl mit dem Pferdefuß! Will euch die Diener des Herrn madig machen und ließe euch dann allein, würde hier herumfuhrwerkeln, ins Tabernakel hineinspucken und sich bemachen vor unserer lieben Frauen Maialtar.«

Sein Gesicht war rot angelaufen vor Zorn, die Faust knüllte das Papier, er beugte sich tief über die Kanzel:

»Ich weiß wohl, daß seine Sendboten herumschleichen bei euch. Sie klagen sich mit großen Mären, als ob sie hart gefangen wären. Aber ich sage euch: ließ man den Kindern ihren Willen, man könnte bald ihr Weinen stillen. Was denn wollen sie euch geben, wenn sie euch den Herrn genommen haben? Was denn soll aus eurem Acker werden, wenn der Ochse abwirft sein Joch, das Pferd seinen Kummet vom Hals schüttelt, wenn der Bauer wegläuft von seinem Pflug, ja da kommt denn wohl so ein Faulenzer und Hundesohn und bestellt euch den Acker? Mißwurz wird er euch säen, und Knollen wird er euch ernten. Faulheit wird er euch in die Adern gießen. Dürren wird die Frucht auf den Bäumen und verfaulen die Rübe im Acker. Verbrennen wird das Gras im Halm und austrocknen die Rebe am Stamm. Die Kinder werden die Hand gegen euch heben und der Hund wird seinem eigenen Herrn an die Waden fahren. Was sind's denn für Herrchen, die euch da in den Ohren liegen? Haben sie je den Pflug in der Hand gehabt, wissen sie, wie man den Mist ausstreut über die Felder, hat einer von ihnen schon eine Kuh gemelkt, ein Kalb herausgezogen aus dem Leib der Mutter, sind sie euch begegnet, wenn ihr im Schweißhemd in den Furchen gingt, hatten ihre Hände Schwielen wie die euren, wo sind die Kinder, für deren Brot sie sich sorgen, wer gab ihnen das Geld, diese Pestzettel so säuberlich mit ihren Lügenhieroglyphen vollzuschmieren, sind sie denn von hier und wollen sich vielleicht rühmen, eine Bruchrainer Bäuerin hätte sie geboren?«

Die Gemeinde hörte mit offenen Mäulern zu. Nah der Tür standen einige Bundschuhbauern, es waren die einzigen fast, die den Blick geradeaus hielten zu dem tobenden Priester. Das dürfte wohl feststehen, daß wir hier geboren sind, dachten einige zur gleichen Zeit. »Wo denn bist du hergekommen?« Mit halblauter Stimme hatte es einer von ihnen gesagt. Eine Frau drehte sich empört zu ihm um. Der Bauer sah ihr in flammendem Trotz ins Gesicht: »So sag's ihm doch!« Unter seinem Blick erschrak das Weib und wandte schnell den Kopf zurück zum Priester, der seine Strafpredigt mit einer pathetischen Geste abzuschließen sich entschieden hatte.

Er streckte die Hand mit dem Papierknäuel weit aus über die Gemeinde: »So mögen denn alle, die da für gut halten, in Teufels Gemeinschaft zu leben, wissen, wie ihnen geschieht. Und wenn niederbricht über alle der Zorn Gottes und da darben wird das Vieh und die Kinder und der Herr unerbittlich sein wird, wie alle auch flehen und jammern, bis ausgemerzt sind die Bösewichter, dann soll sie erwürgen der Schrei der Hungernden, dann soll sie ersticken die Reue, die zu spät kommt und lebendig sollen sie verschlungen werden vom höllischen Feuer wie Korah und seine Spießgesellen!«

Er warf den Arm nach hinten und schleuderte das erwürgte Pamflet, das ihn so erzürnt, in den Gang des Mittelschiffs. Die dort standen, wichen erschrocken zurück und ließen einen schnellen Kreis entstehen um das weiße Knäuel. Der Priester aber ergriff die Kerze neben seinem Missale und stieg hinab.

Damit verbrennst du nur das Papier, dachten die Bundschuhbauern. Sie waren sehr erregt, als sie den Priester sich niederbücken sahen mitten in der Kirche, um das Papier wie ein Reptil mit Gesten des Ekels und der Rachsucht anzusengen. Ihre Fäuste ballten sich. »Apage Satanas,« rief der Priester, unter ihm brannte das Flämmchen auf den Steinfliesen wie ein sterbendes Irrlicht.

Ahnte der Priester, daß mitten in der Gemeinde ein gutes Dutzend Männer standen, die er mit dem winzigen Flämmchen seines Autodafés aufs neue entzündete? Spürte er plötzlich im Genick die Hand eines Rächers, den man nicht mehr mit Zauberformeln und Kerzenfeuer vernichten konnte? Er wandte sich etwas auffallend um, betrachtete die Umstehenden und ging dann schnell zu seinem Altar zurück. Es war, als fühle er sich erst sicher, als er das abgelegte Meßgewand wieder über die Schulter geworfen hatte.

Im Hintergrund ging einer der Bundschuhbauern, ohne ein Knie zu schlagen, aus der Kirche. Es war im Augenblick, als der Priester vorn die Handflächen zur Gemeinde aufhob, um seinen Segen auszuteilen.

Dann kam ein Winter, wie er seit Jahren nicht gewesen. Die Menschen zitterten in den Kirchen, wie sie beim Blasen der Trompeten des jüngsten Gerichts nicht gezittert hätten. Durch die Nächte heulten die Winde wie gierige Bestien. Es half wenig in den Betten zusammenzurücken, die Kälte pfiff schneidend in die undichten Häuser und fraß alle warmen Dünste. Am Tag mußte man mit dem halben Rücken gegen den Wind gehen, die Lunge weigerte sich, den eisigen Atem einzuziehen. Die Kinder, die versucht hatten im Freien zu spielen, kamen mit klammen Fäusten und tränenden Augen zu den Müttern gelaufen, erschrocken über so ungewohnte Feindschaft der Natur. Hustend saßen Frauen am Spinnrokken und dachten, die schnurrende Spindel könne den Wettlauf mit dem Wetter noch aufnehmen; mit Fieber in den Augen legten sie sich bald nieder. Und überall bei den Bauern fehlte es an Kleidern für den Tag, an Decken für die Nacht, an Schuhwerk und an Brennholz.

Das Vieh brüllte in das Heulen der Winde hinein. Wölfe wurden in Scheunen gefunden, wo sie nichts als Wärme gesucht. Das Stroh reichte nicht aus, um die Ställe zu stopfen. Man fand im Frost erstarrte Hühner unter ihren Stangen liegen. In den Kaminsteinen der Dächer, wo immer noch Rauch zu sehen war, verkrochen sich die Meisen und Sperlinge nach verzweifelten Kämpfen um die wenigen Löcher. Marder und Wiesel erschienen in den Bauernstuben, verhofften zitternd vor den erstaunten Menschen, und ihre Furchtlosigkeit war ein grauenerregender Hinweis auf den Schrecken der Wildnis, aus dem die scheuen Räuber geflüchtet waren. Auch Rehe und Hirsche standen plötzlich auf den Höfen.

Geängstigt und in Voraussicht kommender Jagdvergnügen befahlen einige Herren ihren Fronbauern, das Damwild in den Ställen zu beherbergen, bis die garstige Zeit vorüber sei. In Neudorf führte diese vorsorgliche Anordnung zu einem Mord:

Ein Bauer hatte zu spät entdeckt, wie tief der Frost in die Erde eingedrungen war. Nun hackte er an dem Erdhügel, der wie Granitstein seine Kartoffelvorräte deckte. Zweimal schon war ihm der Stiel der Hacke gebrochen. Der Wind biß Tränen aus seinen Augen. Da lag sie vor ihm, die graue Erde, unbeweglich, und gab die Nahrung nicht mehr heraus, die er ihr anvertraut. Wie vor einem Grab stand er, und er schlug den dunklen Hügel, wie ein Mörder sein Opfer schlägt, das nicht sterben will; ängstlich schlug er, und je hoffnungsloser er wurde, desto wütender traf die Spitzhacke das erbarmungslose Erdreich.

In diesen Augenblicken traf der Bote des Schloßherrn ein und richtete seine Weisung aus: Hirsche, Rehkühe, Böcke, die sich auf den Höfen zeigen sollten, seien einzufangen, zu füttern und im warmen Stall einzustellen. Der Bauer verstand zuerst nicht, er wischte sich das Wasser aus den Augen. Der Bote, der einen dicken Schafpelz trug, hatte es eilig: »Bei Todesstrafe,« sagte er noch, da verstand der Bauer, verstand und verlor die Besinnung: schon pfiff die Hacke durch die Luft in den Schädel des Boten.

Das blutige Gerät lag noch neben der Leiche, als man sie entdeckte; den Schafpelz fand man an dem Bauern selbst zwei Tage später. Die erste Nacht war der Mörder wohl herumgelaufen, und am nachfolgenden Tag hatte er eine Scheune entdeckt, die ihn verbarg; aber in der zweiten Nacht mußte ihn der Schlaf verführt haben, sich niederzusetzen. Er hatte das traumreiche Lächeln der Erfrorenen noch auf den Lippen. Sein Grab – in einem fernen Kirchhof – mußten sie mit scharfen Eisen herausmeißeln. Die Natur zeigte sich keinen Augenblick nachgiebig.

Wenn etwas die Schrecken dieser Tage hätte mildern können, so war es der Gedanke an den linden Frühling und die Ernte des kommenden Jahres. Aber auch dieser Traum ging unter in der grausamen Kälte: Bauern wagten einen Gang in die Weinberge und kamen erschüttert zurück. Alle Rebstöcke waren erfroren, auf Jahre war nicht an Weinlese zu denken. Und die Winde heulten weiter über ein trostloses Land.

Endlich fiel Schnee und schien wie ein freundliches Tuch, das eine zu harte Erde zudeckte und die schlimmste Kälte aufgefangen hatte. Aber die weiße Decke wurde dicker und dicker. Niemand konnte sich auf die Straße wagen, die Dörfer lagen bald vergraben, als sei eine weiße Mauer rings um sie aufgerichtet, um sie für immer von aller Welt zu trennen. Die Nachtglocken, die irrenden Boten und Vaganten den Weg leichter machen sollten, klangen durch den Flockenwirbel wie aus abgelegenen Bergen kommend. Schon stürzten unter der Last des Schnees die Dächer elender Kätnerhütten ein. Fuhrwerke versackten mit Pferd und Mann in zugewehten Hohlwegen. Die Hilflosigkeit der Menschen wurde von Stunde zu Stunde größer, und man wußte nur eins sicher, wenn man sich doch entschloß, zum nächsten Dorf aufzubrechen: in den Wäldern lag der Tod; und fast begriff man die Räuber, die in diesen Tagen niemand schonten, der ihnen ins Gehege kam.

Joß war, als die Kälte einbrach, gerade auf der Burg jenes Ritters, zu dem er sich vor Monaten einmal geflüchtet. Er hörte, daß das Unwetter auch sein Gutes hatte: die Vögte zeigten keine Lust, ihre Häuser zu verlassen und die noch fälligen Abgaben einzutreiben. Vielleicht ahnten sie, auf welch gefährliche Reizbarkeit sie stoßen würden in den ungeheizten Bauernstuben.

Joß sah die Bauern vor sich, ihre Verzweiflung, die so schwer Worte fand, die sinnlosen Gesten, mit denen sie durch die Ställe gingen und das brüllende Vieh zu beruhigen suchten, die trüben Blicke aus den Spalten der verhängten Fensterluken; er sah sie wachliegen neben ihren Weibern in den winddurchtobten Nächten. Er wußte, sie denken an den jüngsten Tag, er wußte, wie bitter ihr Elend sie gemacht, er kannte sie alle, ihr Zögern und Zweifeln, aber auch ihre Sehnsüchte und ihre Glaubenstreue. Was dachten sie in diesen Tagen, da selbst die Herren schuldlos schienen an der gemeinsamen Not, was dachten sie vom Bundschuh? Konnte ihr Glaube diesen Frost überstehen? Joß saß am Kamin des Ritters vor dem Schachbrett und grübelte. An den bleigefaßten Fenstern klirrte der Wind. Der Ritter bedachte übertrieben lange jeden Zug, hielt es als zum Spiel gehörig. Jetzt gerade muß etwas geschehen, dachte Joß. Gegen die adligen Wölfe hetzen, kann jeder Tagedieb. Die Pfaffen entlarven, ist leichter als die Hosen aufknöpfen. Aber dasein, wenn der Himmlische seinen Unsinn macht, das haben sie noch nicht erlebt. Und man kann alle drei schlagen, wenn man jetzt auf dem Plan erscheint.

Er fieberte in seinem neuen Entschluß. Die Schachpartie ging bald zu Ende. Joß ließ seinen Gastgeber gewinnen, nicht ohne es ihm schwer gemacht zu haben. Revanche wollte er ihm morgen geben. Ob man übrigens – da es ihm gerade einfiele – einen Boten ins Dorf schicken könne, noch diesen Abend. Er wünschte am nächsten Tag den Bauern Ratz, mit dem er Geschäfte gehabt, hier oben zu sprechen. Der Ritter studierte noch seine Siegesstellung: »Hättet Ihr früher die Rochade gemacht, wäre Euer Turm frei gewesen und meine Dame hätte Euch nicht so zusetzen können. Natürlich könnt Ihr den Boten haben. Tatsächlich: schachmatt.«

Joß hatte in der Frühe eine Besprechung mit Ratz. Alle Ortsgesellen – so befahl er dem Verschworenen, der sich nicht wenig wunderte, in der Burgkemenate plötzlich Joß gegenüber zu stehen – waren sofort zu benachrichtigen. Das Wetter war zu nutzen, um in jedem Dorf in einer gut geheizten Stube alle Bundschuhbauern zusammenzurufen. Jeder war zu befragen nach seinem Befinden und Notstand. »Kein Bundschuhbauer leidet in diesen Wochen mehr als der andere.« Joß gab genaue Ratschläge. Es handle sich nicht um Aufstandsgedanken, es handle sich ein Schiff durch einen Sturm zu steuern, dessen Besatzung am jenseitigen Ufer, – »am Ufer vielleicht schon des nächsten Frühjahrs« sagte Joß – eine Schlacht zu schlagen habe. »Und die Grind soll uns auf dem Kopf wachsen, wenn wir in diesem Frostgeheul nicht beweisen, daß wir schon vor dem Sieg zusammenstehen. Denn nichts anderes hast du geschworen, du und ich und alle.«

Der Bund bestand die Probe. Nie war soviel Bereitschaft zu gegenseitiger Hilfe im Bruchrain gesehen worden. Als es galt, ein eingestürztes Haus aufzustützen, waren alle Verschworenen des Dorfes nach erstem Ruf zur Stelle.

Die Dörfer, in denen der Bund besonders stark war, hatten als erste ihre Wege und Häuser von den Schneelasten freigeschippt.

Sie hatten längst verzichtet, einen Arzt aus der Stadt an die Krankenlager zu holen, aber als jetzt überall die schweren quälenden Kältekrankheiten einsetzten, brachten sie sich Tee und Decken und stärkende Nahrung. Die Erinnerung an den Schwur wurde wie ein Feuerstein, den jeder mit einem Mal auf der Brust liegen fühlte. Sie waren stolz, daß Joß an sie gedacht, und billigten seinen Befehl, der sie ehrte. Ihr natürlicher Geiz war schon längst vom Elend erwürgt, nun erwachte eine Freude am Geben, die dem tödlichen Winter ein gut Teil seines Schreckens nahm.

»Der Pfefferminztee macht trotzdem die Seele nicht warm,« sagte Martin. Er war bis jetzt in der Stadt gewesen bei einem Bäcker, der zum Bund gehörte. Sie hatten den großen Familientisch in die Backstube gestellt und hausten auch dort mit allen Kindern um das warme Maul des Ofens. »Man muß ganz andern Brennstoff in die Häuser tragen.« Er schmiß den Buchenscheit, den er aufgegriffen, zu dem Holzstapel zurück und erhob sich: »Seid bedankt, Bruder, ich muß ins Dorf. Und wen ich Euch schicke, sei er noch so zerlumpt und durchsichtig, nehmt ihn auf im Namen der Gerechtigkeit Gottes.« »Ihr wollt in das Wetter hinaus?« »Ich werde rascher reiten als die Winde, dann geht's.«

Von jenem Nachmittag an hörte man in den Nächten aus allen Wäldern um die frierenden Dörfer das Klingen der Äxte und das Schrämmen der Sägen. »Es ist genug da, um zehn Winter in Sommer zu verwandeln,« hetzte Martin.

Die Kälte kam ihnen bei den ersten Gängen zu Hilfe. Die Forstmeister hüteten ihr Zimmer in den Vogteien noch mit mehr Ausdauer als die Bauern, denn ihre Kamine waren Tag und Nacht versorgt, und die Wachen, die vom Knarren eines Holzwagens an die Fenster ihrer Stuben gerufen wurden, hatten fürs erste keine Lust, in das Eis der Nacht hinauszutreten und große Untersuchung anzustellen. Und auch als der Befehl kam, mit allen Mitteln gegen die Holzdiebe einzuschreiten, gab es genug Knechte, denen der Frost die Seelen angerührt, sodaß sie es nicht übers Herz brachten, Bauern festzuhalten, die sich in dieser mörderischen Winterwüste etwas Brand geholt hatten.

Schon waren ganze Dörfer in den Wäldern und warteten auch die Dunkelheit nicht mehr ab.

Es gibt ein Elend, das mutig macht, wenn man Gleichgültigkeit gegenüber Gefahr schon Mut nennen kann. Die Holzfäller dieses Winters von 1501, die mit klappernden Zähnen und die Füße brennend im verzweifelten Kampf der erstarrten Blutgefäße Bäume schlugen, hatten die finstere Entschlossenheit des Tiers, das seinen Jäger anspringt. Sie fürchteten den Henker nicht mehr, da der Tod schon viel näher stand. Sie vertrauten auf die Beile, die sie in den Händen hatten, und unterschätzten doch die Gefahr.

Martin erkannte es und nicht erst, als sie einen Bauern fanden, den der Forstmeister auf der Stelle gerichtet. Aber dieser Bauer, den die anderen flüchtig betrachteten, – breit war die Blutlache, in der sein Kopf lag – gab Martin den Stoß, offen mit ihnen zu reden.

Es sei sinnlos, allein loszuziehen. Nur ihre Gemeinschaft fürchte man. Er gab genaue Anweisung für die Holzfahrten. Er erinnerte die Zögernden noch einmal daran, daß man nichts stehle. Man hole gestohlenes Gut zurück, der Gemeindewald sei immer Besitz der Mark gewesen. Er sprach, als handle es sich garnicht mehr um die Not der Frierenden und die warme Suppe, sondern um den Kreuzzug für alte Rechte.

Die Forstmeister hörten in diesen Tagen das Splittern der Späne und den Klingklang an vielen Stellen. Liefen sie mit wehendem Atem und schmerzenden Lungen in eine bestimmte Richtung, so fanden sie wohl eine gefällte Eiche, aber keine Bauern mehr. Im gleichen Augenblick rief sie ein neues Singen von Äxten in andere Richtung. Dort angekommen, fanden sie auch nur die geschlagenen Bäume. Und wieder zurückkehrend zum Ort des ersten Frevels, entdeckten sie den Platz, aber nicht mehr den Baum. Noch lag kein Schnee, der die Spur des weggeschleppten Holzes verraten hätte, und ein neues Klingen jagte den wütenden Wächter des Waldes auch schon zum Norden. Und wieder begann das gleiche Spiel; Martin verglich es gern, wenn sie am Abend an einem viereckigen Kamin, dessen Qualm die Frische des

Holzes verriet, zusammensaßen, mit der Geschichte vom Swinegel und dem Hasen, die er im Türkenzug von einem friesischen Bauernsohn gehört. »Eck bin all do,« kullerte er los und schlug sich lachend auf die Schenkel. Die Bauern lachten mit, besonders die Frauen zeigten Martin, wie sehr sie seine Meinung billigten. Und der Wind hatte gut heulen um die Wände, es pufften wieder Rauchschwaden aus den Schornsteinen, und am glosenden Feuer unten warb Martin nun auch die Weiber für den Bund.

Er vergaß dabei seine Freunde nicht. Die Vaganten waren, sobald sie nur konnten, in die Stadt geflüchtet. Immer erschien die wallumgürtete Ansammlung von Häusern als ein besserer Schutz denn das flache Land. Stadtluft macht frei, sagte ein Sprichwort der Zeit und wurde mit dem Aufblühen des Bürgerstandes sogar zu einem Gesetz. Die Bettler schmuggelten sich auf jede nur denkbare Art hinter die Mauern, an deren Toren die Winde vergebens rüttelten, aber es war doch ein Irrtum gewesen zu glauben, daß die Häuser der Bürger im dichten Zusammenrücken mehr Wärme für arme Landstreicher gewährten. Sie waren verschlossener als die Häuser der ärmsten Bauern, und unter den Brücken und den Kolonnen der Markthäuser schlich der blaue Tod auf noch eiligeren Pürschsohlen an die Schlafenden heran als in den Strohecken verlassener Scheunen.

Martin empfahl die besten Vaganten an Bundschuhbrüder und enthüllte ihnen Handzeichen und Losung. Er war sicher, daß keiner von ihnen mit Verrat die Lebensrettung lohnen würde, und wirklich kam auch der Verräter des Frühjahrs 1503 nicht aus ihren Reihen. Er nannte ihnen Klöster, wo sie Pelzwaren finden konnten, er schickte sie zu Bürgermeistereien, die sich entschlossen hatten, Bettelsuppen zu verteilen. »Ihr habt ein Recht auf alles, denn man hat euch alles vorenthalten.« In Bruchsal stiftete er sie an, einen Schlafplatz in den Kirchen zu fordern: es war kurz nach dem ersten Advent. Von den Kanzeln las man aus dem Evangelium des Lukas das 21. Kapitel und es schien wie gemacht für den Tag.

»In jener Zeit sprach Jesus zu seinen Jüngern: »Es werden Zeichen sein an Sonne, Mond und Sternen; auf Erden wird große Angst sein unter den Völkern wegen ungestümen Rauschens der Meere und der Fluten; die Menschen werden vergehen vor banger Erwartung der Dinge, die über den ganzen Erdkreis kommen; denn die Kräfte des Himmels werden erzittern...«

Die Gläubigen hörten die düsteren Drohungen, aber ihre kalten Lippen sprachen kein besonderes Gebet; doch die Bettler heimsten am Ausgang mehr Angstpfennige als sonst. Machten die Spenden sie mutiger?

Am Abend in der Adventsandacht hatten sich alle eingefunden im Grund des Mittelschiffs, das im Schein der Kerzen und dem Dunst des Weihrauchs einen angenehmen Kontrast gab zu den leeren Straßen, in denen die Winde bis aufs Gebein bliesen. »O komm, o komm Emmanuel,« sang die Gemeinde, sichtbar stieg aus allen Mündern der Atem des Gesangs, und es war wenig Glaube in den Stimmen. In unpassender Eile beendete der Priester die Gebete und verschwand vom Altar, als habe er Angst vor der frostigen Gottheit, die ihn auf eisigen Treppen solange beten ließ. Er wurde wieder zurückgerufen von dem Küster, der ihm aufgeregt mitteilte, daß er beim Schließen der Kirche auf allen Bänken schlafende Vaganten gefunden habe.

Die Bettler rührten sich nicht, als der Geistliche sie ermahnte, das Haus zu verlassen. Nur einer erklärte, daß Gott nichts dagegen haben könne, wenn die Seinen einmal besser schliefen als das Kind Jesu im Stall Bethlehem.

»Stehlen wollt ihr, sonst nichts,« tobte der Pfarrer und schlug den sich öffnenden pelzgefütterten Mantel wieder um die Schulter. Er ließ sie einzeln greifen und vor die Tür bringen.

Dort lag am Morgen ein alter einbeiniger Vagant, unter dem Relief der heiligen drei Könige, blau erfroren. Die Stadt erfuhr davon. Trotz der grimmigen Kälte begleiteten Hunderte von Bruchsalern die Totenkiste. Der Pfarrer eröffnete eilig eine Suppenküche für die Armen, aber er mußte sie schnell wieder schließen, denn am gleichen Tag, da er großspurig von der Kanzel herab seine eigene Güte gepriesen, erschienen Hunderte von Bettlern an der Tür, wo die Glocke hing, rissen den Strick, als gelte es Sturm zu läuten, und hielten ihre Näpfe an das Lukenfenster. Martin hatte soviel er nur finden konnte aufgetrieben und zu dem gütigen Herrn geschickt. Nach der Roheit hatte der Pfarrer nun auch Gelegenheit zu enthüllen, daß nur Angst ihn zur guten Tat geführt.

Mitten im Mißmut der Tage kam ein Lachen auf in den Häusern, und Martin warb neue Pfaffenfeinde. Keiner von ihnen wies in diesem Dezember einen Bettler von der Tür, und an vielen Tischen sprach man von dem Tag, da jeder zum anderen Bruder sagen werde und niemand hungere.

Der Winter aber blieb weiter ohne Sonne. Aus unermüdlichen Lungen bliesen die Winde über den Bruchrain. In den Vogteien und Forstmeistereien nahm man die Hunde ins Haus, wo sie tief atmend und glücklich niederkauerten unter den Käfigen der Falken, für die man in höchster Besorgnis Tag und Nacht den Kamin glühend hielt. Vom Hochgericht waren die Raben verschwunden; es gab kein Menschenaas mehr; selbst das Richtschwert schien eingefroren, der Profos traute sich nicht ins Freie. Aber die Verließe lagen voll von rebellischen Bauern, Vaganten und Landsknechten, die marodiert hatten.

Joß und Martin hatten fast zur gleichen Zeit an die Unglücklichen gedacht. Martin kam in sichtbarer Erregung auf der Burg an, wo er den Freund wußte. »Ich sitze beim Herd in Weingarten, einer liest aus der Bibel, von der Hure des Herodes liest er und von Johannes dem Täufer und mit einem Mal gibt es mir einen Stich ins Herz. O Joß, man tut nie genug und man vergißt immer das Nächste.«

Sie saßen lange in der Trauer der schrecklichen Vorstellungen und fühlten im Heulen der Winde und im Schweigen ihre Ohnmacht.

»Dein Lorenz ist draußen?« fragte Joß. Martin verneinte. »Diesmal meine ich wirklich nur die Gefangenen,« sagte er. Besser wär's, sie hätten sie niedergestochen, dachte er. Das Getier der Wälder kann weglaufen vor dem Wind und wär's ein Lauf in den Tod. Sie aber sitzen im Eisen und ziehen den Tod mit jedem Atemzug langsam ins Herz. Aus dem Boden steigt er in die Füße, aus den Wänden kriecht er. Sie schlafen nicht mehr und fiebern schon. Und können nicht einmal die Hände um die Schultern schlagen, nur den Kopf an die Mauer rennen. Sie verrecken im Dunkeln und hören sterbend den Nachbarn, der im Wahnsinn heult. Und im Land sitzen Tausende und vergessen sie, kuscheln sich in den Betten, ja, ja, sie blasen auch in die Hände und zittern, wenn der letzte Holzscheit im Ofen verschwindet, ich tadle euch ja nicht, aber die anderen, denkt keiner denn an die anderen?

»Man müßte wenigstens damit anfangen,« sagte Joß in das Schweigen hinein. »Ich denke an Dieffenborn, wo der Turm nicht im Schloß liegt.«

Zwei Tage später fuhren in die Vogtei von Dieffenborn zwei Karren mit Heubündeln beladen. Als die Bauern die Bündel vorsichtig herunterhoben und in einer Ecke absetzten, ging ein Fenster auf im Herrenflügel und jemand fragte in den dämmernden Abend, was so spät da noch ankäme. Das Unterdorf liefere sein Heu, entgegneten die Bauern.

»Muß ein schöner Dreck drin sein, daß ihr's so spät anbringt. Wartet, ich steige hinunter.« Der Vogt!

Er kam mit klirrenden Sporen im dicken Mantel aus dem Haus. Ein Schlüsselbund klirrte an seinem Gürtel. Die Bauern führten ihn zu den Ballen, die im düsteren Hof wie unförmige Schemen standen. Er umging sie mit mißtrauischen Blicken, stocherte mit seiner Peitsche darin herum, griff sich eine Hand voll heraus und beroch sie. »Macht das mal auf,« befahl er und zerrte schon selbst an der Schnur. Sie standen jetzt mit ihm mitten in den Ballen, in der Sicht gegen das Haus gedeckt. Zögernd löste der eine Bauer die Schnur, während der andere hinter den Vogt trat.

Was dann weiter geschah, hat Martin den besten Freunden in den nächsten harten Monaten immer wieder erzählt, wenn sie ungeduldig wurden und müde.

»Es war hohe Zeit, daß wir alle aus unserem Futteral herauskamen. Wir hätten am Ende noch angefangen, Heu zu kauen wie die Hasen. Trotz des eisigen Windes draußen kochte ich am ganzen Leib. Aber ich wurde entschädigt durch das feige, dumme Gesicht des Vogts, der wahrhaftig das Kreuz schlug, als ich mich aus meinem Nest freischüttelte. Aber da hatten wir ihn auch schon am Kragen. Der Bauer hinter ihm stieß ihn mir zu, und dann fraß er Heu. Außer einem ängstlichen Wind konnte er keinen Laut von sich geben. Es ging sehr leise zu, selbst das Schlüsselbund nahmen wir ihm leise und gingen dann vorsichtig auch zum Turm. Ihr versteht, daß wir vorher auch aus den anderen Bündeln noch die Heupferdchen herausspringen ließen. Zehn blieben neben dem verwüsteten Futterhaufen als Wache bei dem gefesselten Vogt. Er war eine gute Geisel, wenn irgendwo Alarm geschlagen worden wäre. Wir schlossen den Turm auf, aber das gehört nicht mehr hierher. Ihr wißt, daß wir nur Erfrorene fanden und kennt den Einen, den wir noch lebend herauszogen. Er hat die Fahrt gelohnt – trotzdem. Lohnt es nicht für jeden, den diese da in den Klauen haben?«

Immer wieder mußte Martin die Geschichte erzählen, und da war es schon Sommer, und neue furchtbare Heimsuchung war dem Bruchrain widerfahren.

Das Frühjahr anno 1502 war nur eine schmale Trauminsel gewesen, in dessen linden Lüften die vereisten Seelen auftauten, um nach kurzem Glück in der Glut eines unmenschlichen Sommers auszudörren.

Das Heu wurde eingefahren ohne die Störung eines Gewitters; es war reichlich gewachsen; goldgelb stand die erste Grasbutter auf den Tischen der Bauern. Aber der Grummet verbrannte und lohnte schon kaum noch die Mahd. Vergebens schauten die Bauern am Abend nach der Färbung der untergehenden Sonne. Kein Wölkchen am Horizont. Monate nichts als das grausam strahlende Tagesgestirn.

Das Laub der Rüben lag tief und matt auf dem Boden, und der Bauer, der zur Prüfung eine Pflanze herauszog, erschrak vor der Ärmlichkeit der Knolle. Die Bäume, die den Frost überstanden hatten, färbten sich nach mäßiger Blüte herbstlich und schüttelten die winzigen Fruchtstempel ab, als wenn sie eingesehen hätten, daß der Saft nicht reiche, die Kerne mit Fleisch zu umhüllen. Das Korn stand so niedrig, daß Kinder kopfhoch die Ähren überragten; die Rispen dürrten taub in den windlosen Tag.

Verzweifelt wehrten sich die Bauern gegen die neue Plage. Sie trugen aus den immer schwächer fließenden Bächen Wasser auf die Gemüsefelder – aber was bedeuteten die wenigen Eimer für die fiebrige Erde!

Joß hatte das Frühjahr dankbar hingenommen; er entdeckte, daß ihm die Linderung schon wie ein Geschenk vorkam. Wer aber schenkte? Er sah sich die Priester an, die ihre Osterpredigt hielten, als seien auch die Erfrorenen des Winters wieder in den Kirchenbänken erschienen und der auferstandene Gott habe von dem Grauen der überwundenen Monate nichts gewußt. Wie schnell beruhigte sich die erschrockene Seele? Joß ritt durch die milden Maitage mit der Güte eines Genesenden. In solchem Frühjahr braucht man jemand, ihm zu danken, man hat Bedenken zu hassen. Man könnte an diesen Abenden voll Vogelsang und beim Lächeln dieser Geretteten nicht töten – und hat doch nicht vergessen, daß tausend Hälse da sind, die das Messer besser heute als morgen findet, tausend Bäuche, für Bauernspieße nur so gemacht. Seltsame Weichheit! Man findet keine heißen Worte, der Winter hat sie zu Eis gefroren, der Frühling taut sie nicht auf. Und der Bauer genießt sein Glück. Ein dürftiges Glück, aber ein Glück, das man ihm nicht neiden darf.

Er sprach mit den Bauern; während sie vor den Hütten saßen, bauten Schwalben über ihren Köpfen Nester unter dem Dachfirst.

Dann kamen die heißen Tage. Joß erwachte und sah die gleiche harte Sonne hochsteigen Tag um Tag, Woche um Woche. Es wird nicht lange dauern, beruhigte er sich und hatte schon den Zweifel in allen Nerven. Einen schrecklichen Zweifel, der ihm das Gesicht seines Gottes verändern sollte. Nach diesem Sommer hat er kein Kruzifix mehr angesehen, doch wir eilen voraus!

Martin erschien wieder bei Joß in der Burg des Ritters, der inzwischen in den Bund geschworen. Er war vollbedeckt mit Staub, seine Kleidung hatte Risse, sein Haar war ratzekahl vom Schädel geschnitten, als habe er die Grind gehabt. Er war erst zum Reden zu bringen, als man ihm Wein auf den Tisch setzte. Lange trank er, lächelte dann vor sich hin, brummelte, als sei niemand im Zimmer, und schwieg wieder. Joß drängte nicht, er wußte, der Freund sprach im richtigen Augenblick.

Die Ritterstube stand in ärmlicher Vornehmheit um sie herum. Die breiten Mauern gaben Kühle. Hier läßt sich leben, dachte Martin und trank nocheinmal. Er zögerte mit der

Wahrheit, derentwegen er gekommen. Aber schließlich wurde ihm das Schweigen zu dick; er ging zum Fenster und sagte mit abgewandtem Gesicht:

»Langsam werden mir die ägyptischen Plagen zu viel, der Wein ist um zehn dicke Pfennige teurer geworden. Was soll diese Schinderei endlich bedeuten? Soll man sich auch noch gegen den Himmel auflehnen, Joß?«

»Wir sind nicht da, um Rätsel zu raten. Es ist nicht mehr weit bis hin. In Bruchsal zählt der Schuh 400 Männer und Weiber. Soldaten sind drunter. Ein Bürgermeister. Die Zeit hat Fieber, aber sie wird gesund sich brennen. Sei es denn unsere Sorge, daß die alles richtig deuten, auf die es ankommt.«

Martin hörte die Zahlen, die Zuversicht, sah die Augen, in denen kein Zweifel flackerte, aber ihn ging das nichts an in diesem Augenblick: »Da sind sie kaum aus ihren Frostbeulen heraus,« sagte er, »und schon hat sie das Hitzefieber am Kragen. Willst du übrigens, daß sie mit hängenden Zungen in den Kampf ziehen?«

»Sie finden in den Klosterkellern genug, ihren Durst zu stillen.«

»Gerade einen solchen Keller habe ich gefunden,« sagte Martin und wunderte sich, daß Joß nicht aufmuckte. »Du findest mich bei Dertzingen als Bücherwart der Dominikaner. Kannst jederzeit bei mir einkehren.« Er war zur Tür gegangen. Er fürchtete einen ernsthaften Abschied, den er nicht wollte. »Versteh mich recht, Joß, es gibt nur eins, was mich in die Winkel jagt, wo ich die Krallen einziehe und wo ich nicht mehr mag. Das ist, wenn Er anfängt, gemein zu werden, ein Menschenschinder. Und dieser Sommer ist eine Sauerei von ihm. Außerdem: was heißt hetzen, wo sie alle das Hirn verbrannt haben? bei solcher Sonne dörrt der rebellische Saft. Leere Scheuern stürmt kein Bauer. Die Klöster müssen vollgestopft sein und der Bauer etwas satter. Ich ziehe mich in eine stille Ecke zurück. Ich kann nicht anders.«

Joß stand lange, als der Freund weggegangen war, noch im Erker der Burg, von wo er ihn über die Fallbrücke hatte reiten sehen. Vor den bleigefaßten Fenstern glühte der Mittag; das Flimmern der Luft ließ die Konturen der Felder im Tal zittern, als krümmten sie sich unter den Strahlen der Sonne, die in diesen Monaten über allem wie ein Schmerz war, von dem man nicht reden mochte.

Joß riß das Fenster auf und suchte die Sonne. Er konnte sie nicht sehen und warf das Fenster wieder zu. Martin hatte da eine neue Frage in die Stube gebracht, die man nicht so leicht wieder hinaustreiben konnte. Er hatte den Herrn der Sonne genannt. Joß lief in der Stube umher, ein Feldherr vor einer neuen Gefechtslage. Martin hatte recht: wer schickte den glühenden Ball und vergaß die schützenden Wolken? Wem war die weiße Folterscheibe aus der Hand geglitten? Ihm, der Himmel und Erde betreute. Warum aber griff er nicht wieder danach und beendete die sinnlose Folter?

Plötzlich stand Joß vor einem kleinen Kruzifix, das am Fensterbalken hing; er sah sich den silbernen Leib des Erlösers mit kalten Augen an: Willst du sie in Verzweiflung treiben? Glaubst du, sie werden erst reif, wenn du sie jetzt auch noch ausdörrst? Sie sind reif! Sie kommen, wenn ich sie rufe!

Joß faßte das Kruzifix an: »Das ist nicht nötig!« sagte er laut, »das hat keinen Sinn. Was willst du? sie werden sein wie das Land: Risse wird ihre Seele bekommen, Schlamm wird ihr Blut sein. Ungeziefer wird in ihren Gedanken sitzen, austrocknen werden sie wie die Bäche!«

Er drehte sich schroff herum. Mit einem Mal hatte er geglaubt, es stehe jemand hinter ihm. Er ließ das Kruzifix los und sah in den Abgrund vor dem Fenster. Meinte er denn diesen Mann am Kreuz? War da nicht hinter ihm, unter ihm ein ganz anderer, ein Mächtiger, ein Schrecklicher?

Martin hatte sich vor dem Schrecklichen verkrochen. Aber Joß ging jetzt, ihn zu suchen. Eine halbe Stunde nach Martin verließ er die Burg. Zu einem gefährlichen Ritt. Er ritt seinem Glauben nach, vielleicht schon mehr seinem Zweifel, jedenfalls suchte er die Spuren des furchtbaren Gottes in dem erbarmungslosen Sommer.

Er kam nach Weingarten und begegnete gleich am Anfang des Dorfes einer Fuhre des Todes. Fette Säue, rötlich angelaufen, einige schon schwarz, die meisten noch atmend lagen gehäuft auf einem Leiterwagen. Vor jedem Haus hielt der Wagen, man erwartete ihn schon. Aus der offenen Stalltür schleifte dann ein Bauer die sterbende Masse eines Schweins. Bestürzt standen Frauen an den Türen, die Schürzen in den Händen knitternd. Man warf das stöhnende Tier zu den anderen, der Wagen rollte einige Schritte weiter und hielt wieder.

Joß brauchte nicht zu fragen, wer den Wagen führte; er sah auch, zu welchem Anger er fuhr; während der Sommer noch um die Bauern war, schleppte man ihnen schon den Speck des Winters weg zur Aasgrube. *Was denkst du dir dabei?* fragte er und spürte zum ersten Mal, daß er die Richtung nicht wußte, in die er fragen sollte. Er hatte den Kopf nicht zur Sonne gehoben, er hatte sich zu dem Wagen mit der stinkenden faulenden Kreatur vorgebeugt, als sei der Schinder, der dem Wagenpferd den Zügel hielt, der gesuchte Gott und promeniere seine Leichenwagen durchs Land.

Die Bauern sahen den Ritter auf seinem Pferd in der Dorfstraße stehen. Sie griffen sich Stroh vom Boden und wischten die Hände ab. Ein saurer Verwesungsgeruch brodelte in der heißen Straße. Stumm gingen dann alle in die Häuser zurück. Der schwere Wagen verließ knarrend das Dorf. Joß konnte glauben, ein Spuk sei aus der Hitze aufgestiegen. Aber dann hörte er im Weiterreiten aus einer Hütte ein fassungsloses Schluchzen. Kurz danach kam er in die Kirche. Er stieg ab, band das Pferd am Friedhofsgitter fest und trat in den kühlen muffigen Raum. Die Helligkeit hob Farben und Gold der Figuren aufdringlich hervor, das ewige Licht glühte vor einem schneeweißen Altar. Joß ging kaum vier Schritte, dann wandte er sich um, schroff und sich entschuldigend, wie man es tut, wenn man einen Irrtum einsieht. Die Lieblichkeit der Kirchenhelle erzürnte ihn nicht, sie war einfach zu fremd und zu fern seinen Gedanken. Wer sagte denn da, daß Gott überall und allgegenwärtig sei? Im Jammer der Bauern war er, im Tod der Flur, aber nicht hier in der stillen Unberührtheit. »Oder weiß hier jemand, was da draußen vor sich geht?« Er hatte es laut in den menschenleeren bemalten Raum hineingerufen und sich auf ein leises Geräusch doch noch einmal herumgedreht, ein verirrter und zu gläubiger Christ.

Dann ritt er an ausgetrocknetem Sumpfgelände vorbei gen Germersheim. Sein Pferd zitterte schon lange in den Bissen zahlloser Mücken, er selbst trug seit Mittag im Gesicht den gelben Stich einer Schmeißfliege. Jetzt war das peinigende Geziefer wie eine Wolke um Mann und Roß. Er wehrte vergebens ab; die schwarze Gier hüllte die Hände ein, stieß in die Augen, saugte an Hals und Ohren. Das Gift der Stiche traf die Adern und ließ sie anglühen, als hätten Ruten sie gepeitscht. Beizend floß ihm der Schweiß aus allen Poren und rief immer neue blutige Schwärme. Endlich scheute das Pferd, Joß blieb im Sattel, aber es wurde eine irrsinnige Hetze durch die Felder, ein Teufelsritt, denn die Schwärme blieben zuerst noch zäh in den Wunden des Pferdes und auf den Händen des Mannes.

So kamen sie in Germersheim an, überritten die Schranke, die den Dorfeingang sperrte, und waren nur glücklich, daß die Peiniger inzwischen von ihnen abgelassen hatten und sich in den Häusern schon neue Nahrung suchten. Man könnte glauben, ich solle gestraft werden, dachte Joß und band das Pferd am Wirtshausfenster fest. Er lachte, wischte sich das Blut vom gedunsenen Gesicht und packte die Türklinke. Die Tür war geschlossen. Er rief, klopfte ans Fenster. Keine Antwort. Er ging zum Nachbarhaus, es war ebenfalls verschlossen. Er sah die Straße hinab, sie war menschenleer. Schließlich hörte er aus nahem Stall Tiere brüllen, Kühe, Ochsen. Er achtete nicht auf das unruhige Schnauben seines Pferdes und ging dem Tiergebrüll nach. Er fand drei Kühe und ein Kalb vor leeren Raufen. Er schrie, ein lächerliches Echo kam aus den Sparren der Scheune. Er rüttelte an den Türen, erbrach eine Fensterluke. Die Stille würgte ihn jetzt. Als er in die Stube einstieg, fuhren fette Ratten nach allen Seiten auseinander, suchten winselnd eine Ausflucht. Er zertrat eine unter dem Stiefel, die anderen fanden ein Loch unter einer Bettstelle. Joß gewöhnte sich jetzt an das Halbdunkel, er roch eine Fäulnis, die ihm Brechreiz in die Gurgel jagte, aber etwas fesselte ihn. Er trat näher an das Bett heran, von dem die Ratten herabgesprungen waren, und schlug die Dekke zurück. Der Pestgeruch kam wie eine Wolke, Joß hustete, spie aus und hielt doch noch die Decke in der Hand. Er stand von Entsetzen angeheftet. Im Halbdunkel lag die angefressene Leiche eines halbwüchsigen Mädchens. Die Augen des Kindes starrten zur Decke, der weiße Leib zeigte die Muster eindeutiger Flecken, die dünnen Arme krallten in den zum Kinn gezogenen Knien, an den Zehen dunkelten die Bißlöcher der Ratten. Joß ließ die Decke langsam niederfallen, er wußte, er hatte die Krankheit jetzt an den Händen, er stieg wie betäubt aus dem Fenster, sah sich in dem Hof um, als erkenne er nichts mehr, ging schweren Schritts auf die Dorfstraße, die immer noch menschenleer war, und hier erst schien er aus seiner Erstarrung zu erwachen. Er betrachtete seine Hände. »Das also bist du,« murmelte er. »Eine Krankheit.« Und nach diesem verächtlichen Satz ging er an alle Bauernhäuser heran, um gewaltsam die Türen zu öffnen. Er fand nur Tote; eingehüllt in ihren Gestank hockten sie vor den Öfen, lagen neben und in den Betten, (nirgends fehlten die schwarzen langbeschwänzten Fresser), sie standen wohl auch angelehnt an einen Holzstapel oder im Grund eines Kleiderschrankes, wohin sie sich aus irgend einer verzweifelten Hoffnung gerettet hatten. Joß erkannte in einem Toten einen Bundschuhbauern; er fand ihn auf dem Weg zum Stall, eine Axt lag in der kalten Faust. Joß bückte sich und zog dem Verschworenen die Lider über die offenen Augäpfel. Die Axt am Boden glühte in der Sonne. »Hast du dein Vieh mitnehmen wollen? Oder wolltest du Ihn selber totschlagen?«

Das war kein Gespräch mehr über Aufstand. Joß trieb seine rebellischen Gedanken über die Klöstertürme und Burgzinnen hinaus. Hat er vielleicht auch in den Hof zu Speyer seine Cholera hinuntergeblasen?

Er griff eine Pferdedecke von einer Leiter und legte sie sorgfältig über den Toten.

Meine Dörfer entvölkert Er. Germersheim hatte 35 Geschworene. Soll das etwas besonderes heißen?

Wieder hatte er den Blick aus dem verlassenen Hof zur Sonne gehoben, aber als er die Augen weglenkte von ihrem blendenden Strahlenkranz, fühlte er noch böser, zorniger, daß es sinnlos war, dort ans Firmament seine Klage zu richten. Es gab keine Richtung, in der man sich beschweren konnte. Ohnmächtig war man im tödlichen Eiswind des Winters, ohnmächtig in der Glutkammer dieses Sommers, *ein Unsichtbarer wütete*, mit Frost und Hitze, mit Pestatem und Rattenschwärmen. Wie die Mücken war er giftig und gierig, wie die Ratten war er feige und gefräßig, im Dunkeln winselnd und nicht zu fassen wie der Wind, unbarmherzig und fern wie der gelbe Glutball. Joß fand nicht mehr die Kraft der Anklage. Alles was er gedacht über die Verfressenheit der Mönche, die Frechheit der Grundherren, die Käuflichkeit der Kaiser, den Geiz des Papstes – was blieb von dem Zorn über sie alle angesichts dieser Bauernleichen? Kein Grundherr hatte sie erwürgt, keine Fehde, keine Fronarbeit, kein gieriger Papst, kein kriegsbesessener König. Dieses Elend – Joß hatte kein Haus ohne die stinkende Totenecke gefunden – schien die Herren freizusprechen und belastete den anderen, den Joß bis dahin als den größten Herrn geachtet und anerkannt hatte.

Er verließ das Dorf, nachdem er einige Sterbende mit Wasser gelabt hatte und ihnen weitere Hilfe für den Abend versprochen. Vor jedem der zusammengekrümmten Körper, die in letzter Not sich noch entleert hatten, war Joß schließlich gestanden wie vor einem neuen Lebenszeichen des furchtbaren Gottes, den er zu suchen aufgebrochen war und der sich jetzt in seiner äußersten Grausamkeit zu erkennen gab. Joß wich ihm nicht aus. Hin und hergerissen vom Trotz bis zur Bitte, vom bitteren Verzicht bis zum leise hoffenden Nichtbegreifen anerkannte er schließlich, daß er jemand gegenüberstehe, der nicht verstanden sein wollte.

Oder mußte man ihn jeden Tag anders sehen? Im Totendorf hatte er ihm geflucht, vor den brennenden Türmen des Klosters Weilborn, das er am nächsten Tag in der Hitze des Mittags rettungslos aufflammen sah, mit allen Reliquien und dem Raub von Monaten, stand er wieder erstaunt. Strafte Er doch die Tagediebe?

Aber ein von Mäusen überwimmeltes Feld, in dem ein rot erhitztes Kind saß und jämmerlich schrie, gab ihm wieder das Gefühl absichtlichen Wahnsinns in allem Geschehen. Er nahm das Kind auf sein Pferd und brachte es ins Dorf. Er ging von Haus zu Haus, keiner antwortete ihm, keiner nahm das Kind. Er sah, wie die Gesichter trocken von Bosheit waren, alle Augen hatten den Fieberglanz, den verzweifelte Mörder zeigen. Er mahnte sie um der Gerechtigkeit Gottes willen, sie schlugen stumm die Türen zu. Kalter Hohn in einer einzigen Geste. Joß stierte die Häuser an. Das Kind auf seinem Arm schnappte plötzlich nach Luft, schrie einen kläglichen Laut, schlug eine schwache Faust gegen das Wams von Joß und hing dann mit verdrehten Augen den Kopf nach hinten. Joß sah in das langsam sich verfärbende kleine Gesicht. In der Bewegung der Färbung erkannte er wieder seinen geheimnisvollen Gegner. Er hob den Kopf ganz nah an sich, sprach in das Huschen des Todes hinein: Warum hast du ihm Atem gegeben? Warum hast du nicht früher schon dich in diesen Augen festgesetzt? Warum hat es einen ganzen Winter noch leiden müssen? Wird dir nicht Angst in dem kleinen Körper? Ist gar keine Scham in dir? Das klagt dich doch mehr an als die ganze verbrannte Flur. Das hat gewiß keine Schuld, und keinen strafst du mit seinem Tod. Warum also, warum immer neue Erfindungen? Ach, nun verschwindest du wieder!

Das Gesicht des Kindes wurde gelb und still. Joß sah es noch eine kurze Zeit an, dann drückte er das tote Gesicht gegen sein Wams und ritt zum Kirchhof. Er fand die Totengräber nicht. Waren sie geflohen vor zuviel Arbeit? Die Kirchentür war angelehnt. Joß betrachtete sie scheu, dann nahm er das Kind wieder auf und trat in die Kirche. Vor dem Hochaltar legte er es nieder unter das Kreuz des Tabernakels. Der kleine Körper schien sich auszustrecken, die Totenstarre machte ihn schon fest. Seltsames Opfer auf dunklem Altar! Joß trat einen Schritt zurück, ihm fiel ein, daß er beten müsse. Nein, kein Vaterunser. Er lachte höhnisch. »Gegrüßet seist Du, Maria,« begann er. Die Madonna hatte noch nichts verloren bei ihm. Er spürte es in seiner Erschütterung, als er nun betete. »Du bist gebenedeit unter den Weibern,« betete er und dachte, daß sie niemals solche Härte zeigen könne wie Er. »Und gebenedeit ist die Frucht deines Leibes Jesus.«

Auch er nicht, auch er nicht, schrie er seinem Beten nach und sah zu dem Kind auf der Altarbank. Er hätte sich nicht gewundert, wenn es plötzlich hinabgerollt und klatschend auf die Treppen geschlagen wäre. Er traute seinem Gegner jede Brutalität zu.

»Heilige Maria Mutter Gottes bitte für uns Sünder jetzt und in der Stunde unseres Todes, Amen.« Eine Welle weicher Kindlichkeit durchzog ihn, er hatte an der Flanke der Altarnische eine Marienstatue entdeckt und sich mit den Schlußworten des Gebetes auch schon an sie gewandt. Er sah die Mutter, die einen gesunden nach einem Ball greifenden Knaben auf dem Knie hielt, sah das leichte Lächeln um ihren Mund. Hast du vielleicht nicht die Fäuste geballt, als man ihn dir nahm? Das lustige Kinn schien ja zu nicken, Joß hob in einer matten zögernden Geste die Hand und zeigte zum Altar. Über die steinerne Mutter und das Kind fiel die Sonne; das grausame tödliche Licht der Flur, auf der runden faltenlosen Stirn der Maria lag es wie ein zärtlicher Schein, belebte die dicken Finger des Knaben, glänzte sinnlich und lebenweckend von den nackten Schenkeln des so gut Behüteten. Wir hätten uns mehr an sie wenden sollen, dachte Joß und wie so oft packte ihn der Einfall in seiner ganzen Bedeutung, kaum daß er ihn zu Ende gedacht. Es ist noch nicht zu spät. Sie kann es heute hören, sie wird es morgen hören. Sie weiß, was es heißt: leiden und nicht verstehen. Sie wird sich erinnern. Sie wird das Golgatha nicht dulden. Sie wird stärker sein als der andere. Er stutzte. *»Als wer? Als wer?«* rief er.

Sein neuer Entschluß kam wie ein Sturzbach in ein trokkenes Gebirgsbett. Er riß den ganzen unfruchtbaren Wust seiner Gedanken mit hinweg. Joß achtete nicht darauf, was alles fortgeschwemmt werden könnte. Er verließ die Kirche im Fieber eines Glücks, das jedoch zu plötzlich kam, um nicht schon am Abend von alten Zweifeln angenagt zu werden.

Er war in das Choleradorf zurückgeritten, verbissen und

unduldsam: hier wollte er beginnen. Aber die letzten Überlebenden, so sehr ihre traurigen Augen aufhellten, als er seinem Versprechen gemäß doch wiederkam, hörten seinen Plan mit Müdigkeit und ohne Glauben an. Sprach er mit unpassender Leidenschaft? Merkten sie, daß er mehr sich selbst einen Boden suchte als Hilfe für alle? Er verstand ihre Gedanken nicht mehr und konnte sich auch nicht zu geduldiger Werbung aufraffen. Er beschloß, Martin aufzusuchen.

»Wir müssen in Bittprozessionen mit allen Heiligen und der Mutter des Herrn durch die Felder gehen. Ich suche dich, damit du mir nocheinmal hilfst.«

Sie saßen im Klostergarten von Dertzingen. Schattige Bäume wehrten die Sonne von dem moosigen Laubengang, in den Martin den Freund geführt. Eine Quelle sang an einer nahen Mauer.

»Ich wollte dich nicht stören, aber das ist eine Frage, die ich nur dir vorlegen kann.«

»Ich freue mich, daß du kommst,« sagte Martin: er trug die Kleidung eines Laienbruders. »Aber erst will ich zu trinken holen.« –

Er tat, als sei er der Abt und regiere über 100 Fässer.

»Laß doch, das braucht's nicht.« Joß war ungeduldig. Die Fragen saßen ihm zu hoch in der Kehle. Martin war schon fort durch die Bäume.

Hier ist es leicht, zu Gott zu beten, dachte Joß und sah in das grüne Viereck des Gartens. Blumen wie Kindsköpfe so dick, ein Quell, der der Hitze standhielt, ein Schattendach wie ein Keller kühl, und im Rundgang kein quälendes Geschmeiß. Da ist so wenig von dem da draußen, von dem Schinder und Schrecker, daß man das Brevier vor die Augen halten kann und nicht aufwachen braucht.

Im Wandelgang promenierte mit flüsternden Lippen ein

Mönch. Sie beten, sie glauben! Sie wandeln im Schutz dieser Mauern und haben keine Proben zu bestehen. Ein leichter Glaube!

Martin kam mit zwei Flaschen und einem Becher. Joß wunderte sich über die Sicherheit, mit der Martin sich hier bewegte. Wie hatte er so schnell Eingang bekommen?

»Ich weiß, was du denkst,« sagt der Freund. »Aber erstens gehöre ich ja eigentlich ins Haus, zweitens liebt mich der Abt seit langem. Ich erzähle ihm aus aller Welt, er ist krank, liegt im Rollstuhl, haßt die ganzen Brüder hier und empfängt mich aus Trotz. Außerdem führe ich ihnen die Bücher, daß der Bischof ruhig kontrollieren kann. Er bekommt doch nur die Hälfte. Man hat nicht umsonst beim Fugger die Feder geführt. Aber was schwätze ich. Hier, trink und erzähl mir vom Land. Bist lustiger geworden beim Ritt durch die Choleradörfer?«

Joß trank. Seit er Martin in der Nähe wußte, war er ruhiger. Er wußte, er würde das Kloster nicht verlassen, ohne auch klarer geworden zu sein.

»Weißt du, warum er wütet? Ich meine da draußen. Hier – scheint er ja vorbeigegangen zu sein.«

Martin bemerkte den verächtlichen Blick: »Hier war er nie,« sagte er, »und als ich so weit war, das zu bemerken, kam ich eines Tags auf den Gedanken, es gäbe ihn nicht.«

Joß überhörte die gottlose Andeutung; er war noch nicht bereit zu dieser letzten Erkenntnis: »Man muß ihm Paroli bieten, man muß ihn zwingen einzuhalten. Martin, ich habe bisher Menschen aufgehetzt. Ab heute will ich Heilige aufwiegeln. Er muß sich schämen, wenn sie durch die Fluren ziehen und nichts als Brand und Verwüstung sehen. Aus allen Kirchen will ich sie herausholen. So wahr mein Vater sein Leben lang hinter dem Pflug ging bis zum Jahr da er auf dem Schinderkarren stand, ich erspare seinen Heiligen nicht den Anblick dessen, was Er angerichtet. Was will der Pfaffe hier?«

Joß war puterrot aufgesprungen; aus der Tiefe des Wandelgangs war wieder ein Mönch aufgetaucht. Er hörte das Schimpfen von Joß, sah in betonter Würde zu den beiden Männern hinüber und drehte sich um.

Martin schlug Joß auf die Schenkel: »Verdirb mir das Quartier nicht! Immerhin sind es meine Gastgeber.« Er lachte aber aus vollem Hals. Joß selbst begriff, daß er völlig vergessen, wo er saß. Lächelnd beruhigte er sich: »Und was sagst du zu meinem Vorschlag?«

Martin schnalzte verlegen mit der Zunge und griff wieder nach dem Wein. Wenn ich dir nun sage, daß auch deine Heiligen die Quellen nicht öffnen und dem Himmel den Spund nicht ausschlagen? Wenn ich dir sage, daß auch deine Madonna nicht ihren Mantel vor die Feuerkugel hält? Wenn ich dir sage, daß unsereins sich vom Betteln garnichts mehr versprechen soll, aber nur vom Nehmen, so wirst du mir antworten und wirst recht haben: daß der Mensch sich in diesem Unwetter nichts mit Gewalt nehmen kann. Weinen wirst du vor Wut und wirst sein wie ein Kind und hast doch mehr Kraft und Saft als ich ungläubiges Tier.

Martin fühlte in der Kehle die Rührung, die ihn nie verlassen, seit er den unruhigen klugen Bauernsohn vor dem Frauenhaus angesprochen. Er goß schnell einen Becher hinunter. Ich hätte lieber vom Aufstand mit dir gesprochen, dachte er. Aber der Mummenschanz muß wohl stärker sein als ich weiß.

»Ich soll heute in drei Vogteien reiten, die Bücher nachzusehen. Kann also den Verschworenen Bescheid geben, daß sie überall die Prozessionen verlangen.«

Ganz trocken hatte er es vorgeschlagen.

»Obschon du dir nichts davon versprichst?« fragte Joß überraschend.

»Aber wer sagt denn das?«

»Dein Blick. Dein Hiersein. Die Feiertage, die du dir nahmst. Deine Arbeit unter diesen Schurken. Widersprich nicht! Ich weiß, daß du die Bauern liebst. Aber man muß heute mehr tun: man muß jeden hassen, der sie quält. Und man soll sich auch nicht zurückziehen von Ihm. Er braucht Feinde, und ich bin ab heute Sein Feind. Ich bleibe es, bis Er unserer Fahne wieder zulächelt, bis ich wieder ehrlich sagen kann: für die Gerechtigkeit Gottes! Ich sehe dich vorher noch, ich sehe dich eher als du denkst, so scheint mir.«

Martin sah ihn so schnell verschwinden, daß ihm kein Wort des Abschieds blieb.

Er kann keinen anderen Weg gehen, dachte er bekümmert und mit jenem leisen Stolz, den er für den Freund hegte.

Über die Buchen des Klosterparks kam, die Stille unterbrechend, das Gebimmel der Aveglocke.

Jetzt wird er auf der Landstraße angelangt sein und zur Madonna beten, dachte er und sah den Freund vor sich. Nicht einmal eine ganze Flasche haben wir geleert.

Wollte Joß wirklich ein Wunder?

Er wollte Regen. Um den Preis jeder Demütigung: Regen, Regen! Er sprach in den Tagen, bis der Sonntag der Prozession kam, von nichts anderem. Mehr als je hatte ihn die Ohnmacht der Kreatur gepackt. Der ganze Bruchrain war ihm wie die eigene Familie, und er wollte glauben, daß er einen mächtigen Verwandten herbeiführen könnte, der die Not der Seinen mit einem Schlag beheben würde. Er war überall, sprach in einigen Fällen sogar mit dem Pfarrherrn, hetzte in anderen Fällen gegen die zögernden Geistlichen, erzählte kuriose Legenden und überzeugte Hunderte, daß die Zeit der Wunder noch nicht vorüber sei. Er warb seinem Glauben wie seinem Zweifel gleichviele Helfer. Sie sprachen an den Abenden, da sie vor den Häusern saßen, von dem sich nähernden Sonntag. Martin, der wirklich ins Land hineingeritten war, fand sich am Sonntag einem Fieber der Erwartung gegenüber, daß er es für gut hielt, sich in letzter Stunde mehr hineinzumischen. Er deutete an, daß ein Versagen des beabsichtigten Bittganges mehrere Gründe haben könne; der wichtigste aber sei die Minderwertigkeit der Priester; Gott habe keinen Anlaß, diesen Fettbäuchen noch irgendeinen Gefallen zu tun. Vermutlich seien sie sogar die Ursache aller Plagen.

Der Sonntag kam und war am Mittag schon eine Hölle. Aber nach dem Magnifikat der Vesper stellten sich vor den Kirchen doch die Gemeinden auf und erwarteten hier das Sakrament, dort den kleinen Reliquienkasten. Die Priester erschienen unter dem Schutz des Baldachins, umgeben von Ministranten in rot-weißen Chorhemden, vor den Portalen. Einige schreckten zurück vor dem glühenden Flimmern auf den Kirchplätzen, aber die stumm wartenden Reihen der Menschen zogen sie dann doch ins Freie. Ihnen folgten schwankend über den Köpfen der Träger die bunten Figuren der Heiligenbilder. Joß hatte seine Geschworenen verpflichtet, auf der Anwesenheit der Heiligenbilder zu bestehen, sie nach Möglichkeit selbst zu packen und hinauszutragen. Noch wurde nicht gesungen. Schwach begannen die Vorbeter ihre Sprüche. Ohne Umwege ging der Zug sofort in die Flur.

Einige Priester, gute Zeremonienmeister, hielten für Augenblicke an, wenn sie an den Dorfbrunnen vorbeikamen, aber die Bauern achteten nicht auf die Feinheit der Geste. Galt es nicht eine mächtigere Quelle aufzuschlagen? Was war der kleine schwarze Wasserkeller gegen die Schleusen des Himmels, die zu öffnen sie durch die Glutkammer zogen.

In den Feldern angekommen, wuchs der Lärm der Gebete. Da lag die verkümmerte Frucht, heiße Hände streiften die Ähren jetzt. Da dörrten die Wiesen, in Staub würde jedes Kuhmaul greifen. Da hingen die Bäume ihre Äste herab wie sterbende Arme. Indem die Bauern in geschlossener Prozession dicht an allem vorüberzogen, kam ihnen der Schrecken in seiner ganzen Ausdehnung erneut ins Bewußtsein. Sie wandten die Blicke zu der goldenen Sonne der Monstranz, die die große Sonne besiegen sollte. Mußte man ihr nicht alles, alles zeigen, alles benennen? Sie schrien jetzt laut. Wie man Wild aufscheucht, so weckten sie den Gott der Monstranz, die Heiligen in Holz und den Patron, dessen Knochen der Priester öfter in die Fluren hinausstreckte.

Joß, der in dem damals sehr bevölkerten Dorf Untergrombach an der Prozession teilnahm, hörte den Schrei und fühlte sich stark unter sovielen Kampfgenossen. In aller Demut war schon Herausforderung. Er hätte sich nicht gewundert, wenn einer seine Armbrust mitgebracht und wütend in den Himmel geschossen hätte. Wie in einer Kriegsschar stapfte Joß, die über allen schwankenden Holzbilder waren Feldzeichen. »Gegrüßet seist du, Maria,« sang Joß mehr als er sprach. Er sah die Madonna in ihrem blauen Mantel und dem weißen Unterkleid dem Zug voranschweben und genoß die Freude, daß die Zarte den trotzigen Zug der Bauern guthieß.

Sie überschritten ausgetrocknete Bäche, an den starren Flügeln von Windmühlen gingen sie vorbei, Heuschreckenschwärme surrten über ihnen und schlugen sich die Köpfe ein an den Heiligenfiguren, ihre Füße traten auf Vögel, die der Durst getötet, das Gewimmel der Mäuse pfiff tiefer in die Kornfelder, wenn sie sich näherten. Und die Sonne brannte und bohrte.

Plötzlich begannen einige zu tanzen. Joß spürte die Bewegung, eh er sie sah, der Zug stockte und während der Baldachin mit dem Pfarrer weiterging, hielten die Bauern an und riefen den vom Tanzfieber Befallenen ihre Gebete zu. Auch die Männer mit den Heiligenbildern drehten sich um. Joß sah das helle Gesicht der Madonna zu ihm sich wenden. Er trat aus der Reihe und lief im Graben der Straße nach vorn.

Ein Kreis war gebildet um die Springenden. Joß erkannte

Bundschuhbauern, die ernst und stumm dastanden, die Fäuste an den Tragbalken der Figuren. Was erwarteten sie von der Narretei der Tänzer? Aus den dichten hinteren Reihen kam stärker und wilder das Gebet. Die Tanzenden stampften den Boden. Joß bemerkte jetzt auch unter ihnen Verschworene. Er faßte sich an die glühende Stirn. Wollten sie Quellen aus dem Boden keltern? Hatten sie die Richtung vergessen, in die man Gebete schickte?

Die Heiligen blickten einfältig und unbewegt herab. Der Baldachin mit dem Priester zog an der Spitze schon allein durch die Felder.

»Vater unser, der du bist im Himmel,« klagte die Menge.

Die Tanzenden rissen sich jetzt die Gürtel von den Hüften. Der Kreis um sie erweiterte sich in Angst und Ergriffenheit. Die Schnüre und Riemen pfiffen durch die Luft, als gelte es den Regen wie Pferde anzutreiben. Dann aber schlugen die Männer sich selbst.

Sie schlugen sich, wie Wind die Wolken peitscht, sie schlugen sich, wie die Knechte des Pilatus den Christus geißelten, Schaum kam vor ihre Lippen, »Evangeli« schrien sie, »Evangeli!« Joß stand mit dem Hut in der Hand, der heiße Reifen, der seinen Kopf umspannte, wurde enger. Er starrte zu den Bilderträgern, hob langsam den Blick zu den Heiligen selbst, schweifte zu dem Himmel, der ohne Wolken blieb, und hörte in dem Beten und Stöhnen und Klatschen der Riemen wieder Martins Wort: »Bei solcher Hitze dörrt der rebellische Saft.« Er überlegte, ob er zwischen sie fahren solle. Schleier liefen über seine fiebernden Augen. In den Feldern zog der Pfarrer vorwarts ohne seine Gemeinde. Warum schlagen sie ihn nicht? Warum zertrümmern sie nicht die volle Tonne?

Der Geistliche in der Ferne schien mit einem Male von Angst gepackt. Joß sah, wie er die Männer antrieb, die den Baldachin trugen. Noch hielt er die Monstranz ehrfürchtig vor dem Gesicht, aber seine Füße hetzten unter dem Chorrock, und schon lief er mehr als er ging, ein stolpernder Feigling, der dem Gott nicht traute, den er in den Händen hielt.

Die Prozession war gesprengt. Das Sakrament rannte nach Hause. Die Heiligen standen still. Und aus den Tanzenden fiel einer nach dem anderen auf den Weg, in Krämpfen zuckend, die Faust um den Gürtel gekrallt.

Joß blickte ein letztes Mal zum Himmel hinauf. Seine Pulse hämmerten. Er begriff nicht mehr, was er gewollt. Die weißblaue Kuppel über den Fluren war ohne Wolken geblieben. Das einzig verstand er noch, während sein Herz immer matter klopfte. Schon lief ein Frösteln über sein Gesicht. Nacht wünschte er sich, tiefe schwarze Nacht.

Die Bauern zogen inzwischen weiter, schlugen einen Bogen um die ohnmächtigen Tänzer, einer stimmte ein Lied an. »Preis dem Todesüberwinder,« sang er sinnlos und aus staubiger Kehle.

Joß sah das offene Menschenmaul. Er taumelte.

Der Reifen um seine Stirn schien abzufallen, nach allen Seiten drängte sein Schädel auseinander.

Er betrachtete den Haufen der stumm gewordenen, zukkenden Tänzer auf der Landstraße. Eine nutzlose Ernte lag im Staub. Und der Himmel blieb geschlossen wie eine metallene weiße Kuppel.

So werden wir andere Schleusen öffnen, dachte Joß. Ein unheimlicher Trotz überkam ihn. Ich werde regnen lassen. Rot wird es regnen, und die ganze Ernte wird unser sein.

Er sah über die Felder zur Burg Grombach hinüber. Blutströme sah er den Feldweg herabfließen. Nicht nur die Sonne brannte. Aus den Zinnen schlugen die Flammen.

Wir antworten mit Brand von unten. Bald. Und regnen wird es, wie das Land es nie hat regnen sehen.

Am Abend dieses wirren Tages, der Joß zu einem Gottlosen gemacht zu haben schien, ritt in die Burg von Grombach ein kaiserlicher Bote ein. Er wurde in Ehren empfangen und ritt in der gleichen Nacht mit frischem Pferd weiter nach Norden. Er hatte einen Brief Maximilians bei sich, den der Kaiser an seine Tochter Margarete, die Regentin der Niederlande, gerichtet hatte:

»Sehr teure und sehr geliebte Tochter!« schrieb der Fürst. »Ich bitte dich, daß du so bald wie möglich von dort unsern geliebten Ritter und Großfalkenier, den Herrn van den Aa schicken möchtest, desgleichen unsre geliebten Stallmeister und Falkner, die Herrn von Herlaer und Cloin de Lestre, daß sie unverzüglich kommen möchten mit ihren Vögeln. Wir bitten dich mit besonderem Fleiß, du wollest uns auch ein Roß, genannt der Haß und sonst noch eins, das für unseren Leib paßt, mitschicken, denn wir haben jetzt für unsere Person nichts Gutes zum Reiten. Damit tust du uns einen besonders guten Gefallen, den wir in Gnaden gegen dich anerkennen. Wenn du dann auch noch hinzufügen möchtest ein nicht zu kleines Kästchen der hispanischen Zuckerfrüchte, die wir einmal bei dir tafelten, so würde das deine Liebe bezeugen, sind doch hier zu Hof immer Freunde solcher Gewächse zu finden. Wir haben auf der Jagd in den Linzer Bergen schöne Tage verbracht. Ich würde dir von den Fasanen einige zum Schlecken mitgeschickt haben, doch scheint uns dieser Sommer sonderlich ungünstig mit seiner merkbaren Hitze. Wenn besagte Herren nicht sofort abreisen können, so laß uns Nachricht darüber zugehen. Bis dahin, sehr teure und sehr geliebte Tochter, bewahre Euch unser Herr.

Gegeben in unsrer Stadt Linz am fünften Sonntag nach Trinitatis anno domini 1502 unserer Reiche, des römischen im siebzehnten und des ungarischen im dreizehnten.

Per Regem. Gezeichnet: Renner.«

Als der Bote gegen Mitternacht an den Feldern von Untergrombach vorbeikam, sah er plötzlich Frauen vor sich auf der Straße, die sich mühten, die schlappen Leiber schwerer Männer auf bereitstehende Karren zu heben. Es waren die Tänzer der Regenprozession. Der Reiter bekreuzigte sich und ritt eilig weiter.

Die letzten Tage

Die Ernte reift heran. Ich bin vom Himmel gedungen um einen Groschen zum Tagelohn und schärfe meine Sichel, die Ernte zu schneiden.

Thomas Münzer.

Joß war hart geworden an jenem Sommertag. Wie nur ein plötzlich aus voller Glut im Eiswasser geschrecktes Metall hart werden kann.

Er sprach nicht mehr von der Not der Bauern. Erklärung ihres Elends erschien ihm schon wie unerlaubte Entschuldigung des Aufstands, den keiner zu billigen hatte, den man einfach machte. Ohne zu fragen machte man ihn, mit dem Recht dessen, der alles durchdacht, der keinen Zweifel überhört und der überall enttäuscht, überall zurückgestoßen worden war.

Joß stritt mit niemand mehr über den Sinn der Rebellion, er bereitete sie vor. Er suchte keine Argumente, er suchte Waffen, Messer, Nagelkeulen, Arkebusen, Armbrüste, Sensen, Schwerter, Dolche, Mörser, Feldschlangen.

Jedes Schwert, das er in der Hand hielt, gab ihm die Freude, den Tod dessen sich vorzustellen, in den das Schwert fahren würde. Er stieß ein zufriedenes Stöhnen durch die Nase, kurz, drohend, beglückt.

Es war September. Er ließ den Bauern sagen, daß sie die Sensen fertig machen könnten. Für die nächste Mahd müßten die Schneiden gerade stehen wie Lanzen. Wenn er an einer Scheune vorbeiritt und das Klingen eines Amboß hörte, wußte er, sie hatten ihn verstanden.

Bauern kamen nach Speyer und auch nach Bruchsal, wo es gerade in diesem Herbst sehr an Speck fehlte und Butter. Sie brachten ganze Schweineseiten und fragten ohne Angst, ob sie gegen Schießbüchsen tauschen könnten. Die Kaufleute griffen eilig zu dem Speck. Unter dem Stroh der Karren fuhren täglich Waffen in die Dörfer. Als der Rat davon vernahm, gab es ein Verbot. Doch erhöhte das nur um ein Leichtes den Preis, zu groß war die Not nach der Dürre. Die Bauern aber lernten vorsichtiger fragen. Sie waren nicht um pfiffige Worte verlegen, und zur Schläue kam auch schon der Stolz, Joß oder dem Ortsgesellen beim nächsten Besuch die Waffe zeigen zu können.

Häufiger fanden sich die Bundschuhbauern bei dem Schmied ihres Dorfes ein. Sie brachten ein Pferd mit, damit man jederzeit bei unliebsamem Besuch ein Hufeisen glühen und sich harmlos beschäftigt zeigen konnte. Sie standen um die glühende Esse und sahen in das Feuer und auf den stöhnenden Balg. Sie glühten Nägel, hämmerten sie und trieben sie in schwere, aber handliche Keulen ein. Aus Pflügen wurden Mörser, aus Wagenreifen Schutzschilde für Schützen. Jeder Hammerschlag war schon ein Klang im letzten Sturmgeläut, der heiße Atem der Esse pfiff jeden Zweifel hinweg, daß der Kampf bevorstehe.

Joß ritt von Schmiede zu Schmiede. Das Dröhnen des Ambosses war seine Kirchenmusik geworden. Ein Dolch glühend ins Säurebad getaucht bedeutete ihm heute, was einst die Hostie war, genäßt vom gesegneten Wein: Gewähr neuen Lebens, Sakrament des Blutes, Instrument der Verwandlung. Er lästerte laut – oder war es keine Frechheit? »Wer jetzt sein Schwert in der Scheide läßt, wo es Blut zu trinken gibt in Fülle, der hat Christi Opfer nicht verdient.«

Er träumte von Waffen. Träumte, daß ihm ein Engel die Schlüssel der Arsenale von Mainz bis Freiburg bringe, daß er Schwerter und Büchsen, Pulver und Kugeln verteile wie Joseph von Ägypten das Getreide. An Heere von Bauern.

Er sorgte, daß die Träume auch von anderen geträumt wurden. Und daß die Bestände an Waffen auch in Wirklichkeit wuchsen.

Gegen Sylvester schickte er die ersten Boten in alle Dörfer. Sie brachten den Ortsgesellen einen Zettel, auf dem stand: »Bald ist es Zeit«.

Jeder, der von dem Spruch erfuhr, begriff, was das neue Jahr bringen würde. Keiner zweifelte, daß noch das Frühjahr abgewartet werden sollte, doch kam plötzlich eine Hast ohne Vorbild in die Vorbereitungen, die fast alle Bauern noch für nötig hielten. Keiner tröstete sich mit der Ausrede, daß wohl noch lange Zeit vergehen würde. Der Zettel war unzweideutig: im Bruchrain fing etwas an.

Joß merkte, daß die Bauern wortkarger wurden. In den Wirtschaften gab es keine Gespräche mehr über die Not der Zeit. Sie sind sicher, daß es bald ein Ende hat, dachte Joß und sah sich ebenso angetrieben von diesem Schweigen, wie ihn früher ihr Klagen vorwärtsgestoßen.

Im Januar erschien Martin in Untergrombach mit einem Wagen. Zehn Bauern zogen ihn. Eilig rollten sie ihn in den Hof eines Verschworenen und begannen die Zeltplane herunterzureißen. Joß kam hinzu, als sie kleine Säcke sich zuwarfen. In den Händen war eine Hast, die Gefahr anzeigte, in den Gesichtern eine unbeherrschte Freude.

Die Zeltplane am Boden trug eingewebt Initial und Wappen der Fugger. Joß stellte sich in die Reihe der Bauern, durch die die Säcke gingen, und half. Schon beim ersten Griff wußte er, was erbeutet worden. »Wir müssen einen Platz haben, der ungefährlicher ist,« sagte er, als alle nach der Arbeit in der Stube zusammenkamen. Sie rieten hin und her und entschieden sich schließlich für eine Kapelle, die zwischen Burg und Dorf auf einem Hügel lag. Vor Mai war dort kein Gottesdienst mehr. Sie beschlossen die Säcke einzeln hinaufzutragen. Der Letzte hatte ein Schloß anzubringen und Joß Meldung zu geben.

In drei Tagen war die Umlagerung vollzogen. Hinter dem Altarbild des heiligen Georg in weißer Kapelle auf lieblichem Hügel lag der Pulverschatz der Bruchrainer Rebellen. Wenn sie an den Wintermorgen durch ihre Felder stapften, um Wassergräben zu ziehen oder Schnee auf die Frühsaat zu decken, gingen ihre Blicke zu dem Abhang hinauf, und ihr Geheimnis erwies sich als Quelle der Kraft.

»Nur Fäuste zählen, Fäuste, Waffen und Pulver.« Ein Wort von Joß, dessen gottfeindlichen Sinn die Bauern nicht verstanden. Doch daß dort oben Pulver lag für mehrere Schlachten, begriffen sie so gut, daß sie oft schon ein Grinsen nicht unterdrücken konnten, wenn ihnen nah bei jenem Hügel ein Vogt begegnete. Tief zogen sie die Kappen und beugten sie die Rümpfe: wenn du wüßtest, wie nah der Tod auf der Lauer liegt für dich!

»Das Gefährliche ist,« sagte Martin, der sein Kloster verlassen und täglich mit Joß zusammenkam, »daß sie in den einzelnen Dörfern losschlagen, die Keller plündern und sich begnügen, ein paar der ärgsten Schinder über die Klinge springen zu lassen.«

»Es ist nicht schlecht,« meinte Joß, »wenn es an mehreren Stellen zugleich losgeht. Das hindert die Herren, ihre Truppen auf einen Ort zu sammeln.«

»Und doch ist mehr von der Zerstreuung der Bauern zu fürchten, als von der Verwirrung der anderen zu hoffen. Ich schlage vor, daß man mit einem großen Sturm beginnt. Dort das Hügelchen ist weithin sichtbar.« Er deutete auf die Grombacher Burg, die aus schroffen Felsen in den Himmel schoß, uneinnehmbare Überheblichkeit aus Stein und Eisen.

»Sie ist unser am ersten Tag,« sagte Joß und schmunzelte selbstzufrieden. »Zwei Knechte haben geschworen. Sie öffnen das Tor zu jeder befohlenen Stunde.«

»So ist es also gut, sich über die Stunde zu unterhalten.«

Die letzten Tage. Wie über die leise atmende Natur für alle Verschworenen ein Licht gelegt war, das sie nie gekannt! Wie die warmen Lüfte des Mittags schon das Blut heizten! Wie man am Abend keine Lust hatte, die Lagerstätten aufzusuchen, ungeduldig bis in die Fingerspitzen hinein!

Wie man das Rauschen der Bäche, an denen man bis um

Mitternacht saß, für ein antreibendes Zureden hielt! Wie alles sich verwandelte im Nachdenken! »Wieviel der Sonntage noch?« Die Nähe des Tages gab schon etwas wie Sehnsucht, Heimweh schien es. Heimweh war es nach den Zeiten der Urväter. Freundlichster Schmerz, der je die Bauern gequält.

Und wieder kamen an einem Abend die Boten des Bundschuhs und zogen die gelben Zettel aus dem Wams. »Es ist Zeit,« stand auf den Zetteln. War es nicht wie Befehl eines strengen, unerbittlichen Richters, Befehl, in dessen Kürze die Sicherheit des Siegs ausgedrückt war? Die Boten wußten diesmal den Tag. Am 23. April war es soweit.

Keiner der Bauern konnte sich der Erschütterung erwehren beim Anblick der ernsten Botengesichter. Das war keine Geheimnistuerei, kein Wichtigreden, die Männer sprachen wie Gesetzgeber würdig, Amtsdiener des Schicksals. Der Brunnen ist voll. Die Zeit ist erfüllt. So sprachen sie, und unendlich weit schien der Raum, unverrückbar wie der Tod oder die Berge schien die Stunde.

Die Bauern holten einen Schinken aus dem Rauchfang, zapften im Keller einen Krug voll Wein und während der Bote sich Brot schnitt und zugriff, saßen sie daneben und überdachten die Nachricht. Bei keinem Abendmahl ihres Lebens war ihr Ernst so feierlich gewesen wie in dieser halben Stunde, da auf der Bank bei ihnen der essende Herold des Aufstands hockte. Sie bedienten ihn, wie sie ihren Herrn Christus nicht eifriger bedient, wenn er des Wegs gekommen und in ihr Haus getreten wäre.

In der Nacht standen dann viele von ihnen auf und suchten in den Ställen ihre Waffen. Im Schein einer Laterne betrachteten sie die Büchse und streichelten sie, zielten unter die Tür tretend auch wohl nach der Scheibe des Mondes. Einer beherrschte sich nicht – die Chroniken nennen ihn Bert Wutz. Er riß dem Boten den Zettel aus der Hand und lief die Dorfstraße hinunter. In der Hand flatterte das Papier, er schwenkte es wie eine Fahne jedem entgegen, den er traf.

Stolpernd rannte er, alle wunderten sich, daß er nichts sagte; aber im freien Feld hielt er dann an, ließ den Zettel fallen und faßte sich mit den Fingern in den Mund. Er griff und griff, die Zunge rührte sich nicht, ein Krächzen nur kam aus der vor Freude gelähmten Kehle.

So stand er im feuchtduftenden Abend, Kühe zogen an ihm vorbei, die Glocke klang über die Wiesen, der Mühlbach rauschte, und silbrig und schmal stieg der Mond auf. Friede über allen Tälern. Hatte er sich getäuscht? Er bückte sich und nahm das Blatt wieder zu sich. Im Doppellicht der Dämmerung las er die gotischen Lettern: »Es ist Zeit. Bundschuh, Bundschuh, Bundschuh!« Im Winkel neben dem Siegel fand er die Ziffer 12. Die Stunde der Zusammenkunft aller Verschworenen. Heute? Morgen? Er hatte vergessen zu fragen und konnte nun nicht zurückgehen. Bis kurz vor Mitternacht wartete er vor dem Dorf und ging dann zu dem Sammelplatz im Wald. Niemand kam, aber er saß in glücklichen Gedanken bis zum Tagesanbruch.

Weniger glücklich saß in Bembach bei Pforzheim der Verschworene Lux Rapp. Er hatte keinen Grund zur Verzweiflung, jedenfalls keinen, den wir so rasch verstehen. Vor zwei Stunden hatten die Freunde erst den Hof verlassen, in den sie mit Siegesgeschrei das vom Vogt beschlagnahmte Pferd zurückgeführt hatten. So leicht nahm man einem Bundschuhbauern nicht das Liebste. Die Brüder hatten am Morgen die Knechte einbrechen sehen in Rapps Hof. Das Jammern des Bruders hatten sie gehört, der sich von seinem Tier nicht trennen konnte. Er streichelte es, im Laufen, er rief ihm Kosenamen zu, er nannte es sein Glück, seine Sonne, die unterging; er lief eine weite Strecke hinter den knurrigen Knechten her. Schon war es etwas unmännlich, wie er sich benahm.

Aber am Mittag hatten die Bauern vergessen, wie es ausgesehen. Sie erinnerten sich nur, daß der Raub auf den Offizial, auf eine heimliche Anzeige zurückzuführen war, sie erinnerten sich, wie sie schon einmal diesem Pfaffen die Stirn geboten, am Ende des Interdikts. Sollte man müßig stehen, weil in zehn Tagen sowieso die Flammen aus dem Klosterturm brachen? Was schadete es, niederzuschlagen, was schon morgen stürzen mußte?

Sie zogen zu dreißig in den Hof der Vogtei und holten das Pferd wieder heraus. Lux Rapp wich erschrocken an die Mauer seines Stalls zurück, als sie mit dem Tier ankamen. Aber dann warf das Pferd den Kopf hoch und wieherte so freudig seinem Herrn entgegen, daß Lux all seine Angst vergaß und sich vorwärts stürzte, das Tier, das seine ganze Liebe besaß, zu umhalsen und wild und verwirrt zu betasten.

Die Bauern waren fort. Lux saß auf einer Strohgarbe in seinem Stall. Das Pferd kaute mit saftigem Maul seinen Hafer, leise pfiffen in den Dachsparren die Wanderratten. Ihre laufenden Füße kratzten an der Stille mit hundert unruhigen Zehen. Lux hatte das Gefühl, als säße eine ganz kleine in seinem Hirn. Sie blätterte die Tünche dieser letzten Stunde ab. Was herauskam, war Schrecken, greller, weißer Schrecken. Lux biß an seinem Fingernagel. Weggeblasen war die Freude. Was jetzt kam, war Angst. Der Einbruch in die Bezirke des Rechts war geschehen. Rebellen waren die von Bembach geworden. Da stand das Pferd – er sah, mit welchem Vergnügen es fraß, es gehörte ihm nicht mehr, es war gestohlen, Lux Rapp hatte Diebsgut der Vogtei unter seinem Dach.

Die Ratten rasten winselnd über seinem Kopf herum. Liebten sie sich oder stritten sie um Nahrung? Das Pferd wieherte einmal hinauf, da wurde es stiller. Lux drückte seine Stirn, die Gedanken rissen an seinen Nerven:

Sie geben mir ein Pferd, das mir nicht mehr gehört. Sie machen Aufstand und ich verliere alles. Wenn ich dem Offizial zahle, ist es mein Pferd. Jetzt ist es niemandes. Und alles werde ich verlieren noch dazu. Die Ratte kratzte. Ich will keinen Besitz, der nicht recht ist. Ich sehe, was der Aufstand bringt. Ich will in Ruhe leben!

Er stand plötzlich auf und ging in die Ecke, wo er Säcke beiseite schob und einen lockeren Stein aus der Mauer hob. Die unsichtbaren Tiere an der Decke hielten sich ruhig. Lux hatte einen Beutel in der Hand. Sorgfältig zählte er Münzen in seine linke Hand, zählte sie wieder zurück in die rechte Hand. Es schien ihm schwer, seine Gedanken zu Ende zu denken, offenbar reichte aber auch die Summe nicht aus, der gequälte Mann stöhnte. Kurz darauf schien ihm ein neuer Gedanke zu kommen, er ging zu dem Pferd, band es los und führte es auf den Hof. Dort wechselte er eilig die Holzschuhe mit Stiefeln und warf sich auf das Pferd. Eine Stunde lang sah man ihn durch das Dorf reiten, vor den einzelnen Häusern halten, kurz eintreten und wieder weiter ziehen zum nächsten Hof. Fast sah es wie ein Triumphzug aus. Der Sieger zeigte sich mit seiner Beute.

Einige verstanden es auch so. Sie sprachen viel später davon, wie es sie stark gemacht, daß dieser eine plötzlich so stolz sich öffentlich gezeigt und keinen Vogt und keinen Knecht mehr gefürchtet. Sie zögerten deshalb auch nicht, dem besonderen Wunsch zu entsprechen, den Lux Rapp überall äußerte: er bat um einige dicke Pfennige, er wolle das Gitter, das ihm die Knechte am Morgen bei dem Überfall niedergetreten, durch ein doppelt so hohes ersetzen. Sie gaben nicht viel, aber jeder gab. Lux sprach zu sicher, kein Zug seines Gesichts verriet, wie anders seine Gedanken als seine Rede waren.

Er kehrte im Galopp in seinen Hof zurück, besorgt schon, daß dort die Knechte des Vogts in verstärktem Haufen eingetroffen wären. Er band das Pferd wieder an und saß im Stall noch bis Mitternacht. Wieder tobten über ihm die schwarzen Gäste des Stalls. Er hörte sie nicht mehr wie eine winselnde Qual. Halb schlafend wartete er seine Stunde ab. Die Nacht war günstig. Der Nebel hing dicht in die Dorfstraße, der Mond im letzten Viertel war schon wieder untergegangen nach seinem kurzen Versuch, über den Horizont sich zu erheben. Lux Rapp ging leise in dem wiesenweichen Graben zur Vogtei des Offizials. In seinem Wams bauchte sich der Beutel mit den dicken Pfennigen und den ersparten Gulden. Er ging seine Buße zahlen, sein Pferd freikaufen ging er. Er ging das erste Mal seine Freunde verraten.

Drei Tage später zogen die Bauern in die Nacht zum letzten Treffen. In Grombach erschien Joß beim Schlag der Mitternacht. Er hatte seinen weißen Mantel angelegt. Als er die Schneise herabgaloppierte und die schwarze Masse der Männer und Frauen sah, empfand er, daß niemand diese Menschen aufhalten konnte, wenn ihre Haufen sich einmal auf den Weg machten. »Gerechtigkeit Gottes,« rief er über sie hinweg. Sie drängten um sein Pferd. Er schüttelte ihre Hände. Meine Grombacher, dachte er und wurde stolz. Der Ortsgeselle meldete ihm, daß keiner fehle, auch die Knechte aus dem Schloß, Jörg und Joachim, seien da.

Es sei nicht mehr viel zu besprechen, sprach Joß vom Pferd herab. Wer einen Gedanken habe, solle ihn vor der Gemeinde laut werden lassen. Wer irrig geworden, möge seine Zweifel sagen. Dies sei das letzte Aufgebot. Wer danach gerufen werde und man sage ihm »Auf!« und er bleibe liegen, dem werde ein Messer in die Kehle gestoßen, denn er sei ein Verräter und Feigling.

Hart kam die Rede aus Joß. Wieviel lieber hätte er ihnen vom Sturm der Seelen geredet, von dem Tag, da sie hier bei hellem Licht auf freiem Boden wieder sich einfinden würden, aber er dachte an Schlettstadt, an Veltin, an ihre Dumpfheit, er dachte an die Prozession, an ihren Sternenglauben, er dachte an den Feind.

Über die Köpfe der Bauern hob sich eine Hand. Joß befahl, Platz zu machen, aber der Bauer blieb stehen und meinte knapp: wie es mit den Schweizern stünde, ob man auf ihre Hilfe rechnen könne.

Alle Augen lagen mit einem Mal auf Joß. Die Frage war, kaum daß sie ausgesprochen, die Frage von allen. Begriffen sie, daß man ohne Bundesgenossen ein schweres Spiel hatte? Zweifelten sie an ihrer eigenen Kraft? War der Mann, der zu sprechen gewagt, ein Nörgler, ein Kleingläubiger? Joß dachte nicht so weit, er sah Saat aufgehen, die er selbst gesät. Man konnte nicht Monate und Jahre hindurch ein Vorbild an den Horizonten auftauchen lassen, ohne daß im gefährlichen Augenblick die Geworbenen mit den Fingern darauf zeigten. Joß wollte, daß der Aufstand durch ganz Baden getragen würde bis Freiburg hinab. »Der Feldberg wird bald in der Schweiz liegen und ebenso der Grombachberg,« hatte er bei einer der letzten Zusammenkünfte gesagt und aus dem Jubel der Bauern gehört, wie gut sie sein kühnes Wort verstanden hatten. Zwischen Freiheitsländern fielen die Grenzen. Fielen sie aber erst nach dem Sieg? War es nicht denkbar, daß Schiffe mit Schweizer Eidgenossen schon vorher über den Rhein setzten und den kämpfenden Brüdern zu Hilfe kamen? Zerdrücken würden beide Heere die Feinde zwischen sich, wie Geziefer zwischen Daumen und Zeiger zerdrückt wird.

Joß nickte jetzt vom Pferd herab dem Manne zu, der seine Gedanken weitergedacht hatte. Es sei gut, sagte er, in dieser Stunde an das Land zu denken, wo die Schlösser der Räuber schon von den Bergen gestoßen seien. Es sei gut, in dieser Stunde zu wissen, daß dort unten die Bauern auf ihren Almen zusammenkämen mit Weib und Kind, und keiner störe sie in freier Beratung. Es sei gut von den Brüdern zu sprechen, denn gäben sie nicht Gewißheit, daß die Freiheit kein Traum sei und wert der Opfer? So schlage er denn vor, daß sie fünf Männer wählten, die noch diese Nacht aufzubrechen hätten, um den Schweizern den Gruß der Bruchrainer Bauern zu bringen, ihnen von den Absichten des Bundschuhs zu erzählen und ihre brüderliche Meinung anzuhören.

Ohne Gegenrede stimmten die Bauern dem Vorschlag zu, man wählte die Boten, die sofort nach Hause gingen, sich für die Fahrt zu rüsten. Würden sie heil durch alle Häscher hindurchgelangen? Kamen sie noch zur Zeit? Antworteten die Schweizer mit der besten Botschaft: ließen sie ihre Haufen wieder marschieren, griffen sie nach Büchse und Keule auch für die Brüder im Tal des Rheins?

Die Bauern sahen den fünf Männern, die in die Nacht zurückgingen, lange schweigend nach.

»Ich muß noch zu den anderen,« rief Joß in die Stille, »laßt uns zu unserer lieben Frauen beten!«

Er ließ sich aus dem Sattel gleiten und kniete nieder mit seinen Bauern. Fünf Avemaria beteten sie in die dunkle Frühlingsnacht.

In einer Wirtschaft von Weingarten saß Martin mit seinen Vaganten. »Nun Lorenz, jetzt wird dir das Ohr bald mit Gold aufgewogen.«

Grinsende Gesichter rund um den Tisch. Wie keiner dem anderen ähnelt, dachte Martin. Wülfen aus Salzburg, jetzt kannst du deinen Stein wegwerfen und deine Lüge ausspukken, daß du ihn als Buße für Frauenmord durchs Land trügest! Jörg Frankh, wir ersetzen dir deinen Zwilchsack mit einem samtenen Wams, wenn dein Weidmesser mit hirschenen Schalen gut zugestoßen hat. Gib her die wachholderne Flasche, Kilian Bartel, am 24. April füllen wir sie dir mit Klosterwein! Brauchst nicht mehr durch die Gassen zu schreien, Veit Hund, abgerissenster aller Abgerissenen, kriegst Kleider jetzt, kannst den Arm auch endlich zuheilen lassen und mit dem Geleitbrief Sankt Cyriaks dir endlich den Hintern wischen!

»Ihr Männer,« sagte Martin laut, »es gibt noch einige Kleinigkeiten zu tun. Die Vogtscheunen am Eingang der

Dörfer sollen Fackeln werden, wenn die Nacht gekommen ist. Freudenfackeln für die Bauern, Schreckensfackeln für die Vögte. Es stehen Wachen vor diesen Scheunen, aber ich denke, wir sind schon um andere Schwerter herumgegangen.«

»Wird Bruchsal geplündert werde?«

Überraschende Frage. Martin faßte sie nicht ganz.

»Bruchsal ist uns sehr zugetan. Wir werden es als erstes nach Schloß Grombach stürmen. Aufgemacht werden die Patrizierhäuser…« Martin stockte. Er wußte, was die Bauern beschlossen hatten: jegliche Beute kam in den Kriegsschatz, keiner hatte Recht auf selbständigen Raub. Er sah sich die Landstreicher an. Im Wind und Staub, durch diesen tödlichen Winter, in diesem dörrenden Sommer zogen sie die Straßen dahin. Hunger im Gedärm, Frost in den Zehen, mit nie heilenden Wunden, aber seit vier Jahren, seit Martin gekommen, mit einer kleinen Sonne im Herzen: dem Gedanken an einen Abrechnungstag. Hatten sie je einen Auftrag abgelehnt? Eine Gefahr gescheut? Einen Verrat begangen? Jetzt verlangten sie das Recht in die Häuser zu gehen, von deren Türen man sie verjagt. Jetzt fragten sie, ob sie dem Hund der Vogtei das Messer in die Kehle jagen durften. Jetzt träumten sie und wollten es sicher wissen, ob sie aus den Erkern der Patrizierhäuser Truhen und Kleider auf die Straße werfen konnten. »Ihr sollt werfen,« sagte Martin überlaut, merkte, daß er unverständlich war – ach was würde Joß jetzt sagen, der strenge! – »natürlich werdet ihr plündern,« log er nun darauf los und warf unter sich alle Bedenken. »Wozu denn sonst machten wir den Aufstand?«

Die Bettler nickten und blinzelten erfreut. Dann wurde bestimmt, wo die Einzelnen Feuer anzulegen hatten.

Joß sagte zu den Landsknechten: »Ihr habt immer fremden Herren gedient. Ihr habt die Trommel fünfmal schlagen hören und dazu gesagt: ›Hüt dich Bauer, ich komm!‹ ihr habt im Sommer nicht gewußt, wer im Winter euer Herr sein wird. Ihr seid abgedankt worden, wann es dem Herrn paßte. Ihr habt oft geglaubt, wenn's nur unser Herr Maximilian wüßte, und habt euch damit getröstet, wenn sie euch von Grenze zu Grenze abschoben.«

Joß sprach in wachsender Erregung. Nicht mehr war er Werber und zu jeder passenden Lüge bereit, sondern Ankläger unter Freunden war er, und böse Erinnerung heizte ihn:

»Keiner kann sagen, daß ihr nicht in Treue gedient. Ich sehe Armstumpen aus euren Kleidern herausstehen, Narben mitten in Gesichtern; ich weiß, daß ihr dort wart bei Livorno, als der Kaiser den Florentinern die Gurgel zudrücken wollte. Einer ist unter euch, der dem dänischen Johann gegen die dithmarschen Bauern half. Er muß tapfer gekämpft haben, denn auf 60 gefallene Bauern kamen 15.000 Dänen. Sagt aber, wofür ihr gekämpft habt! Erinnert euch, wie man euch immer Land versprach! Da liegt ihr hier auf der Rheinwiese mit euren Weibern und euren Sudlerinnen, die euch die Suppe heute kochen, aber morgen kann ein Bischofstroß kommen und euch das Lager aufkündigen...«

Ein Knurren der Zustimmung antwortete Joß. Die Soldaten hatten einer nach dem anderen die Barette abgenommen. Unruhige Hände spielten mit den bunten Federbüschen, während sie zuhörten. Die von hinten noch hinzukamen, wurden streng zur Ruhe gewiesen. Mit offenen Mäulern lauschten die Weiber aus den im Halbkreis die Versammlung schützenden Planwagen.

»Und jetzt habe ich euch von den Bruchrainer Bauern zu sagen: wer beim Feuerzeichen, das euch euer Lageroberst bezeichnen wird, aufbricht und den Bauern folgt, der wird nimmer abgedankt, es sei denn mit Tod. Aber wer lebet, ist freier Bauer im Bruchrain, Bruder im Bundschuh, und ihm wird Land zugeteilt werden wie jedem anderen, und kein

Profos wird ihm den Schuß verargen, mit dem er im Wald der Gemeinde den Hirsch erlegt nach seiner Lust.«

Joß hatte die letzten Sätze mit Stolz hingeworfen, sicher ihres Jubels. Aber Schweigen, völliges Schweigen antwortete. Erst als ein Weib sie höhnte wegen ihres stummen Dasitzens, meinte einer: ob nicht die Bauern kommen könnten und es ihnen zuschwören.

So mißtrauisch hat sie der Dienst bei den Herren gemacht, dachte Joß, sauer wie schlecht zugepfropfter Flaschenwein. Aber kann ich ihnen sagen, daß ich der Bauernhauptmann bin?

»Schon morgen führe ich die Bauern zu euch, wenn's euch darum zu tun ist.«

Darum sei es ihnen nicht zu tun. (Endlich meldeten sich mehrere.)

Ein Landsknecht fragte zuerst nach dem Sold. Das sei nun einmal seine Gewohnheit. (Der Sprecher drehte sich nach der Seite, als suche er Hilfe für seine Erklärung.) Bei den Bauern wolle man nun bestimmt eine Ausnahme machen. Das wisse jeder in diesem Lager. Aber man müsse doch über zwei Dinge klar sehen. Zwei bestimmte Dinge.

Joß hatte Bauern beredet, unglückliche und hartgläubige, hatte Städter überzeugt, kluge und verkommene, hatte mit Weibern reden gelernt und mit Landstreichern, die Soldaten, deren Schicksal er Monate hindurch geteilt, überraschten ihn mit einer Denkweise, die er erst viel später ganz nutzbar zu machen verstand: die Landsknechte wollten kein Land! Die ewig gehetzten wollten nicht seßhaft werden! Die Wagenburg, die nie auf einem Felsen sich festsetzte, war ihnen Heimat geworden, die sie nicht mit dem Bauernhaus tauschen wollten. Vielleicht hätten die Bettler ähnlich gesprochen, wenn jemand daran gedacht, ihnen Land zu versprechen. Aber die Landsknechte sagten noch mehr, und ihre Weiber unterstützten sie dabei: in vielen Schlachten hätten sie gestanden und eh das Streiten begonnen eine Handvoll

Erde aufgegriffen und hinter sich geworfen. Das sei Zeichen gewesen, wie sie alles Irdische von sich getan. So solle es bleiben und niemals sei ein Landsknecht ein Bauer. Seine Faust passe für den Speer und nicht für den Pflug.

Lang war die Rede des Alten; ganz kurz dann, als die Gemeinde der Soldaten ihm durch Speereklappern zugestimmt, seine Forderung:

Aus den Knechten sollten die Hauptleute für die Bauernhaufen gewählt werden. Der militärische Plan der Bauern solle mit den Landsknechten vorher besprochen sein. Über die Beute bestimme der ganze Kriegsbann.

Joß hatte den Sprecher nicht unterbrochen. Als jener mittendrin die Stimme hob und von der Ehre der frommen Landsknechte sprach, kam Joß ein Lächeln an: nicht arbeiten wollt ihr, dachte er, es ist leichter zu wagen als zu säen. Aber er schwieg vor dem Anblick der wuchtigen Gestalten, deren Kriegserfahrenheit dem Zug der Bauern unentbehrlich werden konnte.

»Da ich der Hauptmann der Bauern bin,« sagte er jetzt, »was euch auf Landsknechts Ehre anvertraut ist, so nehme ich denn eure Bedingung an. Ihr aber, wollt ihr mir schwören, der verlorene Haufe des Bauernaufstandes im Bruchrain zu werden? Wollt ihr das tun und mit eurer Hand auf meinem Schwert es geloben, der Sache der Bauern zu dienen mit eurem Leib und Leben, so schickt euren Obersten, daß er für euch leiste den Eid.«

Mit aller Feierlichkeit, die vor diesem wilden Haufen zu behaupten war, hatte Joß über sie gerufen. Sie besprachen sich im Hintergrund der Wagen. Neugierig sahen die Weiber zu Joß hinüber. Bewunderung war in ihren Blicken, denn gepackt von seiner Leidenschaft stand er aufrecht und stolz vor allen. Sie zweifelten nicht, daß die Bauern einen guten Hauptmann gewählt.

Zehn Mann traten dann vor und leisteten den Eid, 100 Reisige erklärten, am 23. April mit dem Bundschuh wider alle Herren ins Feld zu ziehen und auf niemand zu hören denn auf den Hauptmann der Bauern.

»Joß Fritz heiße ich,« sagte da Joß.

Der Verrat

Der Mietling flieht, wenn der Wolf kommt. Er flieht aber, weil er ein Mietling ist und ihm an den Schafen nichts liegt.

Johannes, 10.

Denn jeder der Böses tut, haßt das Licht.

Johannes, 3, 20.

Der Tag wurde verschoben. Die Grombacher Bauern erinnerten Joß an das Feldzeichen. Es gab noch keins. Joß hat seine Anfertigung nur einmal wichtig genommen, bei seinem ersten Gespräch mit den Grombachern. Dann hatte er es wieder vergessen.

»Aber es muß eine Fahne sein!« sagten die Bauern.

Der Tag des Aufstands wurde auf den 15. Mai verschoben. Inzwischen sollte eine Fahne beschafft werden. Der Bundschuh im Schutz der Jungfrau Maria.

Sie schickten einen Bauern nach Freiburg zu einem Maler, der dort nah beim Dominikanerkloster sein Atelier hatte. Als der Bauer unter Stottern seinen Wunsch vorgetragen, ging ein Schimpfgewitter auf ihn nieder, daß er entsetzt flüchtete. Lieber wolle er sich die Hand abschlagen lassen, schrie der Maler, als zu solchem Frevel seine Kunst hergeben. Er alarmierte auch den hohen Rat, der sofort die Stadttore schloß, die Wachen verstärkte und die Sturmglocke läuten ließ.

Joß versuchte es nun selbst bei einem Künstler, der die Dorfkirche von Untergrombach ausmalte. Die gleiche Empörung antwortete ihm. »Da sei Gott vor!« sagte der Mann, aber da er im Dienst der Gemeinde stand, so ließ er sich wenigstens zu dem Eid zwingen, nichts zu verraten. »Warum denn wollt ihr dieses furchtbare Zeichen gemalt haben?« fragte er erschüttert.

Womit soll man diesen Schuh vergleichen, bei dessen Nennung die Städter damals die Tore schlossen, die Ritter den Degen zogen, die Fürsten den Profos wie zum Schutz neben sich an den Thron riefen, der Kaiser vor Wut erblaßte und die Nonnen der Waldklöster ihre Röcke näßten?

Es war kein scheußlicher Drache und kein Hexenbild, es war kein hohläugiger Totenkopf und kein heidnisches Götzenzeichen. Es war ein simples Kleidungsstück des einfachen Mannes. Der Schuh, in dem er in der Ackerfurche ging, die Pferde lenkte und zur Kirche trottete am Sonntag. Ein Schuh zum Anziehen, wie eine Sense zum Mähen ist.

Ewig lächerlich wäre der Schrecken, wenn wir nicht annehmen dürften, daß das schlechte Gewissen der Großen nicht gern erinnert wurde, wie sehr den kleinen Mann der Schuh drückte, und daß viele schon ahnten, welch ein furchtbares Gericht hereinbrechen mußte, wenn diese zu eng geschnürten Schuhe einmal in die bessere Richtung marschierten. Gewiß ahnten die Herren ihr Ende. Was aber dachte der Maler?

Was denken alle jene Unterdrückten, die das Gesicht verdecken, wenn vor ihnen das Zeichen erscheint, das ihnen die Freiheit bringen könnte? Leichtgläubig plappern sie die Lügen nach, die von den Großen ausgestreut wurden gegen das Banner der Freiheit. Sie ohrfeigen sich selbst. Wann wird ihr Stolz geweckt werden?

Joß machte sich wieder auf den Weg. In Heilbronn fand er einen Maler, der weniger ängstlich war. Der Künstler stutzte wie die anderen, als Joß einen Schuh hervorzog und sein Bild auf die Fahne gemalt wünschte. Aber er nahm die Erklärung von Joß an, der in schweizerischem Dialekt daherplauderte, sein Vater sei Schuster in Rheinfelden und führe den Schuh im Wappen.

Am ersten Mai war Joß auf dem Heimweg nach Bruchsal. Sein Herz war voll Freude. Die Fahne lag darauf.

Am gleichen Tag erschien Lux Rapp auf dem Schloß des Bischofs von Speyer. Der Prälat tafelte mit seinem Narren. Ein Diener hatte die Schüsseln zwischen die Kerzen gestellt und war befehlsgemäß sofort wieder verschwunden.

»Es ist kein besseres Mahl,« sagte der Bischof, an einem Hühnerbein herumschmatzend, »denn ganz allein mit sich und so einem Vogel.«

»Euer Gnaden vergessen mich,« klagte der Narr und machte traurige Augen. Der Bischof griff auf die Schüssel und warf seinem Gegenüber ein Bruststück auf den Holzteller.

»So meinte ich's nicht,« beharrte der Narr, biß aber schon in das weiße Fleisch. Nur das Knistern der Kerzen, das Splittern der Knöchlein und das Speicheln der Münder war jetzt zu hören.

Des Bischofs Augen wurden klein im Kniff des Vergnügens. Er aß ohne Geräte, holte mit der Hand von der Silberplatte immer neue Stücke des Geflügels, spülte gute Schlücke roten Weines nach und unterbrach das Essen nur, um laut und beglückt Luft aus dem bischöflichen Magen knallen zu lassen.

»Wohl bekomm's,« wünschte der Narr, »und auf daß es der heilige Vater in Rom nicht höre!«

Der Bischof blickte auf, stutzte, hielt mitten im Kauen an und knabberte dann, verächtlich den Kopf schüttelnd, weiter: »Er hat keinen Grund uns etwas zu neiden,« sagte er, warf den Knochen hin, wischte die Finger am Mundtuch und, sich nach allen Seiten umschauend, flüsterte er zu seinem Tischgesellen: »Weißt du, wieviel der Kardinal auf seiner Ablaßfahrt aus unseren Landen mitgenommen hat? Sag's niemand weiter, Narr, aber behalt dir's gut! 826 rheinische Florins in Gold, 602 Goldwert in Silber, 14 Pfund große und 108 Pfund kleine Münzen. Die Kutsche hat geknarrt vom Gewicht, als er aus Speyer fuhr. Und das war nur sein Drittel. Die anderen zwei nahm der Kaiser.«

»108 Pfund kleine Münze? Der arme Mann hat also am wenigsten gespart,« meinte der Narr. »Was machen sie in Rom aber mit dem Kleinzeug?«

»Das geht garnicht bis Rom,« erklärte der Bischof, er war in bester mitteilsamer Laune. »Er gibt es in der nächsten Fuggerei ab und bekommt eine Gutschrift, die in der ganzen christlichen Welt bares Gold wert ist. Das ist eine sehr angenehme Neuerung. Ich hatte schon selbst die Absicht, dem Fugger einige Einnahmen zu überschreiben. Man spart Spesen, und die Pfarrherrn sind besser beaufsichtigt. Denn Fuggers Beamte sind gut bezahlt, sehen scharf auf die Finger und liefern säuberlich ab. Die hätten sogar im letzten Hitzesommer noch das Doppelte herausgeholt.«

»O Euer Gnaden, erinnert nicht an die mageren Kühe von 1502! Im Schloßdorf haben sie zwanzig Witwen gemacht und was übrig blieb hat Bundschuhe an. Die treten nochmal in die herrschaftlichen Wiesen herein, eh sie gemäht sind.«

»Was meinst du schon wieder?« Der Bischof schob den Weinkrug von sich, seine Augen blinzelten unsicher.

»Ich träume des Nachts vom roten Hahn,« sagte der Narr, »und wenn er am lautesten kräht, dann kommt der Profos – und ist ein Bauersmann.«

»Und dann?«

»Es hat geklopft,« sagte der Narr, erhob sich und humpelte zur Tür.

Der Bischof hörte Flüstern hinter sich. »Was gibt es? Ich will nicht gestört werden. Man soll die Früchte bringen!«

Der Narr kam zurück: »Es ist ein Bauer da, hat einen Brief von seinem Pfarrherrn, er besteht darauf, ihn nur Euch abzugeben.«

»Der Tölpel soll zur Kanzlei gehen.«

»Er kommt von der Kanzlei. Sie läßt sagen, es scheine wichtig.«

»Nichts ist so wichtig, daß es unsere Mahlzeit stören dürfte. Was grinst du, Narr? Willst du selber nach ihm sehen?«

»Ich kann Pfarrerbriefe nicht lesen, Euer Gnaden. Aber einen Bauern hätte ich gern mal wieder vor Euch reden hören.«

Der Bischof zögerte: »Wirst du ihn lachen machen? Ich kann diese hündischen Gesichter nicht sehen. Wenn du ihm das Zwerchfell bewegst, bin ich's zufrieden.«

»Ein Bauernzwerchfell ist straff,« sagte der Narr, »aber der Versuch ist vielleicht lohnend.«

Kurz danach trat Lux Rapp aus dem Pforzheimschen in das Eßzimmer. »Schau dir das Gesicht an,« rief der Bischof, »so sieht mein Landvolk aus.«

Lux Rapp ging auf die Knie nieder und blieb dort, gesenkten Kopfes. »Führ ihn wieder weg, Narr,« rief der Bischof und stemmte sich hoch aus seinem Sessel, um zum Fenster zu gehen. Aber da stand der Bauer plötzlich auf und sprach mit klarer Stimme:

»Euer Gnaden werden es bereuen, wenn ich gehe. Euer Gnaden sollten mir erst Absolution gewähren und meine Botschaft wird dann Wort für Wort ein Goldstück wert sein.«

Lux Rapp war im Begriff, die Bauern noch einmal zu verraten. Er hatte nicht lange gebraucht zu seinem Entschluß, nachdem er in jener Nacht das Geld abgeliefert. O Lux Rapp, wie oft gibt es dich denn in der Welt und in den Zeiten! Dich Bequemen mit dem trägen Herzen, dich Zögernden mit dem Hasenblut in den Adern, der festhalten will, was er garnicht besitzt. Warum hörst du so genau auf die Stimme deiner Feinde, die immer aus dem dunklen Loch des Gestern heraus reden?

Die Ratte hat dich weiter getrieben, die Ratte deines kleinen Gewissens. Sie hat dich auch acht Tage darauf in den Beichtstuhl gejagt, dem du geschworen fernzubleiben. Den Trog wolltest du dir nicht nehmen lassen, wo man hineinwerfen kann allen Unrat der Seele und alle Treber der Angst. Da flüchten alle Feigen hin seit Jahrhunderten und lassen sich erzählen, Aufstand sei Hölle. Da blasen sie sich die Winde aus und kommen eingebildet zurück wie die Lämmer des Herrn und reden hochmütig über die Männer, die das Alte, Faule, Ekle abtun wollen aus ihrem Leben. Ja, Lux Rapp, dein Name bleibt in der Liste der Verräter stehen, und es ist die schlimmste Schmach für dich, daß dein Verrat so verständlich ist und so durchsichtig wie die verschlissene Wäsche auf der Leine deines geliebten Gärtchens mit den Gänseblümchen im Frühling, mit den Feuerbohnen im Sommer, mit den fetten Sonnenblumen im Herbst und mit dem Grünkohl und Rapunzelsalat, die du zufrieden lächelnd aus dem Schnee freilegst. 7000 Bauern hast du verraten, 500 Landsknechte, 400 Weiber, die besseren Saft im Leibe hatten als du. Es ist nicht dein Verdienst, daß der Henker sie nicht alle am Schopf nahm und eine heilige Flamme im Blut löschte. Sag jetzt deinem Bischof, was du auf dem Hasenherzen hast! Sag's, denn Joß Fritz ist weit, der dich vor drei Jahren in deinem Kummer tröstete! Brich deinen Schwur, rette dein Gärtchen und deine arme Seele!

»Wir wissen, daß die Türken vor Wien stehen,« sagte der Narr, »und daß sie Kinder fressen und Weiber schlitzen. Ihr müßt schon etwas Neues bringen, wenn Ihr die Störung des Mahls gut machen wollt.«

Lux Rapp achtete nicht auf den Narr; er starrte zum Bischof hinüber, der am Fenster blieb und in den abendlichen Schloßhof hinab sah. So nah war er noch nie an einen der großen Herren herangekommen. Nun verdiente er sich's mit einer wichtigen Nachricht. Lux nannte es vor sich selbst nicht mehr Verrat, der Ortsgeistliche hatte ihn belehrt, daß er von aller Schuld frei sei, wenn ihn der Bischof entbinde vom unerlaubten Schwur. Kann der Herr nicht froh sein, daß einer kommt und Burgen und Klöster rettet? Warum sieht er sich nicht um zu mir? Hatte ich vielleicht doch auf den Knien bleiben sollen? Lux Rapp zitterte jetzt, seine heißen Finger drehten die Mütze hilflos vor dem Bauch herum.

»Wenn Ihr einen Schwur getan habt im Namen des Herrn, müßt Ihr ihn wohl auch halten.«

Endlich hatte der Bischof gesprochen. Lux war glücklich und verstand den Sinn erst, als der Narr ihn knuffte: »Und vermutlich habt Ihr auf den Herrn und alle seine Heiligen geschworen.«

»Ganz recht,« antwortete Lux Rapp und als könne er nur durch ein schnelles Geständnis sich aus höchster Seelenpein retten, fügte er eilig hinzu, »auf die Jungfrau und den Bundschuh.«

Er rang nach Atem, als er sein Geheimnis herausgestoßen. Der Narr schlug ein Kreuz gegen ihn und ging auf den Zehenspitzen zum Bischof. Er sah ihn von unten an, erhielt aber keinen Blick. »Der rote Hahn, Euer Gnaden,« sagte er und stellte die Arme wie Flügel hoch, »kikeriki, ich komme geflogen.« Aber der Bischof nachdenklich zum Fenster schauend, achtete nicht auf die Albernheit und sagte wie nebenbei: »Auf Verräter soll man nicht hören.«

Laut genug, um von Lux verstanden zu werden, der in voller Verzweiflung sich um den Lohn seiner schweren Tat betrogen sah.

»Ich bin kein Verräter,« rief er, »das ganze Bistum ist im Bundschuh. Ich will frei werden vom bösen Eid. Am 15. Mai wollen sie losschlagen. Laßt mich in den Turm werfen, aber rettet meine Seele! Ihr Führer heißt Joß Fritz. Er ist der Teufel selber. Ich verlange keinen Lohn – man hat mich behext – verführt bin ich worden – Euer Gnaden kann allein mich lösen aus der Verstrickung.«

Nun wandte sich der Bischof um; mit aufgerissenen Augen sah er zu dem Bauer hinüber, der auf die Knie gesunken war. Brach da das Volk im letzten Augenblick in seinen Palast und bat um Gnade, eh es zum reißenden Tier wurde? Dem Bischof war, als schlösse die Tür hinter dem Knienden ein Rudel von verhungerten Bestien ab. Der Schrei des Bauern berührte sein Herz. Wieder empfand er, wie weit er weg war von den Leiden der Menschen da unten. Sein erster Wunsch war zu beruhigen, schnell zu beruhigen. Sicher trieb man es zu weit mit ihnen. Und Dummheiten machten sie dann, schworen auf Fahnenfetzen und machten sich einen Bundschuh. Das macht euch nicht satt, ihr Toren. Vom Rebellieren habt ihr euch immer nur elender gemacht. Gut, daß euch das noch einfiel zur rechten Stunde.

Er betrachtete mit etwas väterlicher Rührung den Mann auf dem Boden. Stumm unterhielt er sich mit ihm, ohne zu merken, wie er den Unglücklichen mit seinem Schweigen in alle Folterängste stürzte. Er dachte nicht an die Alarmnachricht; es kam ihm vor, daß der eine für alle vor ihm läge. Wenn er ruhig weggeschickt würde, war alles wieder gut. Man müßte ihnen öfter zureden, den Kindern.

»Ein Glück, daß wir allein gespeist haben,« sagte der Narr, »sonst hätte der Profos gleich zum Nachtisch einige Bauernköpfe servieren lassen.«

Der Bischof blickte wie gelähmt zu seinem Narren. »Ganz recht, wir haben unseren Nachtisch noch nicht genommen.« Seine wässerigen Augen lächelten bescheiden: »Nimmst du es ernst, Narr?«

»So ernst wie man den Monat April ernst nehmen kann.«

Der Bischof hob die Hand zum Segen. Müde bewegte er die Finger über dem knienden Verräter:

»Wenn Ihr so töricht geschworen, so soll es kein Eid gewesen sein. Sagt ihnen das. Und geht jetzt mit Gott.«

Als das Obst gebracht wurde, eine silbergetriebene Schale mit buhlendem Waldgetier, hörte der Narr den Prälaten über die Früchte hinreden.

»Ist es wirklich soweit oder wolltet Ihr mir nur einen Schrecken einjagen?« Eilig biß der Bischof in eine Birne. »Sie sollen noch mehr Kerzen bringen,« rief er dann.

Unten aus dem dunklen Schloßhof schlich Lux Rapp in die Nacht. Ein Wind stieß in die Büsche, die über dem Graben hingen. Lux schrak zusammen. Von der Straße hörte er

Bauern heraufkommen. Er versteckte sich in der Latrine, die in die Schloßfelsen eingebaut war. Pferde verließen den Schloßhof. Reiten die Häscher schon ins Land? Das Getrappel verklang im Tal. Er verließ zögernd sein stinkendes Versteck. Sterne stiegen über das Land. Er sah scheu hinauf, plötzlich deckte er seine Mütze auf den Kopf. Es war, als hätte er Angst vor dem Blick aus der Höhe. Im Laufschritt erreichte er sein Haus. Er schlief in dieser Nacht im Stall bei den Tieren, denn er fürchtete sich.

Eine Woche später am Morgen des 10. Mai trat er in Untergrombach in die Schenke der Bundschuhbauern. Er gab Zeichen und Gruß der Verschworenen, aber keiner antwortete ihm. Sie waren vollauf beschäftigt, Joß Fritz zuzuhören, der hinter einem Tisch saß und an einer Karte das Geschehen der nächsten Tage vor sie hinzauberte. Lux Rapp stellte sich zu den Männern, einige nickten ihm freundlich zu: jetzt ist es soweit, sagten ihre Blicke. Lux hörte die dunkle Stimme von Joß: »Grombach haben wir beim Aveläuten, die Burg wird brennen um sieben. Alle Haufen brechen um diese Stunde auf nach Bruchsal. Das Südtor öffnen die Wachtposten selber, das Westtor stürmen die Gesellen der Leineweber von innen, während wir vom Feld herankommen. Der 16. gilt dem ersten Blutgericht in Bruchsal. Am 17. ziehen wir zum Badischen hinunter. Nirgendwo soll länger verweilt werden als vom Morgen bis zum Ende der Nacht. Wie ein Strom wird sich das Heer der Bruchrainer Bauern nach Süden wälzen.«

Wenn ihm nicht vor dem Aufbruch die Füße schon in Ketten geschlagen werden. Lux fühlte eine feige Rachsucht beim Klang dieser männlichen Stimme. Er war gekommen, weil ihn die Angst gepackt, und war entschlossen, ihnen einen Wink zu geben, in welcher Gefahr sie schwebten. Wenn nur einer geklagt hätte, würde er gesprochen haben. Aber nun änderte sich das alles; er sah Joß an: wie sicher er ist! Als wenn er die Welt zu befehlen hätte? Er, der sich nie geplagt hat. Der nur herumreitet und die Menschen verwirrt. Den Bischof will er morden. Kirchen will er brennen. Und sie hören ihm immer noch zu wie einem Heiligen. Es wäre still im Bruchrain ohne ihn.

Glücklich seine Ruhe wiedergefunden zu haben, sah er auf die Rücken der Bauern: Noch hat der Bischof nicht zugegriffen, aber kann er es nicht jeden Augenblick tun? Und dann wird mein Haus stehen in allem Strafgericht.

»Wir werden kein Kloster schonen,« sagte Joß, »und keine Burg auf ihrem Felsen sitzen lassen. Landsknechte sind zu uns gestoßen. Die Fahne ist da.«

Lux sah, wie Joß aufstand und wie man ihm ehrerbietig Platz machte. Eine Gasse öffnete sich. »Bleibt an eurem Tagwerk,« sagte er, »noch diese fünf Tage. Bezähmt eure Herzen und euren Mund, und scheucht alle Angst, wenn sie aufsteigen will. Wir werden siegen.« Er war jetzt dicht vor Lux Rapp. Seine grauen Augen bohrten sich in die des Verräters; er erkannte den Pforzheimer. »Im Namen der Jungfrau,« grüßte er ihn. »Es steht gut bei euch?« setzte er zu. Lux nickte. »Wir warten,« sagte er. Joß ging lächelnd zur Tür.

Um Mittag war Lux Rapp wieder beim Bischof.

»Wir wissen schon,« begrüßte ihn der Narr, »es sind Brieflein gekommen vom Herrn zu Straßburg und vom hessischen Landgraf. Es haben noch mehr Leute gebeichtet. Ihr scheint mal nicht gelogen zu haben.« Er seufzte: »Solche Leibrenten kann unsereins sich nicht verdienen. Das ist der Vorteil, wenn man in der Tiefe lebt.«

Gegen drei Uhr wurden die beiden Knechte des Schloßherrn von Grombach, die in den Bund geschworen hatten, in der Vogtei festgenommen. Einer entkam. Er stürzte atemlos gegen fünf Uhr in die Wirtschaft des Unterdorfes.

»Alles ist verloren, sie sind unterwegs, um Joß Fritz zu

fangen.« Die Bauern, die in der Stube waren, stierten den Mann an wie ein Gespenst. Dann verließen sie eilig die Stube. Der Wirt aber nannte dem Knecht den Ort, wo er Joß finden könne.

»So sagt mir doch,« fragte Joß, »von woher der Verrat kam?« Der Knecht wußte nichts als den Namen.

»Lux Rapp? Das ist nicht wahr. Ein Irrtum. Aber einerlei! Wir müssen Wichtigeres tun: Habt Ihr ein Pferd? So holt Euch eins von unserem Bauern und ruft alle Verschworenen zusammen! Dann fegt nach Germersheim zum Lager der Landsknechte! Zeigt diesen Ring, sagt, wir schlagen heute nacht schon los. Von dort benachrichtigt Jöhlingen! Jakob Bünger neben der Kirche ist Obmann. Er soll sofort nach Henzheim, Villt und Derklingen schicken. Eilt auch, ich selbst reite nach Weingarten und Neundorf. Und du Martin – deine Vaganten müssen heute noch zündeln...«

Der Knecht war stehen geblieben, aber als Joß ihn anherrschte, ging er in den Hof, ein Pferd zu suchen. Sie hörten sein ungeduldiges Rufen, hörten ein Pferdegetrappel, einen nackten Schlag, dann war es still in der abendlichen Stube.

»Warum redest du nicht,« fragte Joß endlich, aber seine Stimme hatte schon die Fessel eines Zögerns. Martin saß in der völlig dunklen Ecke unter dem Marienbild. Er hing den Kopf tief auf seine Brust herab, stoßweise kam sein Atem, dann schneuzte er sich. Joß wagte plötzlich nicht mehr zu ihm zu schauen, so sicher war er, daß jener weinte.

»Es ist jeder Augenblick kostbar wie Gold,« sagte er und wunderte sich, wie leise und kraftlos er sprach – aber kann ich schreien, wenn er wirklich weint! »Und wir sitzen hier mit Blei in den Knochen.«

Mit Fesseln um die Gelenke, müßte ich sagen. Er trommelte auf der Tischplatte. Wenn er nicht spricht, lasse ich ihn allein. Er ballte die Faust und schlug sie auf den Tisch. Er ertrug das Schweigen nicht mehr und die aufkommenden Zweifel. »Nichts ist verloren,« schrie er. »Nichts wäre in Schlettstadt verloren gewesen, wenn wir sie nicht zurückgehalten hätten. Wir sind die Feiglinge. Wir haben den Hasen in der Brust beim ersten Gegenschlag. Was ist denn geschehen? Man hat den Bischof gewarnt vor mir. Man hat einen Tag genannt. Als wenn wir nicht schon fünf Tage früher losschlagen könnten. Tausend Herzen sind voll bis zum Überlaufen, und wir erschrecken wie Rehe beim Blitzschlag. Waffen sind da, Fäuste sie zu packen, Augen zu zielen – kennen die Bauern vielleicht heute ihre Feinde noch nicht? Pulver ist verteilt, ein Zeichen fehlt nur, ein Stoß ins Horn, und wir, die es geben sollen trauern in einer Spinnstube.«

Er war aufgesprungen, und stand, den Rücken zur Tür:

»Meinst du, ich fliehe aus der aufgestellten Schlachtreihe? Willst du mir sagen, sie seien zu stark? Weil fünf Tage fehlen? Sind sie schwächer in fünf Tagen? Sie werden metzeln und henken, ob wir schlagen oder nicht. (Wann habe ich das schon einmal gesagt, fuhr ihm durch den Kopf). Also sollen sie erst unsere Schläge spüren, sollen sie erst Grund bekommen, uns zu schinden. Sie sollen keine Unschuldigen köpfen. Rebellen sollen sie köpfen. Aber keine, die nur nachts herumgeschlichen sind, verstehst du! Die Pläne machten, um sie nie auszuführen. Die klug nur in den Wirtsstuben redeten. Die Angst vor Pulver haben. Nein, wahre Rebellen, keine lichtscheuen Maulwürfe, hörst du! Ich habe genug vom Hetzen, ich will schlagen, und sie wollen es auch. Rede jetzt, ich will, daß du redest.«

Joß stand vor dem Freund, der noch mehr in sich gesunken schien. Die letzten Sätze hatte er auf ihn losgeschrien, ohne zu bewirken, daß jener auch nur den Kopf hob.

Da schallten Schritte vor dem Haus, eilige Schritte schwerer Schuhe. Martin sprang mit einem Satz zur Tür und schob den Riegel vor. Dann zog er das Schwert.

Joß sah überrascht seine blitzschnellen Bewegungen. »Es sind Bauern, du kannst ruhig auflassen,« sagte er.

Martin steckte das Schwert ein und ging wieder in seine Ecke, sodaß Joß den klopfenden Bauern öffnen mußte.

Fünf Männer traten herein. Sie erkannten sie zuerst nicht, aber dann begann ihr Sprecher zu berichten, wie sie gut zu den Schweizern gelangt seien, wie man sie in Zürich, Luzern und Bern freundlich bewirtet habe und ihre Botschaft angehört.

»Und was ist ihre Antwort?« Joß war vor Erregung einen Schritt vorgetreten. »Sie lassen für die Grüße euch allen danken,« sagte der Bauer, »und sind in Gedanken bei unserem Kampf, den sie gut heißen, und wollen, so der Herr unsere Waffen gesegnet hat, der Sache der Bruchrainer Bauern gerecht sein. Dies ist ihre Antwort, welche wir überbringen.«

Ein unbändiges Gelächter knallte dicht hinter den etwas feierlichen Worten des Boten durch die dunkle Stube. »Gerecht wollen sie sein!« prustete Martin, »gerecht wollen sie sein!« Er lachte, daß die Bauern verlegen wurden und nach langem stummen Dastehen schließlich hinausgingen, da auch Joß ihnen nichts sagen zu wollen schien. Sie hörten noch lachen, als sie draußen, ziemlich ratlos, auf dem Hof standen; sein Lachen folgte ihnen bis auf die Straße, wo sie sich für den morgigen Tag besprachen und dann trennten. Sie waren verletzt über den unwürdigen Empfang. Wie doppelt sinnlos erschien ihnen der lange Weg über den Schwarzwald bis in die Alpen hinein!

Sie konnten nicht wissen, daß der Mann, der sie da so unbeherrscht mit Lachen überschüttet hatte, sich eben das Herz aus dem Leibe herauslachte. Sie hörten nicht mehr, wie das Gelächter in ein Schluchzen sich verwandelte, sahen nicht, wie er über den Tisch sich warf und wortlos seine Erschütterung austoben ließ.

Wie sollten sie ihn verstehen, da selbst Joß verständnislos

neben ihm stand, seine breiten Schultern auf- und niedergeworfen sah und in einem ersten Ahnen nicht einmal wagte näher an ihn heranzutreten! Aber er hatte ja wohl auch Martin nie weinen sehen in all den Jahren. Und selbst an der Ungewöhnlichkeit der Stunde gemessen, mußten ihn diese Tränen verblüffen.

Endlich beruhigte sich Martin. Sein Ärmel ging wie ärgerlich über die nassen Augen, er wischte sich die Nase, dann winkte er Joß heran, faßte ihn an der Hand und drückte ihn neben sich auf die Bank nieder:

»Du mußt mich jetzt verstehen, Joß,« sagte er mit einer Stimme, deren Güte beängstigend war, »ich habe den Priesterrock geliebt, als ich ihn nahm, ich lag bei der Weihe im Dom zu Freiburg auf den kalten Platten, darunter die Erzbischöfe lagen, und dachte, es geht das heilige Leben immer weiter, die Alten modern, aber wir Jungen tragen das Wort warm auf der Zunge und spenden es wie das Feuer des Pfingsttages von den Kanzeln. Und dann sah ich den Saustall, in dem die Diener des Herrn sich sielten. Als der Mönch mit der Vorhaut Christi erschien, schloß ich ab mit einem Mord. Ich machte mich schuldig, denn nur dadurch ertrug ich den Ekel über die anderen.

Dann streunte ich auf den Straßen, sah die Scholaren ihre Knäblein zu Dieben erziehen, lernte die Sitten der adeligen Strauchritter kennen, befreundete mich mit den Bettlern und Landstreichern, schwamm in dem Strom der Landstraße, wo soviel Treibgut dahinfließt, daß man manchmal glauben konnte, irgendwo sei schon die Sintflut wieder hervorgebrochen und ziehe heran über das ganze heiligrömische Reich. Ich war in Böhmen im Silberwerk der Fugger.

Aber was erzähle ich dir hier mein ganzes Leben! Etwas anderes will ich dir sagen, etwas was ich dir nie erzählte auf unserer Kriegsfahrt, aber jetzt ist die Stunde da. Jetzt will ich, daß du es weißt.

Einmal waren wieder Häscher hinter mir her, ich entkam

bei Schaffhausen zu den Eidgenossen, ich wurde Senner auf einer Alm. Der ewige Schnee, die eiskalten Bäche, die hohen Wände, unter denen ich das braune Vieh hütete, dieses Ganzalleinsein mit mir an all den Abgründen hoch über allen Menschen beunruhigte mich gefährlich. Ich träumte abzustürzen, ich sah die Berge über mich fallen, ich stand mitten aus einem Traum auf und sprang in einer Stunde den Saumweg ins Tal hinab. Vor dem schlafenden Dorf, aus dessen Friedhofsbüschen ein Vogel sang, besann ich mich, wie nah der Wahnsinn mir war. Ich weckte den Pfarrer, der willig aufstand, da er glaubte, man riefe ihn zu einem Sterbelager. Er blieb freundlich, und ich erzählte ihm, daß ich nicht mehr leben könne in all der Unsicherheit. In dieser Nacht hörte ich zum ersten Mal, was die Schweizer wirklich waren. Ohne es zu wissen, war ich näher bei allem, was ich mir gewünscht, als ich geahnt. Ich wußte, daß sie sich frei gemacht, aber ich war überzeugt, daß sie schon wieder neuen Herren folgen.

Der Pfarrer war ein guter Eidgenosse. Er pries nicht nur seine Landsleute, er versicherte mir, daß von der Eidgenossenschaft aus Europa gesund werden würde. Hier schlug das Herz des römischen Reichs, bald würde es frisches Blut in den ganzen Körper schicken. Die Stunde war noch nicht gekommen, aber sie war nah.

Er schickte mich zurück auf die Alm, aber lud mich zu einem Kantontreffen auf vierzehn Tage später. Wie zu einer Hochzeit stieg ich an jenem Sonntag zu Tal, Enzian blaute an meinem Barett und das samtene Edelweiß, aus einem Kamin hatte ich mir's geholt. Und da unten traf ich nun die Bauern auf einer Wiese, ein Fähnlein flatterte, ein Bauer sprach, Hunderte von Händen hoben sich zum Schwur, und dann beriet man die Anliegen der Gemeinde. Von den Kuppen der Vorgebirge sahen schwarz die ausgeräucherten Türme von Burgen herab.

Der Pfarrer hat nicht verstanden, warum ich dann doch Hals über Kopf den Kanton verließ. Ich bin nirgendwoher, ich war überall, niemals sprach ich in meinem Leben von meiner Heimat, aber an diesem Morgen dachte ich an meine Freiburger Wälder und Berge. An meine Bauern dachte ich, die unglücklichen Bischofsbauern am Rand des Schwarzwalds. Ich sah sie mitten in der Versammlung vor mir auftauchen, gebückt in die Fron, aus den Verließen schrien sie – ich haßte die Glücklichen vor mir, die frei waren. Ihre Freiheit schien mir ein Verrat an meinen Bauern – hab ich nicht recht gehabt, war meine Ahnung falsch?«

Martin, so heftig er sprach, sah Joß nicht an bei seiner Frage; er hatte den Arm des Freundes gepackt und redete in das Zimmer hinein. Joß zähmte nur mit Mühe seine Ungeduld, er vergaß nicht, welch eilige Aufgaben da draußen vor dem Bauernhaus auf ihn warteten. So sprechen Menschen vor dem Hochgericht miteinander, dachte er, wagte aber nicht zu unterbrechen. Und Martin fuhr fort:

»Wo war denn das frische Blut, daß sie in die Adern aller Länder gießen wollten? Der Pfarrer hatte davon gesprochen, sie aber dort auf der Wiese sprachen nur von den Anliegen von Luzern, von ihren Kühen, von ihren Allmenden, von der Milch, die reicher flösse, von dem Holz, das sie schlagen wollten, ja sie berieten gerade an dem Tag ein Gesetz, das allen Urkantonisten verbieten sollte, sich außerhalb des Landes anwerben zu lassen. Ich floh zu der Grenze, an deren Wassergraben ihre Freiheit zu Ende war, ich ging über den Rhein und hatte vor mir das Elend der Zahllosen, hinter mir die Selbstsucht der Glücklichen.«

»Denen du zu Unrecht vorwirfst,« unterbrach jetzt Joß, »daß sie die Früchte blutiger Jahrzehnte auch genießen wollen. Sollen sie jammern, weil wir es noch nicht geschafft haben? In einem Augenblick, wo der Verrat beweist, wieweit wir noch hinter ihnen stehen?«

»Du bist stolz, Joß, ja ich habe damals geträumt und träumte, bis vorhin die Männer eintraten. Ich träumte dem Pfarrer von Luzern nach. Wenn Maximilian die oberrheinischen Bauern vierteilen ließ und ihnen nicht nur die Schwurfinger abhieb, sondern auch die Köpfe, weil er argwöhnte, sie hätten es mit den Schweizer Bauern, dann dachte ich: die Schweizer lohnen's einmal. Als die Adeligen beim Schwaderloch voller Angst gegen die Eidgenossen zogen, weil sie hinter sich die eigenen Bauern in Unruhe fühlten, und die Schweizer in zögernde Haufen hineinschlagen konnten, da dachte ich: die Schweizer lohnen's einmal. Wenn Maximilian lieber gegen den Türken zog als gegen die Schweizer, wenn er kein Heer mehr zusammenbrachte gegen die Kuhmäuler, weil die Schlettstädter, die Würzburger, die Donaurieder Bauern immer in Gärung blieben, dann dachte ich: die Schweizer lohnen's einmal.«

Schroff fuhr Joß nun dazwischen:

»Ich will nichts von ihnen, denn keiner hat mir soviel gegeben wie sie. Wenn ich zweifelte, wenn's zu lange dauerte, brauchte ich nur an ihre Berge zu denken. Kein Habsburger wagt sich hinein in ihre Täler, nein, nicht weil es bei uns unruhig ist, sondern weil die Eidgenossen ihnen auf die Tatzen geschlagen haben. Weil sie unüberwindlich sind, denn sie sind keine Söldner. Für ihre Sache ziehen sie ins Feld. Nicht für deinen Fugger, nicht für einen Max, der sie nie entlohnt, sondern für ihre freien Almen, für ihre Herden, für ihre Kinder. Du kannst mir das nicht nehmen; ich weiß von welchem Schlag sie sind und gerade in dieser Stunde denke ich daran. Nach dieser Schlacht nah bei Luzern fand man den Schweizer Fähnrich tot in seiner Fahne. Der rechte Handstumpf war ihm angeschossen, er hatte die Fahne mit der Linken gepackt, eine Kugel schwächte den linken Arm, er warf die Fahne sich ins Gebiß und stand so über den Kämpfenden, bis eine neue Kugel ihn vollends niederschmiß. Da hat er sich sterbend in seine Fahne gewickelt und war doch nur ein Bauer gewesen, einer aus deinem Kanton.«

»Ich sagte nicht, daß sie feige sind, ich sagte, daß sie uns vergessen haben.«

Joß schüttelte den Kopf, aber er mußte dabei immer noch die Hand von Martin halten, denn er fühlte, wie sie zitterte.

»Du verlangst, als gäbe es einen Kontrakt zwischen euch, als hättet ihr zusammen auf Artikel geschworen, und übersiehst, wie sie bedroht sind auf allen Seiten. Sollen sie ihre Berge verlassen und die Meute in ihre Täler einbrechen lassen? Du sagst, sie sind stark durch uns – wieviel mehr aber bedeutet ihr Dasein für uns?«

Martin widersprach nicht mehr; er fühlte die Freundeshand über seiner Faust. Er ist besser dazu gemacht als ich, dachte er stolz und traurig zugleich; aber er vermied Joß anzusehen.

»Ich denke, du hast recht; allein müßt ihr's machen,« sagte er; er schien seine Meinung nicht ändern zu wollen; »man soll nicht an andere denken.«

Joß aber ließ das verzichtende Wort nicht zu:

»Im Gegenteil, immer werde ich an sie denken. Sie sind unser Traum. Du hast gelacht über den Traum, aber der Traum ist Gewähr unserer Zukunft. Und das Wort an die Boten – nimm es ernst, denn sie haben bewiesen, daß sie wahr machen, was sie sagen!«

Martin antwortete nicht mehr; sein Mißtrauen war wie eine Wunde in ihm, aber der Glaube des Freundes würde auf größere Schmerzen nicht achten. Martin begriff, daß er nicht zu führen hatte, wo selbst Blindheit gehen konnte. Sicher kann er nicht leben ohne diese Zuversicht, dachte er und fühlte zum ersten Mal stark und düster sein eigenes Ende. Plötzlich stand er auf und begann sein Wams abzulegen. Joß sah, wie er die Bänder an den Knien löste, die Hosen abstreifte.

»Los, laß einen Ritter nicht im Hemd dastehen, wir wollen die Kleider wechseln.«

Joß begann zögernd, aber unter einem unwiderstehlichen Zwang das Wams abzustreifen. Mitten drin hielt er an: »Was soll dieser Wechsel?«

Martin nahm ihm das gelbe rotgeschlitzte Wams aus der Hand und fuhr hinein: »Ist es dir unangenehm, für Martin gehalten zu werden?«

Sie hatten die Garderobe gerade beendet, als ein leises Klopfen an der Tür hörbar wurde. Erschrocken drehten sie die Köpfe zur Tür und rührten sich nicht mehr. Ein zweites Mal klopfte es, und jetzt rief Martin: »Herein!«

Es war der Knecht. Er blieb an der Tür stehen, sein Mund war mürrisch verzogen, er zog die Mütze nicht herunter, sah die beiden mit bösen Augen an. Joß besann sich zuerst auf die Rede: ob er seine Aufträge schon erledigt, was man gesagt, wie es draußen aussehe. Die ganze Fülle der Dinge brach in ihn ein. Er strich unwillig über sein Kleid, als wenn er Martin und die letzte halbe Stunde damit abstreifen könnte.

Der Knecht hielt nun nicht mehr zurück. Er habe Joß retten wollen, er wolle es noch. Ein Wagen mit Stroh und Säcken stände am Unterdorf bereit, um ihn über die Grenze zu bringen. Der Fuhrknecht sei zuverlässig.

»Tölpel,« brüllte Joß, »ich sprach vom Aufstand.«

Der sei vielleicht in vier Jahren mal wieder, antwortete bitter der Knecht, die Straßen seien schon sämtlich beritten von nichts als bischöflichen Knechten.

»Wir haben viele Freunde unter ihnen.«

»So gnade euch die Jungfrau, daß ihr auf die richtigen stoßt.«

Das Gespräch war zu Ende wie ein Wechselgesang. Sie hatten ihn heruntergebetet mit allen Strophen, dahinter war die Stille, und in ihr war etwas, das Joß mit den Fäusten halten wollte, aber der Strom des Schweigens trug es fort wie ein herrenloses Floß.

Martin trat vor; er hielt ein dunkelgeflecktes Taschentuch in der Hand. »Du hast es vergessen,« sagte er, »das Tuch mit Veltins Blut.«

Joß wollte nicht nachgeben. Ganz feindselig sah er vom

einen zum anderen, plötzlich riß er das Tuch aus Martins Hand und lief hinaus.

»Er läuft in sein Verderb,« sagte der Knecht.

»Es wird nicht so schlimm werden, wenn ich mich ebenfalls zeige.«

Der Knecht erkannte jetzt die Verkleidung. »Schweig darüber,« mahnte Martin, »und sieh zu, daß ihr heute noch mit ihm über die Grenze kommt. Wenn's not tut, greift ihn mit Gewalt.«

In den nächsten Stunden gab es den letzten Kampf zwischen Martin und Joß. Sie trafen sich nicht mehr und taten in allem das Entgegengesetzte. Martin folgte Joß auf den Fersen. Und war nur darauf bedacht, Menschen zu retten und Joß zu decken im Fall einer Verfolgung.

Wo ein Ortsgeselle sich schon anschickte nach dem Befehl von Joß die Verschworenen seines Dorfes zusammenzurufen, erschien Martin und brachte den Gegenbefehl: die Bauern sollten auf die Felder gehen, ihre Arbeiten tun, allen Fragen mit harmlosem Erstaunen antworten, die Waffe aber schleunigst an unauffindbarem Ort für längere Zeit verstecken.

Joß hatte angeordnet, daß die Pulversäckchen aus der Kapelle des heiligen Georg noch in der Nacht herausgeholt und unter die Bauern verteilt würden. Martin kam und befahl, sie im Mühlbach zu versenken. Als die Bauern zögerten, schilderte er ihnen die Lage, wie er sie sah.

Joß feuerte in Weingarten die Bauern an, die sich schneller als irgendwo versammelt hatten; von seinen Landsknechten sprach er, die im Anmarsch seien, im Namen der Jungfrau beschwor er sie, die heilige Sache nicht im Stich zu lassen. Sie versprachen nach Bruchsal aufzubrechen. Martin hörte durch Lorenz davon und schickte hintereinander drei Vaganten zu ihnen, die von den Haufen des Bischofs berichteten, die unterwegs seien. Bestürzt kehrten die Bauern um.

In Jöhlingen war Martin vor Joß angekommen. Er fragte die Bauern, ob man denn ohne Fahne ins Feld ziehen könnte, und ritt bald davon. Ihre erste Frage an Joß war dann die nach der Fahne. Er hatte das Tuch beim Wirt in Weinheim hinterlegt. Sie bestanden auf der Fahne, er zog in einem plötzlichen Einfall das Tuch mit Veltins Blut aus der Brusttasche und ermahnte sie zum Geist des Toten. Aber sie sahen nur die dunklen Flecken, rochen nur den Tod aus der Rede von Joß, mitten in der Rede gingen einige schon davon. Jöhlingen war immer schwach, tröstete sich Joß, als er wütend weiterritt.

Noch vor dem Abend erreichte er das kleine Lager der Landsknechte. Sein Mut hob sich wieder, als sie ohne Widerrede sofort den Trompeter riefen und ihn zum Aufbruch blasen ließen. Die Weiber waren nicht weniger eifrig dabei, die Zelte waren in einer halben Stunde abgebrochen und auf den Wagen geworfen. Joß blieb bei ihnen, sprach mit dem Obersten, den sie gewählt; lange überlegte er, ob er ihm die ganze Gefahr schildern solle, in die er marschierte, er entschied sich zu schweigen. Sie zogen in Richtung auf Bruchsal los. Joß ritt bis Villt an ihrer Spitze. Es kam ihm kein Zweifel mehr, daß er recht gehabt mit seiner Zuversicht. Er lächelte wieder freundlich, als er an Martin dachte. Die Landsknechte sangen ein Schweizer Lied.

»Im feuchten Grase im Morgentau
wir knien vor dir, oh Herre
es leuchtet der Himmel mit süßem Blau
In unserem Arm ruhn die Speere.«

Die Weiber aus den Planwagen sangen mit. Am Horizont stieg die kleine Burg von Grombach auf.

»Das Schwert wird uns mähen wie Wiesenflur,« sang der Haufe. Joß hörte nicht die Melancholie der Strophe. Er ritt zu dem Obersten und erklärte ihm, daß er nach links abbiegen müsse; den Trupp erwarte er im Wald der Vogtei von Wendelborn gegen Abend; dort bei dem Dorf – er zeigte wie nebenbei nach dem Grombachberg – sei vorsichtig zu operieren, da eine Verräterei vorgekommen sei, die aber die Kriegshandlung nicht zu stören brauche. Der Oberst hörte mit großer Aufmerksamkeit zu; Joß übersah das ernste Gesicht; er grüßte und ritt querfeldein.

Hinter ihm stieg die letzte Strophe des Liedes aus dem Haufen:

»Wir führten das Schwert, wir dienten um Sold
fern, fern von des Vaterlands Erde
Nie hat uns die Flamme – Herr sei uns hold –
erwärmet am eigenen Herde.«

Sie sangen schon fröhlichere Lieder, als Martin – dicht vor Untergrombach – ihnen begegnete. Er bat den Obersten Rast machen zu lassen, und ging mit ihm abseits von der Straße, wo sie sich unter einem steinernen Kruzifix niedersetzten.

»Ich will nicht lange Reden machen,« sagte Martin, »und auch gleich zufügen, daß Joß euch nicht betrügen wollte. Er hat nicht genau gewußt, wie weit das alles schon war. Ihr müßt euch sofort auflösen. In Grombach stehen schon Posten, vom Hessischen erwartet man Reisige, Speyerische Reiter sind morgen auf dem rechten Ufer. Ihr seid zu schade zum Hochgericht. Eh ihr euch trennt, noch eine Bitte: wählt fünf eurer besten, hier ist ein Goldstück, und sucht Joß! Bindet ihn und bringt ihn heute nacht noch über die Grenze! Nein, ich will ihm gut, heil sollt ihr ihn hinüberbringen und vor allen Häschern schützen. Ihr zahlt damit die Löhnung ab, die er euch brachte. Und in die Zukunft gesehen, dient ihr auch dem Aufstand damit.«

Am Mittag desselben Tages war Martin noch in Freiheit. Aber in einem Dorf hatte er gehört, Reiter seien im Wald, die Joß suchten. Er fragte nach Lorenz dem Bettler. Man hatte ihn nicht gesehen. In Udenheim nah beim bischöflichen Schloß fand er ihn in einer Kneipe.

»Meint Ihr, sie erkennen die Vögel nur an den Federn?« sagte der Landstreicher; in der dunklen Wirtsstube hatte er einen Augenblick geglaubt, Joß vor sich zu haben.

»Ich denke, wir singen vorläufig nicht mehr.«

»Und fliegen auch nicht mehr weit.«

»Nehmt dies,« sagte Martin und zog einen orientalischen Beutel, in dessen Leder Goldfäden saßen, »ich hoffe, das Netz ist noch nicht zusammengezogen.«

Pferdegetrappel jagte sie auf, der Wirt öffnete ihnen schnell die Falltür in den Keller. Hinter Fässern versteckt hörten sie über sich schwere Schritte, das Lachen des Wirts, Stimmen, die nach Joß fragten. Es können nur zwei sein, dachte Martin und ärgerte sich über den lauten Schlag seines Herzens; wenn ich mit einem Sprung unter sie fahre, liegen sie beide, und das Netz hat einen Riß in den Maschen.

Es wurde ruhig an der Decke. Es ist gut zu leben, dachte Martin. Schau, wie man sich freut, daß sie einen nicht pakken! Er spürte das angenehme Zucken seines Herzens. Kleines Tierchen wiehert, wenn der Schlächter vorüberging. Und wo ist die Trauer, daß alles schiefging? Daß wir nicht oben fliegen wie die Adler, sondern in Löchern uns verkriechen wie feige Ratten?

Als Martin in der Dämmerung die Wirtschaft verließ – Lorenz hatte als erster gehen wollen, um zu kundschaften und war nicht zurückgekommen – stieß er an der nächsten Wegbiegung auf die bischöflichen Reiter.

Im Turm noch wunderte er sich, warum er nicht einmal blank gezogen.

Nach kurzer Folter hatte er bekannt, daß er Joß Fritz sei, weiland kaiserlicher Landsknecht, zum Ritter geschlagen nach der Schlacht an der Mur. War es sein letztes Vergnügen, sein Leben und das von Joß zu einem zu vermengen, eh alles zu Ende war? Oder wollte er nur die Prozedur des Gerichts sich verbessern?

Nach fiebriger Nacht sah er den Morgen in das Verließ hereindämmern und hörte Stimmen von draußen.

Sie kamen ihn holen und führten ihn auf den Hof. In den runden Türmen des Schlosses schliefen mit eingesteckten Köpfen noch die Tauben. Mitten auf dem Hof in den Grasnarben lag ein viereckiges samtenes Tuch.

Martin sah das Zeichen des Bischofs eingewebt. Daneben stand ein hagerer Priester. So kann ich noch einmal auf den Krummstab spucken. »Meinen Kopf kann ich darauf spukken,« sagte er, da war er vor dem dunklen Wappentuch angelangt.

Eine Glocke läutete. Martin sah sie schwingen auf dem First der Kapelle: dünne Musik, wenn man denkt, daß heute Sturmglocken über alle Wege brüllen sollten.

»Ein letztes Mal,« sagte eine ernste, eindringliche Stimme, »hört auf den Diener des Herrn!« Martin drehte den Kopf zu dem Priester, es half ihm den Henker übersehen und die neugierigen Wachtposten, die halbverschlafen aus ihrer Stube getreten. Er hatte einen die Augen reiben sehen, und plötzlich war der heiße Schmerz der Lebensangst in ihm hochgesprudelt: der wischt sich den Dreck aus den Augen, um meinen Kopf fallen zu sehen. Martin zerrte an den im Kreuz gebundenen Händen. Doch nun wandte er sich dem Priester zu, hielt sich an den gütigen, etwas schreckhaften Augen des Mannes, der nicht begriff, wie man ihn zurückweisen konnte in solcher Stunde. »Ihr steht in kürzester Frist vor Eurem Richter,« mahnte der Geistliche.

»Jawohl, mit dem Kopf in der Hand wie Sankt Dionys und werde ein neues Symbol sein von der Kopflosigkeit der Welt, die er gemacht hat.«

Der Priester hob entsetzt die Hände, der Henker trat näher und drückte Martin in die Knie. »So nehmt wenigstens das Kreuz,« rief der Priester fast ängstlich, denn er sah, daß der rotgekleidete Freimann sein Schwert schon heraus zog.

Martin sah das kleine Kruzifix vor seinem Gesicht erscheinen. Dieses letzte Gefecht rührte sein Herz und vertrieb die Lebensangst. »Es geht auch ohne ihn,« sagte er laut und hob den Kopf zu dem Priester hinauf. Und als schulde er ihm eine Erklärung, warum er so hart sein könne, rief er – da packte die Hand des Henkers schon seinen Kopf und drückte den Nacken in die Wagerechte – »Bundschuh,« rief er, sah unter sich das Wappen des Bischofs, das er mit seinem Blut bespritzen würde, sah Veltin auf dem Barfüßliplatz, sah Joß, wie er gewaltsam über die Grenze gerettet wurde, sah seine Vaganten plündern (einmal würde es doch sein!), sah sich selbst am Altar stehen, Herr vergib mir, dachte er und rief ein zweites »Bundschuh«. Es klang über den Boden gesprochen in dem vornehmen Hof, als riefe er aus der Erde einen Sturm, als öffne er eine Quelle von Blut.

In das dritte »Bundschuh« schlug das breite Schwert des Henkers.

Der Kopf fiel auf die Schnittfläche. So stand er, während das Glöcklein oben verstummte, auf dem bischöflichen Samttuch neben dem seitlich gestürzten Rumpf. Noch schien der Mund zu rufen.

Weder im Bauernkarren, noch zwischen den Landsknechten verließ Joß Fritz den Bruchrain. Er ging im Schutz von Martins Kleidern beim Morgengrauen ins Badische. Vor Bruchsal hatte er gelegen Stunde um Stunde. An einem Bach hatte er gesessen, halb versteckt unter einem Akazienbusch, von wo er vier Straßen aus dem Land kommen sah. An den Blüten hatte er gefingert und immer wieder auf eine der Landstraßen gesehen. Der Bach rollte vor ihm seine schwarzen Wasser vorbei. So hat Martin damals auf seiner Alm gesessen, hatte er sich einmal gesagt und die Straße hinabgesehen, von woher die Schweizer hätten herankommen können.

Ein milder Mond fiel über die Ebene. Niemand war zu

Joß gekommen bis zum Morgengrauen, niemand als die weichen Nachtfalter, die blind und gierig um die Blütendolden taumelten. Joß hatte lange gedacht, daß er nur träume und auf einem Krankenbett erwachen werde. Der Mond auf den vier Wegen war eingesickert, die Nacht ertrank in den grauen Meeren der Dämmerung. Sank nun auch sein Traum in einen besseren Tag? Joß packte seine Stirn; die Straßen liefen weiter auf ihn zu und von ihm weg, die Blätter des Busches kühlten an sein Gesicht, nah blieb das Rauschen des Bachs, nah die Spitzen der Bruchsaler Stadtmauer und ohne Landsknecht und ohne Bauer die vier Straßen.

Nein, Joß hatte nicht geträumt, er war wieder allein wie auf dem Feld bei Schlettstadt, wie in der Scheune bei Dambach, wie in des Kaisers Heer bei Agram, wie im Choleradorf. Die Straßen liefen aus der Nacht in den Morgen, graue, trostlose Striche ins Nichts.

Aber dann waren plötzlich weiche Schritte seitlich von ihm zu hören gewesen, rötlich dämmerte schon der östliche Himmel, und vor ihm stand das Mädchen, das den Täufling Joß Schneidebrot in jener Interdiktnacht über das Becken gehalten. Er hielt sie für ein Bild seiner müden Nerven, aber sie sprang über den Bach, hockte sich neben ihn ins Gras, faßte seine Hände, zärtliche Wärme floß in seine Finger; sie drückte die Lippen auf seine Fäuste, ängstlich löste er sich los und griff nach ihrem blonden Kopf. Sie kommt mich rufen, sie wird mich in eine Scheune bringen, ich werde einem Hochgericht beiwohnen, ich werde schießen, Martin wird unten gerichtet werden, und dann wird alles brennen und wir werden Gräber schaufeln. Es ist kein Grund zum Verzweifeln, werde ich sagen, unsere Pflüge müssen tief schneiden. Geht als fahrende Ritter! Trauert nicht um den Acker, werde ich sagen. Leibeigene des Heilands sind wir.

Er hielt den Kopf des Mädchens in seinen zitternden Händen, seine Augen starrten geradeaus auf die heller und heller werdenden Wege. Nein, nicht des Heilands! Hörige der Freiheit, das war's. Und ist richtig geblieben. Hörige der einen Grundherrin, die Gehorsam verdient: der Freiheit!

»Der Vater läßt dir sagen,« sprach unter ihm das Mädchen, »daß alles gut ausgehen wird. Und er schickt dir das Fahnentuch.«

Sie hatte sich freigemacht aus seiner Hand und zog das Feldzeichen unter dem Mieder hervor. Zusammengeknüllt reichte sie es ihm und lachte dabei. »Und du möchtest aufpassen auf die Reiter.« Sie unterbrach den kindlichen Ton: »Du wirst wiederkommen, sagen alle.«

Nieder sank in den Dunst des Nebels Schlettstadt und sein Hochgericht. Joß steckte das Tuch in sein Wams. »Nimm das!« sagte er dann und reichte dem Mädchen das fleckige Taschentuch, das Veltins Blut gesogen hatte. »Es ist auch eine Fahne. Der Vater weiß davon.«

Wie weggewischt war der Schrecken der einsamen Nacht. Joß sah in das junge Gesicht: was wird nun wirklich sein, wenn ich zurückkomme? dachte er.

Der Bundschuh wird nicht mehr sein, Joß Fritz, aber an seiner Stelle wird der arme Konrad da sein und die Bauern in den Ring laden. Mit Waffen werden achttausend Bauern vor den Toren von Schorndorf stehen. Den Dolch werden sie heben gegen den frechsten der Herzöge. Nur einige Jahre noch, und der erste Zug marschiert mit Trommeln und Pfeifen an einen Bach wie diesen da vor deinen Füßen, Joß, und wirft die Schandgewichte der Unterdrücker ins Wassergrab. Und du wirst dabei sein, Joß Fritz, wirst hören, wie sie von dir sprechen, von deinen Schlettstädter und deinen Bruchrainer Bauern und wirst glücklich sein, ohne daß sie dich erkennen. Sie werden auch sprechen von deinen Lehener Bauern, zu denen du jetzt in diesen Morgen gehst und wo du noch eine letzte Nacht erleben mußt wie diese. Einige Jahre noch, und über diese Ebene wird eine andere Schar ziehen und wird die Kanonen auf Bruchsal richten. Hinüberbrüllen werden die Feldschlangen zu den Mauern und du wirst wieder dabei sein. Die Fahne wird flattern, und erschrecken werden nun auch die Großen vor dem Bundschuh, denn am Abend wird er auf den Zinnen aufgepflanzt sein.

Dein Kaiser aber, an den du einmal deinen Glauben verschwendet, wird tot sein. Sein Herz, in dem nur der kleine Haß des Beleidigten und das schwelende Feuer des Machtgierigen brannten, wird vermodert sein, aber das deine wird schlagen und tausend andere entzündet haben. Seine Hände, die rafften und scheffelten, werden leer sein, in deinen aber wird die Fahne des großen Kampfes stehen. Von seinem Andenken wird Kälte ausgehen wie von dem Marmor, der seinen Sarkophag bedeckt. Von dir aber wird ausgegangen sein der Ruf zur Freiheit. Sein Reich wird verfallen. Deine Sache aber hat ihren Fortgang, Joß Fritz, und was auch geschehen mag: der Bundschuh wird eingedrückt bleiben in allen Wegen des Reichs, über die er ging.

Die Straßen sind nicht mehr leer, Joß Fritz. Ahnst du etwas davon, als du jetzt dich aufrichtest und fortgehst in den erwachenden Tag?

Das Mädchen stand in dem leichten Rot des Morgens. Auf ihrer Wange spürte sie noch den Kuß, mit dem Joß sich verabschiedet. Sie wartete, daß er sich nocheinmal umwende. Er ging geradeaus weiter. Sorgfältig verbarg sie das Tuch mit Veltins Blut in ihrem Kleid. Dann winkte sie die Straße hinab.

Joß Fritz war schon nicht mehr zu sehen.

ENDE

Selbstanzeige

Das ist die Geschichte von Joß Fritz dem Aufwiegler, dem schwarzwälder Bauern, der um 1500 das Elsaß, den Bruchrain und den Breisgau unsicher machte, der oft verraten und oft geschlagen immer wieder auftauchte, ein kluger Fanatiker, der die Sprache des Volkes verstand, ein Organisator, der weitsichtig genug war, alle leidenden Volksschichten für die Sache des Bundschuhs zu gewinnen. Ein Musterverschwörer, wie ihn Friedrich Engels nennt.

Ist damit nicht schon genug angedeutet, was den Autor reizte, sich dieses Leben genauer anzusehen? In der Zeit ganz neuer Lehren des Freiheitskampfs, in der Zeit illegaler Arbeit in Dutzenden von Ländern, in der Zeit schrecklichsten Volksbetrugs, aber auch der Besinnung von Millionen auf ihre alten und neuen Menschenrechte – wieviel kann er uns sagen, dieser Unentwegte, dieser lebenslang sich Opfernde!

Nicht ohne Kummer wird der Leser mir folgen in jene düsteren Tage von 1493, da der junge Joß einsehen muß, wie stark der Feind noch ist. Ein Attentat auf einen feudalen Henker wird ein kurzer Trost in den Stunden der Niederlage, in denen das Buch beginnt, treibt aber noch schneller in die Verbannung. Den Häschern entgeht Joß Fritz durch den Eintritt in ein Türkenheer Maximilians. Die Phrase des Kreuzzugs enthüllt sich in den Schrecken des Krieges. Fritz flüchtet in die Verehrung des Kaisers; die neue Illusion zerstiebt bald; auf dem Richtplatz von Basel, wo man seinen Freund in Stücke schlägt, besinnt Joß sich auf seine Mission und kehrt zu den Bauern zurück. Ein entlaufener Priester, Freund der Landstreicher, ein Verwirrter begleitet ihn auf allen diesen Wegen. Jahrelanges Werben. Leidenschaftliches Ringen gegen die Dumpfheit der Unterdrückten. Katastrophenwinter. Schreckenssommer. Die Geißel des Interdikts saust über das Land. Langsam organisiert sich die Gegenwehr. Am Ende ist der verlorene Haufen gerüstet, die erste Bundschuhfahne weht, die viele Jahre später Deutschlands Bauern zu ihrem größten bisherigen Aufstand führt. Noch einmal siegt Verrat, aber morgen beginnt Joß Fritz wieder den Kampf, dessen großes Beispiel die freie Schweiz gegeben. Wir sind im Jahr 1502 angelangt.

Ist das nun Flucht in die Vergangenheit? Viele stellen die Frage, seit das emigrierte deutsche Schrifttum so häufig sich dem historischen Roman zuwendet. Ich muß dazu Einiges aus der Entstehungsgeschichte dieser meiner Arbeit sagen.

Es war im: Januar 1935, im gleichen Monat, da uns wiederum bestätigt wurde durch Dokumente und lebendige Zeugen, daß der Saarfabrikant Röchling Frankreich belieferte mit Stahl und es zu gleicher Zeit in seiner Presse als ein Räuberland beschimpfen ließ, daß ich in einer alten Dokumentensammlung des 15. Jahrhunderts die Mitteilung fand von einem christlichen Kanonier, den man in einer Türkenschlacht auf Seiten der Türken gefangen hatte und sofort hinrichtete, obwohl er erklärte, daß er nicht freiwillig zum Sultan gekommen, sondern von seinem christlichen König verkauft worden sei mit mehreren Kanonen. In solchen Augenblicken ist man versucht, modernste Ausdrücke für älteste Vorgänge zu gebrauchen, beispielsweise von der »blutigen Internationale der Rüstungsindustrie« zu sprechen.

Einen Monat später im gleichen Jahr 1935, nach dem schmerzlichen Ergebnis des Saarplebiszits, fand ich in Straßburg in den mittelalterlichen Protokollen gefolterter rebellischer Bauern dreimal hintereinander die Nachricht von einem schlettstadter Bauern, der in Basel gevierteilt wurde und auf dem Schafott immerzu ausrief, daß die Sache der Freiheit doch ihren Fortgang haben werde, wieviele Niederlagen auch noch über die Armen kommen müßten. Es war eine gute Lektüre nach dem Saarereignis.

Es war schon Juni, man dachte viel über den Jahrestag des nationalsozialistischen Kameradenmords in Deutschland nach, als mir des Humanisten Aventins Schrift aus dem Jahr 1487 in die Hände fiel über das »römische Kriegsregiment«, dort stand zu lesen: »Und ist es deshalb eine Schand, daß man die Kriegsleut, so Leib und Leben für einen Herrn eingesetzt haben, nachdem man ihrer nicht mehr bedarf bei aller Ungnad, ja bei Hangen und Ertränken aus dem Land weist!« Als ich diese Fürsprach für die getäuschten Landsknechte las, war ich schon mitten in meinem Bauernroman, der jetzt unter dem Titel »Die Saat« (Querido Verlag, Amsterdam) herauskommt. Hundert Parallelen boten sich täglich. Ich hatte nicht nötig, Geschichte zu vergewaltigen, um aktuell im guten Sinn zu bleiben. Die materialistische Analyse, die ich versuchte, ergab Analogien, die oft verblüffend waren. Der Mensch gleicht sich in der Tiefe, wo das Geschick ihn gesichtslos macht; er gleicht sich nocheinmal, wo ehrliche Kunst ihm die Farbe seiner Zeit, seines Milieus läßt, ihm aber von jenem Ewig-Menschlichen genug mitgibt, das die Jahrhunderte verbindet. »Die Saat« ist kein Schlüsselroman, aber der Kämpfer unserer Tage wird seine Trauer darin finden, sein Entsetzen, seinen Haß, seine Hoffnung und einige der Gründe für die Schwere des Kampfs.

Wenn da von Maximilian, dem kaiserlichen Windhund und Kriegshetzer die Rede ist, so ist gleichzeitig der unsterblichen Legende gedacht, die da in Zeiten der Not immer noch verheerend wirkt und sich in den Satz manifestiert: »Wenn der oberste Führer nur davon wüßte...« Und wird gesprochen von dem panikartigen Unglauben, der damals über ganze Länder fiel und sie den Krieg als unvermeidlich ansehen ließ, so ist die Menschheit auch hier nicht sehr weit fortgeschritten seit damals. Sie will vorwärts gehen, und deshalb dürfte man auch den Bauern und Vaganten, die vor uns langsam zu Rebellen wachsen, nicht nur ein historisches Interesse gewähren. Und schließlich hat auch der Verrat, der wie ein Frühreif auf die Blütenträume dieser bruchrainer Bauern niedergeht, noch seine Zeit. Zu allerletzt aber ist noch zu sprechen von jener anderen Krankheit, die wie ein böses Fieber die Arbeit von Joß Fritz und Martin stört: den Hang der Militanten zur Eigenbrödelei und zur Unduldsamkeit<,> deutsche Neigung, von der das Buch mit offenen Worten spricht.

Es ist die Zeit der ehrlichen positiven Kritik; Kritik der Geschichte wie der Gegenwart. Niemand, der guten Willens ist, darf zurückgewiesen werden. Auch das lehrt die Geschichte der Bauernaufstände um 1500. Diese Rebellionen sind eine Mahnung. Ein Appell an die Kameradschaft, ein Appell an die Klassenwachsamkeit. Mehr als dies sind sie ein Heldenlied. Ich glaube, daß ich dem Aufstand der Bauern auch in dem betrüblichen Abschnitt, den ich wählte, gab, was ihm zukommt. So wünsche ich mir, daß man Martin dem Rebellen, der aus guten Gründen sterben muß, seine Zuneigung nicht versagt, und daß man dem überlebenden Joß Fritz dem Revolutionär wissend und in leidenschaftlicher Freiheitsliebe nacheifert.

Wort-, Personen- und Sacherläuterungen

S. 7 *Ihr habt gar bald erwecket* Quelle bisher nicht ermittelt.

S. 13 *König Maximilian* Maximilian I., 1459–1519, dt. König seit 1486, Kaiser seit 1508. Bei den im folgenden geschilderten Ereignissen verarbeitet Regler Begebenheiten des Jahres 1491; aus politischen Gründen hatte Maximilian einen Ehevertrag mit Anna, Herzogin der Bretagne, geschlossen, die jedoch nach einigen Wirren Karl VIII. von Frankreich heiratete, der zugleich seine Verlobung mit Margarete, der Tochter Maximilians, löste; vgl. dazu Ulmann Bd. 1, S. 133f.

S. 16 *Maria* Maximilians erste Ehefrau Anna von Burgund, 1457–1482.

S. 19 *Malefizgericht* Strafgericht.

S. 20 *Simonei* Eigentlich: Simonie; käuflicher Erwerb eines geistlichen Amtes.

S. 20 *Profos* Eigentlich Hauptmann, dem die Militärgerichtsbarkeit untersteht, hier allgemein Vollstrecker der Gerichtsbarkeit.

S. 37 *Carressez un …* Schmeichelt einem Bauern, er wird euch stechen; stecht einen Bauern, er wird euch schmeicheln.

S. 42 *Fama* Gerücht.

S. 48 *Tempora mutantur / Et nos mutamur cum illis*
Die Zeiten ändern sich, und wir ändern uns mit ihnen.

S. 50 *Waibl* Unteroffizier (Weibel).

S. 51 *Pfeiferhänslein* Hans Böhm oder Böheim, auch bekannt als Pfeifer (auch: Pauker) von Niklashausen, der 1476 einen Bauernaufstand gegen den Bischof von Würzburg anführte.

S. 55 *Scit Majestas …* Die Majestät weiß jedenfalls infolge wiederholter und sorgfältiger Erkundigungen alle Wege, auf denen die Türken leicht besiegt werden können. So brennend ist sein Wunsch, einen Feldzug gegen die Türken zu führen. Regler zitiert nach Ulmann Bd. 1, S. 206.

S. 58 *Dieweil männiglich unverborgen …* Quelle bisher nicht ermittelt.

S. 59 *Item* Ebenso.

S. 66 *Oubliettes* Verliese.

Bassas Abgeleitet von Pascha: Titel der obersten Beamten und Offiziere im Osmanischen Reich.

in nomine patris et filii Im Namen des Vaters und des Sohnes.

ad majorem dei gloriam Zu größeren Ehre Gottes.

S. 68 *Scherflein* Vgl. Mk. 12, 42; Luk. 21, 20.

S. 79 *Tag von Dournon …* Im folgenden bezieht sich Regler auf Ereignisse des Jahres 1493, den Sieg Maximilians über Frankreich bei Dournon (Januar 1493), den Friedensvertrag von Senlis (Mai 1493) und die Heirat Maximilians mit Bianca Maria von Mailand, 1472–1510, im Sommer 1493; er folgt dabei Ulmann Bd. 1, S. 218ff. (der Mailänder Gesandte Brascha trägt allerdings den Vornamen Erasmus).

S. 84 *Bajazeth* Bajasid II, 1448–1512, türkischer Sultan seit 1481.

S. 95 *Verhandlungen* Im folgenden verarbeitet Regler Ereignisse vom Sommer 1493; er folgt dabei Ulmann Bd. 1, S. 209ff.

S. 97 *Bischof Bakacs* Thomas Bakacs, gest. 1521, Erzbischof von Gran, ungarischer Kanzler.

S. 111 *… und sind in diesem Jahr 95 …* Sebastian Franck (um 1500–1543), religiöser Schriftsteller und Historiker; zum Motto vgl. z. B.

Sebastian Franck: Chronica. ND der Ausgabe Ulm 1536 Darmstadt 1969: Chronicka der Keyser und weltlichen Historien p. cclii; Regler hat vermutlich eine andere Ausgabe benutzt.

... und ist es deshalb ... Aventinus, d. i. Johannes Turmair (1477–1534), Humanist und Historiker; zum Motto vgl. Johannes Turmair's genannt Aventinus Sämmtliche Werke. Hrsg. v. der Kgl. Akademie der Wissenschaften München. Bd. 1. München 1881. S. 247.

S. 147 *Offizial* Vertreter des Bischofs.

S. 153 *Ich habe noch andere Schafe ...* Vgl. Joh. 10, 16.

Es kommt vielleicht die Stunde ... Vgl. Joh. 16, 2–3.

S. 172 *in domo inimicorum captivitatum* Im Haus der Gefangennahme der Feinde.

S. 184 *Todgefälle* Dem Grundherrn bei einem Todesfall zu leistende Abgabe.

S. 190 *Im Himmel ...* Vgl. Luk. 15, 7.

S. 192 *Interdikt* Verbot kirchlicher Amtshandlungen für eine Person (interdictum personale) oder für einen Bezirk (interdictum generale). Beim Interdikt im Bistum Speyer stützt sich Regler wahrscheinlich auf Herold, S. 22.

S. 193 *Karsthans ...* Das Motto ist eine möglicherweise aus dem Gedächtnis zitierte Kombination zweier Aussagen aus dem 1521 erschienenen *Gesprech Büchlin Neuw Karsthans,* in dem der Bauer Karsthans, eine in mehreren Texten der Reformationszeit vorkommende Symbolfigur des evangelischen Christen, und die historische Figur Franz von Sickingen (1481–1523) u.a. das Problem eines gewaltsamen Vorgehens gegen die Kirche erörtern und als dessen Autor der elsässische Theologe und Reformator Martin Bucer (1491–1551) gilt; Bucer läßt den Karsthans über die »pfaffen« sagen, sie »fragten nit vil darnach, ob wir schon all verlorn wären vnd sie nur gut und wollust hetten«, und einige Gesprächspassagen weiter: »Vnnd darumb solt man mit pflegeln und kärsen daryn schlagen«, vgl. *Die Reformation im zeitgenössischen Dialog.* Bearbeitet und eingeleitet von Werner Lenk. Berlin 1968, S. 96, 98. Die Einrede von Sickingen, der in dem Dialog öfter zur Geduld mahnt, ist Zufügung von Regler.

S. 194 *Ludwig von Helmstädt* Seit 1478 Bischof in Speyer, vgl. dazu Herold, S. 20ff.

S. 195 *vita brevis est* Das Leben ist kurz.

Somnium breve, vita somnium breve Ein kurzer Traum, das Leben (ist) ein kurzer Traum.

S. 198 *Philipp* Philipp, 1448–1508, Kurfürst von der Pfalz seit 1476.

est palatinus … Der Kurfürst von der Pfalz ist unter den weltlichen Fürsten unbestritten der erste; wenn er sich widersetzt oder nicht auf unserer Seite steht, ist alles, was wir versuchen, vergeblich. Regler zitiert nach Ulmann Bd. 1, S. 298.

S. 204 *Ich höre die Pferde …* Vermutlich Anspielung auf die apokalyptischen Reiter, vgl. Off. 6, 1ff.

S. 210 *Credo in unum deum* Ich glaube an den einen Gott (Teil der Messe).

S. 224 *Seht sie euch an …* Vgl. Matth. 6, 26.

S. 229 *Macht euch Freunde …* Vgl. Luk. 16, 9.

S. 239 *Jubeljahr* Heiliges Jahr mit besonderem Ablaß.

S. 241 *das Reich ist ihm Hekuba* Metaphorisch für: das Reich ist ihm gleichgültig; nach Shakespeare: *Hamlet* (2,2): »What's Hecuba to him or he to Hecuba / That he should weep for her?« (und damit, als Figurenrede, ein Anachronismus).

S. 245 *es werden Seuchen sein …* Vgl. Matth. 24, 7–8.

S. 256 *Mark* Bezeichnung für das Gemeindeeigentum an Grund und Boden.

S. 258 *Es werden Zeichen sein …* Luk. 21, 25–26.

S. 283 *Die Ernte …*   Das Zitat ist Zimmermann, S. 170, entnommen. Dort zitiert Zimmermann Münzer: »Ich bin vom Himmel herab gedinget um einen Groschen zum Taglohn und mache meine Sichel scharf, die Ernte abzuschneiden.«

S. 301 *Der Mietling flieht …*   Vgl. Joh. 10, 12–13.

Nachwort

Der Roman *Die Saat* erschien im Frühjahr 1936 im Amsterdamer Querido-Verlag in zwei Ausgaben, einer broschierten und einer leinengebundenen.[1] Ein Jahr später erschien in der Basler Universum-Buchgemeinschaft, als Sonderband der Jahresreihe, eine weitere, mit dem Erstdruck identische Ausgabe; sie wurde auch unter dem Tarntitel *Der böse Pfennig* ins faschistische Deutschland eingeschmuggelt. Gleichfalls 1937 wurden in Frankreich und in der Sowjetunion Übersetzungen der *Saat* herausgebracht; das Kapitel »Hungerwinter und Hitzesommer« wurde als Teildruck unter dem leicht abweichenden Titel »Hungerwinter, Hitzesommer« in der in Moskau erscheinenden Zeitschrift *Internationale Literatur* veröffentlicht und ein Jahr später in den gleichfalls in Moskau publizierten Sammelband *Trotz alledem* aufgenommen. Originalausgabe und Übersetzungen waren offenbar Verkaufserfolge; so gab es etwa von der russischen Ausgabe noch im gleichen Jahr eine Neuauflage.

Pläne oder wenigstens Überlegungen zu einem Roman über Bundschuherhebungen und Bauernkrieg, in dem Joß Fritz eine zentrale Rolle spielen sollte, gab es bei Gustav Regler seit Anfang 1933; in einem Brief seiner Frau an ihn vom 13. März 1933 ist von »Jost Fritz«

---

1 Vgl. im einzelnen die Angaben im Literaturverzeichnis. Vgl. weiterhin zum folgenden Schock: Regler. S. 344ff., dort auch Angaben zu Ausgaben der *Saat* nach 1945. Die ohne Zweifel wichtigste und zugleich grundlegende Veröffentlichung zur Saat hat Hans-Albert Walter mit dem Band *Von der Freiheit eines kommunistischen Christenmenschen* vorgelegt, der in Verbindung mit der von Walter hrsg. Ausgabe des Romans erschienen ist, vgl. Literaturverzeichnis; ausdrücklich sei ihm hier für die Fülle der Anregungen auch für dieses Nachwort gedankt.

als einer »Romanfigur« die Rede.[2] Die Wahl des Stoffes, so läßt sich mit guten Gründen annehmen, war eine Reaktion auf Hitlers Ernennung zum Reichskanzler am 30. Januar 1933 und den beginnenden nazistischen Terror. Wie weit diese Pläne 1933 gediehen, läßt sich nicht ausmachen; entstanden ist der Roman, jedenfalls in der 1936 erschienenen Form, im wesentlichen im Jahr 1935 und damit nach der Abstimmung an der Saar am 13. Januar 1935. Dafür spricht nicht zuletzt auch Reglers Selbstanzeige der *Saat*, die 1936 in der Emigrantenzeitschrift *Heute und Morgen* erschien; dort spricht Regler im Kontext der Entstehungsgeschichte des Romans allein vom Jahr 1935 und verweist zudem ausdrücklich auf die Saarabstimmung.[3] Allerdings sind drei Entwürfe Reglers zur *Saat* überliefert, die ältere Arbeitsphasen repräsentieren: zwei Handschriften, deren eine lediglich aus einem Blatt besteht und mit »Der alte Joß« überschrieben ist, während die andere 58 Blätter zählt und ein ganzes, mit »Die Wiedertäufer« betiteltes Kapitel umfaßt, sowie ein Typoskript von 13 Blättern, auf deren Rückseiten Reglers Vortrag zu Heinrich Heines 80. Todestag 1936 steht; alle drei Entwürfe sind stark korrigiert. Diese Entwürfe gehören mit ziemlicher Sicherheit unterschiedlichen Arbeitsphasen an. So zeigen die beiden handschriftlichen Entwürfe eine deutlich breitere Anlage des erzählten Geschehens als in der endgültigen Fassung des Romans und dürften so einer ersten Arbeitsphase zugehören, die möglicherweise vor das Jahr 1935 und damit vor die Saarabstimmung zu datieren ist. Das Typoskript hingegen steht, jedenfalls in seiner letzten Textstufe, der endgültigen Fassung sehr nahe und dürfte daher 1935/36 entstanden sein. Genauere Datierungen sind allerdings nicht möglich.

Mit der Wahl eines historischen Stoffes ordnet sich Regler mit der *Saat* in die große Gruppe der historischen Romane ein, die im Exil geschrieben wurden; innerhalb der Prosagattungen nimmt das Genre des historischen Romans in der deutschen Exilliteratur der Jahre 1933 bis 1945 einen quantitativ wie qualitativ herausragenden Platz ein. Die Gründe für diese Hochschätzung sind vielfältig. Historisches Erzählen war, wie die anderen Formen historischer Dichtung, im ersten

2 Scholdt: Regler. S. 105.

3 Vgl. hier S. 333.

Drittel des 20. Jahrhunderts und insbesondere auch in den Zwanziger Jahren sehr beliebt; im Exil wird diese Tendenz fortgesetzt. Wichtiger noch als solches, in seiner Bedeutung gleichwohl nicht zu unterschätzendes Festhalten an Kontinuitäten war allerdings der Sachverhalt, daß der historische Roman wie alle Formen historischen Schreibens Darstellung, ja Ausdruck eines bestimmten Geschichtsbildes oder Geschichtsverständnisses ist, wie explizit auch immer darüber in dem einzelnen Text gehandelt wird, Ausdruck also einer jeweils spezifischen, vom Autor oder der Autorin zu verantwortenden Vorstellung vom Verlauf der Geschichte, von den Kräften und Mächten, die in der Geschichte wirksam sind, von den Gesetzmäßigkeiten, welche den historischen Verlauf bestimmen. Indem der historische Roman ein Bild von Geschichte entwirft, handelt er notwendigerweise von Politik und ist damit stets in sich politisch (bei einer erheblichen Bandbreite des möglichen Verständnisses von Politik); und er ist damit auch stets Auseinandersetzung mit den politischen Gegebenheiten der Zeit seiner Entstehung. In der Exilsituation erfährt diese Gattungsspezifik eine Zuspitzung: Der historische Roman ist aktuelle politische Auseinandersetzung und Stellungnahme im Gewand der Darstellung von Personen, Ereignissen, Gegebenheiten und Sachverhalten der Vergangenheit. Darin kommt dem historischen Roman des Exils eine gleichermaßen kritische wie explizit politische Funktion oder Aufgabe zu, deren Thema in eindeutiger Weise vorgegeben ist. Dieses Thema heißt Auseinandersetzung mit dem Faschismus.

Allerdings bewirkte die Exilierung für die Autoren und Autorinnen eine grundlegende Veränderung der Produktionsbedingungen, wobei im gegebenen Zusammenhang vor allem eine Veränderung großes Gewicht hat: Schreiben im Exil hieß auch Schreiben für das Publikum der Gastländer. Damit gewinnt das Thema ›Auseinandersetzung mit dem Faschismus‹ eine gleichsam doppelte Zielrichtung. Es bedeutet zum einen Auseinandersetzung mit deutschem Faschismus, mit dem Geschehen in Deutschland und dessen Bedingungen und Besonderheiten, mit den Möglichkeiten des Widerstandes und des Kampfes gegen den Nationalsozialismus. Zugleich jedoch war der Faschismus keine deutsche Besonderheit; es gab faschistische oder faschistoide Regime in anderen europäischen Ländern, und es gab faschistische Tendenzen und Bewegungen auch in den Gastländern der Exilierten. Das Thema der Auseinandersetzung mit dem deutschen Faschismus hieß so auch Warnung vor dem europäischen Faschismus, Aufruf zum Widerstand und zum Kampf. Und dieser Aufruf zum Widerstand mußte sich – bezogen auf die Gastländer – gegen die etablierten faschistischen Regime, gegen deren Aggressivität und Expansionstendenzen, also gegen den kommenden Krieg, und ebenso gegen die faschistischen Tendenzen in den Gastländern richten. Er war aber auch nach ›innen‹, nach Deutschland hinein gerichtet, jedenfalls dann, wenn die Texte, wie dies bei der *Saat* der Fall war, nach Deutschland eingeschleust wurden. Widerstand gegen den Faschismus hieß für die exilierten Autoren und Autorinnen aber auch die Dokumentation und Repräsentation des ›anderen‹ Deutschland, gerade auch in Absetzung von der nazistischen Propaganda, gegen die Verfälschungen, Umbiegungen und Vereinnahmungen der deutschen Geschichte durch die Nationalsozialisten und gegen deren Anspruch, daß sie und ihr Regime die Erfüllung deutscher Geschichte seien. Solche Repräsentation des ›anderen‹ Deutschland war zunächst an das Publikum der Gastländer gerichtet; sie war jedoch zugleich in einem elementaren Interesse der Exilierten selbst begründet. Denn die Exilsituation forderte von den Autoren und Autorinnen gerade angesichts des Anspruchs der Nationalsozialisten, allein zu repräsentieren, was deutsch sei, die Auseinandersetzung mit der eigenen Identität als Deutsche. Und dies verlangte in zweifacher Hinsicht die Auseinandersetzung mit der deutschen Geschichte. Es war zum einen aufzuarbeiten, daß 1933 die Nationalsozialisten in Deutschland gesiegt und die antifaschistischen Kräfte, ob bürgerlich-demokratisch, sozialdemokratisch oder kommunistisch, eine schwere Niederlage erlitten hatten; dabei war auch nach den Gründen dieser Niederlage und den möglichen Fehlern der nunmehr exilierten Kräfte zu fragen. Zum anderen aber galt es, sich der anderen, der demokratisch-liberalen, der revolutionären, der sozialistischen Traditionen deutscher Geschichte zu vergewissern, der Traditionen also, in denen sich die Exilierten selbst sahen und verstanden, aus denen heraus sie ihren Widerstand leisteten; zudem kam solcher Vergewisserung auch eine auf die Zukunft gerichtete Perspektive zu, als Erkundung der Möglichkeiten eines Neuaufbaus der deutschen Gesellschaft nach dem Faschismus.

So gibt es ein Bündel miteinander verschränkter Motive, in denen die hohe Bedeutung des historischen Erzählens im Exil begründet ist: die Hochschätzung des historischen Romans, der historischen Gattungen überhaupt am Beginn des Jahrhunderts; die Möglichkeiten indirekter Stellungnahme zum Faschismus im historischen Sujet; die Notwendigkeit der Warnung vor dem Faschismus und des Aufrufs zum Widerstand gegen ihn; das Erfordernis der Selbstvergewisserung der Exilierten über ihre politische (wie ebenso ihre persönliche) Identität angesichts politischer Niederlage und Exilierung; schließlich das Erfordernis der Verständigung über den Gang der deutschen Geschichte. Allerdings war das historische Schreiben keineswegs unumstritten. Die Zuwendung zu Stoffen der Vergangenheit sei, so wurde mehrfach, nicht zuletzt von marxistischen Kritikern, eingewandt, eine Flucht vor der Gegenwart und ihren Problemen; kritisiert wurde auch das Verfahren der Analogie, durch das historischer Stoff und aktuelle Politik aufeinander bezogen wurden und das – so der Einwand – weder dem vergangenen Geschehen noch der gegenwärtigen Problematik in ihrer jeweiligen Besonderheit gerecht werde.[4] Bei der hohen Bedeutung des historischen Schreibens verwundert es nicht, daß dieses Schreiben selbst Gegenstand einer umfänglichen Diskussion unter den Exilierten war. Sie wurde vornehmlich in der Exilpresse geführt; das historische Schreiben war aber auch Thema einiger Konferenzen und Kongresse des Exils. So gab es im November 1938 in Paris während der deutschen Kulturwoche, die zum fünfjährigen Bestehen des *Schutzverbandes Deutscher Schriftsteller im Exil* veranstaltet wurde, einen Diskussionsabend zu dem Thema »Der historische Stoff als Waffe im deutschen Freiheitskampf«, an dem neben anderen Hermann Kesten, Ludwig Marcuse, Lion Feuchtwanger, Alfred Döblin sowie Gustav Regler teilnahmen. Das Referat, das Regler an diesem Abend hielt, ist nicht erhalten; den Berichten zufolge hat er in seinem »wirksamen« Referat[5] zunächst die »beiden hauptsächlichsten Vor-

---

4 Vgl. dazu den Überblick bei Stephan: Exilliteratur. S. 194–205, und zu Regler im besonderen auch Schock: Regler. S. 332–344.

5 Pariser Tageszeitung 19. November 1938. S. 4; Autor vermutlich Rudolf Leonhard.

würfe« gegen das historische Schreiben, »den Vorwurf der Flucht in die Vergangenheit und den Vorwurf der Geschichtsverschandlung«, zurückgewiesen[6] und dann, wohl in einer Zusammenfassung der Diskussion, vor allem dazu aufgerufen, »mit den heutigen Verfälschern aller Geschichte abzurechnen« und die revolutionäre Tradition, die »Geschichte der Massen, unserer revolutionären Ahnen«, für den aktuellen Kampf gegen den Faschismus »fruchtbar zu machen«.[7] Regler wiederholte damit im wesentlichen, was er bereits drei Jahre zuvor, im Juni 1935 und also während der Arbeit an der *Saat,* als Thesen für eine Rede auf dem *Ersten Internationalen Schriftstellerkongreß zur Verteidigung der Kultur gegen Krieg und Faschismus* in Paris formuliert hatte. Zwar hielt Regler auf dem Kongreß unter der Überschrift *Unser Kampf zur Verteidigung der Kultur* eine gänzlich andere als die angekündigte Rede[8], die dem Kongreßbüro vorgelegten Thesen zur ursprünglich geplanten sind jedoch erhalten. In vier Thesen von unterschiedlicher Länge und unterschiedlichem Gewicht handelt Regler darin vom historischen Roman. Die beiden ersten sind eng aufeinander bezogen; in der ersten These nimmt Regler den Vorwurf auf, der historische Roman bedeute »Ausweichen vor der Gegenwart, Flucht des Schriftstellers aus den Kämpfen«, um in der zweiten deutlich zu widersprechen: »In Zeiten der Tyrannei kann er [der historische Roman] ein Mittel sein, Verbotenes zu sagen, da die Wahrheit nicht mehr geschätzt wird oder nicht mehr ertragen werden kann.« Regler spricht damit dem historischen Roman die Möglichkeit und die Aufgabe zu, im historischen Gewand über die Gegenwart zu sprechen; er hat dabei offensichtlich die Situation unter dem Faschismus, also in Deutschland selbst im Blick und nennt diese Art der Camouflage »Sklavensprache«. Mit der dritten These wird dem historischen Roman die »Aufgabe« des Kampfes gegen die geschichtsfälschenden

6 Das Wort. 4. Jg. 1939. Heft 2. Februar 1939. S. 137; Autor vermutlich Friedrich Wolf.

7 Deutsche Volkszeitung (Paris) 20. November 1938; Autor vermutlich Friedrich Wolf.

8 Vgl. dazu Walter: Freiheit. S. 9ff., zum möglichen inneren Zusammenhang dieser Rede mit den Thesen zum historischen Roman vgl. insbesondere auch S. 14.

»Inszenierungen« des Faschismus zugewiesen; wie bei der vorangehenden These schließt sich Regler hier gängigen, unter den Exilierten häufig geäußerten Auffassungen an. Auch in der vierten und zugleich umfangreichsten These nimmt er eine im Exil geläufige Argumentation auf, wenn er den historischen Roman als Gegenentwurf zu den Geschichtsverfälschungen durch die »herrschende Klasse« darstellt. Mehr noch als dem historischen Roman gilt diese vierte These jedoch dem ›richtigen‹ Geschichtsverständnis. Regler wendet sich explizit gegen Lion Feuchtwanger und dessen Verfahren der Analogie; diese »Konzeption«, nach der (so Regler) »man die historischen Fakten vernachlässigen kann, um sein eigenes Weltbild besser zu entwickeln«, führe in die »Irre«. Regler fährt fort: »Die Realität der Dokumente ›stört‹ niemals die Illusion.« Diese scheinbar auf Quellentreue abzielende und die Arbeit des Romanautors auf die historische Methode festlegende Aussage wird jedoch sogleich relativiert. Denn im nächsten Satz formuliert Regler mit nachgerade umfassendem Anspruch seine Vorgabe für das richtige Verstehen von Geschichte, für das Verständnis historischer »Realität«: »Der historische Materialismus ist in der Lage, die Totalität der Gesellschaft zu verstehen, die Rolle der Religion, der Politik wie der Ökonomie, der Persönlichkeit wie der revolutionären Kraft der Massen, des Geistes wie der Natur zu beleuchten.« Die Position für den Umgang mit den historischen Quellen wie für die Darstellung historischer Sachverhalte ist damit festgelegt. Zugleich formuliert Regler in dieser Feststellung die Grundlage seiner Arbeit an der *Saat*; immerhin sind diese Thesen mitten in der Arbeit an diesem Vorhaben entstanden, und die folgenden Sätze aus der vierten These lassen sich geradezu als programmatische Aussage über Ziel und Intention seines historischen Romans im Exil lesen: »Das Bild des Volkes ist in den historischen Kunstwerken bisher im Dunklen geblieben. Die herrschende Klasse hat das Andenken der Revolution verhöhnt. Das wahre Gesicht der Aufständischen wurde durch die Kirche und die anderen reaktionären Mächte entstellt. Der Verfasser historischer Romane muß sich ihrer Rehabilitierung widmen.«

Die Saat ist ein Bauernkriegsroman; mit der Wahl des Stoffes ordnet sich Regler in die Tradition der literarischen Bearbeitungen der bäuerlichen Volksbewegungen um 1500 ein. Allerdings wählt er als

Sujet nicht den großen Aufstand 1525, in dem diese revolutionäre Bewegung ihren Höhepunkt hatte und ihr blutiges Ende fand (und der, oftmals mit Thomas Münzer als Helden, häufig dargestellt wurde[9]). Vielmehr orientiert sich Regler an der Bundschuhbewegung im deutschen Südwesten, die zur Vorgeschichte des Aufstandes von 1525 gehört und in der Joß Fritz, die Zentralfigur der *Saat*, eine bedeutsame Rolle spielte. Zum Bundschuh werden im wesentlichen vier Verschwörungen gezählt (von Erhebungen, gar von Aufständen zu sprechen, ist insofern irreführend, als es in keinem Fall zu aufrührerischen Handlungen gekommen ist). Die erste geschah 1493 im Umfeld des elsässischen Schlettstadt. Sie wurde verraten; es kam zu Verhaftungen, zwei der Anführer, der Schlettstadter Altbürgermeister Hans Ulman und der Bundschuh-›Hauptmann‹ Klaus Ziegler, wurden hingerichtet. An den drei weiteren Verschwörungen war Joß Fritz maßgeblich beteiligt. Das Geburtsjahr von Joß Fritz ist so wenig bekannt wie das Jahr seines Todes; vermutlich wurde er um 1470 in Untergrombach bei Bruchsal geboren, wo er leibeigener Bauer war und im Winter 1501/02 die Bundschuh-Verschwörung von Untergrombach plante und organisierte. Im April 1502 sollte das Schloß Obergrombach erstürmt, dann die Stadt Bruchsal eingenommen werden. Der Plan wird von dem Mitverschwörer Lux Rapp verraten; die Obrigkeit greift zu. Zehn Verschwörer werden hingerichtet; Joß Fritz kann entkommen. 1513 ist er der Organisator und, wie es in einem zeitgenössischen Lied heißt, der »haubtsächer« und »haubtmann« der Bundschuh-Verschwörung von Lehen[10], einem Dorf im Breisgau nahe Freiburg, in dem Joß Fritz als Bannwart ansässig geworden war. Auch dieser Bundschuh wird verraten. Zahlreiche Bundschuher werden verhaftet, dreizehn hingerichtet. Joß Fritz kann erneut entkommen. 1517 versucht er ein drittes Mal, eine Bundschuh-Erhebung ins Werk zu setzen, wiederum am Oberrhein. Erst diese Verschwörung umfaßt, im Unterschied zu den drei vorangehenden, die lokal eng begrenzt geblieben waren, einen weiteren Raum. Doch dieser Versuch wird ebenfalls

---

9 Vgl. dazu Wunderlich: Spur des Bundschuhs.

10 Vgl. Rochus von Liliencron: Die historischen Volkslieder der Deutschen vom 13. bis 16. Jahrhundert. Theil III. Leipzig 1867. Repr. ND Hildesheim 1966. S. 133–138, Nr. 284.

verraten; die Obrigkeiten ergreifen Gegenmaßnahmen. Aber auch die Bundschuher sind gewarnt; nur wenige können verhaftet werden. Joß Fritz kann wiederum entkommen. Von da an verliert sich seine Spur; beim Aufstand der Bauern im südlichen Schwarzwald 1524, am Vorabend des Bauernkriegs von 1525, soll er noch dabei gewesen sein; eine Quelle berichtet: «unter solichen bawern ist auch Fritz von Grumbach us dem Stieft Spyer mit einem alten grawen barth gewesen«.[11]

Regler hat für seinen Roman vier historische Darstellungen zu Bauernkrieg und Bundschuh verwendet: Wilhelm Zimmermanns große Arbeit zum deutschen Bauernkrieg, die an Zimmermann angelehnte Darstellung von Friedrich Engels, die umfangreiche und detaillierte Arbeit von Albert Rosenkranz zum Bundschuh sowie die lokalhistorische Arbeit zum Bundschuh im Bistum Speyer von Richard Herold[12]. Für die Maximilianhandlung des Romans hat Regler offensichtlich, wie eine Reihe von Details bestätigt, die er übernommen hat, die umfangreiche Biographie Heinrich Ulmanns genutzt[13]; die Verwendung weiterer Darstellungen ist nicht auszuschließen, konnte jedoch bisher nicht nachgewiesen werden. In seiner *Selbstanzeige* der *Saat* spricht Regler von einer »alten Dokumentensammlung des 15. Jahrhunderts«, die er konsultiert haben will, sowie von »mittelalterlichen Protokollen gefolterter rebellischer Bauern«, die er in Straßburg eingesehen habe.[14] Auch der Erzähler des Romans bezieht sich insgesamt drei Mal auf Chroniken[15]. Daß Regler unmittelbar an historischen Quellen gearbeitet hat, kann nicht ausgeschlossen werden. Gleichwohl ist viel eher anzunehmen, daß Reglers Angaben in der *Selbstanzeige* vor allem dazu dienen sollen, die Authentizität der historischen Darstellung im Roman zu beglaubigen. Immerhin konnte er das Detail, das er nach der *Selbstanzeige* den Quellen entnommen haben will, in der Darstellung von Rosenkranz nachlesen; möglich ist auch, daß er einschlägige

---

11 Zit. nach Rosenkranz: Bundschuh. Bd. I. S. 179, Anm. 1.

12 Vgl. Literaturverzeichnis; zu Reglers Arbeit mit diesen Quellen vgl. Schock: Regler. S. 357ff., Walter: Freiheit, v.a. S. 16–27.

13 Vgl. Literaturverzeichnis; die Vermutung, Regler habe Ulmann benutzt, hat bereits Walter ausgesprochen, vgl. Walter: Freiheit. S. 21.

14 Vgl. hier S. 333. Möglicherweise läßt sich diese Aussage Reglers darauf beziehen, daß er den Quellenband von Rosenkranz benützt hat.

15 Vgl. hier S. 27, 228, 288.

Texte in dem von Rosenkranz herausgegebenen, die Darstellung ergänzenden Quellenband zur Kenntnis genommen hat. Und für den Erzähler der *Saat* kann Gleiches gelten; seine Hinweise auf Chroniken und Chronisten sind fiktiv, und so haben auch sie allein den Zweck, die historische Glaubwürdigkeit des Erzählten zu unterstützen.[16]

Die Betonung der historischen Glaubwürdigkeit des Erzählers war gerade auch deshalb geboten, weil die aktuelle Zielrichtung des Romans außer Frage steht; die *Saat* ist vor allem anderen ein antifaschistischer Roman. In seiner *Selbstanzeige* stellt Regler zur Beziehung des historischen Stoffes zur Gegenwart fest: »Hundert Parallelen boten sich täglich. Ich hatte nicht nötig, Geschichte zu vergewaltigen, um aktuell im guten Sinn zu bleiben.«[17] Solche Parallelität zwischen erzähltem und gegenwärtigem Geschehen, durch die gleichsam im historischen Sachverhalt die Gegenwart sichtbar und damit die historische Darstellung zur aktuellen Aussage wird, ist etwa gleich zu Beginn des Romans in der Gerichtsszene wirksam: Gewalt, Willkür, Terror sind die Mittel, mit denen die Herrschenden im 15. und 16. wie im 20. Jahrhundert ihre Herrschaft sichern. Die Aktualität des Erzählten ist hier unmittelbar evident. Regler unterstreicht allerdings solche Parallelität noch dadurch, daß er aktuelle Sachverhalte oder Ereignisse in historisch abgewandelter Form in das erzählte Geschehen integriert. Ein Beispiel für solche Überblendung von historischem und aktuellem Geschehen bietet etwa die Bemerkung von Joß Fritz zu den Mißhandlungen der Türken an ihren Gefangenen: »Gefangene sah ich in Regensburg, die unser Lösegeld zurückgekauft. Auf ihren Rücken hatten die Türken ihr Zeichen eingebrannt. Zum Hohn. Als sie sie mißhandelten, die sie heimtückisch bei Nacht aus den Betten geraubt« (S. 63). Regler spricht hier den Türken zu, was er als nazistischen Greuel bei seiner Mitarbeit an dem von Willi Münzenberg herausgebrachten *Braunbuch über Reichstagsbrand und Hitler-Terror* erfahren hatte; dort wird in einem vermutlich von Regler selbst bearbeiteten Text von einem von den Nazis getöteten Journalisten berichtet, auf dessen Körper »Hakenkreuze eingeschnitten und einge-

16 Walter: Freiheit. S. 22f. u. 72f.

17 Vgl. hier S. 332.

brannt« waren.[18] Auch in seiner Autobiographie *Das Ohr des Malchus* und gleichermaßen in seinem Roman über den Saarkampf *Im Kreuzfeuer* berichtet Regler von solcher Mißhandlung durch die Nazis.[19] Auch die nächste von Joß Fritz angeführte türkische Greueltat bietet eine solche Überblendung. Der Sultan habe, berichtet Joß Fritz, »seinen Großvesir mit der seidenen Schnur erwürgen lassen und tausend seiner Janitscharen niederhauen lassen. Ohne Gericht. Ohne Urteil. Einige riefen seinen Namen, als sie starben, so wenig wußten sie von der Untreue, der ihre Verleumder sie beschuldigt.« (Ebd.) Es ist unverkennbar, daß Regler hier auf den sogenannten Röhm-Putsch vom 30. Juni 1934 anspielt, bei dem Hitler den Chef der SA, zahlreiche SA-Führer und weitere, dem Regime unliebsame Personen ›ohne Gericht‹, ›ohne Urteil‹ ermorden ließ.[20]

»Verbotenes zu sagen« ist, wie Regler in der zweiten seiner Thesen zum historischen Erzählen schreibt, eines der Ziele des historischen Romans. Die Überblendung von historischem und aktuellem Geschehen ist eine der Möglichkeiten, dieses Ziel zu erreichen. Dies gilt in besonderer Weise für die Leser und Leserinnen innerhalb Deutschlands; hier bietet der Roman eine verdeckte Darstellung des faschistischen Terrors, über den nicht mehr offen gesprochen werden konnte und dem zugleich im erzählten Geschehen und vor allem in der Figur des Joß Fritz zwar im historischen Gewand, aber durchscheinend für die Gegenwart, unbeugsamer Widerstand und ungebrochene revolutionäre Zuversicht entgegengesetzt werden. Regler hat diese Intentionen in geschickter Weise in das erzählte Geschehen integriert. Zu den Aufgaben, die im Roman den Bettlern und Fahrenden, die auch sonst eine nicht unwichtige Rolle spielen, zugewiesen werden, gehört es, Geschichten zu erzählen; Martin, die zweite Hauptfigur des Romans, beschreibt diese Aufgabe:

Erst einmal durcheinanderwirbeln! Schreckenssterne an den Himmel malen. Die Wölfe muß man heulen hören um Mitternacht. […] Kein

18 Vgl. Walter: Freiheit. S. 103f., dort auch das Zitat.
19 Vgl. Schock: Regler. S. 367.
20 Vgl. ebd. S. 368.

Einfall ist zu schade, man soll nicht mehr sparen mit Geschichten. Die Welt ist voll von ihnen. Man muß sie nur herumtragen. Immer noch Feuerholz unter den Kessel! Er muß überkochen […]. (S. 159)

Zuerst erzählen die Bettler und Fahrenden von Vorfällen obrigkeitlicher Gewalt. Später wechseln sie »von den Schreckensgeschichten zu Aufstandsberichten« (S. 162). Als über das Bistum Speyer das Interdikt verhängt wird, erzählen sie »Geschichten über die Pfaffen, die trotz Interdikt im Fett saßen und Ferien machten mit Kurtisanen und Nönnlein bei Fasan und Pfälzerwein« (S. 227), und sie erzählen, wie in einzelnen Dörfern der Kirche die Abgaben verweigert werden. Die Erzählungen leisten so einen wichtigen Beitrag bei der Vorbereitung der revolutionären Erhebung; sie schärfen das Bewußtsein der Unterdrückung, schüren den Unwillen der Unterdrückten, wecken und nähren die Hoffnung, daß durch eigene Tat Herrschaft, Gewalt und Unterdrückung beseitigt werden können. Ausdrücklich wird im Roman die exemplarische Bedeutung dieses Erzählens vermerkt: »Die Bettler sind vermodert, ihre frechen, geheimnisvollen, phantastischen und traurigen Erzählungen haben Früchte getragen, die Technik ihrer Erzählerkunst bleibt neu zu lernen.« (S. 160). Als autoreflexive Aussagen verweisen die Erzählungen der Bettler darauf, daß es nicht die Absicht Reglers war, einen historischen Schlüsselroman zu schreiben, dessen erzähltes Geschehen sich unmittelbar auf das nationalsozialistische Deutschland beziehen und in allegorisierender Deutung auf die Verhältnisse im Faschismus angewandt werden sollte; solche Deutung führt, worauf Günter Scholdt aufmerksam gemacht hat, auch in kaum auflösbare Widersprüche.[21] Regler selbst hat sich in seiner *Selbstanzeige* ausdrücklich gegen solche Interpretation verwahrt. »›Die Saat‹ ist kein Schlüsselroman«, schreibt er und fügt, die gleichwohl gegebene, ›durchscheinende‹ Aktualität herausstellend, hinzu: »aber der Kämpfer unserer Tage wird seine Trauer darin finden, sein

21 Vgl. Scholdt, Günter: Autoren über Hitler. Deutschsprachige Schriftsteller 1919–1945 und ihr Bild vom ›Führer‹. Bonn 1993. S. 456–458. Diese Widersprüche (etwa hinsichtlich der »Festlegung des Hauptgegners«, ebd. S. 458) lassen sich möglicherweise aus der politischen Unsicherheit Reglers gerade nach der Niederlage im Saarkampf erklären, vgl. dazu auch unten S. 370f.

Entsetzen, seinen Hass, seine Hoffnung und einige der Gründe für die Schwere des Kampfs.«[22] Das erzählte historische Geschehen bietet so einen »Assoziationsrahmen«[23], der Verknüpfungen von Vergangenheit und Gegenwart erlaubt. *Die Saat* berichtet von Willkür, Gewalt und Terror der Herrschenden und erzählt zugleich von einem musterhaften Beispiel für die Möglichkeiten des Widerstandes gegen Herrschaft, Gewalt und Unterdrückung; zu Recht spricht Gerhard Schmidt-Henkel vom Parabelcharakter des Romans.[24] Wie die Erzählungen der Bettler im Roman soll der Roman selbst bei seinem Publikum das Bewußtsein der Unterdrückung schärfen, die Hoffnung auf Veränderung nähren und Möglichkeiten des Sichwehrens und der Auflehnung vorstellen. Allerdings schafft dieser Modellcharakter, durch den der historische Roman gewissermaßen eine Großform uneigentlichen Sprechens wird, auch ein erhebliches methodisches Problem bei der Deutung. Zwar enthält das Erzählte die Möglichkeiten des aktuellen Bezugs in sich und wird so gleichsam durchsichtig für andere als die erzählten Sachverhalte; solches Durchscheinen der aktuellen Wirklichkeit muß jedoch jeweils im einzelnen vom Leser oder von der Leserin realisiert werden (wobei auch spezifisches Wissen verlangt ist). Diese prinzipielle Offenheit des Textes erfordert methodische Vorsicht. Rasche Schlüsse vom Erzählten auf aktuelle Sachverhalte sind ebenso zu vermeiden wie allegorisierende Ausdeutungen, vielmehr ist in eher behutsamer Deutungsarbeit davon auszugehen, daß Regler Sachverhalte und Problemstellungen der Gegenwart in durchaus unterschiedlicher Stufung der bewußten Gestaltung und Auseinandersetzung in der historischen Darstellung bearbeitet und durchspielt. Nicht die Festlegung auf eine spezifische – aktuelle – Bedeutung kann deshalb Ziel der Deutung sein, vielmehr die – durchaus offen gehaltene – Bereitstellung möglicher Bezüge zur Gegenwart der Entstehungszeit des Romans.

Allerdings bietet die *Saat* hinsichtlich der Historizität des Erzählten ein sehr unterschiedliches Bild. So folgt Regler durchaus den Darstellungen, die er als Quellen nutzte. Er übernimmt, beispielsweise bei der

22 Vgl. hier S. 334.
23 Schock: Regler. S. 364 u. ö.
24 Schmidt-Henkel: Regler. S. 189.

Maximilianhandlung, historische Details; er verwendet authentische Namen, so die der Bauern oder – wie im Fragment *Die Wiedertäufer* – den der Blumenecks, der Grundherren, bei denen der historische Joß Fritz Bannwart war; und er folgt seinen Quellen bei der Zeichnung realer historischer Figuren wie – neben Joß Fritz selbst – dem Kaiser Maximilian oder dem Bischof von Speyer. Andererseits jedoch gibt es in der *Saat* auffällige historische Ungenauigkeiten, Regler sind Nachlässigkeiten, ja Anachronismen unterlaufen. Neben Flüchtigkeiten, die auf die rasche Produktion des Romans zurückgeführt werden können, sind eklatante Verstöße gegen die historische Authentizität zu vermerken – so etwa, wenn Regler seine Vaganten Tabak rauchen oder die Bauern Kartoffeln einlagern läßt, beides nur wenige Jahre nach der Entdeckung der Neuen Welt, aus der Tabak und Kartoffeln überhaupt erst nach Europa kamen. Hans-Albert Walter hat weitere solche Anachronismen verzeichnet[25] und dabei gezeigt, daß insbesondere bei sozialhistorischen Fakten, bei den gewissermaßen alltäglichen Sachverhalten und Umständen immer wieder historische Ungereimtheiten erscheinen, die durchaus auf mangelnde historische Kenntnisse schließen lassen und bei denen Regler spätere Gegebenheiten, teilweise auch die der eigenen Erfahrung, ins späte Mittelalter übertragen hat; das gilt etwa für die Ausstattung der Bauern mit Feuerwaffen oder hinsichtlich der Bedeutung, die er der Schriftlichkeit bei der Bundschuhverschwörung und den Aktionen der Bauern zuerkennt[26], oder auch, wenn er eine Dorfkirche mit einer »Orgel« und einem »goldene[n] Tabernakel« ausstattet (S. 209). Man kann kaum umhin, hier von handwerklichen Fehlern Reglers zu sprechen, die immerhin dazu führen, daß im Wechselspiel von historischem Geschehen und aktueller Bedeutung die Historizität zurücktritt (und insofern auch Reglers Vorwurf an Feuchtwanger, er vernachlässige die historischen Fakten, auf die *Saat* selbst zurückfällt[27]). Schwieriger allerdings ist der Umgang mit solchen Ungenauigkeiten und Verstößen gegen die Historizität, die im Kontext des Erzählten durchaus Funktion bekommen (oder jedenfalls zugesprochen erhalten können), die – anders

---

25 Vgl. Walter: Freiheit. S. 82ff., S. 272ff.
26 Vgl. ebd. S. 84f., 86f.
27 Vgl. oben S. 349.

gesagt – gleichsam als ›Fehlleistungen‹ verstanden werden können, bei denen die aktuelle Bedeutsamkeit das Historische überformt. So ist etwa die hohe Lesefähigkeit, die Regler seinem Joß Fritz und ebenso seiner Figur Martin zuerkennt und die einer historischen Überprüfung nicht stand hielte, als eine Aufwertung der beiden revolutionären Figuren zu verstehen, die in deren Konzeption durchaus Sinn macht. So ist letztlich auch angesichts der historischen Nachlässigkeiten Reglers und deren Analyse der methodische Grundsatz der Vorsicht und Behutsamkeit zu wiederholen. Diskrepanzen und handwerkliche Ungleichmäßigkeiten sind allerdings auch sonst im Roman auszumachen. Zu Recht spricht Walter von »ästhetischen Defiziten«, die neben der gleichermaßen festzustellenden und den Roman insgesamt bestimmenden »handwerklichen Solidität« zu beobachten seien.[28]

Abgesehen von den Nachlässigkeiten und den Verstößen gegen die historische Authentizität hat Regler zudem das historische Geschehen, wie er es in seinen Quellen dargestellt fand, in teilweise erheblicher Form verändert. Zu diesen Änderungen gehört etwa die Aufwertung der Rolle, welche die Schweiz in den Erwartungen und Hoffnungen der Bundschuhbauern in der *Saat* spielt. Das Motiv dieser Abwandlung ist leicht zu erschließen; bereits in einigen Rezensionen des Romans im Exil wird darauf hingewiesen, daß Regler hier eine versteckte Auseinandersetzung mit der Sowjetunion und deren Rolle in den dreißiger Jahren führt.[29] Bedeutsamer allerdings als diese, unmittelbar auf aktuelle Sachverhalte beziehbare Modifikation der historischen Gegebenheiten ist die Konzentration der Bundschuherhebungen, die Regler vornimmt und zugleich mit einer Ausweitung der Rolle von Joß Fritz verbindet. Regler datiert Gegebenheiten und Geschehnisse von 1513 und 1517 auf das Jahr 1502 und die Zeit davor; er konzentriert damit die drei Bundschuh-Verschwörungen, an denen der historische Joß Fritz beteiligt war, in einen Geschehenszusammenhang und faßt sie zu einer einzigen Verschwörung zusammen. Zugleich läßt er seinen Joß Fritz an der Bundschuh-Verschwörung von Schlettstadt 1493 teil-

28 Vgl. Walter: Freiheit. S. 277, 279; Walter bietet S. 277ff. eine ausgewogene und gerade in der Ausgewogenheit voll überzeugende Würdigung der literarischen Leistung Reglers in der *Saat*.

29 So z. B. von Ludwig Marcuse, vgl. Schock: Regler. S. 393.

haben, an der der historische Joß Fritz nicht beteiligt war; und nach 1493, also zwischen den beiden in der *Saat* erzählten Verschwörungen, läßt er Joß Fritz am Türkenfeldzug teilnehmen, wofür es keine historischen Belege gibt. Dabei macht Regler einen kundigen Leser, dem der Ablauf des faktischen Geschehens bekannt ist, auf eine versteckte Weise darauf aufmerksam, daß er die ›richtigen‹ Daten kennt und also absichtsvoll geändert hat. Am Ende des Romans, als die Verschwörung bereits verraten und der Aufstand unmöglich geworden ist, Joß Fritz aber noch an seine Möglichkeit glaubt und weiter vom Aufstand spricht, antwortet ihm der Fuhrknecht, der ihm zur Flucht verhelfen will: »Der sei vielleicht in vier Jahren mal wieder« (S. 318). Die letzte der drei Bundschuh-Verschwörungen des Joß Fritz war 1517, *vier* Jahre nach dem Bundschuh von Lehen, dessen Ablauf Regler zahlreiche konkrete Details entnimmt. Auch bei der Maximilianhandlung hat Regler Veränderungen vorgenommen. Er konzentriert Ereignisse der neunziger Jahre des 15. Jahrhunderts auf die Monate des in der *Saat* erzählten Feldzugs, wobei er auch chronologische Umstellungen in Kauf nimmt; zudem hat er die gelegentlichen Scharmützel mit den Türken zu einem Feldzug stilisiert, der so nicht stattgefunden hat.[30]

Die Motive, die Regler zu den Änderungen veranlaßten, lassen sich nur vermuten. Mit der Konzentration der drei Verschwörungen zu einer einzigen wird jedenfalls der exemplarische Charakter des Erzählten hervorgehoben; die Orientierung am faktischen Geschehen hätte zudem bedeutet, die dreifache Niederlage der Bundschuh-Verschwörungen darstellen zu müssen, was der Vermittlung revolutionärer Zuversicht zweifellos abträglich gewesen wäre. Allerdings beginnt der Roman durchaus mit der Niederlage des Schlettstadter Bundschuhs von 1493; die Verknüpfung dieser Revolte mit Joß Fritz ist wohl als eine Anspielung auf die Niederlage der antifaschistischen Kräfte 1933 zu verstehen: Joß Fritz ist am Beginn des Romans auf der Flucht; seine Situation gleicht der der Exilierten. Zudem verschafft sich Regler mit dieser Verknüpfung die Möglichkeit, seinen Joß Fritz als Landsknecht am Türkenfeldzug teilnehmen zu lassen.[31] Die Datierung der

30 Vgl. dazu die Hinweise bei den Erläuterungen, S. 337ff.

31 Die Konzentration der Maximilianhandlung ist zum einen wohl darin begründet, daß Regler die Ereignisse des Feldzugs möglichst in sich geschlossen

erzählten Bundschuh-Verschwörung auf das Jahr 1502, also in deutlich größerem zeitlichen Abstand vom Bauernkrieg 1525 als die realen Verschwörungen von 1513 und 1517, mag darin begründet sein, daß Regler davor warnen wollte, die Stabilität des faschistischen Regimes zu unterschätzen[32]; die Umdatierung gehört damit wie die Rolle der Schweiz zu der Auseinandersetzung, die in der *Saat* mit der Politik der Sowjetunion und mit der kommunistischen Parteilinie geführt wird. Die Legitimität eines solchen Verfahrens im historischen Roman steht außer Frage und widerspricht auch nicht der von Regler in seinen Thesen von 1935 postulierten Quellentreue; hier handelt es sich nicht um vermeidbare Verstöße gegen die Historizität, vielmehr um intentionale, den Modellcharakter des Erzählten unterstützende Gestaltung. Indem sich Regler, der Tradition historischen Erzählens folgend, von der historischen Faktizität löst, schafft er sich die Freiheit, dem historischen Geschehen die Bedeutsamkeit des Exemplarischen zu geben. Die Bundschuh-Verschwörungen werden so zum Modell der revolutionären Erhebung, das seine Gültigkeit auch im Kampf gegen den Faschismus hat, dort gewissermaßen eine Aktualisierung erfährt. Im übrigen hat Regler mit dem Verweis auf den historischen Materialismus in seinen Thesen von 1935 seine theoretische und geschichtsphilosophische Grundlage angegeben, auf der er vergangenes Geschehen und Gegenwart aufeinander bezieht; in der *Selbstanzeige* ist dieser Hinweis ebenfalls zu finden: »Die materialistische Analyse, die ich versuche, ergab Analogien, die oft verblüffend waren.«[33]

Auch bei der Zentralfigur seines Romans, bei Joß Fritz, hat Regler erhebliche Veränderungen vorgenommen, wobei er an das Bild anschließt, das er in den von ihm genützten Darstellungen vorfand. Bereits zu seinen Lebzeiten war Joß Fritz, über den die Quellen nur wenige und nicht durchweg zuverlässige Angaben überliefern, zur Legende geworden. Als »Mythos der Revolution« rage Joß Fritz in die Ereignisse von 1525, heißt es in einer neueren Darstellung des

---

darbieten wollte; zum andern kann er damit den Herrscher Maximilian mit seinem Machtbewußtsein, seiner Geldgier, seiner Rachsucht zur Gegenfigur der bäuerlichen Revolutionäre stilisieren.

32 Vgl. Schock: Regler. S. 376.

33 Vgl. hier S. 334.

Bauernkriegs.[34] In der historischen Deutung findet dies seine Fortsetzung, zumal in der Geschichtsschreibung der bürgerlichen, dann der sozialistischen und kommunistischen Linken. Für Wilhelm Zimmermann, der seine Darstellung des Bauernkriegs im Vormärz schrieb, sind die bäuerlichen Aufstände »ein Kampf der Freiheit gegen unmenschliche Unterdrücker, des Lichtes gegen die Finsterniß«, und von Joß Fritz zeichnet Zimmermann ein von parteilicher Sympathie geprägtes Bild: Er habe zu denen gehört, »deren Sache nicht Worte machen oder Klagen war, sondern die That«.[35] An Zimmermanns Darstellung orientiert, formt Friedrich Engels das Bild des »Musterkonspirateurs« Joß Fritz.[36] Für Albert Rosenkranz ist Joß Fritz die »Verkörperung des Umsturzgedankens in der ländlichen Bevölkerung Südwest-Deutschlands«.[37] Der historischen Figur Joß Fritz wird damit eine Bedeutsamkeit zuerkannt, die über die historische Faktizität hinausweist und die sich in der Erinnerung, also der Vergegenwärtigung der Figur entfaltet: In Joß Fritz ist die bäuerlich-revolutionäre Volksbewegung des 15. und 16. Jahrhunderts personifiziert; Joß Fritz wird zum Mythos der Revolution. Diesen Mythos schreibt Regler in seinem Roman fort. Sogleich am Beginn der *Saat* wird die mythische Überhöhung deutlich. Der Roman beginnt mit einem Ausruf von Joß Fritz, der nach dem gescheiterten Schlettstadter Bundschuh auf der Flucht ist: »Nein, ich will deinen Kelch nicht trinken« (S. 8). Die Anspielung auf Gethsemane ist offensichtlich; Reglers Joß Fritz hat so von Beginn an die Qualität einer Erlöserfigur – eines Erlösers allerdings, der sich, anders als Christus in Gethsemane, gegen das von Gott Verhängte auflehnt und den Kelch zurückweist.

Zur Personifikation der bäuerlichen Revolution und zum exemplarischen Fall des Revolutionärs wurde Joß Fritz insbesondere durch seine Unbeugsamkeit auch in der Niederlage. Hinzu kommt seine Fähigkeit zur konspirativen Organisation. Zimmermann beschreibt detailliert, wie Joß Fritz mit Hilfe der Bettler und Fahrenden, die Nachrichten verbreiten und Anhänger werben, ein weitgespanntes

34 Franz: Bauernkrieg. S. 66.
35 Zimmermann: Geschichte. S. 155, 156.
36 Engels: Bauernkrieg. S. 364.
37 Rosenkranz: Bundschuh. Bd. 1. S. 178.

Informationsnetz aufbaut und in Verbindung mit wenigen, ortsansässigen Mitverschworenen so seiner revolutionären Tätigkeit den logistischen Rahmen gibt; Regler hat gerade auch diesen Aspekt der revolutionären Tätigkeit in seine Darstellung aufgenommen und weiter ausgeführt. Die Legendenbildung um Joß Fritz und die Möglichkeit der Mythisierung der historischen Figur gründen jedoch vor allem in dem Sachverhalt, daß Joß Fritz sich den Nachstellungen der Obrigkeit stets entziehen konnte, daß er nicht, wie andere Bauernrevolutionäre, dem Henker zum Opfer fiel. Seine Spur verliert sich in der Geschichte; dies ist die Voraussetzung dafür, daß die historische Figur zum Mythos der stets erneuerten Revolution werden konnte. Die Unbeugsamkeit des historischen Joß Fritz wird überführt in revolutionäre Zuversicht, die in der mythischen Figur ihre Verkörperung findet. Bei Zimmermann heißt es: »Er verstand es, dem Ungläubigen Glauben und Hoffnung, dem Zaghaften Muth und Zuversicht einzuflößen, seine Rede dem Charakter eines Jeden, zu dem er sprach, anzupassen und diesen von der materiellen, jenen von der religiösen Seite für seine Gedanken zu gewinnen. Nicht Wochen und Monate, Jahre ließ er sich nicht ermüden, um die abgerissenen Fäden seines Planes da und dort wieder anzuknüpfen zu einem neuen Gewebe.«[38] Dieses zentrale Moment des Mythos Joß Fritz wird auch von Regler markant herausgestellt. Am Anfang des Kapitels ›Ortsgesellen und Vaganten‹, das die Mitte des Romans bildet und mit dem, nach der Rückkehr von Joß Fritz und Martin vom Türkenfeldzug, die erneute revolutionäre Tätigkeit der beiden beginnt, steht eine längere Reflexion des Erzählers über den stets zu erneuernden Kampf gegen Unterdrückung. Sie setzt mit allgemeinen Feststellungen ein und konkretisiert diese in der Figur Joß Fritz. Am Schluß formuliert der Erzähler die revolutionäre Zuversicht, die in der Unbeugsamkeit von Joß Fritz verkörpert ist. Zugleich wird deutlich, daß Joß Fritz zum Träger der Hoffnung werden konnte, weil er der Gewalt der Herrschenden stets entkam:

Er ging seine Wege zwanzig Jahre, und sein Eifer ermattete niemals mehr. Nie erreichte ihn der Henker. Er verschwand wie er gekommen. Sein Grab

38 Zimmermann: Bauernkrieg. S. 42f.

ist unbekannt. Sein Glaube lebt in abertausend Bauern bis auf diesen Tag, da wir die Geschichte seines Lebens fortfahren zu schreiben. (S. 139)

Vor allem der Schluß des Romans ist von der Darstellung revolutionärer Zuversicht in der Figur Joß Fritz bestimmt. Der Erzähler spricht seine Figur unmittelbar an:

Der Bundschuh wird nicht mehr sein, Joß Fritz, aber an seiner Stelle wird der arme Konrad da sein und die Bauern in den Ring laden. Mit Waffen werden achttausend Bauern vor den Toren von Schorndorf stehen. Den Dolch werden sie heben gegen den frechsten der Herzöge. Nur einige Jahre noch, und der erste Zug marschiert mit Trommeln und Pfeifen an einen Bach wie diesen da vor deinen Füßen, Joß, und wirft die Schandgewichte der Unterdrücker ins Wassergrab. Und du wirst dabei sein, Joß Fritz […]. Einige Jahre noch, und über diese Ebene wird eine andere Schar ziehen und wird die Kanonen auf Bruchsal richten. Hinüberbrüllen werden die Feldschlangen zu den Mauern und du wirst wieder dabei sein.« (S. 328f.)

Dann konfrontiert der Erzähler den Revolutionär mit dem Kaiser, der Inkarnation von Herrschaft, Gewalt und Betrug:

Dein Kaiser […] wird tot sein. […] Sein Herz, in dem nur der kleine Haß des Beleidigten und das schwelende Feuer des Machtgierigen brannten, wird vermodert sein, aber das deine wird schlagen und tausend andere entzündet haben. Seine Hände, die rafften und scheffelten, werden leer sein, in deinen aber wird die Fahne des großen Kampfes stehen. Von seinem Andenken wird Kälte ausgehen wie von dem Marmor, der seinen Sarkophag bedeckt. Von dir aber wird ausgegangen sein der Ruf zur Freiheit. Sein Reich wird verfallen. Deine Sache aber hat ihren Fortgang, Joß Fritz, und was auch geschehen mag: der Bundschuh wird eingedrückt bleiben in allen Wegen des Reichs, über die er ging. (S. 329)

Joß Fritz – obwohl jetzt geschlagen und auf der Flucht – wird hier gleichsam zur Metapher – oder eben zum Mythos. Er wird zur Verheißung für die Zukunft, geht ein in das Bild von der Morgenröte der Revolution, das am Ende des Romans aufscheint, in dessen letzten

Sätzen Joß Fritz gleichsam aus der Realität heraustritt und hineingeht in die Bilderwelt des Mythos:

Das Mädchen stand in dem leichten Rot des Morgens. […] Sie wartete, daß er sich nocheinmal umwende. Er ging geradeaus weiter. […] Dann winkte sie die Straße hinab.

Joß Fritz war schon nicht mehr zu sehen. (S. 329)

Für diese Mythisierung der Figur des Joß Fritz ist eine der Änderungen, die Regler vorgenommen hat, von Gewicht: Anders als der historische ist Reglers Joß Fritz nicht ortsansässig. Er ist vielmehr stets unterwegs, als Flüchtender am Anfang, als Landsknecht im Türkenfeldzug, als Organisator der Verschwörung; er ist selbst – wie die Bettler – ein Fahrender und darin Träger des revolutionären Gedankens. Und wie Regler damit seinen Joß Fritz gewissermaßen aus der räumlichen Verortung herauslöst und so seine mythische Qualität verstärkt, so läßt er auch die Zeitverhältnisse verschwimmen. Es gibt in dem Roman nur wenige genaue Zeitangaben, die – soweit überhaupt vorhanden – auch eher versteckt gehalten sind. Der Leser wird zwar, vor allem durch die Maximilianhandlung, über die historische Einordnung des erzählten Geschehens informiert, der zeitliche Verlauf innerhalb dieses Geschehens wird jedoch nicht genauer markiert; es bleibt durchweg bei allgemein gehaltenen temporalen Angaben. Auch damit wird die überzeitliche Bedeutung des Geschehens herausgestellt, und Joß Fritz wird aus der historischen Einbettung hinausgehoben ins Mythische.

Dem Mythos des Revolutionärs beigegeben ist auch das revolutionäre Symbol der Fahne. Bereits bei den Zeitgenossen ist die Figur Joß Fritz eng mit der Bundschuhfahne verbunden; sie wird in den Quellen beschrieben, und es wird erzählt, wie Joß Fritz sie beschaffte und sie, als er entkam, mit sich trug und so für die Zukunft rettete. Entsprechend wird auch in den historischen Darstellungen ausführlich von der Bundschuhfahne gehandelt. Joß Fritz wird zum Bannerträger der Revolution; die Fahne, die er beschafft und bei sich trägt, ist die symbolische Verdichtung des Mythos der stets erneuerten Revolution, den er personifiziert. In der *Saat* ist an exponierter

Stelle, im ersten und im letzten Kapitel, von der Bundschuhfahne die Rede – von zwei verschiedenen Fahnen, um genauer zu sein. Im ersten Kapitel, in dem die Flucht von Joß Fritz nach der gescheiterten Bundschuh-Verschwörung von Schlettstadt 1493 erzählt wird, trägt Joß Fritz die Fahne bei sich; am Schluß des Kapitels legt er sie in das Grab der hingerichteten Bauern: »die Hoffnung auf morgen wurde zugedeckt, verschüttet das Bild, das in bessere Zukunft führen sollte« (S. 33). Im letzten Kapitel wird zunächst relativ knapp die Beschaffung der Fahne erzählt; an seinem Ende erhält Joß Fritz, wiederum auf der Flucht, die Fahne und nimmt sie mit sich. Der Erzähler versichert ihm – und den Lesern – die fortdauernde Zuversicht, die die Fahne symbolisiert: »Einige Jahre noch, und über diese Ebene wird eine andere Schar ziehen [...]. Die Fahne wird flattern, und erschrecken werden nun auch die Großen vor dem Bundschuh« (S. 329). In das letzte Kapitel ist, gleich zu Beginn, auch eine Reflexion des Erzählers über die Bundschuhfahne eingefügt, über dieses »Zeichen«, vor dem die Herrschenden erschrecken, »bei dessen Nennung die Städter damals die Tore schlossen, die Ritter den Degen zogen, die Fürsten den Profos wie zum Schutz neben sich an den Thron riefen, der Kaiser vor Wut erblaßte und die Nonnen der Waldklöster ihre Röcke näßten« (S. 303). Es dürfte erlaubt sein, diese Reflexion auch aktuell zu lesen und auf Hammer und Sichel als die revolutionären Zeichen der Gegenwart zu beziehen. Jedenfalls nimmt Regler hier die Bedeutung auf, die spätestens seit der Französischen Revolution den Fahnen und anderen Abzeichen in revolutionären und ebenso, zumeist mit militärischen Traditionen verknüpft, in reaktionären, nicht zuletzt in faschistischen Bewegungen zukommt. Fahnen, Banner, Standarten und der Kult, der mit ihnen getrieben wird, gehören zu der Ästhetisierung der Politik, auf die Massenbewegungen – auch die linken – offensichtlich nicht verzichten können und die hier, in Reglers *Saat,* doch mit bemerkenswerter Naivität betrieben wird – bemerkenswert nicht zuletzt auch darin, daß diese Mythisierung der Fahne in dem Tuch, das mit dem Blut des hingerichteten Veltin getränkt ist und das Joß Fritz bei seinem Übergang in den Bereich des Mythos mitnimmt (vgl. S. 328f.), noch eine Steigerung erfährt.

Die Mythisierung des Joß Fritz hat vor allem eine zentrale Funktion: Sie signalisiert die Fortdauer des revolutionären Kampfes auch nach der Niederlage – der Bundschuh-Verschwörung im Bruchrain ebenso wie der antifaschistischen Kräfte 1933. Auf solche Fortdauer des Kampfes deutet auch der Titel des Romans. Regler hat sich dazu von einer Bemerkung Zimmermanns zu Joß Fritz anregen lassen: »Erst als er den Boden sondiert, aufgelockert und bereitet hatte, säte er, ein Korn nach dem anderen, den Samen seiner Entwürfe vorsichtig hinein.«[39] Das Motiv der Saat durchzieht leitmotivisch den Roman[40]; in ihm hat die Verschwörungstätigkeit von Joß Fritz (und seiner Parallelfigur Martin) ihre metaphorische Verdichtung gefunden und damit immerhin auch die zentrale Botschaft des Romans von der revolutionären Zuversicht und der Notwendigkeit wie der Möglichkeit des Widerstandes; in dem zur ›Saat‹ gehörenden Konnotat der ›Ernte‹ erscheint im Roman Ziel und Utopie des Widerstandes: die Überwindung des Faschismus und damit von Herrschaft, Gewalt und Terror.

Als antifaschistischer Roman ist *Die Saat* auch durchweg in den Rezensionen des Exils verstanden worden.[41] So stellt etwa Ludwig Marcuse fest: »Diese Geschichte ist genährt mit dem Blut unserer zeitgenössischen Joss Fritz: mit ihren Sorgen, ihren Irrungen, ihren Heldentaten.« Er schreibt weiter: »Das eigentliche Thema heißt: die Erweckung der Besiegten, die in Kleinmut und in den Trotz der Unterlegenen versanken. Seht, wie es einer vor vierhundert Jahren anstellte, die Niedergedrückten wieder aufzurichten.«[42] Marcuse gibt damit die präzise Beschreibung einer zentralen Intention des Romans. Denn die *Saat* ist – als antifaschistischer Roman – vor allem ein Roman der Selbstvergewisserung (oder, mehr noch, ein Roman des Ansporns und der Selbstermunterung in der Niederlage). Regler reflektiert in *Die Saat* nicht zuletzt das Scheitern der antifaschistischen Kräfte an der Saar; auch wenn der Plan zu einem Bauernkriegsroman weiter zurücklag, so hat der ausgeführte Roman doch spezifische Momente durch die Erfahrung des Saarkampfes und der Niederlage

39 Zimmermann: Bauernkrieg. S. 43.
40 Vgl. Walter: Freiheit. S. 157f.
41 Vgl. Schock: Regler. S. 389ff.
42 Zit. n. Schock: Regler. S. 393; Marcuses Rezension erschien in *Das Neue Tage-Buch*. Jg. 1936. Nr. 19. S. 452–453.

erhalten.[43] Diese Dimension ist auch im Titel erkennbar; durch Alliteration und Assonanz sind ›Saat‹ und ›Saar‹ miteinander verbunden, und so verweist der Titel, der nicht der ursprüngliche war und den Regler erst spät wählte, auf den Saarkampf. In dieser Perspektive läßt sich das Ende des Romans in besonderer Weise als Appell lesen. Die Niederlage der Saar ist nicht die Niederlage im Kampf überhaupt: ›Der Kampf geht weiter‹ (und, so läßt sich im Blick auf Regler selbst ergänzen, er wird in Spanien weitergehen). Oder, um auf die historische Ebene des Romans zu wechseln: Der Schluß bietet eine Variation der aus dem Bauernkrieg von 1525 überlieferten Zeilen: Geschlagen ziehen wir nach Haus, die Enkel fechten's besser aus. Allerdings sind gerade in dieser Perspektive auch Widersprüche oder jedenfalls Brüche in der Selbstvergewisserung des fortdauernden antifaschistischen Kampfes und des kommenden Sieges erkennbar. Denn in der historischen Folge der im Roman erzählten Bundschuh-Verschwörungen steht die Niederlage im großen Bauernkrieg von 1525 (und das Wissen von dieser Niederlage ist, insofern es bei den Rezipienten vorausgesetzt werden kann und muß, dem Roman durchaus implizit). Die revolutionäre Zuversicht, die der Roman propagiert, ist offenbar nicht ungebrochen.

In der Figur des Joß Fritz wird der Kampf um die revolutionäre Zuversicht, damit aber auch der Zweifel an ihr, explizit zum Thema des Romans. Denn Reglers Joß Fritz ist keine plane Revoluzzer-Figur, kein ungebrochener, gar sozialistischer Held, der stets das Richtige weiß und stets das Rechte tut (was die orthodox-marxistische Kritik Regler auch angekreidet hat); vielmehr erzählt die *Saat* gerade auch davon, daß Joß Fritz den Kampf um revolutionäre Zuversicht in sich austragen muß. Gleich zu Beginn des Romans wird dieses Thema angeschlagen. Als Joß Fritz den Bauern, *nach* dem Scheitern des Schlettstadter Bundschuhs, seine Rede der Zuversicht hält, weiß er: »Ich

43 In *Sohn aus Niemandsland* berichtet Regler, daß er sich bei der Flucht nach der Niederlage in der Saarabstimmung an Joß Fritz erinnert und aufgeschrieben habe, »was Joss dachte, als er wieder einmal fliehen mußte«; danach zitiert Regler den inneren Monolog von Joß Fritz am Beginn der *Saat,* vgl. Werke: Bd. 6: Sohn aus Niemandsland. Tagebücher 19401943. Hrsg. v. Günter Scholdt u. Hermann Gätje. Basel, Frankfurt a. M. 1994. S. 78.

muß sie betrügen – warum hetzt man mich aus einer Wirrnis in die andere?« (S. 33) Und während der Rede vermerkt der Erzähler immer wieder in Parenthese die Zweifel, die Joß Fritz plagen. Regler läßt seinen Helden durch einen Lernprozeß hindurchgehen; er führt ihn in Erfahrungen, die er verarbeiten und aus denen er Konsequenzen ziehen muß. Vor allem drei Sachverhalte bestimmen diesen Erfahrungs- und Lernprozeß: die Rolle der Schweiz im Aufstand der Bauern, die Erfahrungen im Türkenfeldzug Maximilians und die Auseinandersetzung des Joß Fritz mit Gott. Durch die Weigerung der Schweiz, den aufständischen Bauern zu helfen, erfährt Joß Fritz, daß die revolutionäre Erhebung auf fremde Hilfe nicht rechnen kann und allein auf sich gestellt ist. Die freie Schweiz ist lediglich die reale Verkörperung des utopischen Ziels, ist der »Traum«, der, weil die Eidgenossen bereits verwirklichten, was der Bundschuh erst noch erkämpfen will, als »Gewähr unserer Zukunft« erscheinen kann (S. 319).[44] Im Türkenfeldzug muß Joß Fritz lernen, daß Kriege stets auf Kosten der Bauern und kleinen Leute geführt werden; nach der Plünderung des steirischen Dorfes durch die kaiserlichen Landsknechte fragt sich Joß Fritz: »Auf welche Seite bin ich da geraten?« (S. 73) Er muß weiterhin lernen, daß die vorgeblichen Rechtfertigungen eines Krieges, im Romangeschehen also der Gedanke des Kreuzzugs gegen die Türken, lediglich ideologische Verschleierungen sind, die den Herrschenden nützen; er lernt, daß die Soldaten nur Menschenmaterial im politischen Spiel der Herrschenden sind, beliebig eingesetzt und beliebig wieder verabschiedet. Joß Fritz gewinnt Einblicke in die ›hohe‹ Politik, in der die Wünsche, Bedürfnisse und Forderungen der Bauern ohne Belang sind. Der zweite Handlungsstrang des Romans, in dem Regler Kaiser Maximilian auftreten läßt, der Politik allein nach seinen Machtinteressen und aufgrund sehr persönlicher, eigennütziger Motive betreibt, unterstreicht diesen Aspekt. Vor allem muß Joß Fritz beim Türkenfeldzug erfahren, daß seine Hoffnung, der Kaiser sei ein »Freund des Volkes« (S. 83) und werde den Bauern gegen die adligen und geistlichen Unterdrücker beistehen, trügerisch war. Während des

44 Daß Regler sich damit in verdeckter Weise mit der Rolle der Sowjetunion in den dreißiger Jahren und im Kampf gegen den Faschismus auseinandersetzt, wurde bereits vermerkt, vgl. oben S. 357.

Feldzugs kann Joß Fritz noch sagen: »Wenn er [der Kaiser] die Feinde an den Grenzen zerschlagen hat, […] wird er die Wölfe im Innern niederknüppeln« (S. 113). In Basel, nach dem Feldzug, erfährt er, daß der Kaiser neue Gesetze gegen die Bauern erlassen habe: »Ein Reichsgesetz sei ergangen, strenger als je. Wer immer sich zum Rebellen aufwerfe, solle Hof und Land verlieren, solle am Halse hingerichtet werden und Kinder und Kindeskinder seien für besitzlos zu erklären zeit ihres Lebens« (S. 126).

In diesem Lernprozeß des Joß Fritz spielt Martin, die zweite Hauptfigur des Romans, eine wichtige Rolle. Er zweifelt von Anfang an daran, daß die Schweiz helfen werde, er vermittelt Joß Fritz die Einblicke in die ›hohe‹ Politik und sucht »jede Gelegenheit, um neue entlarvende Botschaften aus der Weltpolitik zu erfahren« (S. 113), und er, der entlaufene Priester, ist von vornherein der religiöse Skeptiker und formuliert im Roman als erster »den Gedanken, es gäbe ihn [Gott] nicht« (S. 274). Wesentliche Passagen des Romans sind Gespräche zwischen Joß Fritz und Martin. In ihnen werden die Erfahrungen, die Joß Fritz macht, durchgesprochen und verarbeitet; dabei ist es immer wieder Martin, der Joß Fritz in diesem Lernprozeß vorantreibt.

Für die Figur des Martin gibt es keine historische Vorlage; sie ist eine Erfindung Reglers. Die Dopplung der Hauptfigur zu einem Freundespaar ist ein literarisches Muster, das Regler auch in anderen Texten verwendet; er selbst spricht von der Unterscheidung zwischen ›Angefochtene[n] und Entschiedene[n]‹.[45] Jedoch ist diese Unterscheidung auf das Freundespaar Joß Fritz und Martin so ohne weiteres nicht anwendbar. Angefochtensein und Entschiedenheit gehören vielmehr gleichermaßen zu beiden Figuren. So sehr Joß Fritz als ein ›Angefochtener‹ erscheint, der erst einen Lernprozeß durchmachen muß, so wenig ist andererseits die Entschiedenheit seines revolutionären Willens zweifelhaft; und so sehr Martin als ein ›Entschiedener‹ erscheint, der mit seinen Einschätzungen stets recht behält und so den Lernprozeß von Joß Fritz vorantreiben kann, so bleibt auch er nicht unangefochten von Zweifeln. Regler hat die Auseinandersetzung um die Möglichkeiten und Bedingungen revolutionärer Erhebung, die er

45 Vgl. dazu Schock: Regler. S. 381.

in dem Lernprozeß von Joß Fritz gestaltet, in die Charakterisierung beider Hauptfiguren integriert. Beide sind eigenständige Figuren; insbesondere erscheint Martin als der reflektiertere von beiden, Joß Fritz hingegen als eher emotional und in seinen Handlungen und Äußerungen spontaner. Nur durch diese Differenzierung wird auch plausibel, daß Joß Fritz einen Lernprozeß durchmacht, den Martin durch sein Fragen und Insistieren vorantreiben kann. Zugleich hat Regler, die Dopplung in Joß Fritz und Martin noch steigernd, auch die Figur des Joß Fritz gleichsam aufgespalten oder jedenfalls als in sich zwiespältig charakterisiert. Er ist Inbild des Revolutionärs (wodurch er überhaupt zum Mythos werden kann), aber auch Funktionär der Revolution, er ist Rebell aus sozialem Mitgefühl und kann doch zugleich die Entscheidung der Schweiz rechtfertigen.[46] Die Aufspaltung in verschiedene Figuren ist ein traditionelles und gut erprobtes literarisches Mittel zur Darstellung von antagonistischen Problemlagen; sie signalisiert jedoch auch die Unsicherheit und Unentschiedenheit bei Regler selbst. In der Zwiespältigkeit der Figur des Joß Fritz und in der Doppelung der beiden Figuren Joß Fritz und Martin wird die *Saat* auch zu einem Roman des Selbstzweifels und der Bearbeitung dieses Selbstzweifels. In besonderer Weise wird dies in der religiösen Auseinandersetzung deutlich, in die Regler seine Figur führt. Joß Fritz' Kampf mit Gott ist zweifellos von persönlichen Erfahrungen Reglers bestimmt. Die Eindringlichkeit, mit der Regler erzählt, wie die Bauern, als über das Bistum Speyer das Interdikt verhängt wird, den Verlust der kirchlichen Hilfs- und Trostmittel erfahren, zeigt die eigene Betroffenheit. Joß Fritz wandelt sich vom gläubigen Christen zum Atheisten; er muß in einem Prozeß, dessen Schmerzlichkeit Regler überaus deutlich macht, erfahren, daß kein Gott ist, daß auch noch so heftige religiöse Inbrunst wie bei der Regenprozession der Bauern keine Hilfe des Himmels herbeizwingt. Für den Bundschuh-Revolutionär hat diese Auseinandersetzung vor allem eine Bedeutung: Er muß erfahren, daß die revolutionäre Erhebung allein auf sich gestellt ist, daß die soziale Veränderung nur durch die Unterdrückten selbst herbeigeführt werden kann; nach der vergeblichen Prozession, bei der

46 Vgl. dazu auch Walter: Freiheit. S. 201ff.

Joß Fritz seinen Glauben endgültig verliert, heißt es: »Joß stritt mit niemand mehr über den Sinn der Rebellion, er bereitete sie vor. Er suchte keine Argumente, er suchte Waffen« (S. 284).[47]

Bedeutsam aber ist die Thematisierung des Selbstzweifels und seiner Bekämpfung gerade auch auf der politisch-aktuellen Ebene des Romans. Die *Saat* ist so ein Zeugnis der Zweifel Reglers am politischen Engagement und – vor allem – an Aussicht und Erfolg des revolutionären antifaschistischen Kampfes. Hier spielt die Enttäuschung über den Ausgang des Kampfes um die Saar eine beträchtliche Rolle. Die Niederlage in der Saarabstimmung schuf eine Situation des Zweifels, der Verunsicherung, auch der Notwendigkeit der Bilanzierung; diese Unsicherheit hat ihren Niederschlag in der Figur Joß Fritz sowie in der Doppelung von Joß Fritz und Martin gefunden. Zugleich jedoch erzählt der Roman die Überwindung dieser Unsicherheit: In der Mythisierung der Figur Joß Fritz werden die Zweifel besiegt, genauer: sollen sie besiegt werden. Darin hat die *Saat* auch und nicht zuletzt den Charakter einer Selbstbeschwichtigung.[48] Auch hierfür ist die Dopplung von Joß Fritz und Martin von zentraler Bedeutung; entscheidend ist dabei vor allem der Schluß des Romans. Er zeigt deutlich genug die geheime Identität beider Figuren und zugleich ihre unterschiedliche Bedeutsamkeit für den in der *Saat* erzählten Mythos des revolutionären Kampfes und der revolutionären Zuversicht. Die Identität beider Figuren wird offensichtlich, als beide die Kleider wechseln, Martin damit Joß Fritz die Flucht ermöglicht und er selbst – als Joß Fritz – gefangengenommen und hingerichtet wird. Sein Opfer rettet Joß Fritz; aber Martins Tod hat Bedeutung darüber hinaus. Am Ende des Romans – die Hinrichtung Martins ist bereits erzählt – erinnert sich Joß Fritz an die Rede, die er nach dem Schlettstadter Bundschuh den Bauern gehalten und in der er gegen die eigenen Zweifel

---

47 Diese religiöse, zugleich selbstzweiflerische Thematik des Romans und deren Bezug zu Regler selbst hat Walter deutlich herausgearbeitet.

48 Wobei diese Selbstbeschwichtigung nicht allein die Person Reglers betrifft; die positive Aufnahme des Romans unter den Exilierten hat, so darf mit guten Gründen vermutet werden, gerade in der Darstellung revolutionärer Zuversicht, also des Sieges über Unsicherheit und Zweifel, und insofern in der Selbstbeschwichtigung ihre Basis.

revolutionäre Zuversicht verbreitet hat. Diese Rede steht am Beginn des Romans, der Kreis scheint geschlossen, und Joß Fritz ist erneut auf der Flucht. Zwischen beiden Epochen aber liegt der Lern- und Erfahrungsprozeß, den Joß Fritz durchmachte. Jetzt ist er, der Niederlage zum Trotz, wahrhaft zum Revolutionär geworden. Und jetzt kann er zum Mythos werden. Reglers Roman erzählt in der Vergegenwärtigung des Bundschuh-Revolutionärs auch die Genese der Figur Joß Fritz, die zum Bannerträger der revolutionären Zuversicht werden kann. Und hier hat die Dopplung von Joß Fritz und Martin ihren Kern. In Martin stirbt der historische Joß Fritz, die Figur Joß Fritz aber überlebt – als Verkörperung der stets zu erneuernden Revolution. »Du wirst wiederkommen, sagen alle«, versichert ihm das Mädchen, das die Bundschuhfahne bringt, die er mit sich nimmt in den Mythos (S. 328). So wird im Kleidertausch zwischen Joß Fritz und Martin mit seinen Folgen überhaupt erst die mythische Figur Joß Fritz geboren; insofern erzählt *Die Saat* die Geburt dieses Mythos. Dieser Mythos aber wird – auf der aktuellen Ebene – der Niederlage an der Saar, der Unsicherheit und den Zweifeln, die daraus erwuchsen, entgegengesetzt. Und gerade auch durch diese Mythisierung gewinnt *Die Saat* eine allgemeine, überhistorische Qualität. Denn durch sie wird die erzählte Geschichte in doppelter Weise aus ihrer Historizität herausgelöst (der sie gleichwohl ihre Konkretheit verdankt): aus der Historizität des Bundschuhs wie aus der Historizität des antifaschistischen Kampfes. So bleibt *Die Saat* bei allen Schwächen, die der Roman aufweist, eine gelungene Darstellung des Mythos vom Revolutionär oder, genauer noch: eine gelungene Bearbeitung des Themas gesellschaftlicher Unterdrückung und Gewalt sowie der Notwendigkeit wie der Schwierigkeiten des Kampfes dagegen.

Reiner Wild

Für die Mithilfe bei Transkription und Korrektur danke ich Kai Berkes, Julia Bohnengel, Michaela Haselhorst, Ulrich Kittstein, Simone Weckler und Regine Zeller.

Literaturverzeichnis

A. Ausgaben der Saat

Die Saat. Roman aus den deutschen Bauernkriegen. Amsterdam: Querido Verlag 1936.

Die Saat. o.O. [Basel]: Universum-Buchgemeinschaft 1937 = (Universum-Bücherei Bd. 268, Jahresreihe 1937, 4. Sonderband).

Die Saat. Roman aus dem deutschen Bauernkrieg. Mit Illustrationen v. M. Thies. Stuttgart: Behrendt-Verlag/Stuttgarter Büchergilde 1948.

Die Saat. Mit 4 Zeichnungen von Michael Mathias Prechtl. Frankfurt a. M., Wien, Zürich: Büchergilde Gutenberg 1975.

Die Saat. Roman aus den deutschen Bauernkriegen. Mit zwei nachgelassenen Kapiteln. Frankfurt a. M.: Büchergilde Gutenberg 1991 (= Bibliothek Exilliteratur. Hrsg. v. Hans-Albert Walter).

B. Quellen Reglers für die Saat

(verzeichnet sind die hier benützten Ausgaben)

Engels, Friedrich: Der deutsche Bauernkrieg. In: Karl Marx, Friedrich Engels: Werke (MEW). Bd. 7. Berlin 1960.

Herold, Richard: Der Bundschuh im Bistum Speyer vom Jahr 1502. Diss. Greifswald 1889.

Rosenkranz, Albert: Der Bundschuh. Die Erhebungen des südwestdeutschen Bauernstandes in den Jahren 1493–1517. 2 Bde. Heidelberg 1927.

Ulmann, Heinrich: Kaiser Maximilian I. 2 Bde. Stuttgart 1884, 1891.

Zimmermann, Wilhelm: Der grosse deutsche Bauernkrieg. Volksausgabe. Berlin 1975.

C. Forschungsliteratur

Franz, Günther: Der deutsche Bauernkrieg. 8. Aufl. Darmstadt 1969.

Schmidt-Henkel, Gerhard: Gustav Regler. In: Saarländische Lebensbilder. Bd. 1. Saarbrücken 1982. S. 183–209.

Schock, Ralph: Gustav Regler – Literatur und Politik (19331940). Frankfurt a. M. 1984 (Saarbrücker Beiträge zur Literaturwissenschaft. 10).

Scholdt, Günter: Gustav Regler. Im Labyrinth der Ideologien. Eine Biographie in Dokumenten. St. Ingbert 1998 (= Schriften der Saarländischen Universitäts- und Landesbibliothek. 4).

Stephan, Alexander: Die deutsche Exilliteratur 1933–1945. Eine Einführung. München 1979 (= Beck'sche Elementarbücher).

Walter, Hans-Albert: Von der Freiheit eines kommunistischen Christenmenschen oder Gustav Reglers ›Saat‹ – ein Exilroman in der Sklavensprache. Frankfurt a. M. 1991 (= Bibliothek Exilliteratur. Hrsg. v. Hans-Albert Walter).

Wild, Reiner: ›Joß Fritz ist irgendwo dabei‹. Zu Gustav Reglers Bauernkriegsroman *Die Saat.* In: Gustav Regler – Dokumente und Analysen. Tagebuch 1940 und Werkinterpretationen. Hrsg. v. U. Grund, R. Schock und G. Scholdt. Festgabe für Gerhard Schmidt-Henkel. Saarbrücken 1985. S. 197–211.

Wunderlich, Werner: Die Spur des Bundschuhs. Der Deutsche Bauernkrieg in der Literatur 1476–1976. Stuttgart 1978 (Literaturwissenschaft, Gesellschaftswissenschaft, 35).

Gustav Regler
Lebens- und Werkdaten

1898	geb. in Merzig/Saar
1916–18	Teilnahme am Ersten Weltkrieg
1918–22	Studium in Heidelberg und München *Dissertation »Die Ironie im Werk Goethes«*
1923	Erste Heirat; Geburt des Sohnes Dieter
1926	Scheidung. Redakteur der »Nürnberg-Fürther Morgenpresse«
1928	Worpswede. R. trifft seine Lebensgefährtin Marie Luise Vogeler, Tochter des Malers Heinrich Vogeler *Roman »Zug der Hirten«*
1929	Marie Luise, genannt Mieke, und G.R. leben im »Roten Block« der Berlin-Wilmersdorfer Künstlerkolonie *Roman »Die Söhne gehen zu den Knechten«*
1929/30	Eintritt in die KPD. Organisationsleiter der Künstlerzelle
1931	*Komödie »Hahnenkampf«*
1932	*Roman »Wasser, Brot und blaue Bohnen«*
1933	Flucht über Worpswede und das Saarland nach Paris *Mitarbeit am »Braunbuch über Reichstagsbrand und Hitler-Terror«. Roman »Der verlorene Sohn«*
1934	Teilnahme am 1. Allunionskongreß der Sowjetschriftsteller in Moskau. Teilnahme am Saar-Abstimmungskampf für den »status quo« *Roman »Im Kreuzfeuer«*
1935	Teilnahme am 1. Internationalen Schriftstellerkongreß zur Verteidigung der Kultur in Paris
1936	Zweite Reise in die Sowjetunion. Politischer Kommissar der XII. Internationalen Brigade im Spanischen Bürgerkrieg *Roman »Die Saat«*

1937 Schwere Verwundung. Rede auf dem 2. Internationalen Schriftstellerkongreß zur Verteidigung der Kultur in Madrid

1938 Sammelreise für die Spanische Republik in den USA
Roman »Das große Beispiel« (späterer Titel: »Der große Kreuzzug«)

1939 Internierung in Paris und Le Vernet. Lösung von der KP
Ballade »Die nächtliche Baracke«

1940 Entlassung aus Le Vernet. Zweite Heirat (Mieke Vogeler). Einreise nach Mexiko

1941/42 *Autobiographische Schrift »Sohn aus Niemandsland«, Roman »Juanita«*

1942 Öffentl. Bruch mit der KP. Sohn Dieter stirbt.
Mitarbeit an der Kampfschrift »La GPU prepara un nuevo crimen«

1943 *Gedichtband »Der Brunnen des Abgrunds«*

1945 Tod Miekes
»Marieluise Vogeler-Regler 1901–1945«

1946 Dritte Heirat, mit Margaret (Peggy) Paul
Monographie »Wolfgang Paalen«. Essay »Regler über jenen Regler«

1947 *Mexikobücher »Vulkanisches Land« und »Amimitl oder Die Geburt eines Schrecklichen«*

1948 *Roman »Sterne der Dämmerung«*

1949 Europabesuch
Erzählung »Das Traumschiff« (unpubl.)

1950 *Roman »Familie Dupont« (unpubl.)*

1951 *»Der Turm und andere Gedichte«*

1952–55 Aufenthalt in Paris, London, Rom, Florenz, Worpswede und Wilhelmshaven
Roman »Aretino, Freund der Frauen, Feind der Fürsten«

1956 Rückkehr nach Mexiko, Archäologische Reisen, verstärkte Rundfunkarbeit
Essay »Journal d'Europe«

1958 *Autobiographischer Roman »Das Ohr des Malchus«*

1959 Aufenthalt in den USA. Reise nach Algerien
Hörspiel »Der Tod des Hamirouche«

Herman Charles Bosman ***Mafeking Road***

In seinen originellen Erzählungen entführt uns Herman Charles Bosman in die tiefste südafrikanische Provinz und macht sie zur Weltbühne. Mit wenigen Strichen umreißt er seine Figuren, um sich dann auf das Allzumenschliche zu konzentrieren: die kleinen Siege und komischen Niederlagen der unscheinbaren Leute, aber auch ihre großen, existenziellen, auch grausamen Erfahrungen. Unverzichtbarer Teil jeder Story ist der alte Oom Schalk, mit ihm durchlebt man die Burenkriege, Wasserknappheit, Liebschaften und die Begegnung mit einem Leoparden.

Francine Marie David ***Bei den Grabräubern***

Eine Schweizer Fotografin fährt nach Ägypten. In Luxor verliebt sie sich in einen Ägypter, heiratet ihn und stellt fest: Nun gehört sie zur Sippe der Abd el-Rassuls, der berühmten »Grabräuber-Familie«, die seit Jahrhunderten das Tal der Könige beherrscht. Sie wird heimisch zwischen Tempeln und Pharaonengräbern und erlebt, was es bedeutet, sich als Europäerin in einer fremden Kultur zurechtzufinden. Allmählich dringt sie ein in die Geschichten jener Familie, die weit mehr über die großen Archäologen weiß, als in den Geschichtsbüchern steht.

Barbara Gowdy ***Der weiße Knochen***

Jahrelang sind die junge Elefantenkuh »Matsch« und ihre Familie in den Sümpfen und Savannen Ostafrikas umhergestreift. Jetzt wird das Gebiet von einer Dürre heimgesucht, und ganze Familien fallen den Elfenbeinjägern zum Opfer. Doch eine Hoffnung gibt es noch. An den Wasserlöchern wird die Legende vom magischen Weißen Knochen erzählt, der die Elefanten zu einem sicheren Ort weisen wird. Barbara Gowdy erschafft in diesem Roman, der vollkommen aus der Perspektive afrikanischer Elefanten erzählt ist, eine ganz eigene Welt – in der sich die unsere auf seltsame Weise spiegelt.

Henry de Monfreid *Die Geheimnisse des Roten Meeres*
Henry de Monfreid stammte aus bestem Hause, war befreundet mit Matisse, Gaugin, Cocteau und Teilhard de Chardin. 1911 brach er nach Dschibuti am Roten Meer auf. Er kaufte sich ein Schiff und lebte unter Fischern, Perlentauchern, Schmugglern, Piraten, Waffenhändlern als einer der Ihren. Das Gesetz galt ihm wenig, und für die Beamten der Kolonialmacht hatte er nur Verachtung übrig. In dreitausend Briefen an seine Freunde hatte er bereits seine Abenteuer geschildert, als Joseph Kessel ihn überredete, doch endlich ein Buch zu schreiben. Als dann *Die Geheimnisse des Roten Meeres* erschien, wurde Henry de Monfreid auf einen Schlag zur Legende.

Yaşar Kemal *Auch die Vögel sind fort*
Jeden Herbst gehen die Vögel in Schwärmen auf einem Strand vor Istanbul nieder. Seit den Tagen des alten Byzanz will es die Sitte, dass die Städter sie vor den Moscheen, Kirchen und Synagogen kaufen und wieder freilassen. Sie sollen an der Pforte des Paradieses Fürbitte leisten. Als aber drei Gassenjungen ihre vollgestopften Käfige auf Istanbuls Plätze tragen, ernten sie nur Spott und Hohn. Man beschimpft, verjagt die Jungen und hetzt die Polizei auf sie. Mit knurrenden Mägen, leeren Taschen, enttäuscht und erniedrigt, kehren sie an den Strand zurück.

Jamaica Kincaid *Die Autobiografie meiner Mutter*
Erst mit 70 Jahren schafft es Xuela Claudette Richardson, sich mit ihrer Vergangenheit auseinanderzusetzen. Sie berichtet von ihrer Lebensreise in Dominica: Die eigene Mutter stirbt bei der Geburt, der Vater kümmert sich nicht um das Mädchen. Er gibt es zu einer Pflegemutter. Zurück in der neuen Familie des Vaters wird Xuela von der Stiefmutter ausgegrenzt. Die Erfahrungen ihrer Kindheit treiben sie in die Einsamkeit und machen es ihr unmöglich zu lieben. Sie heiratet einen reichen weißen Mann, wird in der Beziehung aber nicht glücklich.

1960	Träger des erstmals vergebenen Kunstpreises des Saarlandes für Literatur
1961	*Roman »Uccello«*
1962/63	Reisen nach Griechenland, Libanon und Indien *Großessay »Hellseher und Charlatane« (unpubl.)*
1963	Tod in Neu Delhi